ELIZABETH ADLER

Née en Angleterre, Elizabeth Adler a vécu au Brésil, aux États-Unis, en France et réside actuellement à Dublin. Elle est l'auteur de nombreux best-sellers traduits dans le monde entier.

L'OMBRE DU DESTIN

DU MÊME AUTEUR
CHEZ POCKET

SECRETS EN HÉRITATE.

LE SECRET DE LA VILLA MIMOSA.

LES LIENS DU PASSÉ.

ELIZABETH ADLER

L'OMBRE DU DESTIN

Belfond

Titre original :
SOONER OR LATER

Traduit de l'anglais par
Michèle et Jérôme Pernoud

ISBN : 2-266-10487-X

La vengeance est une forme de justice sauvage ; plus la nature humaine y aspire, plus la loi se doit de la combattre.

Francis Bacon

Prologue

1971

À l'arrière de la Bentley blanche décapotable, les sièges de cuir étaient moelleux et de la couleur que préférait Eleanor Parrish Duveen : le rouge. Ils étaient également chauds, très chauds. L'après-midi débutait seulement, mais la fillette n'aurait su dire l'heure exacte, car elle n'avait que cinq ans.

Le père d'Ellie était assis tout près de sa mère, qui conduisait la voiture. Le bras négligemment posé sur le dossier du siège de son épouse, il chantait à tue-tête *Marchez, soldats du Christ* d'une voix de baryton sonore mais harmonieuse. Le cou renversé en arrière, il lançait les strophes du cantique à la face du ciel et de l'univers, étonnant fort les oiseaux par son vacarme, tandis que son épouse riait à ses facéties. De temps à autre, il se retournait vers Ellie, lui décochait un sourire accompagné d'un clin d'œil complice, et s'époumonait de plus belle à son intention. Son épouse s'esclaffait, tout en négociant les dangereux virages de la route, qui descendait à flanc de montagne.

Le soleil de Californie dardait ses rayons brûlants sur les boucles rousses d'Ellie. L'air était si chaud que son cerveau allait se dessécher à l'intérieur de son crâne, lui semblait-il.

Elle ramassa son chapeau de paille sur le plancher de la Bentley et l'enfonça sur sa tête jusqu'aux yeux, dans l'espoir de se protéger de l'astre à son zénith. Un bâillement lui monta aux lèvres, qu'elle ne put réprimer ;

elle se laissa glisser au creux de son siège, sur le cuir rouge incandescent. Pourquoi ses parents gardaient-ils la capote ouverte, même par une telle fournaise ? Son père ne la relevait qu'à la mauvaise saison, quand il pleuvait. Mais alors ils quittaient tous les trois la Californie et allaient se « réfugier » en Europe.

Ils avaient déjeuné ce jour-là dans l'ancien relais de diligence, tapi au fond d'une vallée des monts Los Padres. Ellie aimait cet endroit. Des cuisiniers en tenue de cow-boy grillaient des steaks, des cailles et des épis de maïs sur des barbecues, pendant que d'autres chantaient et grattaient une guitare. Son père reprenait les chansons à l'unisson, brandissant son verre de bière et le balançant en rythme. Puis sa mère se levait de table et se mettait à danser ; elle frappait dans ses mains au-dessus de sa tête comme une Espagnole, tandis que sa jupe longue et légère tournoyait autour de sa taille.

Ses pieds surtout fascinaient Ellie : petits, chaussés de bottines de cow-boy fort coûteuses, en lézard blanc, ils martelaient la terre en mesure. Aux yeux de la fillette, elle était une merveilleuse danseuse, et son père le plus brillant des chanteurs. Tant pis si sa mère se mettait à rire chaque fois qu'il entonnait *Marchez, soldats du Christ*, ce qui ne manquait jamais lorsqu'il avait bu quelques verres.

Ellie surprenait parfois les commentaires que certaines gens faisaient à propos de ses parents. « Ils sont fous », persiflaient-ils. Mais ces gens-là ne connaissaient pas les Parrish, leurs relations mondaines et l'importance de leur fortune. Ceux qui les connaissaient se contentaient de sourire et d'affirmer qu'ils étaient « excentriques ». Ils disaient qu'ils savaient faire la fête, qu'ils étaient « hippies », fort riches et qu'ils appartenaient à la jet-set. Si quelque part dans le monde une grande réception était donnée, les Parrish y étaient forcément invités.

— Et pourquoi pas ? répondait Romany Parrish Duveen, quand on lui demandait ce qui l'incitait à parcourir dix mille kilomètres en avion pour une seule nuit de plaisir.

Quant à Rory Duveen, sa devise était « La vie est faite pour que l'on s'amuse », et il s'y conformait fidèlement.

Le déjeuner avait duré longtemps et la fillette y avait fait honneur ; son estomac était ballonné, ses yeux se fermaient. Elle glissa davantage dans le siège de cuir brûlant et son menton s'affaissa sur sa poitrine. Le soleil cognait contre ses paupières closes, criblant son cerveau d'éclairs rouges et violets. Elle s'assoupit lentement. Le rire de sa mère lui parvint de très loin, et c'était le bruit le plus merveilleux qui existât au monde. Quand sa mère riait, tout était en ordre dans le monde d'Ellie.

— Oohh ! s'exclama la conductrice.

La lourde Bentley avait fait une brusque embardée en plein tournant.

Ellie ouvrit à demi les yeux ; son regard plongea, pardessus la portière de la voiture et le bord du virage, jusqu'aux touffes d'herbe jaunie et aux blocs de rocher qui tapissaient le fond du ravin. Sa mère donna un coup de volant, et la grosse décapotable reprit sa course en douceur le long de la route escarpée. Ellie soupira de soulagement et referma les paupières.

— « Marchez, soldats du Chri-i-i-ist, Allez au combat, Que la croix de Jésus Vous montre le chemin... »

Les sommets des monts alentour renvoyaient la voix puissante de son père et le rire joyeux de sa mère ; l'écho résonnait dans les vallées des environs, au point qu'il allait troubler la sieste des serpents à sonnettes, songea Ellie.

Puis la Bentley parut à nouveau flotter sur l'asphalte, et la conductrice laissa échapper un deuxième « Oohh ! » de surprise. Elle se tourna vers son époux, le regard interrogateur ; leurs yeux se rencontrèrent et ils semblèrent s'abîmer dans une même idée. Rory Duveen ne manqua pas une mesure de son cantique *Marchez, soldats du Christ...*

Il chantait toujours, de sa voix claire et sonore, quand la longue voiture partit en tête-à-queue.

— Oohh ! cria la mère de la fillette, et elle ne cessa pas un instant de rire tandis qu'elle essayait de redresser la trajectoire du véhicule.

Elle riait encore au moment où la Bentley quitta la route, franchit l'accotement rocheux sur sa lancée et dévala la pente jusqu'au fond du canyon. Après tout, la vie n'était-elle pas une longue fête ? Et la mort aussi, peut-être ?

1

Aujourd'hui

La maison de santé de l'Hudson se dressait sur un éperon rocheux dominant le fleuve, tout au nord de l'État de New York, au bout de la dernière route goudronnée de la région. Elle consistait en un bâtiment administratif de brique rouge, entouré d'ailes plus petites où résidaient les patients. Un manteau vert foncé de lierre tapissait ses murs et encadrait ses fenêtres. Au printemps, étourneaux et moineaux construisaient leurs nids derrière l'abri sûr et douillet des barreaux dont les fenêtres étaient munies ; il les protégeait à la fois de la morsure du vent et de la convoitise des prédateurs.

Les pensionnaires de l'établissement – du moins ceux qui restaient assez lucides pour avoir des opinions personnelles – appréciaient moins cet environnement que ne l'appréciaient les moineaux. Outre les fenêtres à barreaux, on y trouvait des portes verrouillées à double tour, des systèmes d'alarme et des gardiens armés. Les infirmiers étaient de solides gaillards, capables de clouer un patient au sol si cela se révélait nécessaire ; même les infirmières du pavillon des femmes étaient recrutées pour leur taille et leur force physique, autant que pour leur aptitude à administrer des médicaments et maîtriser les situations difficiles. L'Hudson était une clinique privée qui accueillait des malades mentaux au comportement violent dans les conditions les plus sûres possible. Ils y avaient été envoyés par leurs familles, inquiètes pour leur propre sécurité.

L'homme qui occupait la chambre vingt-sept était considéré comme un privilégié par les autres patients. Sa chambre se trouvait dans un angle et possédait deux fenêtres. Certes, elles étaient munies de barreaux et s'ouvraient dans le haut du mur ; mais elles laissaient pénétrer davantage de lumière et l'on apercevait la cime des arbres, secouée par le vent qui soufflait sans discontinuer sur la contrée. Dans cet univers étriqué, confiné, la plupart des malades portaient de vieux vêtements bon marché, tandis que sa mise était toujours impeccable. En été, il arborait des chemises à col anglais et des pantalons en twill, en hiver du velours côtelé et d'élégants pull-overs de laine.

Il disposait, semblait-il, d'une provision illimitée de cigarettes, et recevait même des plats spéciaux, pizzas, poulet ou côtelettes, de la bourgade voisine, Rollins. On murmurait qu'il graissait la patte à un gardien, qui lui fournissait discrètement de la vodka et le débarrassait des bouteilles vides. Les patients encore en mesure de comprendre le sens de ce mot disaient qu'il était riche.

Patrick Buckland Duveen ne se considérait pas comme un homme favorisé par le destin. Être enfermé dans la maison de santé de l'Hudson n'avait rien d'une faveur. Quelques années plus tôt, on aurait donné à l'établissement le nom d'asile d'aliénés, et les chambres des malades violents n'avaient rien à envier aux cellules des quartiers de haute sécurité des prisons. Les « privilèges » dont jouissait l'occupant de la chambre vingt-sept n'étaient pas dus à sa fortune personnelle ni à la sollicitude de sa famille. Ils n'étaient destinés qu'à apaiser les scrupules de la femme qui l'avait fait interner en le traitant de bête sauvage. Elle lui avait lancé l'insulte au visage d'une voix glaciale, sans nulle trace de peur.

Elle n'avait pas peur de lui : c'était l'une des raisons pour lesquelles elle devait mourir. Hélas, il n'était pas parvenu à la tuer.

— Tu ne mérites que la prison ! avait-elle tonné.

Les vigiles le maintenaient à plat ventre devant elle, le visage plaqué contre l'épais tapis de laine.

— Mais je ne veux pas que tu déshonores notre nom !

Elle avait dit à la police qu'elle n'engagerait pas de poursuites contre lui, mais qu'il était un danger pour la société, comme il venait de le prouver, et qu'elle le ferait enfermer.

Les éminents spécialistes qu'elle comptait parmi ses relations avaient docilement répondu à son appel. Ils en étaient tombés d'accord, l'homme était dangereux, un vrai tueur-né. « Un malade mental, cela se lit dans son regard... » Les trois médecins avaient signé sans hésiter les certificats qui l'avaient expédié dans cette clinique pour le restant de ses jours.

Aux yeux de Buck Duveen, une tenue convenable, une pizza ou une bouteille de vodka – il avait choisi la vodka non parce qu'il la préférait aux autres alcools, mais parce qu'elle ne laissait pas de trace dans son haleine – ne compensaient pas, si l'on y ajoutait les barreaux aux fenêtres et le gardien armé à chaque palier, la vie et les plaisirs qu'on lui avait volés. On lui avait volé les restaurants, les bars, l'alcool et les femmes. On lui avait volé son *pouvoir*. Depuis vingt ans qu'il en était dépossédé, il avait soif de le retrouver, comme un enfant a soif d'un verre de sirop qu'on a placé hors de sa portée.

Par une matinée nuageuse du début du mois d'avril, alors que le vent soufflait en rafales, on vint le chercher dans sa chambre pour le conduire dans le bureau du directeur, en empruntant les tunnels aveugles et peints en vert dénommés couloirs de circulation interne. Deux gardes armés l'encadraient, et ses mains étaient menottées derrière son dos, pour plus de sûreté, parce qu'il avait déjà tenté de s'enfuir par le passé.

Hal Morrow était installé derrière un vaste bureau en teck couvert de papiers. Avant même de lever les yeux, il sentit l'odeur des pastilles à la menthe que suçait son hôte. Il l'examina sans mot dire pendant quelques instants, détaillant sa mise impeccable. Âgé de (Morrow baissa les yeux vers le dossier ouvert devant lui) quarante-deux ans, Duveen était de grande taille. Il avait belle allure avec ses cheveux cuivrés et ses yeux sombres, qu'il plissait à cause de la vive lumière, à laquelle il n'était plus habitué ; les traits de son visage étaient fins, mais sa peau était blême à cause des longues années d'incarcération. Il avait aussi les épaules carrées et de fortes mains de paysan.

Morrow revint au dossier. Ces mêmes mains avaient tenté d'étrangler la femme qui avait fait interner Duveen dans l'établissement, de même qu'elles avaient étranglé deux autres femmes, toutes deux prostituées. Du moins le soupçonnait-on. Mais l'on n'avait jamais pu trouver de preuve contre Duveen, et il n'avait pas été poursuivi pour ces deux affaires. Pas plus que pour la tentative de meurtre sur la première femme, mais c'est elle qui l'avait voulu ainsi. Aux yeux de Morrow, elle avait adouci le sort de Duveen qui aurait sans nul doute abouti dans un quartier de haute sécurité.

Buck Duveen était un psychopathe : séduisant, charmeur, impitoyable. Et intelligent. Les gardiens nouvellement arrivés à l'Hudson l'affirmaient tous, il était d'un commerce fort agréable : affable, spirituel, s'exprimant bien. Ayant appris tout seul le latin et le grec, il lisait Juvénal et Platon dans le texte. Il s'occupait tranquillement de son jardin, un carré de terrain fort bien tenu, dans la vaste enceinte du parc, où il ne cultivait que des fleurs. De merveilleuses fleurs, qu'il soignait avec amour : on n'apercevait jamais un insecte sur elles, car il les exterminait aussitôt qu'il en apparaissait. Ses roses étaient splendides à voir, lourdes et charnues, enserrées dans un réseau de petites haies de buis taillées au cordeau. Il n'abandonnait ses fleurs que pendant le long et rude hiver, quand la terre se couvrait plusieurs mois durant d'un épais manteau de neige.

Si l'on oubliait l'endroit où l'on se trouvait, Buck Duveen semblait le plus charmant des hôtes ; on pouvait même prendre plaisir à sa compagnie. Mais, quand il avait endormi la vigilance de son entourage, qui commençait à se demander ce qu'il faisait dans un tel établissement, il assaillait quelqu'un par surprise.

Il avait à demi étranglé un gardien devenu trop familier avec lui, et qui le traitait comme un ami plutôt que comme un malade. Pris de frénésie, il s'était rué sur lui et lui avait serré la gorge avec tant de fureur qu'il n'avait pas fallu moins de trois hommes pour l'obliger à lâcher prise. Même une fois qu'ils l'eurent assommé, ils durent encore décoller un à un ses doigts, agrippés au cou du gardien. On disait de lui qu'il était tout ensemble fort comme un bœuf et fou à lier.

Chaque fois qu'il se montrait violent, on lui passait la camisole de force et on l'enfermait dans une cellule sans fenêtre. Le gardien posté à sa porte pouvait l'entendre déverser sa rage sur ses geôliers, et sur la femme responsable de son internement.

Au bout de quelques jours, il retombait dans le silence.

— J'aimerais sortir d'ici, si vous le voulez bien, sollicitait-il avec la plus grande politesse.

On accédait à sa demande et on le ramenait dans sa chambre, non sans lui mettre les menottes aux mains et les fers aux pieds ; un gardien l'observait à travers le guichet de la porte. Généralement il s'asseyait à son bureau, choisissait un livre de poésie latine ou une revue de jardinage à laquelle il était abonné, et se plongeait tranquillement dans sa lecture. Il était redevenu un malade modèle.

Buck Duveen examinait Morrow, les yeux mi-clos, le visage impénétrable. Il le savait, il était plus malin que le directeur. Plus intelligent aussi que le psychiatre de l'établissement, qu'il voyait une fois par semaine. Il se jouait du scientifique à l'esprit suffisant et borné, en lui fournissant exactement les aliments qu'il attendait : rêves érotiques, fantasmes, hallucinations... Il le regardait griffonner ses notes, hocher la tête d'un air satisfait, et riait intérieurement en pensant qu'il le bernait.

Mais il n'était pas assez intelligent pour s'échapper de cette clinique, bien qu'il eût essayé plusieurs fois, et cette idée le rongeait comme un cancer. Il fallait pourtant qu'il se venge de Charlotte Parrish, la vieille femme qui l'avait fait enfermer. Il voulait s'approprier tout ce qu'elle possédait, et qui aurait dû lui revenir.

Il ne cessait de ruminer cette idée, au cours des nuits trop longues et trop sombres : froideur des nuits d'hiver, quand les vents hurlaient au-dehors, comme hurlaient les occupants des chambres voisines ; moiteur des nuits d'été, quand il se déshabillait pour tourner entre les quatre murs de sa cellule tel un lion en cage.

Un jour, il lui réglerait son compte. Pourtant, il resterait encore un obstacle sur sa route. Il ne savait pas ce qu'était devenue l'enfant, Ellie Parrish Duveen – sinon qu'elle devait être une femme aujourd'hui, une jeune femme dans la force de l'âge.

Plusieurs milliers de fois, dans la solitude de sa chambre, il avait songé à sa silhouette et à ses cheveux roux. Plusieurs milliers de fois il avait joué avec l'idée de ce qu'il lui ferait quand il l'aurait enfin en son pouvoir. Cette idée lui arrachait des rugissements de rire ; les gardes qui patrouillaient dans les couloirs sursautaient et tendaient l'oreille.

— Encore Buck Duveen, disaient-ils. C'est la pleine lune, sans doute.

Puis ils reprenaient leur ronde, l'abandonnant à son rire, à sa solitude et à sa folie.

Hal Morrow examinait les papiers posés devant lui et songeait à l'acte qu'il s'apprêtait à accomplir. L'Hudson était une institution privée. Les frais de séjour des patients étaient réglés par leurs proches, qui voulaient les voir mis à l'écart aussi loin que possible d'eux-mêmes et de la société. Si l'on cessait de régler ces frais, Morrow n'avait pas le choix. Or, il venait de l'apprendre, c'était le cas pour Duveen.

Il leva les yeux et rencontra ceux de l'homme.

— Duveen, vous partez d'ici aujourd'hui même, lui dit-il. Vous êtes libre.

Buck Duveen releva la tête ; ses yeux d'ordinaire

morts brillèrent comme deux cailloux noirs et polis sur lesquels glisse un rayon de soleil. Il réfléchit rapidement. Pourquoi ? Comment était-ce possible ? Où irait-il ? Que pouvait-il faire ? Tout aussi rapidement, il décida de ravaler ses interrogations. À cheval donné, on ne regarde pas la bouche.

Un large sourire éclaira son visage, qui n'avait rien perdu de sa séduction ni de sa jeunesse.

— Ce n'est pas trop tôt, espèce de salopard, grommela-t-il.

Tout gonflé de sa liberté nouvelle, il tourna les talons et se dirigea vers la porte.

— Une minute encore ! aboya Morrow dans son dos.

Duveen s'arrêta mais ne se retourna pas, et le directeur l'entendit pousser un soupir exaspéré.

— Nous avons été informés par les hommes de loi qui s'occupent de votre cas qu'aucun argent n'est plus disponible pour payer votre séjour ici. Toutefois, il reste une somme de trois cent vingt-cinq dollars sur votre compte. Elle vous sera remise en liquide, en même temps que votre carte de Sécurité sociale et vos autres documents personnels. Nous avons fait un paquet de vos affaires, et l'on vous conduira jusqu'à la gare la plus proche.

Duveen pencha la tête en arrière, contempla le plafond et attendit que le directeur eût terminé. *Trois cents billets,* pensait-il. *Cent cinquante pour chaque décennie que j'ai passée ici. Quinze dollars par an... et ils vont me considérer comme un homme riche, parce que je suis libre...*

— C'est tout, dit Morrow en le congédiant. Je vous souhaite bonne chance dans votre nouvelle vie, Duveen.

Il ne répondit rien et le directeur le regarda s'éloigner ; il arborait la démarche arrogante dont il ne s'était jamais départi au fil des années. Morrow n'avait pas d'autre choix que d'agir comme il le faisait. Le robinet financier qui alimentait le compte de Duveen avait été fermé par les hommes de loi de la vieille dame, et les hôpitaux publics ne voulaient rien savoir de son patient. Il soupira d'un air las, espérant qu'il ne commettait pas une erreur.

De retour dans la chambre, on retira à Duveen ses menottes. Sifflotant *Dixie* entre ses dents, comme il le faisait dans les moments d'euphorie, il changea de vêtements : il enfila une élégante chemise blanche à col anglais, une veste de tweed de chez Brooks Brothers, un pantalon de velours côtelé beige et des mocassins à glands. Puis il peigna ses cheveux en arrière et jugea qu'il avait assez belle allure. Il ne pouvait s'en assurer car les miroirs étaient prohibés dans les chambres, pour éviter que les malades ne les brisent et ne se servent des éclats comme d'une arme.

Un gardien avait déjà préparé son bagage ; il le souleva et son poids le fit sourire. La vieille dame avait veillé à ce qu'il dispose de suffisamment de vêtements pour mener une vie sociale normale, alors même qu'il n'en pouvait mener aucune. Il jeta un dernier regard circulaire, au moment de quitter les lieux, sur ce qui avait été le décor de sa vie pendant tant d'années. Nulle trace d'émotion ne se lisait dans ses yeux, noirs et durs comme deux éclats de pierre. Mais il n'oublierait pas.

Une fois de plus les gardes l'escortèrent, sans menottes cette fois, le long des couloirs aveugles et peints en vert jusqu'au bâtiment administratif. Dans un bureau, une secrétaire d'âge mûr lui tendit ses papiers, ainsi qu'une poche de plastique contenant les trois cent vingt-cinq dollars.

Elle fit glisser le reçu vers lui sur la table, leva les yeux dans sa direction et dit :

— Signez ici, monsieur Duveen, s'il vous plaît.

Il lui décocha un coup d'œil brûlant, lourd de sensualité ; elle eut l'impression qu'il la déshabillait du regard, rougit et porta instinctivement la main au col de son chemisier blanc pour le refermer.

Duveen esquissa un bref sourire, afin qu'elle sache qu'il avait compris son trouble. Puis il signa *Buck*

Duveen, d'un geste plein de décision, empocha l'argent et les papiers, et dit d'un air narquois :

— Vous faites pas de bile, chérie. Je les aime plus jeunes et plus sexy que vous.

Sifflotant à nouveau *Dixie*, il sortit du bâtiment à grandes enjambées et monta dans le break Yukon qui l'attendait à l'extérieur.

Deux gardes l'escortèrent jusqu'à la gare, pour l'empêcher d'attaquer le chauffeur et de voler la Yukon, devina-t-il. Comme s'il était assez stupide pour cela. Ils l'avaient toujours sous-estimé, mais le monde allait bientôt découvrir qui il était et prendre la mesure de ses facultés intellectuelles. Il en réservait tout spécialement la révélation à ses proches parents, ses chers parents.

Il avait eu le temps de réfléchir à ce qu'il allait faire désormais. Bien des nuits pour prévoir, projeter, rêver à ce que serait l'avenir. Il pouvait presque goûter la saveur de cet avenir sur sa langue, comme un vieux bourbon, âpre et voluptueux à la fois. Oui, la vengeance serait douce, très douce.

2

Ellie Parrish Duveen sortit en marche arrière du garage de sa petite maison de Santa Monica la Wrangler couleur jaune taxi, puis entreprit de descendre la colline en direction de Main Street. Tout comme la Jeep, la maison était vieille et délabrée. Depuis le dernier grand tremblement de terre, toutes les cloisons étaient disjointes aux encoignures, et le plancher de la chambre vibrait sous les pieds d'Ellie quand elle la traversait ; mais ses fenêtres donnaient sur l'océan, et c'est tellement plus facile de se lever le matin quand le soleil flamboie sur les vagues à quelques encablures de chez soi... En outre, la maison était bon marché, détail qui comptait beaucoup.

Dans Main Street bloquée par les embouteillages, Ellie s'impatientait, jetant des regards nerveux à sa robuste montre d'acier. Elle était en retard, comme d'habitude. Un œil sur le trafic et l'autre sur son rétroviseur, elle se poudra le nez, couvert de taches de son, passa du mascara noir sur ses cils aux reflets cuivrés et, sur ses lèvres, une brillante couche de rouge couleur moka profond. Des années de retards quotidiens avaient fait d'elle une experte en matière de raccords de maquillage au feu rouge. Une pression d'« Eau d'Issey », un coup de brosse dans ses cheveux roux : elle était prête à affronter la journée. Tout en sirotant son café dans la tasse en carton aux armes de la maison Starbucks, elle passa une vitesse, car la file de voitures s'ébranlait de nouveau. La vie, songea-t-elle, n'était qu'une longue bousculade : elle avait beau jouer des coudes, elle aurait toujours quelques mètres de retard.

Ellie avait vingt-neuf ans, des yeux pâles, gris-bleu, les cheveux roux et bouclés de sa mère, qu'elle portait longs et laissait flotter sur ses épaules, sauf dans son restaurant de Santa Monica ; là, elle les roulait sous une casquette de base-ball noire où les mots *Chez Ellie* étaient brodés en lettres de soie verte.

De haute taille, élancée, sans être un modèle de minceur, elle était pourvue de longues jambes et de trop grands pieds : sa grand-mère disait, par taquinerie, qu'elle en avait besoin pour bien tenir au sol. Son nez était droit et son sourire illuminait tout son visage, depuis sa large bouche jusqu'à ses yeux ; une fine cicatrice lui traversait le front, pour se perdre dans son cuir chevelu.

Elle était astucieuse et culottée, seule au monde, hormis sa grand-mère Miss Lottie, et bien décidée à réussir dans la vie. Après l'université, puis une école de cuisine à New York et un stage dans un restaurant parisien étoilé au *Michelin*, elle était rentrée en Californie. Là, elle avait appris le métier dans tous ses aspects, jusqu'aux plus ardus : aménager son petit établissement, batailler avec les bureaucrates de la ville pour obtenir toutes les autorisations nécessaires, surveiller les entrepreneurs qui ne respectaient ni les devis ni les délais, d'où des surcoûts et des semaines de retard sur le calendrier prévu. Le combat avait été rude, mais elle n'en regrettait pas une seule minute.

Le restaurant était ouvert depuis un peu plus d'un an. Ellie travaillait dur, six jours par semaine, ce qui lui laissait fort peu de temps pour mener une vie privée. Elle passait les commandes et tenait la comptabilité ; avec sa meilleure amie, Maya, elle servait les plats, ouvrait les bouteilles de vin et débarrassait les tables. Elle se mettait aux fourneaux en catastrophe chaque fois que le fantasque cuisinier démissionnait, soit toutes les deux ou trois semaines ; elle faisait aussi son propre pain et sa fameuse *tarte tatin* [1], spécialité de la maison. On la voyait même nettoyer la salle à la fin d'une longue soirée de travail, quand les employés de ménage n'arrivaient pas. Elle était la femme-orchestre de la maison – et elle aimait ça.

Elle disait aux nouveaux clients que la cuisine était peut-être plus raffinée dans le très chic restaurant chinois de Wolfgang Puck, à quelques pas de là, mais que son établissement à elle était plus intime et moins cher.

— Je suis votre bistrot du coin, leur disait-elle. Vous pouvez venir n'importe quand, sans même avoir besoin de vous habiller. Juste pour un verre de vin et un bon petit plat...

Chez Ellie marchait bien ; pas encore la fortune, mais l'affaire était rentable et assurait à sa propriétaire un toit au-dessus de sa tête. Ce soir, à la fin d'une nouvelle journée de travail, longue et rude, elle aurait le sentiment du devoir accompli. Une fois de plus.

Sautant sur l'unique place de parking libre à la ronde, elle bondit hors de la Wrangler, glissa vingt-cinq *cents* dans le parcmètre et courut jusqu'au restaurant, à un demi-bloc de là ; sa longue chevelure volait autour d'elle. Une minute, elle s'arrêta pour regarder la devanture : elle était gaie, peinte en vert foncé, avec les mots *Chez Ellie* en lettres d'or ; des rideaux de café en dentelle étaient tendus sur des tringles de cuivre. Le carillon à l'ancienne mode tinta plaisamment quand Ellie ouvrit la porte.

La salle ressemblait à celle d'un vieux bistrot parisien, avec des miroirs piquetés de rouille aux murs, une fine couche de sciure sur le sol, un véritable comptoir en zinc, des chaises cannées bon marché, des nappes blanches pimpantes et des pots de terre cuite jaunes remplis de marguerites fraîchement coupées.

C'était un lundi, jour de congé d'Ellie, mais il y avait toujours des tâches à accomplir. Elle commença par inspecter la petite cuisine. Les employés de ménage

1. En français dans le texte. *(N.d.T.)*

avaient bien fait leur travail : le sol était rutilant, les grands fourneaux et réfrigérateurs de métal brillaient, tout était à sa place. Elle jeta un coup d'œil, teinté de nostalgie, au plan de travail en marbre où elle préparait sa fournée. Certains jours, elle regrettait un peu de diriger une affaire et de ne plus pouvoir être en cuisine. Mais elle avait très tôt appris qu'il était difficile d'être deux personnes à la fois ; et, malgré sa formation, malgré son talent aussi, son choix avait été d'engager pour le moment un chef cuisinier.

Ouvrant le réfrigérateur, elle en retira les boîtes qui contenaient les restes de la veille au soir, ainsi que le pain au romarin et aux olives qu'elle avait confectionné. Elle retourna à sa voiture en ployant sous la charge, trébucha et perdit l'un de ses escarpins bruns.

— Mince..., murmura-t-elle.

Elle ne jurait jamais, car sa grand-mère lui avait enseigné qu'une lady ne le faisait pas. En équilibre précaire sur une jambe, les boîtes lui glissant des bras, elle tâtonna du bout de son pied nu pour retrouver sa chaussure.

— Tu as tout d'une cigogne à laquelle on a coupé les ailes !...

Maya Morris, l'amie d'Ellie et son adjointe au restaurant, arrêta sa Pathfinder rouge le long du trottoir et passa la tête à la fenêtre en riant. Elle était blonde, superbe, et rarement debout à cette heure matinale.

— Tu ferais mieux de m'aider, au lieu de rire ! s'exclama Ellie.

Serrant les boîtes contre sa poitrine, elle lança un regard furieux à Maya et pointa vers elle son orteil nu.

— ... ou encore d'une danseuse de ballet, plaisanta celle-ci avant de sauter de sa voiture.

En route pour son cours de yoga, Maya portait un body noir, une paire de baskets, et c'était à peu près tout ; le flot de la circulation se ralentit sensiblement aux alentours. Elle poussa la chaussure près du pied d'Ellie, avec ce commentaire :

— Et moi, je suis le Prince Charmant qui se transforme en citrouille à minuit...

— C'est le carrosse de Cendrillon qui s'est transformé en citrouille, rectifia Ellie. Elle a épousé le prince.

Maya mit les mains sur ses hanches et contempla son amie, qui serrait toujours les boîtes contre elle.

— Tu ne risques pas d'épouser un prince, ni qui que ce soit d'autre. Tu es mariée à ton travail ! Mais passons. Où vas-tu ?

— Voir Miss Lottie.

Maya hocha la tête. Elle savait maintenant pourquoi, à la place de ses jeans habituels, Ellie portait une jupe bleu acier à fleurs et un haut de fin tricot, bleu lui aussi, mais d'un ton plus profond. Ainsi que les perles de sa mère, celles qu'on avait retirées de son cou après l'accident de voiture où elle avait trouvé la mort. Maya l'embrassa sur la joue et lui dit :

— Fais-lui mes amitiés.

Puis elle remonta dans sa voiture, en souhaitant qu'Ellie se trouve enfin un petit ami. Sa vie était entièrement vouée au travail, sans aucune place pour le plaisir.

Après avoir posé les paquets dans la Jeep, Ellie retourna rapidement au restaurant, referma la porte à clé, puis gagna sa voiture et roula (trop vite, comme toujours) jusqu'à l'asile de nuit de Santa Monica ; elle y déposa la nourriture, espérant apporter ainsi sa petite contribution. Puis elle jeta un coup d'œil à sa montre et remonta dans la Jeep en se demandant où le temps avait aussi vite filé.

Tandis qu'elle se dirigeait vers le nord sur la route 101, elle songea non sans inquiétude à sa grand-mère. Miss Lottie vivait à Montecito, dans un vieux manoir délabré, avec une seule gouvernante pour l'aider. Elle avait quatre-vingts ans bien sonnés et son esprit battait la campagne. Sa mémoire comportait des trous, de plusieurs décennies parfois ; en revanche, elle se souvenait dans les moindres détails de la fois où elle avait acheté un chapeau à Paris en 1939. À certains moments, Ellie la soupçonnait de choisir tout simplement d'être imprécise quand elle ne voulait pas parler de quelque chose.

— La vieillesse a ses bons côtés, ma chérie, avait-elle répondu avec coquetterie à Ellie le jour où celle-ci, irritée, l'avait accusée de simuler l'amnésie. Je t'ai élevée comme il le fallait après la mort de ta pauvre mère. Depuis que tu as quitté le nid, je n'ai plus de responsabilités envers personne. Maintenant, je n'ai plus aucun souci au monde.

Pourvu que ce soit vrai, songeait Ellie. Le trafic était infernal et elle allait être en retard. Une fois de plus.

3

La demeure de Lottie Parrish se dressait au milieu d'une superbe propriété de dix hectares, dans le petit canton riche et luxueux de Montecito. À dix minutes au nord se trouvait Santa Barbara, siège de la vieille mission espagnole, ainsi qu'un campus de l'université de Californie. Et à un peu plus d'une heure au sud (mais à une année-lumière en ce qui concernait le mode de vie), c'était la grande métropole de Los Angeles, étouffée par le smog.

Les villas balnéaires et les bungalows à l'espagnole épousaient la courbe de la baie, à l'ombre des palmiers, des orangers, des figuiers et des citronniers. De nombreuses bougainvillées, aux teintes tropicales, croissaient dans les jardins ainsi que le long de Coast Village Road, bordée de petites boutiques, de restaurants, et animée par une foule de touristes. Sans l'activité qui se tenait plus bas, dans le « centre-ville », la vie dans Hot Springs Road n'aurait pas changé depuis les années trente, époque où la grande villa à l'italienne avait été construite par le père de Charlotte Parrish.

Waldo Stamford, un Yankee de Boston, était tombé amoureux de ce bout de côte fleurie et de la petite communauté qui y vivait. Il avait construit sa maison en pierre calcaire de couleur crème, qu'il avait fait venir à grands frais ; elle comportait une galerie à arcades, de grandes portes-fenêtres ouvrant sur des patios ombragés, des cours ornées de fontaines, des jardins inspirés par ceux d'une villa palladienne de Vénétie. Chacune des douze chambres à coucher, protégée du soleil par des volets de bois verts, avait sa propre salle de bains et son petit salon. Et chacune d'elles était luxueusement équipée, depuis les tapis anciens d'Europe, d'une valeur inestimable, jusqu'aux robinets en or en forme de dauphin et aux draps du meilleur lin irlandais. À l'époque, ceux-ci étaient changés tous les matins par des femmes de chambre en uniforme ; elles les lavaient et les repassaient dans la buanderie, un bâtiment à part, caché dans le bois de bouleaux qui s'étendait derrière la maison.

Avec sa fille, la petite Lottie, Waldo recevait fastueusement, remplissant la maison d'éblouissantes vedettes de cinéma et de ce qu'il appelait la « racaille amusante », auxquelles se joignaient des gens « corrects » comme les magnats et la gentry californienne. Aujourd'hui, Miss Lottie ne recevait plus, même si elle continuait à être connue et aimée.

Elle se trouvait encore dans sa chambre ; en principe, elle s'habillait pour recevoir Ellie, mais pour l'instant elle était assise devant son magnifique bureau vénitien d'époque en marqueterie. Une vieille visière verte de celluloïd, que son père avait l'habitude de porter pour jouer au poker, masquant ses yeux, elle était installée devant son ordinateur. Elle possédait son propre site Internet : http://www.misslottie@aol.com, et correspondait avec de nombreux étrangers ; certains étaient devenus de véritables amis, comme un rabbin en Angleterre, qui se nommait Altman et pour qui elle avait beaucoup d'affection. À son plus grand plaisir, on semblait s'adresser à elle comme à un véritable courrier du cœur.

Cher Al, tapait-elle, assez vite pour quelqu'un qui ne pouvait utiliser que deux doigts arthritiques. *Merci pour votre message sur mon e-mail. Je suis désolée d'apprendre le problème que vous avez avec votre amie. Voilà ce que vous devriez faire, selon moi : épousez-la immédiatement. Faites d'elle une honnête femme. Rangez-vous, ayez des enfants. C'est pour cela que la vie est faite. Croyez-moi, car je le sais.* Elle signa : *Bien à vous, Lottie Parrish,* puis ajouta à la fin *Shalom.*

C'était un terme de paix qu'elle avait appris du rabbin ; elle aimait l'utiliser, car il exprimait bien ce qu'elle ressentait à l'égard de gens qu'elle ne verrait jamais, mais qui lui confiaient leurs secrets les plus intimes. Peut-être parce qu'elle était vieille, songea-t-elle en regardant défiler son économiseur d'écran, le dessin animé *Opus and Bill*. Néanmoins, ils semblaient bel et bien la trouver sage, alors qu'elle ne faisait que laisser parler son bon sens. Comme on y avait peu recours, désormais... Tout n'était plus que technologie d'un côté, psychologie de l'autre, sans grand-chose entre les deux.

Elle avait acheté l'ordinateur quand son vieil homme de loi était mort. Incapable de s'entendre avec son successeur, elle avait décidé de gérer son argent elle-même. Un jeune spécialiste en informatique – charmant et fort intelligent – était venu lui enseigner comment cela fonctionnait, une semaine durant, et à sa propre surprise elle avait beaucoup aimé. Hélas, ce n'avait pas été très bénéfique pour ses affaires.

La suite personnelle de Miss Lottie se trouvait en haut du grand escalier. Elle comportait de grandes portes doubles et des boiseries venant d'un château français, lilas fané, sa couleur préférée. Les portes-fenêtres s'ouvraient sur un balcon de marbre ; son lit de jeune fille, un lit à baldaquin, en brocart vert, était toujours là. En fait, rien n'avait changé. Tout était resté comme du temps de son père, lorsque sa fille Romany était encore en vie, ainsi que Rory Duveen. Sans doute la maison était-elle quelque peu vieillotte et défraîchie aujourd'hui, mais Miss Lottie s'en satisfaisait encore. Elle restait belle et distinguée – elle restait son foyer.

Soupirant sur le passé, Miss Lottie saisit sa canne et partit s'habiller.

Une demi-heure plus tard, elle attendait Ellie sur la terrasse dallée de marbre, assise sur une chaise de rotin à haut dossier qui devait avoir le même âge qu'elle ;

Bruno, le vieux labrador jaune, sommeillait derrière elle. Le dos de Miss Lottie était aussi droit que le dossier de sa chaise, sa chevelure argentée tirée en un impeccable chignon ; sa jupe de soie bleue avait été choisie avec grand soin pour aller prendre le thé au Biltmore. Le chatoyant petit foulard de soie qui lui entourait la gorge cachait en partie, espérait-elle, les vilains plis qu'aucune crème de beauté ne parvenait à estomper.

— Un peu de coquetterie ne fait pas de mal aux femmes, disait-elle à sa gouvernante et vieille amie Maria, quand celle-ci lui reprochait de gaspiller son argent en futilités. À l'âge que j'ai, c'est à peu près tout ce qui nous reste. D'ailleurs, à tous les âges, une femme devrait paraître au mieux de sa forme.

Miss Lottie regrettait que son esprit ne fût plus capable de suivre le rythme de son corps. Parfois, elle ne se rappelait même plus ce qu'elle avait fait la veille, sans parler de la semaine précédente – alors qu'elle se souvenait parfaitement de la construction de la maison et du jour où elle s'y était installée avec son père.

Tous les hommes qui avaient pris part à cette construction s'étaient réunis sur la grande terrasse où elle était assise en ce moment même. On avait servi du champagne dans des coupes en cristal, puis son père avait distribué de généreuses primes ; on avait porté un toast à la beauté et à la prospérité de la nouvelle maison. Ils l'avaient baptisée Journey's End, « La fin du voyage », et Miss Lottie l'avait toujours senti depuis : c'était là que prendrait fin son propre voyage à travers la vie. C'est ce qu'elle pensait du moins jusqu'à il y a quelques semaines, quand l'homme de loi et les comptables lui avaient dit que, cette fois, il ne lui restait plus d'argent.

Ils étaient venus la voir, apportant avec eux de volumineux dossiers et des livres de compte. Elle était restée assise, interdite, tandis qu'ils passaient tout en revue, ligne par ligne, dépense après dépense. Ellie aurait dû être présente, mais elle avait appelé pour prévenir qu'elle serait en retard ; quand elle était enfin arrivée, les joues roses de s'être trop dépêchée, sa longue chevelure flottant derrière elle comme d'habitude, Miss Lottie avait déjà accepté la suppression de ce qu'ils appelaient les « dépenses inutiles » – soit les bonnes œuvres les plus chères à son cœur. Les vieux amis dans le besoin, auxquels elle donnait de l'argent, les domestiques retraités qu'elle aidait pour leurs frais médicaux, les associations de protection de l'enfance. Tout s'était mêlé, devant ses yeux, en une masse de chiffres confuse ; elle avait signé à contrecœur, mais en reconnaissant que la situation ne pouvait continuer.

— Il faut penser à vous, Miss Lottie, l'avait admonestée l'homme de loi. Vous vivrez probablement jusqu'à cent ans, et vous aurez besoin de tout l'argent que nous pourrons sauver. Vous n'êtes plus une femme riche, loin de là...

Maria Novales traversa la terrasse, en portant un plateau sur lequel étaient disposés des verres et une carafe de jus de citron fraîchement pressé. Ses pieds chaussés de sandales ne faisaient aucun bruit sur les dalles de marbre, et Miss Lottie ne l'entendit pas arriver. Maria la contempla un moment : elle paraissait en forme aujourd'hui. Mais son moral remontait toujours quand Ellie lui rendait visite.

Miss Lottie était élégante, comme toujours, dans sa jupe bleue favorite. Deux bagues à l'ancienne mode, serties de diamants, brillaient autour de ses doigts minces ; sa chevelure argentée luisait au soleil. Elle était encore coiffée de cette drôle de visière verte qu'elle portait désormais quand elle s'asseyait devant son ordinateur, pour surfer sur Internet. Ce même ordinateur de malheur l'avait ruinée, mais elle l'aimait. Il continuait à l'amuser pendant des heures, la nuit, quand elle ne pouvait pas dormir, et Maria lui en était reconnaissante.

Quelque chose dans la posture droite et déterminée de Miss Lottie faisait venir à l'esprit le mot « indomptable ». Non qu'elle ne pût être une vieille femme insupportable quand l'envie lui en prenait. Et tatillonne avec ça. Et excentrique à sa façon. Mais quand on était une lady comme Miss Lottie, on pouvait se permettre d'être excentrique, imprudente et mauvaise langue. Et Miss Lottie ne pensait pas ce qu'elle disait, elle n'était dans le fond qu'une vieille guimauve sentimentale.

— Vous devriez ôter cette ridicule visière avant qu'Ellie n'arrive, dit Maria. Sinon elle saura que vous étiez encore devant l'ordinateur.

Miss Lottie la retira d'un air coupable.

— Je croyais que c'était mon chapeau...

— Voilà votre chapeau, fit Maria en le lui tendant. Elle est en retard, comme d'habitude, ajouta-t-elle en posant le plateau.

— Ne vous en faites pas. Elle arrivera bientôt.

Maria retourna à la cuisine. Elle connaissait Ellie depuis sa naissance. À cette occasion, Ellie était déjà arrivée en retard. Depuis, elle n'avait pas changé d'un pouce. « En retard » était inscrit dans ses gènes.

Miss Lottie pensa que Maria paraissait vieille, elle aussi. Ç'avait été une petite femme rondelette et souriante, avec les cheveux noirs, des yeux bruns qui pétillaient, la peau dorée. Maintenant, à l'image de Miss Lottie, Maria se desséchait et sa chevelure sombre se tissait de gris.

Elle l'avait aidée à élever Ellie après l'accident. Miss Lottie n'avait rien oublié ; dans sa mémoire confuse, les images de cette journée restaient inscrites aussi clairement que si l'accident venait de se produire. La journée où sa chère, merveilleuse, extravagante fille était morte, en compagnie de son gendre.

Buvant une gorgée de citronnade fraîche, elle se remémora toutes les raisons qu'elle avait d'être heureuse. Le soleil était chaud, le ciel radieux ; Bruno, son vieux labrador bien-aimé, somnolait derrière elle sur la terrasse, chassant des lapins en rêve. Sa vieille amie Maria était heureuse. Et Ellie allait lui rendre visite.

Peu importait ce qu'avaient dit les comptables ; au fond d'elle-même, Miss Lottie n'imaginait pas que la vie à Journey's End pût changer. Après tout, elle n'avait pas changé pendant soixante ans ; pourquoi le ferait-elle maintenant ?

4

Certes, Ellie savait depuis des années que sa grand-mère n'était plus riche, mais il y avait toujours eu de l'argent dans la famille Parrish. Du moins jusqu'à ce que Miss Lottie décide de s'occuper elle-même de sa fortune. La vieille visière de son père baissée sur ses yeux et le téléphone à la main, elle avait géré ses placements au jour le jour. Parfois, elle y avait gagné ; plus souvent, elle y avait perdu. Trop souvent, en définitive.

Ç'avait été un choc pour Ellie d'entendre Michael Majors, l'homme de loi, lui expliquer que Miss Lottie s'était ruinée en jouant à la Bourse. Il lui avait exposé les mesures qu'il venait de prendre, grâce auxquelles sa grand-mère pourrait continuer à vivre confortablement, sinon luxueusement. Puis il lui avait demandé si elle ne pourrait la persuader de vendre sa propriété.

— Ce genre de manoir délabré ne vaut pas grand-chose sur le marché actuel, mais dix beaux hectares à Montecito, si. Vous n'auriez plus de souci à vous faire jusqu'à la fin de vos jours – sans parler de ses jours à elle, avait-il plaidé.

Mais Ellie ne l'avait pas écouté. Miss Lottie avait vécu à Journey's End pendant plus de soixante ans, et elle y demeurerait, même si Ellie devait travailler le double pour le lui permettre. Miss Lottie avait veillé sur elle quand elle était enfant ; maintenant, c'était à son tour de le faire.

Les massives portes de chêne étaient grandes ouvertes ; Ellie secoua la tête avec inquiétude, tandis qu'elle pénétrait d'un pas vif dans le hall dallé, en songeant combien sa grand-mère et Maria étaient inconscientes des dangers du monde d'aujourd'hui. Des portes ouvertes, c'était une invitation faite aux voleurs – ou pire. Mais les deux femmes avaient toujours vécu ainsi et ne se posaient même pas la question.

Maria apparut, s'essuyant les mains à son torchon.

— Toujours en retard, Ellie...

— Tout le monde a l'air de penser que c'est une habitude chez moi...

Ellie la serra dans ses bras et la fit tournoyer.

— Oooh ! Maria, comme tu m'as manqué... Et tu sens si bon, la vanille et le parfum...

— C'est mon âme que tu sens ! Tout ce qu'il y a de bon en elle !

Le visage de Maria était tout rose, de reproche et de plaisir mélangés.

— En fait, c'est parce que j'ai préparé quelques cookies. Je pense que tu les apprécieras, le soir après ton travail. Quand tu as enfin quelques minutes à toi...

— Tu me gâtes. Et pourtant je ne suis qu'une sale gosse, tu le sais...

— Sale gosse ou pas, il faut bien que quelqu'un te gâte. Tu as l'air fatiguée, Ellie.

— Je sais. Et ne dis rien, mais je parie que je suis débraillée en plus.

Lissant sa chevelure ébouriffée par le vent, Ellie se pencha pour caresser le chien, qui arrivait près d'elle avec toute la vitesse et tout l'entrain que lui permettait son âge.

— Brave vieux garçon, lui dit-elle. Amour de chien. Tu sais que je t'aime, n'est-ce pas ?

— Enfin, tu es là ! cria Miss Lottie. Je t'ai attendue...

— Je suis désolée, répondit Ellie en s'approchant. Il y a beaucoup de circulation...

Sa grand-mère lui lança un regard sceptique, et Ellie la serra dans ses bras en riant.

— D'accord... C'est en partie la circulation et en partie parce que j'avais à faire au restaurant.

— Ça ne change pas, dit ironiquement sa grand-mère. Et j'ai bien peur que ça ne change jamais.

— Bref... Maintenant que je suis là, allons au Biltmore. Je meurs de faim et je parie que toi aussi. Nous nous raconterons les dernières nouvelles là-bas.

— Je me souviens où se trouve le Biltmore, c'est encore une chance. (Miss Lottie enfonça résolument sur ses cheveux gris le chapeau de paille à larges bords, piqué de roses roses.) Et je me souviens aussi parfaitement d'où vient ce chapeau. De Paris, en 1939, juste avant la déclaration de guerre en Europe. Bien avant ta naissance.

Tandis qu'elle prenait le bras d'Ellie et descendait les marches vers la voiture, elle lui raconta pour la énième fois l'histoire du chapeau.

— Je l'ai acheté chez Mme Pépita, faubourg Saint-Honoré. Il coûtait cinquante-cinq dollars et c'était une petite fortune à l'époque, je t'assure.

— Tu vois, Miss Lottie, que tu peux te souvenir quand tu le veux...

Ellie aida sa grand-mère à prendre place dans la Cadillac blanche, réalisée sur commande en 1972. Miss Lottie, dont les seuls déplacements désormais étaient d'aller au Biltmore et d'en revenir, avait toujours refusé de posséder une Rolls : elle achetait des chapeaux à Paris, disait-elle, des lainages anglais, mais ses voitures étaient toujours des américaines.

— On doit soutenir l'économie de son pays, expliquait-elle, citant les paroles de son propre père.

À dire vrai, l'économie américaine n'avait guère profité de ces principes, car Miss Lottie n'avait pas acquis une seule voiture depuis l'achat de la Cadillac, vingt-cinq ans auparavant. Acheter de la bonne qualité, qui dure longtemps, était une autre de ses devises ; la vieille Cadillac en avait prouvé le bien-fondé, même si elle n'avait parcouru que vingt mille kilomètres à peine.

Elle ronronna doucement pendant le trajet, ses sièges

étaient aussi profonds que moelleux. Ellie dit à sa grand-mère :

— Le directeur nous attend. Sûr qu'ils auront déroulé le tapis rouge pour toi...

— Sottise, Ellie... Ils nous voient tous les lundis. En plus, ils savent très bien qu'une lady n'aime pas les manières.

Pourtant Miss Lottie était heureuse ; elle tapota ses cheveux de la main, ajusta l'inclinaison de son chapeau dans le rétroviseur, fit briller sa vieille broche en diamants avec un mouchoir de lin. Elle se demanda brièvement qui la lui avait donnée, mais l'identité du donateur s'était perdue dans les brumes de sa mémoire défaillante.

En secret, elle adorait les manières qu'on faisait pour elle au Biltmore. Après tout, ne le fréquentait-elle pas depuis plus d'un demi-siècle ? De plus, Ellie et elle avaient toujours grand plaisir à se retrouver ; et peut-être, tout à l'heure, pourrait-elle la persuader de rester dormir. Alors, tout serait à nouveau comme autrefois.

5

À la gare, Buck Duveen acheta un journal et un paquet de Camel sans filtre. Étrange sensation que de tendre l'argent, vérifier la monnaie des vingt dollars, monter dans le train qui attendait sur le quai. Il tourna la tête, s'attendant presque à voir un gardien en armes arriver derrière lui pour le ramener là-bas. Tout cela n'avait été qu'une mauvaise plaisanterie ; il fallait que Buck regagne maintenant sa cellule... Mais non, la seule personne derrière lui était une jeune femme en tailleur bleu, nantie d'une jupe très courte et de jolies jambes.

Buck se rangea poliment sur le côté pour la laisser passer, et elle le remercia d'un sourire dégagé. Lui-même souriait, mais d'un air sombre et mauvais, tandis qu'il la suivait à l'intérieur du wagon de chemin de fer. Ce n'était pas par politesse qu'il l'avait laissée passer devant. Il n'avait pas vu de véritable femme depuis des années ; les viragos de l'Hudson ne comptaient pas – encore qu'elles eussent fait l'affaire, s'il avait pu en assommer une assez longtemps pour relever ses jupes. Là, rien qu'en regardant le mouvement de ces fesses petites et fermes, il contenait avec peine son excitation.

Elle s'arrêta devant un siège libre, retira sa veste et la déposa dans le filet, donnant à Buck une occasion supplémentaire de la contempler. Entre voir des jeunes femmes à la télévision et en regarder une en chair et en os, il y avait la même différence qu'entre une revue porno et la réalité. Quand elle se fut assise, il lui fit un signe de tête et poursuivit son chemin.

Il choisit un siège en face d'une autre femme, plus âgée celle-ci – une petite quarantaine d'années –, mais toujours attirante : cheveux noirs, courts et soyeux, yeux bruns, bouche charnue. Ses ongles étaient très longs, carrés à l'extrémité et recouverts de vernis rouge sombre ; il trouva qu'ils ressemblaient à des serres de vautour, et les imagina s'enfonçant dans le dos d'un homme plutôt que dans le sac à main de leur propriétaire, pour y prendre un sandwich au jambon.

Elle se comportait comme si Buck n'avait pas été là, ouvrant son livre, mordant dans son sandwich. Il posa son journal sur la table, prit son paquet de cigarettes et en fit sortir une ; elle leva les yeux et fronça les sourcils.

— Il est interdit de fumer.

— Excusez-moi. Je suis désolé, je n'ai pas fait attention.

Comme il était poli ; un vrai gentleman. Il rempocha ses cigarettes et se mit une pastille à la menthe dans la bouche, tandis qu'elle retournait à son livre.

Buck n'ouvrit pas son journal. Il était assis face à sa compagne de voyage, les yeux fixés sur elle ; c'était un jeu auquel il avait toujours aimé jouer, et il se demandait combien de temps elle tiendrait.

Elle pouvait sentir la chaleur de son regard, comme un rayon posé sur sa peau. L'espace d'un instant, elle releva les yeux, avant de les baisser à nouveau. Puis elle remua, gênée, haussa son livre devant son visage pour ne plus le voir. Duveen sourit, avec la même petite moue triomphante déjà adressée à la secrétaire qui lui avait tendu son argent. Il éprouvait une brutale sensation de puissance en regardant la femme. C'était une sensation qu'il n'avait pas ressentie depuis longtemps, privé comme il l'était de proie humaine, et il sut qu'il allait s'illustrer à nouveau. Il n'avait pas perdu son pouvoir.

Soudain, la femme ferma le livre ; elle le jeta dans son sac avec ce qui restait de son sandwich, saisit son manteau sur le siège voisin et glissa de côté, hors de sa place, aussi vite qu'elle le put. Il observait chaque mouvement, chaque ondulation de son corps.

— *Pervers...,* murmura-t-elle.

Puis elle partit, remontant le train d'un pas résolu, pour s'éloigner de lui.

Duveen poussa un soupir de satisfaction. Les affaires reprenaient.

À Manhattan, il descendit dans un modeste hôtel proche de Times Square. Il en ressortit pour dîner d'un steak, puis dénicha un bar louche où l'on vendait un bourbon à peu près convenable. Alors, il fut temps de mettre son premier plan en action.

Ayant fait le plein de bourbon, bourdonnant de puissance intérieure comme un pylône électrique, il trouva une putain. Il l'emmena dans une ruelle sombre et la prit debout contre le mur, derrière une benne à ordures. Pendant qu'il s'exécutait, il mit les mains autour de son cou gracile et commença à serrer. Il ne craignait pas que quelqu'un passe dans la ruelle et le surprenne, parce qu'il était le maître ; il était invincible.

Le souffle coupé, elle se débattit désespérément ; il lui donna un coup de poing pour l'assommer. Quand tout fut fini, il se retira d'elle et la laissa glisser sur le sol. Puis il prit son couteau dans sa poche et lui grava avec soin, profondément, une croix sur le front. D'une tempe à l'autre, de la racine des cheveux jusqu'au nez. C'était quelque chose qu'il aimait faire, une façon d'imprimer sa marque personnelle. Soulevant aisément la putain dans ses bras vigoureux, il la jeta dans la benne à ordures, ensuite il sortit la bouteille de bourbon de sa poche et arrosa le cadavre de son contenu. Il remit enfin de l'ordre dans ses vêtements, prit une cigarette, l'alluma et jeta l'allumette enflammée dans la benne. Puis, sifflant *Dixie* entre ses dents, il ressortit sans se presser de la ruelle. Il se sentait un autre homme.

En tournant au coin de l'immeuble, il entendit le *whouch* des flammes derrière lui et sourit, de son curieux petit sourire. Il avait toujours aimé le feu.

Il attendit un moment, se mêlant à la foule qui déambulait sur les trottoirs. Des sex-shops vendaient revues et accessoires pornographiques, des cinémas passaient des films X et des maquereaux surveillaient les filles. Dix minutes s'écoulèrent avant qu'il entendît les hurlements des voitures de pompiers fonçant vers la ruelle.

Le sentiment de son pouvoir le combla d'aise, tandis qu'il se précipitait vers l'incendie avec les autres badauds. Il avait créé un spectacle gratuit pour la populace surexcitée : des lumières, du bruit, des flammes qui jaillissaient, des voitures de pompiers rutilantes. Les cris, la hâte et la peur qui accompagnaient un drame de la vie.

Ses pas le ramenèrent à son hôtel. Ce n'avait été qu'une mise en train, mais pas si mauvaise, songeait-il, pour sa première journée d'activité depuis vingt ans.

6

L'inspecteur Dan Cassidy, de la brigade des homicides, était assis à son bureau, dans le commissariat du district de Manhattan Centre-Sud, et pianotait sur son ordinateur. Il n'en avait nul besoin, à vrai dire ; ses notes étaient déjà complètes, comme d'habitude. Arrêtant sa machine, il reporta son attention sur ses dossiers. Tous en ordre. Il ouvrit les tiroirs du bureau, puis les referma : ils étaient vides.

Repoussant sa chaise en arrière, il gagna nerveusement la machine automatique, installée dans le hall d'entrée, et fit couler son cinquième café de la soirée. Il cala ses larges épaules contre le mur pour siroter le liquide fade et brunâtre, et se demanda avec anxiété s'il avait pris la bonne décision. Ne disait-on pas qu'on ne pouvait jamais revenir en arrière, jamais revenir chez soi ? Mais il ne laissa pas le doute le gagner. Il était trop tard, maintenant.

Dan avait les cheveux bruns et les yeux bleus de ses ancêtres irlandais ; il était grand et bien bâti comme dans la famille de sa mère. Il avait grandi à Santa Barbara, et y avait mené la vie typique d'un jeune Californien : champion de natation au lycée, membre de l'équipe d'aviron à l'université, surfeur et pêcheur acharné. Aujourd'hui, c'était un homme de trente-neuf ans à la silhouette mince et vigoureuse, séduisant, qui avait laissé une ex-femme à Los Angeles.

Ils s'étaient mariés jeunes, alors que Dan était encore

à l'université. La rupture avait eu lieu deux ans plus tard. Voulant mettre autant de distance que possible entre lui et son passé et cherchant à donner une nouvelle orientation à sa vie, Dan avait gagné New York où il était devenu flic. Il ne l'avait jamais regretté. Parmi ses collègues, il avait la réputation d'être un dur à cuire et un intuitif. Un homme qui prenait son travail au sérieux, et qui avait à cœur d'aider les victimes.

— Le seul problème de Dan, c'est qu'il ne peut pas remettre le monde en ordre à lui tout seul, s'était plaint un jour le chef – en souriant.

Deux ans plus tôt, Dan avait été gravement blessé ; il avait reçu un coup de feu dans la poitrine en arrêtant un homme suspecté de meurtre. Seule l'intervention rapide de son équipier et ami, l'inspecteur Pete Piatowsky, l'avait sauvé.

Après avoir frôlé ainsi la mort, il avait réfléchi. Il avait eu de la chance cette fois-ci, mais qu'en serait-il la prochaine fois ? La réponse était incertaine, car la blessure lui avait laissé une raideur dans le bras droit et dans l'épaule, qui le gênait pour tirer. Lui-même, à dire vrai, ne se sentait guère handicapé, mais la commission médicale de la police n'était pas du même avis, et l'avait affecté à des tâches purement administratives.

Être inspecteur de police à New York, sillonner les rues fiévreuses pour tenter d'y faire régner l'ordre, c'était une chose ; être assis derrière un bureau en était une autre, qui avait bien moins de charme. C'est pourquoi Dan allait s'envoler le lendemain pour sa Californie natale, où une autre existence l'attendait, dans le petit domaine vinicole qu'il avait acheté non loin de la ville de son enfance.

Il se dit qu'il en avait assez du meurtre et du désordre, pour la durée de plusieurs vies ; qu'il voulait revenir à l'environnement plus simple qu'offrait la campagne. Des chevaux, des chiens, des poulets, l'atmosphère provinciale. S'il fallait être fermier pour cela, alors il serait fermier.

Son père était mort récemment ; il avait acheté le

vignoble poussé par une vague de souvenirs et de nostalgie, dans l'espoir de retrouver ses racines. Les mauvais jours, il pensait qu'il devait être fou et que ce Running Horse Ranch était voué à l'échec. Les bons jours, il songeait qu'il apprenait vite et qu'il y investirait tout ce qu'il pourrait : son temps, son énergie, son argent – ou ce qui en restait. Un jour, la propriété serait un succès et lui rembourserait tout cela.

Il ne l'avait pas encore visitée ; mais, quand il avait vu l'annonce, des souvenirs de ce secteur lui étaient revenus en mémoire, datant de son enfance. Et il n'était pas complètement néophyte en matière vinicole. L'année d'avant son départ de l'université, il avait gagné l'argent de sa scolarité en travaillant dans un vignoble de Napa. Il avait tout fait, soigné les vignes, vendangé, aidé au pressoir et à la mise en bouteilles ; il avait longuement observé le vigneron et s'était intéressé aux différentes techniques. Tous les problèmes qui peuvent se présenter, il en avait fait l'expérience. La gelée soudaine, capable de détruire une récolte en une nuit si l'on ne se précipitait pas – en général à trois heures du matin – pour asperger les vignes. Il avait vu la maladie racornir les raisins jusqu'à les transformer en petits grains secs et sans valeur ; il avait lutté contre l'inondation et senti le soleil lui brûler le dos. Surtout, il avait appris à quel point un viticulteur était dépendant du temps. Une bonne vigne plus du beau temps voulaient dire une bonne récolte : l'équation était simple. Il espérait seulement qu'il saurait la poser.

Les photos du domaine, prises sous le soleil, montraient un paysage vallonné parsemé de petits chênes, d'eucalyptus à l'ombre épaisse et de longues perspectives de vignes. On distinguait une maison de bois entourée d'une véranda, un chai rougeâtre et des écuries d'adobe dans le style espagnol, disposées autour d'une jolie cour. L'ensemble avait si belle allure qu'il en était aussitôt tombé amoureux. En outre, c'était bon marché ; une affaire, lui avait-on dit. Avec ce qu'il avait hérité de son père, ses économies et sa pension d'invalidité, il était presque parvenu à réunir la somme exigée. Aujourd'hui, il se demandait avec inquiétude si c'était aussi beau dans la réalité que sur les photos.

Avec un soupir teinté de regret, il revenait lentement dans la salle de police quand arriva l'appel au sujet d'un corps calciné dans une ruelle proche de Times Square. Son adrénaline grimpa aussitôt en flèche, réflexe qui le fit se diriger vers la porte.

— Bon Dieu, j'y vais avec toi une dernière fois ! lança-t-il à Pete Piatowsky, avec qui il avait fait équipe pendant cinq ans.

Piatowsky lui jeta un regard amusé.

— Tu réussiras jamais à vivre là-bas, seul dans ta cambrousse. Tu arrives même pas à décoller d'ici pour aller fêter tes adieux au bar – il faut que tu retournes nettoyer les rues une dernière fois. Qu'est-ce qu'on parie que tu seras revenu dans trois mois ?

— Cinq contre un sur deux mois ! cria quelqu'un dans la salle, couvrant les rires.

Le visage amical et clair de peau de Piatowsky se fendit d'un large sourire qui découvrait ses dents. Si parier n'avait pas été illégal, il aurait encore fait baisser cette cote.

Dan était grand, mais Piatowsky était un géant. Il avait quarante-deux ans ; ses fins cheveux blonds étaient toujours soigneusement peignés en travers de son vaste front, et ses yeux bleus semblaient empreints d'une grande douceur. Mais Dan savait qu'à l'intérieur il était aussi tranchant qu'un rasoir – au diapason du monde de la rue. C'était un bon inspecteur autant qu'un bon ami. Qui lui avait sauvé la vie. Il ne pourrait jamais oublier cette dette-là.

L'écœurante odeur de chair brûlée leur frappa les narines dès qu'ils sortirent de voiture. La mort n'était jamais belle à voir dans la rue, mais celle-ci était un spectacle à vous donner la nausée. Les flammes n'avaient pas fait disparaître la croix, profondément gravée dans le front de la femme : les lèvres de la plaie avaient roulé vers l'extérieur comme les pages d'un livre, découvrant la calotte crânienne. Et les yeux sortaient de la tête en une expression de terreur – la même, Dan le savait, avec laquelle elle avait regardé son meurtrier au moment de mourir.

Le médecin légiste arriva juste après eux. Penché au-dessus de la benne à ordures nauséabonde, il s'acquitta de sa tâche ; Dan ne la lui enviait pas. Une nouvelle fois, il se rappela le ciel bleu, la lumière du soleil et l'air frais de la campagne, qui bientôt lui appartiendraient.

— Je parierais que ce n'est pas le couteau qui l'a tuée, dit enfin le légiste. Ni le feu. Elle a été étranglée à la main. La mutilation a été pratiquée après la mort, et le feu avait sans doute pour but de faire disparaître les traces.

À leur grand dépit, ils virent que les puissantes lances à eau des pompiers avaient dispersé tous les indices qui auraient pu les aider dans leur enquête.

— Quel qu'il soit, ce salaud a de la veine, dit Piatowsky à Dan d'un air las. Mais pourquoi ce besoin de lui graver une croix sur le front après sa mort ? Quel genre de malade ça peut être ? Un disciple du New Age, qui veut réformer Manhattan à sa façon ?

— C'est sa signature. Son truc personnel. À mon avis, il a déjà dû le faire avant. Tu devrais consulter les archives pour voir quel cinglé vient de terminer sa peine, et frappe de nouveau dans les rues.

— Merci du tuyau, vieux.

Piatowsky aurait bien aimé prendre le verre de l'amitié avec ses collègues dans le bar voisin du commissariat ; mais une nuit longue et difficile l'attendait.

— Pourquoi tu éjectes pas d'ici ta tête de gros malin rectifiée FBI pour aller à ta fête d'adieux ? dit-il à Dan en lui serrant la main et en lui tapant affectueusement sur l'épaule. J'aurais bien voulu être des vôtres, mais comme d'habitude il faut que je tienne compagnie au macchab'.

Maintenant que le temps était venu, l'idée de partir faisait horreur à Dan.

— Il y aura une chambre d'amis toute prête pour toi sous le soleil de Californie.

— J'amènerai mes cannes à pêche et mes gamins, répondit Piatowsky, avant de retourner à son crime.

Dan le savait, des amis comme lui ne se rencontraient pas souvent. Redressant les épaules, il s'enfonça dans la foule et dans la nuit anonyme.

De retour au poste, il rendit son insigne et serra des mains à la ronde. Puis il gagna le bar, afin d'y noyer ses regrets en compagnie de ses collègues.

7

Ellie frappait de ses poings la boule de pâte à pain, la pétrissant jusqu'à ce qu'elle soit suffisamment lisse et élastique pour son goût. Puis elle la saupoudra de farine, la recouvrit d'un linge et la posa près du fourneau chaud pour qu'elle lève. Ensuite, elle nettoya le plan de travail de marbre, alla chercher du beurre dans le réfrigérateur et commença à préparer la pâte pour la tarte tatin. Les pommes étaient déjà coupées en rondelles ; l'agréable parfum du sirop de sucre qui caramélisait sur le fourneau embaumait la cuisine.

Il était huit heures et demie du matin. Ellie était déjà allée au marché de gros, à six heures, pour prendre les légumes du jour. Le chef, Chan, se chargerait d'acheter la viande ; plus tard, il lui téléphonerait, et ils conviendraient ensemble des plats du jour selon ce qu'il aurait acheté. Elle rédigerait les menus, foncerait chez Kinko pour en faire tirer des copies, puis reviendrait en vitesse et ouvrirait juste à temps pour le déjeuner, à onze heures. Pour ce service, elle faisait la cuisine et Jake était en salle.

Jake était brun, beau garçon et acteur. À Los Angeles, tout le monde était plusieurs personnes à la fois. Même elle. Elle était boulangère, mais aussi serveuse, et directrice de société, et employée de bureau. Tout – excepté chef cuisinier, comme elle avait appris à l'être, parce que ses déjeuners étaient essentiellement faits d'omelettes, de soupes et de salades.

Entre-temps, comme d'habitude, elle ouvrirait à neuf heures et demie et servirait du café, des muffins, des œufs et des toasts – un petit déjeuner tout simple, mais qui faisait marcher les affaires et augmentait la recette de la semaine. Sauf que cette maudite machine à café était encore en panne.

Le téléphone sonna. Rejetant ses cheveux en arrière d'une main farineuse, elle décrocha.

— *Chez Ellie*, j'écoute...

Sa voix, douce et profonde à la fois, allait en montant, donnant toujours l'impression à son interlocuteur qu'elle était contente de l'entendre. Même quand il s'agissait de Chan.

— Bonjour, Chan.

Elle se raidit, prête à essuyer le déluge quotidien de récriminations émanant de son chef.

— Il n'y avait pas de veau ce matin. Vous vous rendez compte ? *Pas de veau !* Qu'est-ce que c'est que ce boucher ? Il faut qu'on trouve un autre fournisseur aujourd'hui même, ou bien je démissionne !

— Chan... C'est le seul dont la viande est parfaite, vous-même le dites. Ils n'ont pas de veau aujourd'hui ? Bon... Pourquoi ne pas essayer le porc à la place ?

— Le porc ? Mmm... Peut-être que je pourrais faire des raviolis, dans le genre boulettes chinoises, avec une sauce *hoisin* [1] spéciale...

— C'est bon, Chan. Dites-moi seulement comment ça s'appelle, pour que je puisse aller chez Kinko.

— Ça s'appelle les raviolis à la Chan.

Ellie ouvrit de grands yeux, puis songea : pourquoi se compliquer la vie ? Ensuite, elle nota la liste des plats qu'il proposait pour le menu du soir.

— À plus tard..., dit-elle en raccrochant.

Heureuse de l'avoir dissuadé une fois de plus de démissionner, elle traversa le restaurant, alluma les lumières et retourna la pancarte *Fermé* en *Ouvert*. Juste

1. Sauce épicée, aigre-douce, contenant du soja, du sucre, de l'ail et du piment. *(N.d.T.)*

une nouvelle journée qui commençait, pensa-t-elle avec un soupir d'aise.

Revenue devant le plan de travail, elle versa le sucre caramélisé dans les plats en fonte, disposa par-dessus, en cercles concentriques, les quartiers de pommes, qu'elle recouvrit avec la pâte. Il n'y aurait plus, ce soir, qu'à cuire les tartes tatin et à les servir chaudes.

Elle pensa à Chan. À demi asiatique, avec ses yeux sombres et ses cheveux bruns, aussi fantasque que talentueux, il donnait à la cuisine française une touche d'exotisme originale. Son second, Terry, sous-chef de vingt ans – avec les cheveux blonds coupés ras, les yeux bleus délavés et les manières méthodiques de ses ancêtres allemands –, venait du Minnesota. Sans doute aurait-il accepté n'importe quel emploi, pourvu qu'il lui permît de vivre sous le soleil de Californie.

— Incroyable qu'il n'y ait pas de neige ici, disait-il avec stupéfaction, quand tout le monde se plaignait des rares jours de pluie.

Il y avait encore le rangeur de vaisselle, aide-serveur, plongeur et responsable du ménage ; il changeait si souvent qu'on n'essayait même plus de retenir son nom ni de savoir qui était employé cette semaine-là. On le désignait sous le nom générique de « le petit ». Puis il y avait Jake, qui venait aider au déjeuner, et chaque fois qu'ils étaient à court de personnel. Enfin, bien sûr, il y avait Maya, amie d'Ellie depuis l'université. Elles avaient partagé quelque temps un appartement à Venice, à l'âge où elles « cherchaient leur voie ».

Avec son casque de cheveux dorés sur la tête, Maya était une magnifique déesse blonde, aux yeux ambrés comme le whisky et frangés de longs cils noirs, au corps à la fois ferme et sensuel, qui faisait se retourner les passants, même dissimulé sous des jupes longues et des pulls qui bâillaient. Les quatre jours par semaine où elle travaillait au restaurant, Ellie affirmait qu'elle attirait plus de clients que les plats qu'on y servait. Les trois autres jours, elle travaillait à un scénario. Cette semaine, il y était question du mal, avait-elle dit. Elle savait qu'elle trouverait bientôt à le vendre, et qu'alors elle abandonnerait à tout jamais le métier de serveuse.

— Ensuite, je ne viendrai plus ici que pour dépenser mon argent, disait-elle à Ellie. Et, fais-moi confiance, j'amènerai avec moi tous mes nouveaux amis haut placés. Alors, tu n'auras plus de souci à te faire. Attends un peu et tu verras.

Pour l'instant, elles attendaient toutes les deux, faisaient le service et espéraient.

Dan trouva une petite place dans Main Street pour garer son Explorer blanche flambant neuve. Il y avait une demi-heure de crédit d'avance dans le parcmètre. Sous les rayons brûlants du soleil californien, des gens en short et en tee-shirt passaient sur leurs rollers, ou encore paressaient aux terrasses des cafés. Dan avait vu à la télévision des nouvelles du temps dans l'Est, d'où il arrivait : on était au début du mois d'avril, cinq nouveaux centimètres de neige venaient de tomber là-bas. Jugeant que la vie, après tout, ne s'arrangeait pas si mal, il entra chez Ellie d'un pas nonchalant.

De derrière la machine à café, la jeune femme aux cheveux roux lui adressa un éblouissant sourire de bienvenue ; il semblait s'étaler de l'une à l'autre de ses jolies oreilles ornées de diamants.

— Je suis à vous tout de suite, lui lança-t-elle. Mais la machine à café débloque encore. Si vous êtes accro à la caféine, vous devrez faire un tour chez Starbucks. C'est à un bloc d'ici.

— Un jus de fruits fera l'affaire. C'est d'œufs que j'ai vraiment envie. Brouillés, avec du pain grillé...

— Entendu.

Elle nota la commande et gagna la cuisine, au fond de la pièce.

Ce n'était qu'une petite salle de restaurant, qui ressemblait à un bistrot parisien. Les miroirs recouvrant les murs étaient vieux et ternis, les appliques en bronze vert-de-grisées, les tables en marbre et les chaises cannées. Une couche de sciure fraîche recouvrait le sol carrelé.

Mignon, pensa-t-il. Comme la serveuse. Elle revint, apportant nappe et couverts, ainsi qu'une corbeille de pain fraîchement grillé, recouvert d'une serviette à carreaux verts. Dan revint aussitôt sur son jugement. Impossible de dire d'une femme aussi grande qu'elle était mignonne. Et ce n'était pas non plus une petite minette californienne parmi d'autres.

En posant le pain en face de lui, elle lui adressa un nouveau sourire éblouissant, et il remarqua une trace de farine sur sa joue. Ses yeux avaient la couleur gris-bleu de l'opale ; son nez était piqué de taches de son et ses cheveux roux sortaient, en une longue queue de cheval, de sa casquette de base-ball noire. Il avait la bizarre impression de l'avoir déjà vue quelque part. Peut-être parce qu'elle ressemblait un peu à Julia Roberts.

— Vous êtes en vacances ?

Elle disposait la nappe et les couverts sur la table, pliait la serviette à carreaux. Sa voix était douce et profonde comme du chocolat fondu.

— Comment savez-vous que je ne vis pas ici ?

Elle l'observa, les mains sur les hanches.

— C'est cette pâleur de la côte Est qui vous trahit. Par ici, la plupart des gens sont bronzés, même si c'est du faux.

Dan rit.

— Vous voulez dire que je dois m'enduire de crème à bronzer pour avoir l'air d'un indigène ?

Avec ses longues jambes, elle regagna le comptoir en trois enjambées ; elle se saisit du verre de jus de fruits et le lui rapporta.

— Oh ! Deux jours à la plage et vous serez à point. Méfiez-vous quand même : on est seulement en avril, mais le soleil tape déjà fort.

Il la suivit des yeux tandis qu'elle retournait chercher les œufs à la cuisine.

— Comment se fait-il, alors, que vous soyez si pâle ?

— Grâce à ma grand-mère. Quand j'étais enfant, elle

me faisait toujours porter un chapeau, et elle ne m'a jamais laissée prendre un bain de soleil. Elle disait qu'avec mes cheveux roux et mes taches de rousseur, ce serait comme de passer sur le gril. Et vous savez quoi ? Elle avait raison. Maintenant que je suis plus vieille et plus raisonnable, je la remercie chaque fois que je me regarde dans une glace. Pas une ride, pas une tache brune. J'ai de la chance...

Elle lui sourit à nouveau en posant les œufs devant lui ; de retour derrière le comptoir, elle le regarda d'un air songeur.

Mignon, pensa-t-elle – si du moins l'on pouvait qualifier de mignon un homme aussi rude d'aspect. Des yeux bleus si profonds qu'ils semblaient avoir tout vu ; d'épais cheveux noirs, un nez d'oiseau de proie, la mâchoire bleuie par une ombre de barbe. Il était mince, musclé, avec de larges épaules.

Elle soupira d'un air de regret ; de toute façon, elle n'avait pas de temps à consacrer aux hommes. Une jeune femme ambitieuse, voilà ce qu'elle était, et elle le resterait. Une jeune femme bien décidée à faire son chemin dans la vie. *Chez Ellie* était un premier pas dans le monde de la restauration, mais elle avait déjà planifié les deux ou trois étapes suivantes.

Dan avala ses œufs en un temps record ; il jeta un coup d'œil à sa montre, puis alla payer l'addition.

— Merci, dit-il en souriant. C'était très bon.

— Passez de bonnes vacances, lui lança-t-elle comme il gagnait la porte.

Il s'arrêta quelques instants sur le bord du trottoir, les mains dans les poches, contemplant le spectacle de la rue, avant de remonter dans son Explorer blanche. Ellie trouva qu'il avait une belle démarche, assurée et plutôt sexy.

Éloignant résolument de son esprit toute idée de sexe, elle se concentra sur le problème de la machine à café. Elle avait déjà téléphoné deux fois hier ; cela ne ferait que le troisième appel. Peut-être aujourd'hui enverraient-ils quelqu'un pour s'en occuper ?

Dès que Jake arriverait, elle se précipiterait chez Kinko avec le menu ; ensuite, il faudrait passer en revue les commandes de la semaine, et comprendre pourquoi il y avait tant de gaspillage dans les produits frais. Puis ce serait la bousculade du déjeuner. Après quoi, elle dresserait les tables du dîner et s'assurerait que Chan venait bien officier aux fourneaux. Elle aiderait aux préparatifs, prendrait une demi-heure de pause pour avaler un café et un muffin, rentrerait chez elle, se doucherait et se changerait. À cinq heures, elle serait de retour pour le service du soir, comme serveuse, sommelier, plongeur, ou n'importe quelle autre tâche dont personne ne voudrait.

Parfois, elle se demandait si elle avait choisi la juste voie ; puis, quand elle avait fait une bonne semaine, ou même simplement une bonne journée, elle savait que oui. Et chaque soir, quand elle se laissait tomber dans son lit, exténuée – et solitaire –, elle se répétait que tout cela en valait la peine, et qu'un jour elle aussi posséderait un restaurant étoilé au *Michelin*.

Il n'y avait donc ni temps ni place dans sa vie pour un gars rude mais mignon, aux yeux bleus, qui croisait sa route parce qu'il était en vacances. Ni pour aucun de ses semblables. Elle devait s'occuper de sa grand-mère, et n'avait nulle envie de se compliquer la vie avec un homme.

8

Dan remonta la côte ; il appréciait le confort de conduite de sa nouvelle voiture et ralentissait fréquemment pour admirer le paysage. La route sinuait le long de l'océan. Il s'arrêta pour regarder les surfeurs, qui lui rappelaient l'année de ses seize ans, quand il passait le plus clair de son temps dans l'eau. Sa mère craignait que son cerveau, à force, ne fût imbibé d'eau – et son père avait affirmé qu'il l'était sûrement quand, à l'âge de dix-neuf ans, Dan avait épousé sa petite amie du lycée. Sans doute son père avait-il raison.

Le Running Horse Ranch se trouvait juste au nord de Santa Barbara, dans une région de collines vertes et moutonnantes ; en été, sous le chaud soleil de Californie, elles prendraient des teintes rousses de pain grillé. En passant devant les autres domaines vinicoles, Dan admira les vignes bien tenues, déjà couvertes de feuilles, les jolis stands de dégustation installés dans des jardins impeccablement soignés, pour inciter les automobilistes à faire une pause et pique-niquer à l'ombre des chênes, en sirotant un verre de la production maison.

Le Running Horse Ranch n'avait pas tout à fait la même allure. Dan sortit de la voiture et contempla les coteaux desséchés, puis il ramassa une poignée de terre et la laissa couler entre ses doigts : elle était sèche et poussiéreuse, prête à s'envoler dans la brise. Au bout des rangs de vignes, des buissons de roses constituaient le signal d'alerte traditionnel ; les pucerons attaquaient d'abord les rosiers, puis les vignes. Ici, les fleurs étaient recouvertes d'insectes de toutes les couleurs, noirs, verts, rouges et blancs.

Dan jura bruyamment. Sur un seul point il avait vu juste, semblait-il : le Running Horse Ranch lui prendrait tout son argent, plus celui que la banque lui prêterait, plus tout son temps et toute son énergie.

Il remonta dans la voiture et roula sur les nids-de-poule jusqu'en haut de la colline, afin d'inspecter sa nouvelle maison.

Il pensait avoir acheté une petite ferme coquette et soignée, dans le style Nouvelle-Angleterre ; en fait, elle faisait plus songer à la famille Addams qu'à Norman Rockwell. La maison de bois, de forme carrée, qui n'avait pas reçu une seule couche de peinture depuis dix ans, était d'un gris morne. Une véranda l'entourait, largement affaissée ; toutes ses fenêtres étaient fêlées. Dan demeura sur place pendant une minute, ramassant machinalement les restes rouillés d'un tracteur abandonné devant le bâtiment, au milieu d'un amoncellement de détritus. Une rafale soudaine fit tourbillonner ceux-ci et secoua le grand poivrier, couvrant de feuilles le visiteur. Quand le vent cessa, il ne resta que le silence. Pas un oiseau ne chantait, rien ne remuait aux alentours. On était très loin des rues de Manhattan.

Les marches de la véranda craquèrent sinistrement sous les pas de Dan. Il ouvrit la porte et grimaça en entendant grincer les charnières rouillées. Des années de poussière recouvraient les meubles, rares et délabrés ; des pistes de crottes, de mauvais augure, menaient à des trous béants dans les plinthes. Debout au pied de l'escalier branlant, Dan leva les yeux pour apercevoir, dans la lugubre pénombre des volets fermés, les balustrades cassées du palier supérieur. On n'était plus chez la famille Addams, mais plutôt du côté de Stephen King.

Les mots de Pete Piatowsky résonnèrent dans sa mémoire.

— Tu achètes chat en poche, mon vieux, l'avait-il

mis en garde. C'est là-bas seulement que tu sauras ce que tu as vraiment acheté.

Pete ne croyait pas si bien dire...

Dan, fort déprimé, donna un coup de pied dans la première marche de l'escalier. Se demandant à quoi il devait s'attaquer en premier, les vignes ou la maison, il sortit pour aller voir les chais et les cuves.

Une longue grange rouge abritait les hautes cuves de fermentation en acier, le pressoir, et des piles de tonneaux de chêne qui paraissaient moisis. Le matériel d'embouteillage, dans l'atelier voisin, semblait sorti d'un dessin animé de Walt Disney ; comme dans la maison, tout était recouvert d'un épais manteau de poussière.

Dan passa tristement sous une élégante porte voûtée et sortit dans la cour de l'écurie. Une antique fontaine en occupait le centre, avec sa vasque carrelée ; des pétunias écarlates et des bougainvillées mauves s'échappaient de pots d'argile en lourdes grappes. Un long patio ombragé faisait face aux boxes, avec deux vieux bancs de bois où venir somnoler les après-midi de canicule. Une scène champêtre idyllique, comme sur la photographie qui lui avait fait perdre la tête. Présumant que la fontaine ne fonctionnait pas, que le toit prenait l'eau et que l'ensemble menaçait ruine, il jeta un regard plus attentif à la ronde.

Bizarrement, cela n'avait pas si mauvaise allure. Certes, les peintures étaient cloquées et écaillées, mais le toit avait l'air correct, et les six boxes en bon état. Retrouvant son moral, Dan décida qu'il commencerait par acheter une paire de chevaux. Il n'était pas remonté depuis son enfance, mais cela donnerait du charme et de la chaleur aux lieux.

Il inspecta ensuite le réseau d'amenée d'eau : il avait bon aspect et Dan en remercia le Ciel. On manquait d'eau en Californie, et il en fallait beaucoup pour produire le vin. Sans eau, autant s'en aller tout de suite.

En faisant le tour de l'étang, envahi de roseaux, qui s'étendait derrière la maison, il eut un sourire de satisfaction ; il pourrait y installer des carpes, des colverts et peut-être un couple d'oies. Puis il parcourut la véranda, détermina l'endroit exact où placer sa chaise pour prendre un verre au coucher du soleil en profitant de la vue, et il commença à se dire qu'il n'avait peut-être pas fait un si mauvais achat, après tout. Soudain, il fut impatient de se mettre au travail.

Il pensa avec regret à la séduisante jeune femme du restaurant, mais il n'y avait nulle place pour le badinage ou la romance dans son programme des mois à venir. Pas avec tout ce pain sur la planche.

Les bras croisés, il contemplait sa nouvelle maison et les hectares à l'abandon qui l'entouraient, en tâchant d'évaluer la masse d'argent, d'eau, de travail et de temps dont ils avaient besoin pour renaître. Lorsque le visage d'Ellie et son grand sourire surgirent à nouveau dans son esprit, il secoua la tête. Non, il n'y aurait pas de place pour une liaison dans sa vie pendant une longue, très longue période.

9

Le matin qui suivit le meurtre, Buck se rendit à l'agence de Madison Avenue de la Bank of America. Quand il vit son reflet dans la glace teintée, il sourit d'un air satisfait. Avec sa veste de tweed ultra-classique, sa chemise bleue à col boutonné et ses mocassins bruns, il aurait pu sortir tout droit du club des anciens de Harvard. On disait toujours que l'aspect d'un homme trahissait son milieu d'origine : sa mère l'avait sûrement élevé pour être un gentleman. En pensant à elle, il rit bruyamment ; et il souriait toujours quand il se dirigea vers le comptoir d'un pas plein d'assurance, présenta ses papiers et s'enquit de l'état de son compte sur livret.

— Tout de suite, monsieur Duveen.

La caissière lui adressa un agréable sourire, et il lui en fit un autre en retour. Pas de bêtise, cette fois-ci ; pas comme dans le train, quand il avait testé son pouvoir. Aujourd'hui, c'était de son charme qu'il faisait usage. Il était là pour affaires et, de plus, il s'était un peu défoulé. Pour un moment, en tout cas.

Pendant qu'il attendait, il fredonna son air favori. Comme c'était bon de se savoir à nouveau maître du jeu et détenteur d'un tel pouvoir... Le plus grand de tous les pouvoirs : sur la vie et la mort. La jeune caissière ignorait quelle chance elle avait qu'il ne fût pas de mauvaise humeur. Son esprit était occupé de sujets plus importants : ses projets d'avenir.

— Voilà, monsieur Duveen.

Elle lui tendit le relevé.

— Puis-je faire autre chose pour vous ?

Il réfléchit rapidement. Il possédait exactement trente-cinq mille cent vingt dollars.

— Je voudrais retirer dix mille dollars en espèces, et que vous transfériez le reste sur un compte chèques.

Il signa les papiers nécessaires, se fit délivrer un chéquier provisoire, empocha les dix mille dollars et sortit dans Madison Avenue, parfaitement maître de la situation. Là, il se dirigea d'un pas désinvolte vers le Four Seasons, où il prit deux apéritifs pour célébrer l'occasion ; puis il y déjeuna, fort bien, d'un bar grillé et d'une salade. Feignant de se plonger dans la lecture du *Wall Street Journal*, il observait en réalité les tables qui l'entouraient, et leurs convives en plein déjeuner d'affaires.

Rêveusement, il songeait au pouvoir qu'il aurait, s'il le voulait, de bouleverser les vies de ces gros bonnets, dans leurs costumes à l'européenne et leurs cravates en soie de chez Hermès. Tout ce qu'il lui faudrait pour cela, c'était découvrir où ils habitaient. La maison de campagne serait le meilleur endroit... y surprendre leur épouse quand elle y était seule... ce serait facile. L'homme qui lui faisait face, par exemple, exhibant comme un trophée une blonde qui avait la moitié de son âge, couverte de diamants et de Chanel... Il l'examina, les yeux mi-clos, en se demandant quel effet cela devait faire de se saisir d'une femme comme elle, de déchirer ses vêtements de luxe, d'arracher les diamants de ses oreilles avec les dents, tandis qu'elle hurlerait et supplierait...

Sentant sur elle la brûlure du regard de Buck, la femme releva la tête ; leurs yeux se rencontrèrent pendant quelques secondes, puis ceux de la femme s'agrandirent, alarmés. Elle se figea et dit quelque chose à son mari, qui se retourna avec colère.

Buck ne leur adressa même pas un regard. Il paya son déjeuner en liquide, en laissant un généreux pourboire, puis il sortit de l'établissement en passant devant eux et rejoignit Madison Avenue.

Il s'attarda devant les vitrines de Barneys, puis se rendit au rayon homme, où il fit l'emplette de quelques vêtements adaptés au climat californien : deux costumes italiens légers, un pantalon, une veste. Le vendeur l'aida à choisir de bonnes chemises, deux jolies cravates, ainsi que des shorts, polos, sous-vêtements et chaussettes.

Quand il y eut ajouté trois paires de mocassins, il se rendit compte qu'il avait dépensé une petite fortune, mais ne s'en soucia pas : bientôt, il aurait bien plus d'argent encore. Chez un maroquinier voisin, il acheta deux sacs et y rangea ses affaires neuves.

— Vous quittez la ville en vitesse, on dirait, commenta le vendeur en riant. Elle n'a pas encore retrouvé votre trace, j'espère...

Buck lança au jeune homme un regard glacial qui fit faire à celui-ci un pas en arrière.

— Hé, c'était une plaisanterie, mon vieux... juste une plaisanterie.

Buck ramassa ses valises et sortit de la boutique. Une élégante jeune femme venait de héler un taxi, qui s'arrêta le long du trottoir ; il la poussa du coude et la bloqua à l'aide de ses valises.

— Bon Dieu ! explosa-t-elle. Je pensais avoir tout vu à New York, mais ça, c'est trop !

Il lui referma la porte au nez en souriant.

— Vous n'avez encore rien vu, ma petite dame, lui assura-t-il, avant de demander au chauffeur de le conduire à Penn Station.

Le train pour Chicago partait à six heures et demie. Il alla au bar et but deux nouveaux verres. Quand il fut installé à sa place et que la lourde locomotive s'ébranla le long du quai, il était excité comme un enfant qui part en vacances. Enfin, il roulait vers Los Angeles.

La seule ombre au tableau de ce retour en Californie, c'était sa mère. Après deux verres de plus, il eut tout loisir de ruminer sur elle et sur leur vie commune.

10

Dans la petite bourgade de Californie du Nord où ils vivaient, proche de Santa Cruz, Buck était connu comme un fils à sa maman. Ils habitaient une maison victorienne de style distingué, jaune, avec des moulures blanches tarabiscotées.

De l'avis unanime, Delia Duveen devait avoir dépassé la quarantaine à la naissance de Buck. Les autres mères de l'association de parents d'élèves et du championnat junior de base-ball n'avaient pas encore trente ans, tandis qu'elle en paraissait facilement vingt de plus.

Elle ne laissait jamais le garçonnet s'éloigner d'elle ; c'était toute la journée : « Buck viens par ici, Buck fais ceci, Buck fais cela... » Après l'école, il ne jouait pas avec les autres enfants, parce qu'il devait faire ses devoirs et ses exercices de piano. Et il y avait aussi les corvées, comme de ranger le bois de chauffage en empilant les rondins avec soin, ainsi qu'elle les aimait, les gros en bas, les moyens au milieu, le petit bois sur le dessus. Le samedi, il avait le rectangle de pelouse à tondre devant la maison, puis la voiture à laver, la vieille Plymouth encore impeccable, comme si elle était neuve. Le dimanche, elle l'emmenait à l'église dans une automobile rutilante.

Il restait tranquillement assis à côté d'elle ; ses cheveux courts et roux plaqués sur sa tête, il portait un blazer bleu marine, une chemise amidonnée, bleue elle aussi, une cravate rayée étroitement serrée au col. Rondelette, Delia portait des robes aux tons pastel en été, un joli tailleur gris en hiver, coupé sur mesure, et un chapeau en toute saison. Rien de coquet ni de frivole : un simple chapeau de paille entouré d'un ruban, ou bien un feutre sombre muni d'une plume. Elle en achetait un nouveau à chaque saison, mais il ressemblait toujours exactement à celui de l'année précédente.

Delia et Buck ne dînaient jamais à la bonne franquette dans le coin repas de la cuisine. Celui-ci ne servait que pour le petit déjeuner. Le soir, ils s'asseyaient l'un en face de l'autre dans la petite salle à manger surchargée de meubles, sous l'éclat du lustre en faux cristal. Il n'y avait que de l'eau plate dans les verres, car Delia désapprouvait le soda pétillant – et de toute façon elle n'aurait jamais supporté des bouteilles de soda sur sa table.

Elle préparait les repas avec soin ; il y en avait un différent pour chaque soir de la semaine, elle s'en targuait. Mais cela voulait dire que chaque soir de la semaine Buck savait à l'avance ce qu'il allait manger. Et il n'appréciait aucun de ces plats. Les rôtis à la cocotte avec des épinards insipides, le poisson grisâtre sous une nappe de sauce blanche et poisseuse, comme dessert la sempiternelle gelée Jell-O, avec une noix de crème fouettée Reddi Wip – une couleur et un goût différents chaque jour, du lundi au dimanche. Il rêvait de hamburgers et de frites, de tacos, de glaces et de hot dogs.

Buck Duveen haïssait sa maison, la nourriture qu'on lui donnait, sa vie en général. Et il haïssait sa mère, d'une haine implacable, qui lui avait donné des envies de meurtre dès son jeune âge. Pourtant, pour Delia Duveen comme pour leurs voisins, il incarnait le fils parfait.

— Comme j'aimerais que mes garçons lui ressemblent, se disaient l'une à l'autre les mères des alentours, quand leurs propres enfants abîmaient ou cassaient leurs affaires.

Buck avait de bonnes notes à l'école ; c'était un élève modèle et il travaillait dur. Mais, dans son for intérieur, il brûlait d'une rage silencieuse. Au lycée, il se vantait comme les autres de ses histoires avec sa petite amie, racontant jusqu'où ils étaient allés sur le siège arrière de la voiture ; il parlait lui aussi de fêtes, de flirts et de beuveries. Et il abritait son ego hypertrophié derrière un mur de feinte indifférence.

Il connaissait un magasin d'alcool, en ville, où le vendeur était si vieux qu'on pouvait facilement dérober une bouteille de vodka. Un jour, il en avait glissé une dans sa chambre, puis avait coincé une chaise sous la poignée de sa porte, car sa mère ne lui permettait pas d'avoir un verrou ; il s'était étendu sur son lit, les yeux rivés au plafond, et avait méthodiquement descendu la vodka.

Là, il avait imaginé sa mère nue et lui un couteau en main : il la déchirait de part en part et regardait ses boyaux se répandre hors de son ventre. Ensuite vint le tour de ses petites amies de lycée, retirant pour lui leurs mignons petits pull-overs, puis hurlant pendant qu'il leur faisait des choses ignobles. Il avait également imaginé ses mains solides nouées autour de leurs gorges délicates, et sentit une vague de puissance monter en lui. Sous l'effet de la vodka, dans ses fantasmes d'ivrogne, il *était* la puissance même. Il était tout-puissant.

Il n'avait jamais véritablement connu son père, Rory Duveen. Ses parents avaient divorcé quand Buck avait trois ans. Sa mère avait laissé entendre qu'elle n'avait pas de temps pour ce qui se passait dans la chambre à coucher. Elle ne l'avait pas dit en termes clairs, bien sûr, parce que, pour elle, le mot « sexe » s'écrivait avec un énorme S majuscule : S comme sale, S comme stigmate, S comme souffrance. Donc, Rory était parti. Il avait laissé à Delia tout ce qu'il possédait, la maison et l'argent. Il ne voulait plus rien avoir à faire avec elle, ni avec son fils.

La seule image que Buck conservait de cette époque, c'était son père en train de chanter à l'église. Il adorait un cantique en particulier, un de ceux que l'on chante haut et fort.

Marchez, soldats du Christ,
Allez au combat,
Que la croix de Jésus
Vous montre le chemin...

Buck entendait la voix de Rory résonner dans sa tête, il voyait même la croix dont il était question dans le cantique... D'une certaine manière, elle le transformait lui-même en un dieu, qui menait une croisade pour faire valoir ses droits. La croix était pour lui un symbole de son pouvoir et de sa virilité. Ce signe lui appartenait, ainsi qu'à son père.

Quand il partit pour l'université, plus bas sur la côte, à Santa Barbara, Buck pensa qu'il allait échapper à Delia. C'était alors un jeune homme intelligent, de grande taille, bien bâti, à la riche chevelure aux tons cuivrés ; mais ses yeux sombres, profondément enfoncés dans leurs orbites, se détournaient non sans sournoiserie de ses interlocuteurs. Cependant il ne manquait pas de séduction, et décrocha un rendez-vous dès la première semaine. La jeune fille ne lui en accorda pas un second, et dit à ses amis qu'il « lui donnait la chair de poule ». La même mésaventure se produisit avec une deuxième fille, puis avec une troisième. Aussi finit-il par se trouver une putain, qu'il paya vingt dollars. L'affaire fut conclue en quelques secondes ; après quoi il la frappa, reprit son argent et la jeta hors de sa voiture à coups de pied.

Avec les putains, c'était facile ; il contrôlait la situation. Sauf sur le plan sexuel. Parfois elles riaient de lui, ce qui le menait à un paroxysme de haine et de violence.

Delia lui comptant chichement son argent, il lui fallait assurer deux jobs différents pour payer son passage à l'université. Il était humilié par sa pauvreté, par la vieille épave miteuse qui lui tenait lieu de voiture. Il voulait l'argent de Delia et il voulait être débarrassé d'elle.

Une nuit, après une bouteille de vodka, il vit la lumière. Une voix à l'intérieur de sa tête lui indiqua la solution : faire disparaître sa mère de sa vie. Alors, il hériterait de la maison et de l'argent, il serait libre. Libre et riche.

Il prépara ses plans avec soin, les vérifiant et les revérifiant. Une nuit, il fit même un essai : il remonta en voiture du campus de Santa Barbara jusqu'à la maison, mais n'y pénétra pas. Il n'y avait personne aux alentours ; personne ne le vit. Il était sûr que cela marcherait, parce que tout le monde lui faisait confiance. En outre, il était plus habile que la police locale.

Quand arriva la nuit du meurtre, il était excité et heureux. Tout fonctionna selon son plan. Elle ne l'entendit pas entrer, ne parla pas, ne hurla pas. Seuls ses yeux stupéfaits, exorbités, restèrent fixés sur lui pendant que de ses mains robustes il lui ôtait la vie.

Dans ce moment de toute-puissance, alors que l'énergie en lui agissait comme une secousse électrique, il se sentait invincible. Pris d'une impulsion irrésistible, il grava une croix sur le front de sa mère, puis la contempla avec satisfaction : c'était sa signature.

Avant de partir, il força la porte arrière avec une pince-monseigneur, mit la maison sens dessus dessous et prit l'argent contenu dans le sac à main, pour que les flics croient qu'il s'agissait d'un cambriolage. Puis il quitta la ville.

Le lendemain matin, il revint. S'arrêtant à l'épicerie voisine, il confia au commerçant – il le connaissait depuis toujours – qu'il n'avait pas eu l'intention de rentrer à la maison ce week-end, mais qu'il avait appelé sa mère et n'avait pas obtenu de réponse. Il était inquiet.

Il la rappela depuis la cabine téléphonique du magasin.

— C'est vraiment bizarre, commenta-t-il, fronçant les sourcils d'un air perplexe. À cette heure-ci elle est toujours chez elle, non ?

L'épicier savait bien que oui. Tout le monde connaissait Delia : sa vie était réglée comme du papier à musique.

Buck se rendit à la maison et « trouva » le corps mutilé ; il appela la police, éperdu de douleur, sa voix entrecoupée de sanglots. Le combat avait laissé des traces partout : une table renversée, des vases brisés, le sac à main jeté au sol. L'épicier confirma le récit de Buck. De plus, celui-ci avait parfaitement mis son alibi au point : il était à un concert à Santa Barbara la veille au soir, il avait même conservé le talon du ticket dans sa poche.

Buck avait toujours été un bon garçon ; les gens dirent de lui, avec sympathie, qu'il était un peu sauvage, mais qu'il veillait bien sur sa mère. Aucun soupçon ne se porta sur lui.

Il hérita de la maison et des comptes bancaires. Cela ne faisait pas de lui un millionnaire, mais l'argent lui appartenait et il le dépensait à sa guise. Il acheta une Porsche décapotable vieille de trois ans, une Rolex et quelques habits élégants. Sans sa mère pour se mettre en travers de son chemin, il pouvait jouer au notable qu'il avait toujours rêvé d'être.

Pendant que Buck était à l'Hudson, ce qui restait de cet argent avait été placé à un bon taux d'intérêt, et il avait retrouvé la somme à sa sortie.

Au diable Delia, pensa-t-il, scrutant au-dehors la nuit noire qui défilait derrière la vitre du wagon. Elle n'avait eu que ce qu'elle méritait. La raison d'être de sa vie, et de sa mort, avait été de faire prendre conscience à Buck de son propre pouvoir. Après cela, il avait estimé le meurtre facile. Inutile d'élaborer beaucoup de plans, comme ç'avait été le cas avec elle. Des crimes commis au hasard, sans mobile, par un étranger dans une ville inconnue, étaient presque impossibles à résoudre.

Il avait eu le temps de bien peaufiner sa méthode, jusqu'à ce que la vieille femme le fasse enfermer. Maintenant, son tour à elle aussi était venu de rejoindre le petit nombre des élues. Elle était déjà à lui, pour ainsi dire. Comme il l'avait fait pour Delia, il prendrait son temps, il ne laisserait rien au hasard. Oui, cette fois, il allait vraiment se régaler.

11

Dan sortit de l'autoroute, puis s'arrêta au stop du carrefour d'Olive Mill Road, à Montecito. Le moteur de l'Explorer ronronnait avec moelleux tandis qu'il attendait une pause dans le trafic pour s'y engager. En relevant les yeux pour regarder dans le rétroviseur, il constata avec inquiétude qu'une Jeep jaune arrivait bien trop vite. Incrédule, il la vit continuer à avancer – jusqu'à ce qu'elle vînt emboutir, dans un grand crissement de freins, l'arrière de l'Explorer.

Dan donna un coup de poing furieux sur le volant. Il avait cette voiture depuis moins d'une semaine, et voilà qu'une bonne femme stupide lui rentrait déjà dedans. N'avait-elle donc pas vu le panneau de stop ? Ni l'importance de la circulation ? Le sang bouillant dans ses veines, il jaillit hors de sa voiture.

— Qu'est-ce que vous êtes ? hurla-t-il. Aveugle, ou simplement idiote ? Vous n'avez pas vu que j'étais arrêté au stop et que j'attendais un trou pour redémarrer ? Je parie que vous aviez l'intention de brûler la priorité ! Je plains tous ceux qui se trouvent sur votre chemin !

— Pas du tout ! rétorqua vivement Ellie, en sautant à son tour de la Jeep. Et vous pourriez au moins vous conduire de manière civilisée !

— Civilisée ? Madame, j'ai cette voiture depuis cinq jours exactement. Et vous me parlez d'être *civilisé* ?

Il alla inspecter, d'un air furieux, la tôle froissée à

l'arrière de l'Explorer, puis se retourna vers la conductrice de la Jeep. Elle portait un ample short blanc, un tee-shirt, et, même en colère comme il l'était, il remarqua la longueur de ses jambes minces et brunes. La brise faisait tournoyer ses cheveux roux autour de son visage ; elle les rejeta en arrière d'un geste impatient, puis posa les yeux sur Dan.

— Oh ! c'est vous, s'exclama-t-il avec surprise.

Soudain, Ellie le reconnut elle aussi : c'était le macho du restaurant, avec son visage rude et ses yeux bleus. Elle se demanda comment elle avait bien pu le trouver sexy.

— Et c'est vous, répondit-elle froidement. Si vous ne vous conduisez pas d'une manière civilisée, j'appelle la police.

Il lui sourit – un petit sourire moqueur qui découvrit l'alignement de ses dents blanches et qui, pour une raison ou pour une autre, parut la contrarier – puis lui dit :

— Madame, je *suis* la police.

Puis il se souvint et leva la main.

— Oubliez cette affirmation. J'*étais* la police. Maintenant je ne suis plus que le citoyen Dan, rendu fou furieux parce qu'on a cabossé sa nouvelle voiture. Vous pouvez vraiment me le reprocher ?

Ellie lui lança un regard contrit.

— Bien sûr que je ne peux pas vous le reprocher...

Elle abaissa un œil désolé vers les dégâts dont avait été victime l'Explorer, puis se retourna vers sa vieille Jeep et lui donna un coup de pied.

— Oh ! toi, marmonna-t-elle d'un air furieux.

Dan se frappa sur le front de surprise. Et dire qu'il l'avait trouvée « mignonne » la première fois qu'il l'avait vue...

— Je m'excuse, dit Ellie avec raideur. Mes cheveux se sont rabattus sur mon visage juste au mauvais moment. C'est terriblement dangereux, je le sais. En général, je les attache par-derrière quand je conduis. Tout est entièrement ma faute.

Elle fouilla dans son sac et en sortit une carte.

— Voici mon nom et mon adresse. Ainsi que mon numéro d'immatriculation et l'adresse de mon assureur. Je pense qu'il prendra tous les frais en charge.

Dan lut son nom, Ellie Parrish Duveen ; il lui disait quelque chose. Comme elle l'observait, dans l'expectative, il demanda :

— Ne vous ai-je pas déjà rencontrée quelque part ?

— Au restaurant. Vous avez pris des œufs et il n'y avait pas de café.

— Mais je connais votre nom. J'habitais par ici quand j'étais enfant. N'êtes-vous pas allée un été dans un camp de surf ?

Elle le regarda d'un air méfiant.

— Il y a bien longtemps...

— Je pense que c'est moi qui vous ai appris le surf. Vous n'étiez encore qu'une petite fille longue et filiforme, avec une tignasse rousse. Oui, ça me revient... vous les aviez toujours dans les yeux, déjà à l'époque !

Ellie l'examina attentivement, puis... Bien sûr ! Comment avait-elle pu oublier ? Il était la coqueluche de toute la plage... Un grand sourire éclaira son visage.

— On vous appelait Danny Boy. J'avais même le béguin pour vous, je crois – comme toutes les autres filles, même si vous étiez déjà un vieux pour nous...

— J'avais dix-huit ans, et vous dans les huit ou neuf ans...

Ils se dévisagèrent en souriant.

— Comme le temps passe, soupira-t-il enfin. Et que dites-vous du Danny Boy d'aujourd'hui ? ajouta-t-il avec une grimace.

— Si mes souvenirs sont bons, vos yeux d'Irlandais souriaient toujours à l'époque, répondit-elle malicieusement. Qu'est-il arrivé depuis pour que vous soyez devenu si bougon ?

Il hocha la tête, devant la façon bien féminine qu'elle avait de retourner la situation.

— Aucun homme, irlandais ou non, ne sourit quand sa voiture flambant neuve vient d'être emboutie par une autre. Même si le conducteur est une femme et une vieille connaissance.

Elle rit, d'un rire doux et onctueux qui le fit de nouveau penser à du chocolat fondu.

— Ne pourriez-vous le prendre un peu à la légère ? Je me disais justement que j'allais essayer. Ça marche toujours, dans *Seinfeld* [1].

— Malheureusement, nous sommes dans la réalité, Ellie Parrish Duveen, lui rappela-t-il, tout en griffonnant sur une feuille de papier sa nouvelle adresse et le nom de sa compagnie d'assurances. Les affaires sont les affaires...

— Ne m'en parlez pas, approuva-t-elle d'un air théâtral, puis elle lut son adresse. Le Running Horse Ranch ? commenta-t-elle, étonnée. C'est à vendre depuis des années. Ne me dites pas que vous l'avez acheté ?

— Si. Pourquoi ?

Il redoutait de connaître la réponse. Mais elle hésita, évitant son regard. De toute évidence, il n'avait pas entendu parler du mauvais sort qui frappait le ranch.

— Oh, pour rien. C'est vraiment joli, là-bas. (Elle jeta un regard à la circulation qui les entourait.) Nous devrions y aller, maintenant. J'ai été ravie de vous revoir, Dan Cassidy. Bonne chance avec votre vignoble. J'espère pouvoir vous acheter du vin d'ici quelque temps.

— Entendu. J'y compte bien, répondit-il, tandis qu'elle remontait dans la Jeep.

Une fois dans sa propre voiture, il songea que « mignonne » n'était décidément pas le qualificatif qui convenait à Ellie. Si elle n'avait pas cabossé son auto neuve, il l'aurait trouvée superbe. Il se l'ôta de l'esprit avec un soupir de regret et prit la direction de la villa qu'il avait louée au bord de la plage, en attendant que sa maison eût meilleure allure. Cela ne prendrait pas longtemps, un mois tout au plus.

1. Série télévisée américaine. *(N.d.T.)*

Plus tard seulement, assis devant son bureau et se repaissant du spectacle de l'océan, il se rappela qui elle était. L'une de ces Parrish richissimes qui vivaient dans un palais, en haut de Hot Springs Road. Lottie Parrish avait été l'une des femmes les plus en vue de la contrée, présidant tous les comités chic, ouvrant sa fabuleuse maison pour des bals de charité et des garden-parties. On parlait, si sa mémoire était bonne, d'un majordome, de femmes de chambre portant l'uniforme et d'un chef français.

Il se demanda pourquoi Ellie conduisait une vieille Jeep déglinguée, quand elle aurait facilement pu s'offrir une Mercedes toute neuve. Sans doute aimait-elle jouer à la femme qui travaille, pour faire comme les autres. Pourtant, en se rappelant son regard d'opale et sa voix douce comme du chocolat chaud, il songea qu'Ellie Parrish Duveen n'était *pas* comme les autres.

Le lendemain soir, groggy, il était de nouveau assis devant son bureau face à l'océan. La journée avait été longue et rude, une journée passée à arpenter sa propriété de vingt hectares desséchés. D'après ce qu'on lui avait dit, un régisseur était censé veiller sur les lieux, pour le compte du précédent propriétaire ; mais il avait disparu, et personne ne semblait avoir remis les pieds dans le ranch depuis plusieurs années. Ce matin-là, il avait passé des petites annonces pour trouver un vigneron, et pris contact avec un entrepreneur pour les travaux à effectuer dans la maison. Demain, il s'attaquerait à la remise en état des écuries.

Il se versa un verre de vin et regarda d'un air morose le ciel opalescent. Sa couleur lui rappela les yeux d'Ellie Parrish Duveen.

— Au diable le travail, dit-il, en cherchant dans la poche de sa chemise la carte de la jeune femme, puis en composant son numéro.

— *Chez Ellie*, j'écoute, dit celle-ci en décrochant.

Rien que ces seuls mots, prononcés par sa voix douce, firent sourire Dan de plaisir.

— Que puis-je pour vous ? s'enquit-elle d'un ton distrait, comme quelqu'un qui a coincé le combiné contre son épaule et fait trois autres choses en même temps.

— Je tenais juste à vous dire que l'Explorer n'est pas aussi abîmée qu'elle en avait l'air. Rien que le carrossier ne puisse rattraper demain à coups de marteau.

— Je suis contente de l'apprendre, Danny Boy, répondit-elle d'une voix rieuse. Et ma compagnie d'assurances le sera aussi, j'en suis sûre.

— Je me demandais seulement...

Ellie cessa de taper des chiffres sur sa caisse enregistreuse et de manipuler sa monnaie. Elle pressa plus fort le récepteur contre son oreille, pour masquer le son de la musique d'ambiance et le bruit des couverts, puis dit en souriant :

— Qu'est-ce que vous vous demandiez au juste ?

Maya s'arrêta pour écouter, maintenant adroitement en équilibre ses assiettes de salade avec leur vinaigrette à la noisette. Ellie n'était-elle pas en train de parler à un homme, au lieu de l'envoyer promener comme elle le faisait d'habitude ?

— Par exemple, répondait Dan, pouvez-vous me dire pourquoi, alors que Montecito est au bord de l'océan, le soleil se couche au-dessus des montagnes et pas sur la mer ?

— Parce que le littoral fait face au sud, à cet endroit-là, et que les montagnes de Santa Ynez courent d'est en ouest. Je sais que c'est difficile à comprendre pour les nouveaux venus, mais c'est la nature qui veut ça, monsieur Cassidy. D'ailleurs, vous le saviez déjà. Pas la peine de me raconter des histoires. Et comment se fait-il que vous regardiez les couchers de soleil sur l'océan ? Je croyais que vous étiez dans les terres, au Running Horse Ranch ?

Il soupira en songeant à l'aspect de la propriété.

— Hélas, la maison a besoin d'un petit replâtrage avant de pouvoir être considérée comme habitable – sauf par les rats, les tortues, et quelques hirondelles dans la cheminée. Les humains, eux, ont besoin d'un peu plus de confort et d'hygiène. C'est pour cela que j'ai loué une villa sur Padaro Lane et que je regarde les couchers de soleil, tout seul...

— ... avec vous-même, finit-elle à sa place, tout en jetant un regard à Maya, qui continuait à espionner sa conversation.

Celle-ci roula ses yeux bruns, intriguée, puis s'empressa de servir les salades. Pas de doute, Ellie flirtait.

— Vous y êtes, mademoiselle Parrish Duveen, dit Dan au bout du fil. Et cela m'amène à ma seconde question. Je sais que vous êtes une femme très occupée...

— Et que vous-même serez bientôt un homme très occupé...

Elle souriait toujours, en serrant l'appareil.

— C'est exact. D'ici là, je suppose que vous aurez quand même une soirée de libre ? Je me disais que ce pourrait être une bonne occasion d'aller espionner la concurrence. Que diriez-vous d'un dîner chez le Chinois ?

Cela fit rire Ellie.

— Je ne suis pas en concurrence avec lui, Danny Boy. Je ne suis qu'une goutte d'eau dans l'océan des petits restaurants de Los Angeles. *Lui* joue dans la cour des grands.

Puis elle lui fit sa réponse classique, celle qu'elle servait depuis l'ouverture du restaurant à tout homme lui proposant de sortir.

— Je suis désolée, mais je n'ai vraiment pas le temps en ce moment. Plus tard, peut-être...

Elle n'acheva pas sa phrase, et il dit rapidement :

— Je comprends. Le travail avant tout.

— Merci tout de même, ajouta-t-elle – non sans regret, mais elle voyait déjà des clients qui s'impatientaient, dans l'attente de leurs plats. Je dois y aller.

— Bien sûr. De toute façon, c'était agréable de vous revoir. Après tant d'années.

— Au revoir, dit-elle d'une voix quelque peu nerveuse, avant de reposer le combiné.

Maya, les bras croisés, pointait vers l'avant un menton belliqueux. Elle avait eu beau harceler son amie, elle n'avait pu percer la cuirasse stakhanoviste qu'Ellie avait revêtue l'année précédente, et la persuader de garder du temps pour mener une vie sociale. C'est pourquoi elle avait été aussi excitée en s'apercevant qu'Ellie plaisantait au téléphone *avec un homme*.

— Tu lui as fermé plutôt brutalement la porte au nez. J'ai raté quelque chose, ou bien on te demandait un rendez-vous ?

Ellie acquiesça.

— C'est ce qu'il faisait, oui.

— Et alors ? insista Maya.

Mais elle leva la main, car elle connaissait déjà la réponse.

— Non, ne me dis rien. Tu as répondu que tu avais trop de travail. Pour l'amour de Dieu, ma vieille, tu ne peux pas continuer comme ça. Le célibat, d'accord, si c'est vraiment ce que tu veux ; mais au moins prends quelques heures pour discuter avec le gars en question. Il y a une vraie vie en dehors d'ici, Ellie. Je veux dire qu'il se passe aussi des choses à l'extérieur de cette salle. (Elle fit un grand geste circulaire et renversa une bouteille de vin au passage.) Regarde un peu ce que j'ai fait ! C'est ta faute !

Ellie sourit : elle avait vécu suffisamment longtemps avec Maya pour ne plus s'étonner de son tempérament explosif.

— Je lui ai seulement répondu que j'étais trop occupée pour le moment, dit-elle en ramassant la bouteille et en prenant un torchon pour éponger le vin. Et si tu faisais plus attention aux clients, au lieu d'espionner mes conversations, tu aurais remarqué que la table trois attendait les menus.

Maya lui lança un regard noir et partit en maugréant.

— Il n'y a plus de couscous à l'agneau ce soir, dit-elle d'un ton glacial, déversant sa colère sur les convives, tandis qu'elle leur tendait les menus.

Les trois hommes la regardèrent avec surprise et elle sourit, gênée.

— Mais le thon au poivre de notre chef est un régal, ajouta-t-elle d'une voix radoucie. Je vous le recommande.

Elle aurait surtout aimé pouvoir recommander un homme à Ellie, et une soirée dehors, au lieu de son sempiternel travail.

12

Maya Morris était venue de la côte Est à l'université de Phoenix. C'était une jeune fille juive de Manhattan jusqu'au bout des ongles – blonde et belle, mademoiselle je-sais-tout et la langue bien pendue. Ellie de son côté arrivait de la côte Ouest, avec ses cheveux roux en cascade, ses longues jambes et ses bonnes manières ; elle était généreuse et maladroite, et dans ses yeux, superbes, une sauvage lueur de liberté fraîchement acquise annonçait beaucoup d'ennuis à venir – même pour une aussi bonne connaisseuse en matière d'ennuis que Maya. Elles s'étaient instantanément reconnues l'une l'autre : deux âmes sœurs, sorties d'un même moule.

Au bout de deux semaines, elles s'étaient déniché un appartement hors du campus. Là, elles s'étaient lancées dans ce que Maya appelait « faire la fête » et Ellie « donner des petites soirées ». En termes clairs, cela signifiait que chacun venait avec sa bouteille, que ceux qui étaient musiciens jouaient de la guitare, ou de n'importe quel autre instrument qu'ils avaient pu apporter – en plus de faire hurler du rock sur la hi-fi et de danser furieusement. Au bout d'un mois, le propriétaire les avait flanquées dehors.

Nullement découragées, elles trouvèrent un autre logement ; une maison, cette fois, où le bruit serait moins gênant, et de toute façon les voisins étaient des étudiants comme elles. Puis Ellie, ivre de liberté, s'en alla faire reprendre sa Pathfinder contre une Harley. Rouge métallisé, étincelante de chromes : très chaude.

Maya paressait sur la véranda, assise dans la vieille balancelle fleurie, quand Ellie était arrivée dans un rugissement de moteur.

— Qu'est-ce que tu en penses ?

Elle criait pour couvrir les hurlements de sa navette spatiale.

— Géant, non ?

Maya interrompit le balancement. Elle avait un mal de tête atroce, à cause de la tequila de la veille au soir, et n'était pas au mieux de sa forme ; mais elle réagit au quart de tour, comme toujours.

— Il va falloir qu'on s'équipe !

— Exact.

La promptitude avec laquelle elles lisaient dans leurs pensées réciproques était extraordinaire. Si l'une faisait quelque chose, l'autre lui emboîtait aussitôt le pas, sans jamais poser de questions. Maya sauta en selle derrière Ellie, et elles filèrent jusqu'au centre-ville, chez le marchand de motos. Elles en ressortirent une heure plus tard, brillant comme des panthères dans leurs pantalons de cuir noir étroits, leurs vestes à franges, leurs bottes, leurs gants et leurs casques inquiétants, noir et argent.

— Impeccable, commenta Maya.

Et c'est ainsi qu'elles commencèrent à être connues sous le nom de « Motardes de l'Arizona », célèbres pour leur vitesse, les soirées qu'elles donnaient, leurs tenues vestimentaires et leur extravagance en général.

En fait, elles se comportaient comme des gamines irresponsables qui échappent pour la première fois au cocon familial. Comme elles étaient intelligentes, elles réussirent un temps à assister à un minimum de cours – jusqu'à ce qu'un jour le ciel leur tombe sur la tête, que le doyen les menace de renvoi et que Miss Lottie et M. Morris surgissent à Phoenix, furieux.

Ils surprirent les deux amies arrivant à toute allure sur la Harley ; leurs longs cheveux flottant dans le vent derrière elles, elles chantaient à tue-tête et hurlèrent de rire tandis qu'Ellie exécutait un demi-tour sur l'angle parfait, puis stoppait en faisant crisser ses pneus.

— Whaou ! cria Maya en sautant de la selle. Qu'est-ce que vous dites de ça ?

— Ce qu'on dit de ça ? reprit en écho, depuis la véranda, la voix sévère de son père.

Les deux amies se regardèrent, puis se retournèrent ensemble – pour découvrir Miss Lottie, majestueuse, raide de colère dans son élégant tailleur beige, ainsi que Michael Morris, glacial, très homme d'affaires dans son costume gris à rayures. Debout sur la véranda délabrée, ils détonnaient comme deux fonctionnaires du département d'État débarquant dans une réunion de Hell's Angels.

— Merde, dit Maya à mi-voix, un œil vers Ellie.

— On y est jusqu'au cou, murmura Ellie en retour. Tu crois que tu peux le baratiner ?

Maya secoua la tête d'un air lugubre.

— Pas l'ombre d'une chance. Et toi ?

Ellie prit une profonde inspiration.

— Je vais essayer.

Elle escalada les marches, un grand sourire aux lèvres.

— Hello, Miss Lottie. Quelle surprise !

Puis elle s'arrêta, interdite. De toute sa vie, elle n'avait vu sa grand-mère la regarder de cette façon : non seulement furieuse, mais aussi déçue et blessée. Et jamais, *jamais* encore Miss Lottie n'était demeurée ainsi immobile, sans prendre sa petite-fille dans ses bras et la serrer contre elle. Ellie l'embrassa quand même, sous les yeux de Maya qui admirait son courage.

— Eh bien ! murmura-t-elle, voyant que Miss Lottie ne lui rendait pas son baiser. Ça va mal, on dirait.

— Je suis venue pour te ramener à la maison, Ellie, lui répondit Charlotte Parrish d'un ton froid. M. Morris est d'accord avec moi : aucun intérêt pour vous de rester à l'université si vous n'y apprenez rien. Et, bien sûr, le doyen est d'accord lui aussi.

— Mais, grand-mère...

— Tu oublies les bonnes manières, Ellie. Dis bonjour à M. Morris, je te prie.

Ellie serra la main du père de Maya et lui sourit, mal à l'aise, puis dit humblement :

— Nous ne pouvons que nous excuser auprès de vous deux. Maya pense comme moi là-dessus.

— Sûr, marmonna son amie derrière elle. Hello, papa. Hello, Miss Lottie.

Elle salua mollement de la main et regarda Ellie, espérant un miracle.

— Grand-mère...

De vraies larmes montèrent aux yeux d'Ellie ; elle posa une main hésitante sur le bras de Miss Lottie.

— Je ne me rendais pas compte... Je veux dire, je ne savais pas que tu en serais aussi contrariée. Je suis désolée, vraiment désolée.

Elle était sincère, Maya le sentait, et les larmes lui piquèrent les yeux à elle aussi.

— Oh ! papa, dit-elle, puis elle courut en haut des marches et se jeta dans les bras paternels, qui ne s'ouvrirent qu'à contrecœur. Nous voulions seulement nous amuser un peu...

Secouant la tête, M. Morris baissa les yeux vers sa superbe fille.

— Je l'avais bien compris, vaurienne, répondit-il. Le problème, c'est que vous avez oublié qu'il fallait aussi travailler.

Ils allèrent déjeuner tous ensemble. Miss Lottie et Michael Morris décidèrent d'une période de probation de trois mois, avec bonnes notes obligatoires, et la tension redescendit d'un cran. À partir de cet épisode, elles avaient assumé leurs responsabilités, assistant aux cours, travaillant le soir à la bibliothèque et obtenant des notes convenables. Puis, comme elles faisaient tout ensemble, elles étaient toutes les deux tombées amoureuses.

L'amoureux de Maya était un *visiting professor* venant de Londres, vêtu de tweed des pieds à la tête, avec une pipe et des chaussettes à losanges ; celui d'Ellie, italien, était un artiste en résidence. Jeune, sexy et bâti comme le *David* de Michel-Ange. Cela avait duré une année entière, avant que leurs amoureux ne retournent vers leurs pays respectifs, et, à la grande surprise des deux amies, vers leurs épouses respectives – les laissant anéanties et submergées par les larmes.

— Terminé, pour ce qui est des hommes, répétait amèrement Maya.

Ellie avait été la première à se ressaisir.

— Prenons les choses du bon côté, lui avait-elle dit : nous sommes de nouveau libres. Tu es déjà allée à San Francisco ?

Et elles s'enfuirent en direction de la Californie sur la Harley rouge, à travers le désert d'Arizona, libres comme des oiseaux, étourdies de jeunesse et de plaisir – pour un dernier été d'irresponsabilité, avant d'attaquer la rude année du diplôme.

Depuis, elles avaient eu plusieurs fois des amourettes, mais une seule avait été sérieuse. Ellie avait rencontré Steve Cohen à SoHo, lors d'une fête donnée par un ami de Maya : c'était un intellectuel grand et mince, et beau dans le genre prédateur. Elle en était tombée amoureuse. Du jour au lendemain, elle avait troqué ses tenues chic et sexy pour des cols roulés noirs et de longues jupes également noires ; elle avait tiré ses cheveux en arrière, en une grosse natte serrée, et portait tout le temps des Doc Martens. C'était terriblement excitant, sensuel, et elle ne se lassait pas de lui.

Maya savait qu'Ellie suivait toujours aveuglément les impulsions de son cœur ; avec elle, c'était tout ou rien. Elle savait aussi, hélas, que Steve ne méritait pas une telle passion. Pourtant, elle se garda de rien dire. Elle déambulait dans SoHo pendant qu'Ellie allait à l'école de cuisine, et elle suivait les cours d'un atelier d'écriture à Columbia.

Ellie aimait à répéter, par la suite, que ses projets de mariage avec Steve avaient succombé aux rigueurs de l'hiver new-yorkais. Ou peut-être était-il trop occupé par sa carrière de marchand d'art. À son tour, il avait changé d'aspect, passant des pantalons de velours et des vestes rapiécées de cuir aux costumes Hugo Boss et Calvin Klein. Les nouvelles ambitions sociales de Steve s'interposèrent entre eux avec autant de virulence que les tempêtes de l'hiver. Ellie en fut blessée mais, comme d'habitude, elle encaissa sans broncher. Les cols roulés et les jupes longues furent mis au rebut ; le cœur brisé, Ellie partit pour Paris approfondir ses connaissances culinaires.

Quand elle revint en Californie, Maya l'y rejoignit rapidement.

— Pourquoi vivre dans le froid, quand là-bas le soleil brille toute l'année ? dit-elle un jour à Ellie au téléphone.

Elle arriva par avion le lendemain, et les deux amies louèrent un appartement à Venice Beach, le temps de passer en revue le monde qui les entourait, les hommes, les possibilités de travail, et de décider ce qu'elles allaient faire de leurs vies.

Si Maya était loin d'avoir trouvé la réponse, Ellie, elle, la connaissait. Peut-être parce que l'argent commençait à se faire rare, ou parce que c'était inscrit dans son caractère, en tout cas, elle assumait ses responsabilités comme une vraie pro. Avec la formation qu'elle avait reçue, son esprit et son physique, les offres de carrière ne lui manquaient pas, mais elle savait ce qu'elle voulait : un restaurant à elle.

Il lui avait fallu plus d'un an de travail acharné pour mettre sur pied son projet, avec trois fois rien comme budget de départ ; mais il tenait debout. Et elle n'entendait pas le laisser retomber, même si elle devait y consacrer toutes ses journées et toutes ses nuits. C'est bien là qu'était le problème, aux yeux de Maya.

Quand le restaurant ferma enfin, elle resta pour aider Ellie à ranger.

— Tu veux mon avis, chérie ? lui dit-elle alors que, leur travail terminé, elles étaient assises devant un verre de merlot fruité et se taillaient de larges morceaux dans une roue de parmesan, avant de les enfourner entre deux tranches de baguette. Rappelle-le et dis-lui : « Oui, j'aimerais dîner avec vous après tout. » (Elle arracha un énorme morceau de sandwich au parmesan, en roulant des yeux émus.) Je te promets que c'est *facile*. Et je sais que tu apprécieras autant que moi j'apprécie. Tu veux parier ?

Mais Ellie mâchait son sandwich d'un air morne ; elle était trop fatiguée, même pour penser à Dan Cassidy.

— J'ai trop à faire, c'est tout.

Maya haussa les épaules ; quand elle était battue, elle savait le reconnaître.

— D'accord. J'essayais seulement, et je continuerai à essayer. Il faut qu'on te sorte de cette ornière, ma petite, avant que tu n'oublies tout à fait que tu es une femme. Il faut que j'y aille, j'ai rendez-vous avec Greg dans... (Elle jeta un coup d'œil à sa montre.) Tout de suite !

Ramassant son sac, elle se dirigea vers la sortie.

— Qui est Greg ? lança Ellie avec curiosité.

Maya s'arrêta, une main sur la porte.

— Un écrivain. Un écrivain *publié*. Il me donne quelques tuyaux en matière de structure. (Elle sourit.) C'est aussi un très bel homme, avec quelques très beaux amis. Tu aimerais peut-être en rencontrer un ? ajouta-t-elle, pleine d'espoir.

— Bonne nuit, Maya. À demain et amuse-toi.

Ellie souriait encore en rapportant les assiettes à la cuisine. Mais il y avait du travail à faire, et elle resterait ici jusqu'à ce qu'elle l'ait fini.

Il était tard, et Dan Cassidy pensait qu'une villa confortable avec vue sur l'océan pouvait être un endroit bien solitaire, quand on n'avait personne avec qui s'émerveiller du coucher de soleil. Personne avec qui partager le fracas des vagues, avec qui respirer l'air salé et s'extasier sur sa pureté, après les relents du trafic automobile à New York et le smog de Los Angeles. Personne avec qui admirer la romantique ascension de la lune dans un ciel constellé d'étoiles, le sillage d'argent qu'elle laissait dans l'eau jusqu'à l'horizon.

Clair de lune et silence n'avaient jamais joué un grand rôle dans sa vie. Il était nerveux ; son travail, l'action et la grande ville lui manquaient.

Il ne voulait pas d'un dérivatif ; pourtant, il décida que le lendemain il commencerait sa journée en allant chercher un chien au refuge local.

13

Il était plus de une heure du matin quand Ellie rentra chez elle. Son dos et ses pieds lui faisaient mal, des fourmillements douloureux lui parcouraient la nuque.

Tout en secouant énergiquement les pieds pour en faire tomber ses chaussures, elle songeait à l'invitation de Dan Cassidy. Dîner dehors ? C'était une idée risible. *Elle* organisait et servait les dîners des autres. Quant aux siens, elle les prenait dans la cuisine de son restaurant, pas dans des établissements chic.

En plus, elle redoutait de s'engager ; trop de choses étaient en jeu. Tout ce qu'elle possédait, tout ce qu'elle avait pu emprunter était investi dans *Chez Ellie* ; cela représentait sa vie entière et son avenir. Elle était décidée à faire ses preuves – même si elle ne savait pas encore exactement aux yeux de qui elle devait les faire. Et surtout, elle devait gagner suffisamment d'argent pour prendre soin de sa grand-mère.

Sa maisonnette était accueillante et confortable. Elle comportait une entrée exiguë, avec un petit salon du côté gauche, garni de quelques meubles anciens qui provenaient de Journey's End. Une paire de chandeliers d'argent reposaient sur l'antique tablette de cheminée en pin, en même temps que des photographies encadrées de Miss Lottie, de Maria et bien sûr de Bruno. Un joli miroir vénitien était suspendu au-dessus de cette tablette ; une console française ancienne, de bois doré, était adossée à un mur, supportant un grand vase de faïence qui contenait des tulipes rouges. Il y avait encore une table basse à plateau de verre où s'empilaient des livres, une autre table en bronze, aux flancs juponnés de soie, munie d'une lampe XIXe siècle avec un abat-jour aux tons ambrés, une demi-douzaine de vieux tableaux disséminés sur les murs. Si l'on y ajoutait un agréable canapé recouvert de lin couleur crème, ainsi que quelques chaises et petites tables annexes, la courte pièce était bourrée à craquer. On n'aurait pu y glisser un tabouret supplémentaire.

De l'autre côté de l'entrée, les murs de la salle à manger étaient peints en vert forêt, la couleur préférée d'Ellie ; les lézardes du dernier tremblement de terre laissaient apparaître du plâtre blanc aux encoignures. La pièce comportait une table ronde à plateau de marbre ainsi que quelques vieilles chaises à dossier en forme de roues, un faux ficus dans un pot de terre cuite et encore des tableaux.

Une porte voûtée menait dans la petite cuisine carrelée de blanc, d'autant plus immaculée qu'Ellie ne s'en servait jamais, sinon pour s'y faire une tasse de thé.

L'escalier, assez raide, menait à une grande chambre flanquée d'une salle de bains. Chaleureuse, c'était la tanière d'Ellie. Le lit à baldaquin avait appartenu à ses parents – sauf qu'à l'époque il était drapé de châles indiens, d'étoffes de sari brillamment pailletées d'or, d'orange et de pourpre. Il était plus sobre aujourd'hui, avec sa gaze crème, et couvert de coussins. Elle avait jeté au sol plusieurs magnifiques tapis persans qui se chevauchaient les uns les autres, en une harmonieuse mosaïque de dessins et de couleurs. Les tables de nuit étaient incrustées de marbre italien, les lampes de simples vases munis d'abat-jour beiges.

Sur la commode ancienne, en pin, était posé un plateau d'argent où Ellie rangeait son maquillage, une bouteille d'« Eau d'Issey » – son parfum préféré – ainsi qu'une photo de ses parents. La douillette robe de chambre de chenille rose, qu'elle avait depuis ses dix-sept ans et dont elle ne se serait séparée pour rien au monde, était jetée sur la chaise à rayures proche de la fenêtre.

C'était un cadre simple, agréable, et qui lui ressemblait.

Elle prit une douche, enfila un vieux tee-shirt aux couleurs des Lakers [1], une paire de chaussettes blanches en éponge et s'assit face au miroir, pour se passer en tapotant de la crème sur le visage et traquer les rides éventuelles. Puis elle brossa ses longs cheveux, regrettant qu'ils frisent et se demandant à quoi elle ressemblerait avec une coupe au carré.

Ensuite, elle gagna lentement la fenêtre et contempla, au-dehors, son petit bout d'océan qui brillait sous la lune haut perchée, en imaginant un rendez-vous avec Dan Cassidy. Une jolie tenue, un bon restaurant, une bouteille de vin. Quelque chose semblait clocher dans cette image, elle n'aurait su dire quoi. Pourtant, tandis qu'elle grimpait dans le lit à baldaquin, elle trouva que ce n'était pas une mauvaise image pour s'endormir.

Fermant les yeux, elle se rappela la ligne nette de sa mâchoire, le bleu profond de son regard, passé de la colère à l'amusement quand il l'avait reconnue. En bâillant, elle se dit qu'il devait encore penser à elle comme à la gamine au visage couvert de taches de rousseur à qui il apprenait le surf, il y a bien des années. Et quand elle s'endormit, le souvenir de ces jours d'autrefois remplit ses rêves – la vie alors n'était que plaisir et facilité, Miss Lottie avait toute sa tête, et le soleil semblait devoir briller sur eux à jamais.

Le lendemain matin, elle ne put s'ôter cette image de l'esprit : une bande d'enfants riant sur le sable, et le grand et beau Danny Boy, coqueluche de la plage, qui allait les repêcher dans les vagues quand ils étaient épuisés. Tout l'après-midi, pendant qu'elle travaillait, il resta tapi au fond de son esprit. Enfin, quand le soir fut venu, elle songea « Au diable tout ça », décrocha le téléphone et l'appela.

1. Nom de l'équipe de basket-ball de Los Angeles. *(N.d.T.)*

— Hello, dit-elle. C'est la surfeuse qui vous a embouti l'arrière.

Les sourcils de Dan tressaillirent, puis un sourire joyeux releva les coins de ses lèvres.

— Hello ! répondit-il, tout en renvoyant pour la dixième fois le chien de ses genoux.

Le chien y remonta aussitôt et se rassit, la langue pendante. Dan le regarda, exaspéré : ce chien de malheur avait une sacrée caboche. Il avait aussi un corps de tonneau perché sur des jambes longues et maigres, une queue longue elle aussi et touffue, qui perdait des poils noir et feu. On aurait dit un coussin de fourrure mangé aux mites – mais il avait aussi exactement la tête du chien dans *Babe*, et à cet instant Dan aurait juré qu'il lui souriait. Tout à coup, il lança un aboiement malicieux, remua sa queue empanachée et envoya promener tout ce qu'il y avait sur la table.

Ellie écarta en sursautant le combiné de son oreille, puis demanda, surprise :

— C'était un chien ?

L'animal en question aboya de nouveau et Dan dit :

— Je vous présente mon nouvel ami, Pancho. Je ne pouvais pas continuer à regarder seul le coucher de soleil.

— Triste, hein ? dit Ellie en souriant.

— Triste, reconnut-il, plein d'espoir.

— Je songeais justement que le restaurant est fermé le lundi. En général, je monte voir ma grand-mère. Pourquoi ne pas dîner ensemble ? Quelque chose de simple, un barbecue sur la plage, par exemple...

Dan se mit à rire.

— N'oubliez pas que vous parlez à un citadin endurci. Je ne crois pas avoir jamais vu de barbecue à Times Square, et je ne suis même pas sûr que je saurais quoi faire avec.

— Alors il va falloir que je vous apprenne, Danny Boy. Vous ne pouvez pas être californien et ignorer comment on jette un steak sur le gril. Ne vous en faites pas : j'apporte la garniture et vous mettez le vin au frais.

— Ça, au moins, je sais le faire.

— Je l'espère pour vous, dit-elle, moqueuse. Alors, vers sept heures ?

Il lui donna son adresse et dit d'un ton sincère :

— J'attendrai avec impatience, Ellie.

— Moi aussi, répondit-elle, mais en gardant une voix délibérément froide. À demain, Danny Boy. Vers sept heures.

Il attendit qu'elle ait raccroché, puis se versa un verre de chardonnay Cakebread. Ensuite, il alla s'accouder à la balustrade de la véranda et regarda le ciel tourner au bleu nuit, jusqu'à ce que l'océan se fondît dans l'horizon. Il espérait produire un jour un vin aussi bon que celui qu'il buvait, et se demanda où il achèterait un barbecue le lendemain. La vie prenait plutôt bonne tournure.

— Ça y est ? C'est fait ?

Maya, qui l'avait de nouveau espionnée, surgit à côté d'Ellie.

— Je te prêterai ma nouvelle Versace ! Rouge vif et moulante ! Ça sera géant avec tes cheveux !

— Qu'est-ce qui te prend de t'acheter du Versace ? Tu n'en as pas les moyens !

— Tu ne sais pas que ce sont les soldes, en ce moment ? Il y en a partout. Tu la veux ? Elle est à toi.

— J'apporte des steaks et il les fait cuire au barbecue. Pas vraiment une soirée à être en Versace. Mais merci quand même. Je sais que tes intentions étaient parfaitement malhonnêtes.

— Je voulais seulement que tu t'amuses un peu...

Il y avait une pointe de regret dans la voix de Maya, et Ellie sentait qu'elle était sincère.

Une petite source d'excitation bouillonnait en elle, comme du champagne. Depuis plus d'un an, elle se maintenait sur la voie étroite et rectiligne du devoir ; la perspective d'un rendez-vous et d'un peu de plaisir, loin des corvées quotidiennes du restaurant, lui rappelait autrefois, quand elle était enfant et que revenait le samedi matin : pas d'école en vue, tout un long week-end à se prélasser.

Il ne s'agissait que d'une soirée : mais, pour elle, une maison sur la plage, un barbecue et Dan Cassidy ressemblaient à une recette magique de détente et de relaxation. Bien sûr, avec son programme de travail et sa quête acharnée du succès, pas question qu'elle ait une liaison. Revenant sur terre, elle passa en hâte dans la cuisine, voir auprès du chef pourquoi les plats arrivaient si lentement. Si elle n'était pas là, tout l'établissement s'écroulerait en l'espace d'une soirée, elle le savait.

Bien plus tard, quand Maya fut partie et le restaurant fermé, elle installa les tables pour le prochain petit déjeuner, goûtant ce moment de calme et de silence. Le trafic avait diminué sur Main Street ; les passants ne jetaient même pas un coup d'œil vers la salle plongée dans la pénombre.

Ellie se versa une tasse de café, puis alla s'asseoir à une table près de la vitrine, le regard perdu dans la nuit tranquille. Le brouillard promis par la météo arrivait, comme c'était souvent le cas à cette époque de l'année ; voilant l'éclairage des rues, étouffant les bruits de la ville, il montait sans bruit, comme de la fumée. Elle le trouvait apaisant après une journée agitée et bruyante.

Sa conversation au téléphone avec Dan Cassidy lui trottait dans la tête. Elle se demanda s'il avait déjà entendu évoquer le mauvais sort qui pesait sur le Running Horse Ranch. Certes, elle n'aimerait pas être la première à lui en parler ; mais le fait est qu'on n'y produisait pas de vin depuis plusieurs années, et l'on disait qu'une malédiction frappait la propriété. Elle espérait pour Dan que ce n'était pas vrai.

Tout en sirotant son café chaud, elle pensait à sa mère, et se demandait rêveusement si celle-ci aurait eu une bonne opinion de Dan. C'était idiot, se dit-elle, à son âge, de languir encore après une mère avec qui partager certaines expériences. Une mère à qui elle pourrait poser des questions : « Est-ce que j'ai raison de me donner tant de mal pour ce restaurant, et pour réussir ? » Ou encore : « Qu'est-ce que tu penses de ce type ? » Après tout, elle avait vingt-neuf ans, bien plus d'indépendance et aussi d'expérience que Romany n'en avait jamais eu.

Durant son enfance, Ellie ne s'était jamais rendu compte qu'ils étaient riches, du moins jusqu'à ce qu'elle aille à l'école. Il lui semblait normal d'habiter une maison de quarante pièces, d'avoir un maître d'hôtel et un cuisinier, une gouvernante et des femmes de chambre, un chauffeur et une escouade de jardiniers : elle n'avait jamais rien connu d'autre. De plus, Maria et Gustave, le maître d'hôtel, comme le reste du personnel, étaient ses amis, une famille de substitution pour les parents qu'elle avait perdus, pour les tantes et cousins qu'elle n'avait jamais eus. Ils lui faisaient oublier ce vide déchirant dans sa vie, dans lequel avait disparu la sécurité de jadis. La sécurité d'une mère et d'un père.

Très longtemps, après l'accident, elle avait revu leurs visages souriants quand elle fermait les yeux, entendu le rire clair et joyeux de sa mère, sa voix douce lui disant qu'elle l'aimait ; et celle, profonde, de son père, qui chantait pour qu'elle s'endorme une de ses chansons napolitaines préférées. Mais, peu à peu, leurs images étaient devenues floues dans son esprit, il ne lui restait plus d'eux que des photographies. Elle les examinait longuement, seule dans sa chambre, tâchant de se remémorer le sourire de sa mère et les cheveux roux de son père, mais sachant qu'elle les perdait irrémédiablement. Et c'était chaque fois la même souffrance, parce qu'elle aurait tant voulu les garder près d'elle pour toujours...

Même maintenant, adulte, ses parents continuaient à lui manquer. Elle se demandait combien sa vie aurait été différente s'ils avaient vécu : c'était une grande inconnue, et elle soupirait toujours en y pensant. Non que sa vie eût été terrible, loin de là. Miss Lottie avait été pour elle une merveilleuse compagne : à la fois grand-mère, mère, père, amie et soutien toujours fidèle. Elle avait assisté aux réunions de l'association de parents d'élèves, au milieu de pères et de mères d'une génération plus jeune ; elle avait encouragé Ellie depuis le bord du terrain pendant les matchs de softball[1], l'avait envoyée dans des camps de vacances, où elle lui écrivait chaque jour, sans faillir. Elle avait même tiré d'affaire Ellie quand celle-ci s'était conduite comme une écervelée à l'université. Non, Miss Lottie n'avait pas sauté une seule ligne, dans le grand livre de l'éducation ; personne n'aurait pu faire mieux qu'elle.

Pourtant, quelque chose manquait à Ellie, quelque chose qu'elle avait connu au relais de diligence, et dans la grande voiture, alors que ses parents et elle rentraient à la maison. Juste tous les trois.

Le souvenir de cette journée-là continuait à la ronger intérieurement. Elle n'en avait oublié aucun détail, la banquette de cuir brûlant, les bottes en lézard blanc de sa mère, le dernier sourire de son père et le regard qu'il avait adressé à la conductrice. Du moins, Ellie se disait qu'elle se souvenait de tout ; mais souvent, dans ses rêves, elle pensait qu'il y avait autre chose encore. Quelque chose d'important, dans le recoin le plus sombre de son rêve ; quelque chose qu'elle n'arrivait jamais à retrouver, parce que, juste quand elle allait y parvenir, elle se revoyait immanquablement assise sur le côté de la route. Seule, hurlant, avec du sang qui lui coulait sur le visage. Et le silence tout autour d'elle. Le silence de la mort.

Un frisson lui parcourut le dos et lui donna la chair de poule. Elle avala rapidement le café chaud et rapporta sa tasse vide à la cuisine ; puis, s'assurant que l'alarme était en marche, elle claqua la porte et la verrouilla. Elle entendit la cloche à l'ancienne mode carillonner joliment derrière elle, tandis qu'elle descendait la rue en courant vers le parking où elle garait sa voiture ; puis elle monta dans la Jeep et regagna sa maison. Elle dormit mal, cette nuit-là.

1. Variété de base-ball qui se pratique sur un terrain plus petit et avec une balle moins dure. *(N.d.T.)*

14

Buck pensa que Los Angeles était chaud, et que cela ne tenait pas aux seuls rayons du soleil. Assis à une table de restaurant, sur Sunset Plaza, il observait la foule qui déjeunait autour de lui.

Les choses avaient changé, depuis vingt ans qu'il était enfermé ; il ne pouvait croire que de telles femmes existaient ailleurs que dans les magazines. Grandes blondes à la chevelure généreuse, au corps mince et musclé ; brunes chatoyantes aux yeux pleins de hardiesse, aux jupes aussi courtes que leurs jambes étaient interminables ; rousses portant bottines et cheveux ras, tee-shirts blancs moulants et jupes de dentelle. C'était une parade digne du meilleur Hollywood, à vous couper le souffle.

De temps à autre, une fille qui se frayait un chemin à travers les tables surpeuplées lui souriait au passage, et il lui rendait son sourire avec confiance et naturel. Personne n'aurait pu imaginer qu'il avait passé les vingt dernières années de sa vie dans un asile. Avec son nouveau look, il s'intégrait à la foule chic et décontractée qui l'entourait comme s'il en avait toujours fait partie.

Il n'y avait pas que le coûteux pantalon de twill beige, la chemise de lin clair, les mocassins de daim Gucci et la décapotable garée dans le parking à l'arrière du restaurant. Désormais, ses cheveux roux étaient châtain foncé, grâce à l'élégant salon de coiffure installé quelques maisons plus loin ; sa nouvelle moustache sombre seyait à son long visage mince, des lunettes de soleil à monture légère d'acier dissimulaient son regard trop ardent. Il était devenu un autre homme : riche, beau, soigné. Un Californien comblé par la vie.

Finissant d'avaler son café au lait glacé, il paya sa note, mit une pastille à la menthe dans sa bouche, puis traversa la foule en bombant le torse et sourit en croisant le regard d'une fille. Il sentait le pouvoir bourdonner de nouveau en lui ; une voix intérieure lui disait qu'il pouvait être qui il souhaitait, dorénavant. Il pouvait agir comme bon lui semblait, avoir toutes les filles, même celle qui lui souriait en ce moment. Mais il se détourna résolument, car des affaires plus importantes lui occupaient l'esprit.

D'instinct, c'était un homme de la rue, qui savait comment trouver ce dont il avait besoin. Il gagna le centre-ville, où il fit une petite promenade. Quelques immeubles plus loin, on l'accostait.

— Coke, monsieur ? lui lança une voix depuis une entrée sombre.

Il jeta un rapide regard autour de lui : la rue était presque vide. Ensuite il se tourna vers l'homme. Il était noir, grand et menaçant, mais Buck bourdonnait de puissance intérieure et n'avait pas peur de lui. Son cran d'arrêt était caché dans le creux de la main, prêt.

— Et si je te disais que je suis un flic ?

Il sourit en voyant un éclair d'inquiétude passer dans les yeux du dealer, puis il pressa son couteau contre l'estomac du Noir. L'homme retint son souffle.

— Je... je n'ai rien dit, monsieur l'agent... c'est rien... je m'en vais...

Plaqué contre le mur, il glissa sur le côté et Buck se mit à rire.

Soudain, le dealer atteignit son pistolet. Avec la même rapidité et la même force de dément grâce auxquelles il avait presque étranglé son gardien, Buck lui enfonça son cran d'arrêt dans la main.

L'homme n'émit aucun son, pas même un gémissement : il fixa sa main ensanglantée, et le Glock 27 automatique qui gisait sur le seuil, dans la poussière et les détritus. Il tremblait comme un bœuf à l'abattoir, assommé, attendant le coup fatal.

— Vous êtes pas flic, haleta-t-il. Vous voulez quoi, m'sieur ? Prenez tout ce que j'ai... c'est pour vous, mec, mais laissez-moi partir...

Il mendiait maintenant, plaidant pour sa vie, et Buck adorait ça. Il aurait bien aimé faire durer le plaisir, mais les affaires étaient les affaires.

— Donne-moi le tuyau dont j'ai besoin, et peut-être je te laisserai la vie sauve.

Il poussa la pointe de son couteau contre les côtes du dealer, juste pour lui rappeler qui commandait, et l'homme s'affaissa. Sa main ruisselait de sang sur le seuil, sa mâchoire pendait contre sa poitrine, ses yeux se révulsaient et la peur lui donnait une voix suraiguë.

— Tu l'auras, mec. Tout ce que tu veux...

— Carte d'identité, Sécurité sociale...

— Tu vas à Alvarado Street... là, tu peux acheter tout ce que tu veux, mec. Vingt, peut-être cinquante dollars. Tout ce que tu veux... carte verte, permis de conduire, faux papiers... héroïne...

Buck donna une nouvelle petite poussée au couteau : une tache rouge s'élargit rapidement autour de la pointe de la lame. L'espace d'un instant, il se demanda s'il allait finir le travail, mais tuer des hommes le laissait froid. De plus, il était d'excellente humeur et se sentait fort bien dans son nouveau rôle de Californien riche. Lequel rôle n'était qu'une avant-première, car dès qu'il aurait émergé de son passé il *serait* véritablement ce nouveau personnage.

— Merci pour tout, dit-il, sans cesser de sourire.

Empochant le Glock, comme un petit bonus venant agrémenter leur transaction, il tourna les talons et repartit, fort content de lui.

— Estime-toi heureux que je sois un gentleman, lança-t-il par-dessus son épaule en riant.

À genoux sous le porche, le Noir étreignait son estomac. Sa main droite saignait sans arrêt et ses doigts pendaient, inertes.

— Putain de psychopathe, gémit-il en se hissant en titubant sur ses pieds. Où va ce putain de monde...

Puis il longea le plus vite qu'il put les immeubles, afin de mettre de la distance entre l'homme et lui.

Alvarado Street était fort animée. Buck n'eut même pas à chercher des revendeurs : eux le trouvèrent, s'agglutinant autour de la voiture aux feux rouges et lui montrant leurs marchandises derrière la vitre. Sachets transparents de pilules et de poudre blanche, fausses cartes d'immigration vertes, faux papiers et faux passeports.

En moins de deux heures, il s'était glissé dans la peau et dans la vie d'Edward Jensen, possédant sa carte d'assuré social, son permis de conduire et les papiers de sa BMW décapotable – volée et maquillée.

Il abandonna la voiture de location, qu'il déclarerait volée plus tard, puis gagna au volant de la BMW l'agence de Santa Monica de la First National Bank. Là, il ouvrit un compte chèques avec mille dollars en espèces, sur lequel il fit transférer le solde de son compte précédent, depuis la banque de Madison Avenue. Puis il prit une chambre dans le luxueux hôtel Shutters, qui donnait sur la plage, où il se doucha et se changea.

Tandis qu'il peignait ses cheveux bruns face au miroir, il vérifia sa nouvelle apparence. Il portait un complet-veston souple et léger, une élégante chemise blanche et une cravate Hermès. Oui, il était un homme nouveau, un homme de pouvoir, un décideur. Riche, classique, séduisant. Comblé par la vie, cela se voyait. Pour l'instant, Patrick Buckland Duveen n'existait plus ; Ed Jensen l'avait remplacé.

Buck demanda à la réception de lui réserver une table au Ivy, à Santa Monica, sur le front de mer. Il y dîna tranquillement, devant une bonne bouteille de vin, et se montra charmant envers son hôtesse. De sa table, fort bien placée, il pouvait voir toute la salle, et il apprécia fort la soupe aux fruits de mer ainsi que les croquettes au crabe. Satisfait, il jugea que cela avait été une excellente journée.

Il dormit bien, et le lendemain matin se trouva mieux qu'il ne l'avait été depuis des années. Après avoir nagé plusieurs longueurs, il se régala d'un petit déjeuner tardif.

Il contempla, songeur, une ravissante jeune femme allongée au bord de la piscine. Elle était petite et très mince, ses cheveux noirs coupés en une longue frange. Tandis qu'il la regardait, une nounou en uniforme blanc apparut, tenant par la main une fillette d'environ cinq ans, qui avait des cheveux roux bouclés et des yeux bleus.

Le cœur de Buck s'arrêta de battre ; sa main se mit à trembler et le verre de jus d'orange s'écrasa sur le sol. Le serveur arriva en courant, observa le visage livide de Buck et dit, alarmé :

— Vous vous sentez bien, monsieur ?

Les yeux vitreux de Buck se tournèrent vers la face inquiète du garçon.

— Je vous demandais si vous alliez bien, monsieur...

Buck l'écarta d'un geste impatient.

— J'ai renversé le verre, c'est tout. Vous n'avez qu'à nettoyer.

Il n'avait pas quitté l'enfant des yeux. Le temps comme aboli, il était en train de contempler la petite Ellie Parrish Duveen.

— Margaux ! Viens ici, ma chérie !

L'illusion se brisa quand l'enfant courut vers sa mère ; il secoua la tête, exhalant le souffle qui semblait être resté bloqué dans sa poitrine pendant une éternité. La sueur ruisselait le long de son dos. Pendant une minute, il avait cru que c'était elle. Exactement telle qu'elle était la dernière fois qu'il l'avait vue. Une petite fille aux cheveux roux, couverte de taches de rousseur et figée par la peur, qui s'agrippait aux bras d'un grand fauteuil chinois, pendant que les gardes le maintenaient au sol aux pieds de sa grand-mère. Une petite fille aux cheveux roux, couverte de taches de rousseur, qui se dressait sur le chemin de son bonheur et de sa réussite.

La chaise de métal racla désagréablement le sol de ciment quand il la repoussa en arrière, avant de se diriger à grandes enjambées vers la piscine. Il resta quelques instants sur le bord et se força à prendre de longues inspirations avant de plonger. L'eau fraîche calma ses sens enfiévrés ; il nagea lentement pendant dix minutes, avant de se sécher et de regagner sa chambre.

Le serveur le regarda s'éloigner en grommelant :

— Bien cru qu'on allait devoir appeler les secours, ma parole. Heureusement qu'il a gardé son infarctus sous le coude pour d'autres collègues...

Après une douche, Buck se sentit mieux. Il avait perdu les pédales et cela, il ne pouvait pas se le permettre. Ridicule, d'imaginer qu'Ellie Parrish Duveen pût encore ressembler à une fillette aux cheveux roux... De plus, il devait y avoir des milliers de petites filles comme celle-ci en Californie. Il fallait absolument qu'il reste maître de lui.

Son reflet dans le miroir le rassura : il était dans la bonne voie. Il avait belle allure, le physique de l'emploi, et surtout il ne ressemblait pas à Buck Duveen.

Ses bagages neufs dans la malle de la BMW, « Ed Jensen » remonta la côte. À Montecito, il s'engagea fièrement dans l'allée privée du Four Seasons Biltmore, confia la décapotable à un groom et prit une chambre avec vue sur la mer ; puis il alla faire un tour au bar, où il se commanda un double bourbon pour fêter l'événement.

En parcourant du regard les pièces familières, une certaine excitation bouillonna en lui comme une griserie sexuelle. Il était déjà venu ici auparavant, mais il était plus humble, alors, moins sûr de lui. Plus pauvre.

Il aimait cette vie luxueuse, qui lui allait comme un gant. Quand l'argent des Parrish serait à lui, il pourrait séjourner au Biltmore pendant des mois. Pour toujours, même, s'il le désirait. Ne le méritait-il pas, après tout ?

Il avait attendu cela pendant vingt longues années. Toute une putain de vie.

Il se détendit dans son confortable fauteuil et sirota l'excellent bourbon, le regard perdu sur l'océan si bleu, si calme. Son plan était en marche. Enfin.

15

On était lundi après-midi et, comme d'habitude, Miss Lottie attendait Ellie. Aujourd'hui, elle fêtait son anniversaire ; Maria l'avait aidée à choisir la robe à fleurs lilas avec le petit boléro assorti. Certes, elle l'avait depuis une éternité, mais pour Miss Lottie elle valait une robe neuve, parce qu'elle ne se rappelait pas l'avoir jamais vue.

Elle portait ses perles, exactement semblables à celles qu'elle avait offertes à sa propre fille Romany à l'occasion de son dix-huitième anniversaire et qui maintenant appartenaient à Ellie. Elle avait aussi ses bagues de diamant, une foule de vieilles broches, et la montre Vacheron en or qu'elle avait achetée en Suisse, lors d'un de leurs *grands tours*[1] d'Europe dans les années trente, juste avant la terrible guerre.

— Quelque chose ne va pas chez vous, lui avait dit Maria ce matin-là, alors qu'elle lui apportait son petit déjeuner au lit et l'écoutait parler encore de la guerre. Vous semblez ne vous rappeler que les mauvaises choses.

— Pas du tout, répliqua-t-elle, indignée, en attaquant son œuf coque avec une petite cuillère en argent. Je me rappelle aussi les bonnes choses. Je sais toujours quand Ellie doit venir. Et quand Bruno doit prendre ses pilules.

Le vieux labrador, sa grosse tête posée sur le couvre-

1. En français dans le texte. *(N.d.T.)*

lit, fixait silencieusement le porte-toasts en argent. Miss Lottie prit un toast, y étala une large couche de beurre français d'importation, non salé, comme elle l'aimait, et le lui tendit. Bruno le laissa tomber, côté beurre sur le tapis – un vieil Aubusson vert pâle aux motifs entrelacés de roses et de lis. Il le ramassa pour le manger, puis lécha les traces de beurre.

— Ce n'est rien, fit Miss Lottie d'un air contrit, en croisant le regard furieux de Maria. Seulement du beurre...

Bruno eut encore droit à deux autres toasts après celui-là. Elle savait que le beurre n'était pas bon pour lui et le faisait grossir ; mais quand on était aussi vieux qu'elle et Bruno, songeait-elle, un peu de poids supplémentaire n'avait plus guère d'importance. Être heureux, par contre, en avait – même si le bonheur passait par un toast.

Maintenant, assise sur la terrasse en attendant Ellie, elle pensait de nouveau à l'Europe. Elle se rappelait ce voyage aussi nettement qu'on se rappelle un film : les lieux qu'ils avaient visités, les grands hôtels sur les lacs italiens et suisses, les robes qu'elle avait achetées à Paris...

Elle soupira de regret et repoussa sa visière de celluloïd verte. C'était une jeune femme, alors, et elle pensait que la vie ne changerait jamais, qu'elle serait toujours heureuse et insouciante. Comment aurait-elle pu imaginer la tragédie qu'elle allait connaître, la mort de sa fille dans un accident de voiture ?

Chaque fois que l'image traversait son esprit, ce qui arrivait souvent, elle se demandait pourquoi son cerveau avait choisi de la conserver en mémoire, alors qu'il en avait rejeté tant d'autres agréables. Mais cette image-là, elle savait qu'elle l'emporterait jusque dans la tombe – alors qu'elle n'avait aucun souvenir des événements qui avaient suivi. Pas même des obsèques, tout en sachant qu'elles avaient sûrement eu lieu. Seule la nécessité d'élever sa petite-fille lui avait évité de sombrer dans un gouffre de désespoir sans fond.

Des images d'Ellie enfant défilèrent rapidement dans l'esprit de Miss Lottie. La fillette rieuse, avec la chevelure flamboyante et les grands pieds de son père, les beaux yeux bleu pâle de sa mère. Ellie à six ans, dans un tutu rose, qui faisait une pirouette maladroite sur ces fameux pieds, mais elle savait qu'Ellie s'était *sentie* aussi belle qu'une ballerine, et c'était ce qui importait. À huit ans, tombant de cheval et refusant de pleurer, alors même qu'on s'aperçut plus tard qu'elle s'était cassé le bras. Et la rédaction qu'elle avait écrite, intitulée « Mes parents » : elle y racontait fièrement que sa grand-mère était à la fois sa mère et son père, et qu'elle était meilleure, Ellie en était sûre, que toutes les autres personnes mises ensemble. Plus tard, il y avait eu la remise du diplôme, la fête de fin d'année, les longues robes et les *parties*. Et ensuite l'université.

Elle se rappelait Ellie et Maya sur la Harley rouge, et combien elle en avait ri après coup – même si, bien sûr, elle ne l'avait jamais dit à Ellie. Celle-ci avait dû apprendre une rude leçon : que rien dans la vie ne s'obtient sans un dur travail, particulièrement un diplôme universitaire.

Puis il y avait eu les petits amis, et la maison pleine de jeunes. Cela avait donné une nouvelle impulsion à Miss Lottie, à l'âge où elle aurait dû envisager de se reposer, peut-être de partir faire une croisière autour du monde avec d'autres vieilles dames. Mais pas de risque de se reposer, avec un feu follet comme Ellie à proximité.

Miss Lottie sourit, heureuse que tout n'ait pas été effacé de sa mémoire défaillante, et que quelques précieux souvenirs puissent encore être ressassés. Elle pensa qu'après tout Ellie ressemblait à Romany : elle avait la même joie de vivre que sa mère, le même tempérament passionné, la même beauté fantasque. Pourvu qu'elle aussi soit heureuse...

— Salut, Miss Lottie. Je suis là...

Ellie escalada les marches de la terrasse et Miss Lottie consulta la Vacheron.

— Presque à l'heure, pour une fois. Qu'est-ce qui se passe ?

— Ton anniversaire, voilà ce qui se passe !

Elle s'agenouilla sur les dalles de marbre et entoura sa grand-mère de ses bras.

— Joyeux, très très joyeux anniversaire, Miss Lottie chérie. *Feliz cumpleaños, bon anniversaire*[1]... Oh ! juste le plus joyeux des anniversaires, dans toutes les langues que tu peux imaginer.

— *Feliz Navidad*, suggéra Miss Lottie.

— Oui ! Joyeux Noël aussi, grand-mère, si tu veux...

Miss Lottie rejeta la tête en arrière, riant de sa propre étourderie, et pendant une fraction de seconde Ellie crut voir la fillette qu'elle avait dû être.

— Je suis peut-être distraite ces derniers temps, dit Miss Lottie en souriant, mais ça se ressemble un peu, quand même...

— Et pourquoi portes-tu ta visière ? Ne me dis pas que tu étais encore devant ton ordinateur, à jouer à la Bourse et perdre ta chemise !

— Rien d'aussi vulgaire, ma chérie. D'ailleurs, je ne suis pas sûre d'avoir encore des actions à vendre ni même une chemise à perdre. J'aime seulement jouer avec cette machine. Je t'assure que c'est fascinant, tout ce qu'on peut faire avec elle. Elle te répond même, elle te laisse des petits messages. On appelle ça *e-mail*. Ou peut-être Internet, je ne sais plus.

— Tu étais en train de surfer sur Internet ? demanda Ellie, bouche bée. Comment as-tu appris ?

— Le jeune homme m'a montré. Il était très compétent, il connaissait très bien son affaire. Je trouve ça plutôt facile, et tellement amusant, de se faire de nouveaux amis, de bavarder avec eux sur la machine. C'est bien plus amusant que les programmes de télévision, où il n'y a que de la violence et du sexe.

— Miss Lottie, tu n'as pas honte ? C'est la première fois que je t'entends prononcer ce mot !

1. En Français dans le texte. *(N.d.T.)*.

— Oh, vraiment ? Alors, comment crois-tu que Romany est venue au monde ? Dans un chou ? Ne sois pas ridicule, Ellie. Bien sûr que je suis au courant, pour le sexe. Une lady n'en parle pas, c'est tout.

Ellie écarquilla les yeux.

—Tu ne cesseras jamais de me surprendre, grand-mère...

Miss Lottie se saisit de sa canne à pommeau d'argent, pour se mettre lentement debout.

— Parfois je me surprends moi-même, commenta-t-elle avec un petit sourire en coin. Maintenant – entre ladies –, tu peux me parler sans crainte de ta vie sexuelle. L'expérience compte, tu sais, quand on a besoin d'aide.

Ellie se sentit rougir.

— Miss Lottie ! Où vas-tu chercher tout ça ? De toute façon, je n'ai pas de vie sexuelle...

— Je te l'ai dit, c'est par mes amis d'Internet que je connais tout ça. Je suis leur conseillère, une sorte de courrier du cœur, tu sais. À ton âge, tu *devrais* avoir une vie sexuelle. Tu m'expliqueras tout cela devant une tasse de thé.

Abaissant d'un geste ferme la visière verte sur ses yeux, elle traversa le salon à grands pas en direction de l'entrée.

— Au revoir, Maria ! cria-t-elle. Au revoir, Bruno ! À plus tard. *Shalom !*

Ellie rit – mais prit note mentalement de vérifier ce que Miss Lottie faisait au juste sur Internet.

Au Biltmore, Buck remit sa clé au groom, puis il attendit sa voiture sous l'auvent en fredonnant joyeusement *Dixie* entre ses dents. Mais une vieille Cadillac blanche tourna le coin de l'allée, et le groom se précipita pour ouvrir la porte, l'oubliant totalement. Buck vit bientôt une foule de gens s'agiter autour du nouvel arrivant : le directeur de l'hôtel fit son apparition, les femmes de chambre passèrent leurs têtes par la porte, et tout le staff de la réception fut là, au complet. Sans doute un politicien, pensa Buck en continuant à fredonner, ou bien une star de cinéma.

Le directeur aida une vieille dame à sortir de la voiture, puis il lui serra la main, tout sourires. Appuyée sur sa canne, elle marcha lentement en direction de Buck, et ses yeux bleus délavés s'attardèrent un instant sur lui.

Et le temps parut s'arrêter. Le sang se figea dans ses veines. Il ne pouvait plus respirer, s'attendant à ce qu'elle le reconnaisse, qu'elle l'accuse...

Le directeur lui prit le bras. Elle fit un léger signe de tête à Buck, en lui souhaitant poliment bon après-midi, puis passa lentement devant lui pour entrer dans l'hôtel.

Buck sentit le sang lui marteler les tempes. Le destin, aussi efficace que Federal Express, lui avait livré sa victime sur un plateau. Il ferma les yeux, faisant jouer impulsivement ses doigts puissants, et il sentait presque les chairs de la vieille dame s'écraser sous son étreinte.

— Pardonnez-moi, mais... vous vous sentez bien ?

Il rouvrit les yeux et se trouva face à la plus jolie femme qu'il eût jamais vue de sa vie.

Elle était très grande, fort élégante dans sa robe jaune d'or et ses sandales à lanières. Ses longues jambes étaient bronzées, les ongles de ses orteils laqués d'un rouge corail profond. Et ses yeux, qu'elle plongeait dans ceux de Buck, étaient d'un gris-bleu pâle et délicat.

— Vous avez besoin d'aide ? insista-t-elle, en le dévisageant avec inquiétude.

— Non, non, ça va. Je me sens bien, répondit-il, reprenant ses esprits. Merci...

— Bon après-midi, alors...

Tandis qu'elle s'éloignait, ses longs cheveux roux se balançaient gracieusement sur ses épaules, et Buck sut qu'il avait Ellie Parrish Duveen sous les yeux.

Son cœur battait à coups redoublés : une douleur soudaine lui étreignit la poitrine, le faisant suffoquer, et il pressa la main contre son thorax.

— Votre voiture, monsieur...

Le groom attendait, lui tenant ouverte la porte de la BMW. Mais Buck secoua la tête, incapable de parler ;

il fit demi-tour et retourna lentement à l'intérieur de l'hôtel, où il s'enfonça dans un divan jusqu'à ce que son cœur retrouve un rythme normal. Il n'avait pas été préparé à cela... il croyait qu'il pourrait choisir le moment... son esprit était en plein chaos.

Quand son pouls eut suffisamment ralenti et que la douleur dans sa poitrine se fut atténuée, il gagna, à la suite d'Ellie, la jolie pièce haute de plafond qui dominait l'océan, où l'on servait le thé sur des tables recouvertes de nappes roses. Les serveuses s'affairaient auprès de celle de Lottie Parrish ; la vieille dame était assise, majestueuse comme une reine, excepté la vieille visière de celluloïd verte qui surmontait ses yeux.

Ellie repoussa sa chaise et fit le tour de la table jusqu'à elle.

— Miss Lottie, lui dit-elle, tu n'as pas besoin de ta visière. Nous sommes à l'intérieur, maintenant.

— Je sais que nous sommes à l'intérieur, Ellie. Je ne suis pas stupide.

Elle lança un regard furieux à sa petite-fille et les serveuses pouffèrent, mais Ellie les ignora.

— Bien sûr que tu le sais... Et je parie même que tu sais exactement ce que tu vas commander.

— Des sandwichs au saumon et au concombre, des scones chauds avec de la crème et de la confiture de fraises. Et de l'Earl Grey. Mais pas en sachet, n'est-ce pas ? Le thé n'a plus du tout le même goût quand il est enfermé dans du papier.

Buck avait entendu cette voix en rêve pendant un millier d'années, lui semblait-il, enfermé entre les murs de son asile, où le temps était suspendu. Mais elle ne l'avait même pas reconnu. Était-ce à cause de sa nouvelle apparence, fort réussie, les cheveux bruns au lieu de roux, la moustache, les lunettes noires, ou bien l'âge l'avait-il simplement effacé de la mémoire de la vieille dame ? Il haussa les épaules. De toute façon, elle lui appartenait.

S'installant à la table voisine de la leur, il commanda

du thé, puis les observa et les écouta, tout en feignant de lire son journal.

Miss Lottie se saisit d'un sandwich au saumon fumé, sur une tranche de pain bis sans croûte, et en prit une petite bouchée.

— Alors, Ellie, qu'as-tu à me dire ? Pourquoi n'y a-t-il pas d'homme dans ta vie ? Une jolie fille comme toi ?

Ellie soupira. C'était à l'évidence un sujet que sa grand-mère n'entendait pas oublier.

— Je te l'ai dit, grand-mère, je suis trop occupée. Je travaille six jours par semaine et j'ai des journées interminables. Cela fait un an que ça dure et ça risque de continuer longtemps, au moins jusqu'à ce que j'aie gagné de quoi ouvrir un second restaurant. (Elle rit à cette idée.) Et alors, ce sera sans doute pire. Sept jours par semaine, et toutes les heures que Dieu fera.

Ellie était si jolie quand elle riait, si jeune et si gaie... Miss Lottie aurait passionnément voulu que sa petite-fille n'ait pas à travailler aussi dur.

— Je pensais, dit-elle en choisissant un scone avec soin, que nous pourrions peut-être vendre Journey's End...

Les mains de Buck, tout à coup inertes et molles, laissèrent tomber le journal. *Les Parrish étaient-ils ruinés ? Qu'avait-il bien pu arriver à tout cet argent ? Jusque-là, il coulait comme d'un puits sans fond... Voilà sans doute pourquoi ils l'avaient laissé sortir, parce qu'elle n'avait plus les moyens de payer son séjour là-bas. Bon Dieu, qu'allait-il donc faire maintenant ?*

D'une main tremblante, il se versa de l'Earl Grey, puis se fourra un sandwich dans la bouche ; il s'étouffa et avala une gorgée de thé brûlant, en frémissant d'angoisse. Un vaste groupe de convives faisait du bruit à la table voisine, et il leur lança un regard furieux, car il ne pouvait plus entendre la conversation des deux femmes.

— Nous en avons déjà parlé, répliqua tranquillement

Ellie, et c'est impossible. Tu ne peux pas vendre la maison.

— Je ne vois pas pourquoi. Je peux très bien aller vivre dans un de ces appartements. À Beverly Hills ou ailleurs, ajouta-t-elle avec un geste vague, et ainsi tu pourras ouvrir autant de restaurants que tu le voudras. Tu pourras même garder du temps pour rencontrer un homme, te marier et me donner des arrière-petits-enfants. (Miss Lottie adressa à Ellie un sourire taquin.) Je pourrais appeler mes amis, savoir où en sont leurs petits-fils... Il y en a sûrement un ou deux de libres encore.

— Une vieille fille, dit Ellie d'un air morne. C'est ce que je suis à tes yeux, n'est-ce pas ? Eh bien ! pour te rassurer, apprends que j'ai un rendez-vous ce soir.

Les yeux d'un bleu délavé de Miss Lottie brillèrent.

— Avec un homme ?

— Bien sûr, avec un homme...

— Parle-moi de lui. Je connais sa famille ?

— Sans doute pas, mais c'est un garçon d'ici. Il m'a appris le surf quand j'avais huit ans.

— Un *surfeur* ?

— Oh ! je t'en prie, grand-mère..., dit Ellie en riant. Bien sûr qu'il n'est plus surfeur. Il était flic. Mais il vient d'acheter un établissement vinicole près d'ici. Le Running Horse Ranch.

— Le Running Horse ? (Miss Lottie fouilla dans la mémoire défaillante de son ordinateur mental.) Jamais entendu parler, mais ça ne veut rien dire. Je n'ai jamais entendu parler de la moitié des choses que je connaissais pourtant. Est-ce que ça marche, au moins ? demanda-t-elle en mordant dans une autre bouchée de scone.

— Pas encore, mais je suis sûre que ça marchera. Il a l'air d'un homme très déterminé, prêt à tout faire pour que cela réussisse.

— La détermination, j'aime cela chez un homme. Mais un ancien flic ?

Miss Lottie frissonna. Elle avait vu *NYPD Blue*[1] et connaissait le sujet.

— Ellie chérie, es-tu sûre d'avoir fait le bon choix ? Et comment as-tu bien pu le rencontrer ?

Ellie léchait la crème sur le dessus de son scone, et Buck imaginait ce qu'il aimerait faire subir à cette bouche si sexy ; mordre la crème sur ses lèvres jusqu'à ce qu'elles saignent, qu'elles deviennent rouges comme de la confiture de fraises. Il était fasciné par chaque mouvement qu'elle faisait, par l'inclinaison de sa tête, son abondante chevelure rousse et brillante ; il sentait presque la douceur de ses bras nus et dorés sous ses doigts de rapace.

— J'ai embouti sa voiture flambant neuve, dans Olive Mill Road, dit Ellie. Je suis même étonnée qu'il accepte encore de me parler, après cela.

— Les jeunes gens se rencontrent de bien étrange manière aujourd'hui, commenta Miss Lottie en secouant la tête. Quand j'étais jeune, tout était arrangé d'avance. On allait à des soirées, à des bals ou au théâtre avec des gens que l'on connaissait, ou avec des amis des gens que l'on connaissait. On ne se rencontrait pas par hasard, comme ça s'est passé entre toi et ce flic – rencontre, c'est le cas de le dire, si tu es rentrée dans sa voiture neuve.

Elle leva les yeux, surprise, en voyant le directeur de l'hôtel arriver vers elle. Derrière lui venait le chef pâtissier, qui portait un amusant gâteau à glaçage rose en forme de paquet-cadeau, planté d'une unique bougie.

Toute la salle se tourna dans leur direction, tandis que le chef, le directeur et les serveurs entonnaient un « Joyeux anniversaire ». Puis Miss Lottie souffla sa bougie, les joues roses de plaisir, et tous applaudirent, y compris les autres consommateurs. Après quoi, le directeur apporta une bouteille de champagne.

— Comme toujours, c'est un plaisir pour nous de

1. *New York Police Department Blue*, série télévisée américaine. *(N.d.T.)*

vous recevoir, dit-il en levant son verre pour porter un toast en son honneur. Lottie Parrish et le Biltmore sont deux institutions, et je ne sais pas laquelle était là avant l'autre.

Buck réprima une irrésistible envie de sauter sur Miss Lottie, sans attendre. Il entourerait de ses mains sa vieille gorge, et personne ne pourrait lui faire lâcher prise ; ses perles s'incrusteraient dans sa chair pour l'éternité. D'un geste tremblant, il fit signe à une serveuse et commanda un double bourbon, qu'il engloutit rapidement, sans quitter les deux femmes des yeux.

Jadis, quand il était libre, il prenait des femmes où et quand il le voulait ; elles n'étaient à ses yeux qu'une denrée périssable, à jeter après usage. Mais, désormais, sa froideur habituelle, ses manières de sentir et de penser, tout était sens dessus dessous.

Il pouvait voir son père, *leur* père, dans le visage d'Ellie. Il se voyait lui-même tel qu'il était vingt ans plus tôt, quand il était jeune comme elle. Dynamique et plein de vie. Avant qu'ils ne l'enferment. Était-ce ce souvenir, qui le troublait autant ? Ou bien l'éclat de la peau d'Ellie, l'opulente cascade de ses cheveux, ses yeux merveilleux ?

Il commanda un second verre, tendu à l'extrême, et regarda Ellie siroter son champagne, mordre dans un morceau de gâteau. Elle posa affectueusement la main sur le bras de sa grand-mère ; sa voix était trop basse pour qu'il pût entendre ce qu'elle disait, quand elle tendit à Miss Lottie un paquet enrubanné. Le visage de la vieille dame s'illumina de surprise et de plaisir tandis qu'elle s'extasiait sur la robe de velours crème que lui avait achetée sa petite-fille.

— Bien trop belle et bien trop chère, mais merveilleuse, dit-elle en souriant. Comme tu me gâtes, Ellie...

— Pour une fois... Tu m'as tellement gâtée, grand-mère.

Ellie embrassa Miss Lottie. Les deux femmes bavardèrent encore quelque temps en sirotant leur thé.

Elles se levèrent enfin pour partir. Le regard de Miss

Lottie s'attarda sur Buck au moment où elle passait devant lui. Elle eut un froncement de sourcils perplexe alors qu'Ellie prenait son bras et qu'elles sortaient lentement de la pièce.

Buck remarqua qu'elle se tenait droite comme un soldat, refusant de s'appuyer sur sa canne. Elle remercia chacun personnellement en prenant congé ; il y eut des sourires et même quelques larmes, dans les yeux de ceux qui la connaissaient depuis le plus longtemps. Buck pensa que le directeur avait raison et que Lottie Parrish était une institution à Montecito. Mais cela ne durerait plus guère.

Il émit un soupir de regret : tous ses plans étaient bouleversés. La vieille femme devait mourir, bien entendu. Mais, tôt ou tard, Ellie Parrish Duveen serait à lui.

16

C'était le printemps, songea Dan, l'époque où « les esprits des hommes » sont censés « se tourner avec légèreté vers des pensées d'amour ». Était-ce de Tennyson ? D'un bon auteur, en tout cas, et qui connaissait l'âme humaine. Sauf que ses pensées à lui n'étaient pas tournées vers l'amour, mais vers le moyen de sauver, ou de tenter de sauver, le Running Horse et son vignoble.

Juché sur sa nouvelle jument, Honey, il parcourut ses vingt hectares, s'arrêtant au sommet d'une pente d'où il pouvait englober toute sa propriété du regard. Il chercha Pancho des yeux, mais ce paresseux de chien n'était en vue nulle part, et Dan devina qu'il était discrètement rentré aux écuries. Le soleil dardait de chauds rayons ; Dan glissa à bas de son cheval, retira son tee-shirt et resta immobile, s'imprégnant du silence ambiant.

Un faucon tournoyait dans le ciel immaculé ; un couple de lapins fila le long d'un rang de vigne. Leurs mignonnes petites queues blanches et leurs mouvements rapides les signalaient immanquablement au faucon qui planait là-haut, prêt à fondre sur eux. Peut-être la vie dans un ranch n'était-elle pas si différente de la vie des rues, après tout : des prédateurs et des victimes, une mort violente et soudaine au cœur d'un bel après-midi. Dieu sait que l'action lui manquait, pourtant.

Il frotta la cicatrice toujours douloureuse sur sa poitrine et pensa à Piatowsky, se demandant comment les choses se passaient là-bas. Peut-être l'appellerait-il dans quelque temps pour lui rendre compte de l'avancement des travaux. Ou de leur non-avancement.

Le téléphone portable sonna, et il alla le pêcher au fond de la poche arrière de son Levi's.

— Alors ? Comment va Dan le fermier ?

Son visage s'éclaira d'un grand sourire.

— Tu pratiques la télépathie ou quoi, Piatowsky ? J'étais justement en train de penser à toi.

— Répondez à la question posée, Cassidy. Comment ça marche ?

— Bien. Pour un chat en poche.

Piatowsky émit un sifflement bruyant ; les ondes en résonnèrent longtemps dans les oreilles de Dan.

— Tu veux dire que j'avais raison ?

— Tu avais raison. Je suis là, sous le radieux soleil de Californie, à admirer mes vignes desséchées. Il n'y en a pas un seul pied de bon, je parie. Il va sans doute falloir que je remplace tout le lot.

— Ça va te coûter gros, hein ?

— Sûr. Mais c'est beau, pourtant. Tu devrais voir les écuries, on dirait du vieil adobe espagnol. Et j'ai un cheval pour toi.

Dan jeta un coup d'œil à la grande jument baie, qui piaffait tout près de lui.

— Viens jusqu'ici, et tu seras transformé aussi sec en cow-boy.

— L'engin le plus proche d'un cheval sur lequel je sois jamais monté, c'est une Harley. Et on m'a dit que la Harley était moins dangereuse.

Dan rit et Piatowsky poursuivit :

— Écoute, vieux bâtard. Tu me manques, dans ces fichues rues. Angela emmène les enfants voir sa mère dans le Maine à la fin du mois. Je me disais que j'aurais pu descendre jusque là-bas, histoire de voir ton chat en poche. Je te donnerais un coup de main pour labourer et retourner ta terre pourrie...

Dan imagina le sourire que Piatowsky arborait en disant cela.

— Excellente idée, lui répondit-il. La maison sera probablement retapée d'ici là.

— La maison aussi a besoin de travaux ? s'exclama Piatowsky, puis il éclata de rire. Je vais faire faire une nouvelle enseigne pour ton ranch : un chat volant, avec des dollars sur tout le corps !

— Merci, mon vieux. Toi aussi, tu me manques.

— Je t'appellerai pour te dire quand je me pointerai. Sérieusement, tu es sûr que ça va, quand même ?

— Sûr, et sûr aussi que tu vas adorer. C'est un diamant qui est encore dans sa gangue.

— Ouais. Je vois ça d'ici.

— Toutes mes amitiés à Angela.

— Entendu. Fais bien attention à toi, dans ton Ouest sauvage. À propos, tu te souviens de la pute brûlée à Times Square ? On n'a pas trouvé qui a fait ça, du moins pas encore. Mais personne n'est sorti de prison avec le genre de profil que tu disais. Tu t'étais trompé. Finalement, il valait peut-être mieux que tu te fasses péquenot, Dan le fermier.

Le téléphone cliqueta, et Dan secoua la tête en souriant. Il contempla la merveilleuse courbe des coteaux qui se découpaient sur le ciel bleu, écouta à nouveau le silence ; puis il se dit qu'il n'échangerait pas ce spectacle contre les rues miteuses de New York, même pour un million de dollars.

La jument baie qu'il avait achetée le matin même dans un élevage proche de Los Olivos était grande, un mètre soixante-quatorze, et avait neuf ans. Elle hennissait, remuait la tête et donnait des coups de queue impatients. Il remonta sur son dos et dit :

— D'accord, chérie. Allons-y.

Elle lança une fois encore sa tête en l'air et exécuta une petite danse, histoire de le tester. L'empoignant avec fermeté, il raccourcit les rênes et dit :

— Entendons-nous bien sur un point : c'est moi le patron, toi le cheval. Je te monte et tu obéis. Compris ?

La jument roula des yeux rebelles, mais n'en reprit pas moins docilement, au trot, le chemin des écuries.

Dan poussa un soupir de soulagement. Il n'aurait pu supporter l'idée de s'être trompé une fois de plus. D'abord la maison et le vignoble en ruine ; puis Pancho, capable de dévaster n'importe quel lieu en l'espace de deux minutes, et qui volait de la nourriture comme le vieux chien des rues qu'il avait dû être. De plus, l'annonce qu'il avait passée la semaine précédente pour trouver un chef d'exploitation n'avait pas reçu la moindre réponse. Il pensa qu'il ne s'en tirait pas si bien, dans la peau de Dan le fermier. Pas bien du tout, même.

Pancho était affalé dans le patio ombragé de l'écurie. Il souleva la tête, agita sa queue empanachée en guise de salut paresseux, puis se réinstalla confortablement pour un nouveau somme. Les tuiles du toit brillaient, orangées dans la lumière du soleil ; dans leurs grands pots d'argile, les pétunias et les géraniums roses et violets croulaient sous le poids de leurs fleurs, et la vieille fontaine, avec ses carreaux à l'espagnole, bruissait joyeusement au milieu de la cour, grâce à sa nouvelle pompe. Un couple de colombes voltigeait autour d'elle, se posant de temps à autre pour prendre un bain.

L'endroit ressemblait exactement aux photographies ensoleillées dont Dan était tombé amoureux. Même aujourd'hui, avec tous les problèmes qu'il avait découverts depuis, ce spectacle continuait à lui chatouiller le cœur.

Il retira la selle du dos de la jument, débrida celle-ci, lui donna de l'eau et de l'avoine, puis alla jeter un coup d'œil sur la belle appaloosa dans le box voisin. Il l'avait achetée pour sa beauté. Gris pommelé, avec la crinière et la queue blanc cassé, elle n'avait que trois ans, mais un éclat qu'il appréciait, ainsi qu'un tempérament facile.

— Comment va, Paradise ?

Elle s'approcha pour lui renifler la main. Il sortit de sa poche une carotte que la jument saisit dans sa paume et croqua bruyamment.

— Bonne fille, lui dit-il. Pas comme ta sauvageonne de sœur à côté. Celle-là, il va falloir la maîtriser, lui apprendre les règles de la civilisation.

Il se souvint d'Ellie l'accusant de ne pas être civilisé, alors qu'elle venait d'emboutir sa voiture, et des coups de pied qu'elle avait donnés dans les pneus de la Jeep ; et il sourit en songeant qu'elle était un peu fantasque, mais si mignonne en même temps. Non, non, corrigea-t-il aussitôt : décidément pas « mignonne ». Il n'avait pas encore trouvé le mot exact pour la définir, même si « superbe » lui avait traversé l'esprit. Peut-être n'était-ce pas tout à fait cela non plus ; mais en tout cas, quelle que fût cette insaisissable qualité, il l'appréciait. Comme il appréciait l'ensemble de la personne d'Ellie. Il était fort impatient de la revoir ce soir-là.

Essuyant avec son tee-shirt la sueur qui coulait dans son dos, il prit un Coca Light dans le petit frigo, installé dans la sellerie dont il avait fait son bureau, en but une longue et fraîche gorgée, puis retourna dans le patio et se jucha sur le vieux montoir. Il contemplait ses bottes poussiéreuses et son flemmard de chien en se demandant à quelle corvée s'attaquer désormais quand Pancho se dressa soudain sur ses pattes, pour aboyer frénétiquement contre l'homme qui arrivait au galop dans la cour de l'écurie, sur un vieux palomino.

Une bouteille de whisky dépassait de la poche de sa veste et son jean était plein de trous ; il portait un bandana rouge et graisseux autour du cou, des bottes de cow-boy en cuir râpé avec des bouts argentés. Un large sombrero mexicain était enfoncé sur ses épaisses boucles noires ; une moustache touffue, à la Zapata, dissimulait presque le grand sourire qu'il arborait en guise d'entrée en matière.

Le palomino frappa l'air de ses antérieurs, mettant une dernière touche à la scène, et Dan repoussa sa casquette de base-ball sur son front avec étonnement.

— Vous travaillez dans un cirque, ou quoi ? demanda-t-il en souriant.

— Non, señor.

L'homme sauta à bas de son cheval, le visage toujours rayonnant.

— Je suis Carlos Ortega, votre nouveau maître de

chai. Je sais tout sur la fabrication du vin, et je suis le meilleur « nez » de toute la côte. Je suis venu vous offrir mes précieux services.

Il retira son sombrero d'un grand geste de la main, puis lui-même et le palomino saluèrent Dan bien bas. Celui-ci rit, mais il voyait qu'Ortega parlait sérieusement.

— Comment avez-vous appris que je cherchais un vigneron ?

Ortega remit son sombrero sur sa tête, remonta son jean et adressa à Dan un sourire satisfait.

— Mettons que je l'ai entendu dire dans les vignes, señor, répondit-il, puis il rejeta la tête en arrière et partit d'un grand éclat de rire.

Dan loucha sur la bouteille de whisky, dans la poche du nouvel arrivant ; mais il y avait aussi ses yeux bruns pétillants et son visage qui respirait la joie de vivre. Or, le Running Horse avait besoin d'une bonne lampée de joie de vivre, par les temps qui couraient. Il doutait que Carlos Ortega sût reconnaître un merlot d'un sauvignon ; pourtant, malgré la bouteille d'alcool, ce gars lui plaisait.

— Mettez votre jument dans l'écurie et donnez-lui de l'eau. Ensuite, venez dans mon bureau et nous causerons.

Carlos s'exécuta rapidement, puis il prit un siège en face de Dan, dans la petite pièce encore nue mais propre, devenue son bureau. Déposant avec soin le sombrero sur ses genoux, il plaça la bouteille de whisky entre eux deux, sur la table à tréteaux.

— Señor Cassidy, je ne vais pas vous raconter d'histoires, lui dit-il, en devenant soudain sérieux. Je suis un bon vigneron, peut-être même un grand vigneron. Je suis arrivé en Californie quand j'étais enfant, pour récolter les noix, puis les pistaches, enfin les fraises. Tout ce qui peut se récolter, je l'ai récolté.

Il haussa les épaules et esquissa un sourire.

— Bien sûr, poursuivit-il, je n'avais que douze ans, mais j'étais grand pour mon âge, et personne ne m'a jamais posé de questions. À quinze ans je suis parti au nord, faire les vendanges dans la vallée de Napa. Comme je travaillais dur et que j'étais intelligent, on m'a fait passer des vignes aux chais. J'apprenais tout ce que je pouvais apprendre, parce que ça m'intéressait, señor. J'aimais la culture de la vigne, les vendanges et la fabrication du vin. J'aimais son odeur, à me relever la nuit pour voir si la fermentation se passait bien. J'ai d'abord travaillé à Mondavi, puis pour Beaulieu, enfin dans un petit domaine dans le genre du Running Horse, señor. Le propriétaire a vu que je m'intéressais à mon travail, il m'a mis en apprentissage auprès du maître de chai, et, comme j'aimais ce que je faisais, j'ai appris très vite. Et j'ai compris que j'étais doué pour faire ce métier.

Ses yeux bruns et vifs croisèrent ceux de Dan par-dessus la table.

— Je suis devenu contremaître, puis assistant du maître de chai. J'ai travaillé dans les meilleurs établissements, mais jamais aux plus hauts postes. À cause... (il tapota la bouteille de whisky de la main)... de ceci.

En soupirant, il remit son sombrero sur sa tête, et tortilla sa moustache d'un air mélancolique.

— Vous le voyez, señor Cassidy, je suis franc avec vous. Mais mon petit problème ne regarde que moi et il n'affectera pas mon travail. Pour moi, señor, faire le vin passe avant tout.

— Et vous n'en buvez pas ?

Carlos secoua la tête.

— J'aime seulement le créer. À mon avis, c'est une boisson pour les señoritas et pour les hommes raffinés. (Il se tapa sur le ventre et lança à Dan un sourire entendu.) Et rien ne réchauffe plus le cœur qu'un whisky bien tassé. Sinon une femme !

— Mais qu'est-ce qui vous fait croire, señor Ortega, que je vais engager un ivrogne notoire comme vigneron ?

Ortega se pencha vers lui par-dessus la table.

— Señor Cassidy, dit-il, d'une voix douce comme la

soie. Je crois que vous et moi n'avons guère le choix. Vous avez besoin d'un vigneron et j'ai besoin d'un travail. Vous ne trouverez personne d'aussi qualifié que moi pour venir travailler au Running Horse. Le domaine est en piteux état et il a mauvaise réputation. On dit qu'un sort pèse sur lui, qu'aucune bouteille de vin convenable n'y a jamais été produite. Mais je connais cette terre, moi : les pentes sont exposées au sud, le sol est léger. De bons vins corsés peuvent en sortir, señor – mais pour cela vous avez besoin d'un expert. Il faudra investir beaucoup d'argent dans de nouveaux cépages, et pour remettre le vignoble à niveau. C'est cher et cela prendra du temps. Mais je ne suis pas gourmand, je ne vous demanderai pas un gros salaire. Je travaillerai avec vous jusqu'à ce que nous réussissions.

Regardant Dan d'égal à égal, il lui dit :

— Tout ce dont j'ai besoin, c'est un toit sur ma tête. La petite maison près de l'entrée m'ira très bien. Je peux la retaper et ça ne coûtera pas grand-chose. Il me faut juste de quoi manger pour moi et ma famille, et de quoi acheter une bouteille de whisky de temps en temps. Seulement de temps en temps, señor, je vous le promets. Plus tard, quand nous aurons réussi, nous pourrons rediscuter les conditions.

Il se rassit sur sa chaise, avec l'air satisfait d'un homme qui s'en est bien tiré. Cette fois, ce fut Dan qui rejeta la tête en arrière et éclata bruyamment de rire.

— L'affaire est simple, n'est-ce pas ? J'ai besoin d'un vigneron et personne ne veut travailler pour moi. Vous, vous avez besoin d'un travail, mais personne ne veut vous engager. On dirait bien que nous sommes condamnés à nous entendre, señor Ortega. C'est un marché. Mais pas de soûlerie pendant le travail.

Le Mexicain lui secoua vigoureusement la main.

— Señor Dan, vous ne le regretterez pas, je vous le promets.

Il se leva, remit la bouteille dans sa poche et retourna à la porte en se pavanant ; puis il siffla le palomino, sauta sur son dos et ressortit de la cour au galop, dans un nuage de poussière, de la même façon qu'il y était entré.

Tandis qu'il regardait la gerbe de poussière décroître en bas du coteau, Dan se demanda si Carlos Ortega était un mirage, ou s'il venait vraiment d'engager un ivrogne comme vigneron. Puis il hocha la tête, songeant qu'il devait être devenu fou. Pourvu, en tout cas, que Carlos soit aussi bon maître de chai que beau parleur – parce que lui-même n'y connaissait assurément rien.

Ortega ne tarda pas à réapparaître, au volant d'un vieux pick-up. Un corniaud brun et poussiéreux trônait à l'arrière, sur le plateau, tandis qu'une jeune femme rondelette, aux longs cheveux noirs et brillants, était assise à l'avant, un bébé sur les genoux.

Pancho bondit vers Cecil, le chien brun, en aboyant férocement ; Dan eut juste le temps de le retenir par le collier tandis que Carlos disait :

— Señor, voici Florita, ma femme, et... (il empoigna le bébé sur les genoux de sa femme et l'éleva fièrement en l'air)... voici mon fils, Roberto Carlosito Ortega. Citoyen américain. (Il mit la main sur son cœur, en un geste de salut solennel.) Dieu bénisse l'Amérique.

— Et Dieu bénisse le señor Cassidy de te donner du travail, ajouta timidement Florita. Je peux moi aussi travailler pour vous, señor. Je peux entretenir votre maison, m'occuper de votre linge, vous faire la cuisine. Tout ce dont vous avez besoin.

Dan rit. Il aimait bien Carlos, il aimait bien toute la famille.

— Et moi je réponds : que Dieu vous bénisse pour cela, Florita.

Puis il se rappela l'état dans lequel était la maison et ajouta :

— Vous aurez besoin de Son aide, je le crains.

17

Miss Lottie regardait la télévision là-haut, dans son petit salon. Elle portait la robe de velours qu'Ellie lui avait offerte pour son anniversaire ; ses cheveux brossés avec soin – une centaine de coups chaque soir, depuis qu'elle était enfant – tombaient sur ses épaules en une nappe argentée. Elle buvait un verre de lait et fronçait les sourcils d'un air perplexe.

— Maria, dit-elle, je crois que j'ai vu quelqu'un que je connaissais, aujourd'hui. Mais je ne me rappelle pas qui c'est.

Maria était assise en face d'elle. Ses pieds chaussés de pantoufles reposaient sur une ottomane de brocart vert délavé ; elle buvait du chocolat chaud et croquait les cookies à la vanille qu'elle avait confectionnés.

— Vous voyez une foule de gens au Biltmore, Miss Lottie, que vous connaissez depuis des années. Son nom vous est sorti de l'esprit, c'est tout.

La vieille dame remua la tête.

— Je ne peux même pas me rappeler à quoi il ressemblait. Au départ, quand je l'ai vu, son visage m'a paru familier. Plus tard, quand il était assis à côté de nous, je me suis dit que je *devais* le connaître. (Elle soupira et fronça de nouveau les sourcils.) Oh, ce cerveau si nul... Mieux vaudrait avoir une disquette informatique installée là-haut.

Elle reprit une gorgée de lait, ainsi qu'un des cookies de Maria.

— J'ai pourtant l'impression que c'était quelqu'un d'important. (Elle secoua sa tête pleine de confusion.) C'est si agaçant... Comme s'éveiller d'un rêve qui vous a beaucoup marqué et ne pas pouvoir s'en souvenir, malgré tous ses efforts. Voilà ce que ma vie est devenue, Maria, ajouta-t-elle d'un ton rageur. Une suite de rêves à demi oubliés. La réalité n'existe plus pour moi.

— Sauf quand Ellie vient vous voir.

Maria lui tapota le bras pour la réconforter, tout en se remettant debout.

— J'emmène Bruno faire son petit tour. On ne peut plus vraiment appeler ça une promenade...

L'appartement personnel de Miss Lottie se trouvait en haut du grand escalier, sur la gauche, tandis que Maria occupait les chambres de droite. La plupart des autres pièces étaient fermées désormais – sauf celle d'Ellie, proche du hall d'entrée, restée exactement dans le même état que quand elle était partie pour l'université. Miss Lottie se demanda pourquoi elle n'avait pas voulu passer la nuit ici, puis se rappela qu'elle avait parlé d'un rendez-vous. Avec qui, déjà ?

Elle tourna son attention vers la télévision. Mais oui, bien sûr... Le jeune homme d'Ellie jouait le rôle d'un inspecteur de police dans un feuilleton. Miss Lottie sourit, heureuse d'avoir au moins retrouvé cela. Mais elle essayait toujours de se rappeler qui elle avait rencontré au Biltmore. C'était quelqu'un d'important, elle en était sûre.

Buck était déjà passé deux fois, lentement, devant les portes de Journey's End. Il se gara sur le bas-côté d'en face, à moitié caché dans l'ombre des eucalyptus, puis sortit une cigarette de son paquet de Camel froissé et l'alluma en contemplant les grilles de fer forgé. Elles étaient flanquées de deux énormes colonnes de granit rose, larges comme des séquoias et portant une paire de griffons ailés à leur sommet.

Ils veillaient sur le palais de cette richarde, songeat-il avec amertume, et tenaient le reste du monde à distance. Sauf lui, bien entendu. Il saurait bien y pénétrer, même si la maison était bouclée comme une forteresse. Combien étaient-ils désormais à l'intérieur ? Y avait-il toujours des rondes de vigiles ? On ne voyait pas la demeure depuis la route, mais une lointaine lueur jaunâtre semblait indiquer la présence de lampes de sécurité extérieures. Il fallait qu'il vérifie tout à fond, car il n'avait pas l'intention de finir enfermé une seconde fois.

Il imagina la vieille femme telle qu'il l'avait vue le jour même – si droite sur sa chaise, sans dos voûté ni coude sur la table. Continuant à vivre comme une reine, entourée de courbettes et de salamalecs...

Jetant sa cigarette par la fenêtre, il mit le moteur en marche.

— Joyeux anniversaire, Miss Lottie, s'écria-t-il, moqueur, en roulant devant le portail. Putain de bon anniversaire. Profites-en un maximum, parce que c'est ton dernier.

La route qui descendait des collines était sombre et sinueuse, mais il n'y prit pas garde, abordant les courbes à grande vitesse. *Tu es invincible*, lui disait triomphalement la voix dans sa tête. *Tu es le plus malin, le plus fort, le meilleur*. En outre, il savait désormais tout sur elles deux. Il avait interrogé la serveuse quand elle lui avait apporté son addition.

— Miss Lottie est une dame adorable, lui avait-elle dit. Tout le monde la connaît, car c'est la plus vieille habitante de Montecito. La plus vieille encore en vie, bien sûr.

— Charmante femme, approuva Buck aimablement. On n'en fait plus des comme ça, de nos jours. Une vraie lady.

La serveuse lui rendit son sourire.

— Et elle a élevé sa petite-fille de la même façon. Ellie est une vraie lady elle aussi, même si elle tient un restaurant à Santa Monica.

— Où se trouve-t-il ?

Buck lui tendit l'argent, non sans y avoir ajouté un

large pourboire. Elle lui lança un regard rapide, surprise et contente de sa générosité.

— Sur Main Street. Il paraît que c'est un endroit très agréable, et Ellie travaille vraiment dur. Elle n'a pas le choix, je suppose, si ce qu'on dit est vrai. Qu'elles n'ont plus d'argent et qu'elles vont devoir vendre Journey's End.

Le cœur de Buck se contracta affreusement, mais il ne se départit pas de son sourire.

— J'imagine qu'une telle propriété se trouve rarement sur le marché. Il y aura sans doute un grand nombre d'acheteurs...

La serveuse haussa les épaules et lui remplit à nouveau sa tasse de thé.

— Je n'en sais rien, monsieur, même si l'on dit qu'elle doit valoir une fortune. Des millions, à ce que j'ai entendu dire.

À l'idée de ces millions, Buck se sentit mieux. Et, maintenant, il avait un nouveau plan d'action.

Il passa la vitesse supérieure, tandis que la BMW sortait de Hot Springs Road pour s'engager dans Coast Village ; un virage à droite, en faisant crisser les pneus, puis un autre rapide à gauche, pour entrer sur l'autoroute et foncer vers le sud. Il voulait de l'action. Il voulait voir où habitait Ellie. Il voulait une femme.

18

La route était vide, et aucune patrouille autoroutière n'était en vue. Il fut en moins d'une heure à Los Angeles, où le trafic l'obligea à ralentir ; là, il prit la route 405, puis la voie rapide de Santa Monica, et sortit à la 4e Rue.

À un feu rouge, une voiture de police en faction le ramena à la raison. Il ne pouvait se permettre d'avoir une contravention : son nouveau permis de conduire et sa plaque d'immatriculation convenaient dans les circonstances normales, mais il ne savait pas comment ils supporteraient un examen attentif.

Il roula lentement le long de Main Street jusqu'à ce qu'il le trouve. *Chez Ellie*, proclamait le panneau peint en vert forêt, et c'était encore écrit sur la vitrine. Il arrêta la voiture et resta quelques instants à contempler la devanture. Une pancarte *Fermé* était suspendue à la porte et il n'y avait pas de lumière.

Il sortit de sa voiture et contourna à pied le bâtiment, à un étage, pour en inspecter l'arrière. Un grillage d'acier recouvrait la fenêtre et la porte de la cuisine. Déçu, il se demanda où elle habitait. Il fallait qu'il l'épie, qu'il sache tout sur elle ; cette idée le remplit d'excitation. Bourdonnant de pouvoir intérieur, il remonta vite dans sa voiture et gagna Sunset Boulevard.

Même un lundi soir, le trottoir était animé. Gardant un œil sur les flics, Buck roula lentement jusqu'à Hollywood Boulevard sans perdre une miette du spectacle. Il y avait une foule de femmes, de toutes les formes et de toutes les tailles dont on pût rêver. En pensant à Ellie, il choisit une rousse.

Il baissa son carreau et se pencha au-dehors pour l'interpeller. Elle était grande, avec une poitrine opulente, elle portait une jupe courte et un petit bustier noirs, des bottes noires vernies à hauts talons.

— Combien ? demanda-t-il brièvement.

Elle le dévisagea de bas en haut.

— Ça dépend de ce que tu veux, m'sieur. Tu me dis et je te dirai.

— Monte, dit-il d'un ton brusque. On discutera en route.

Elle se glissa sur le siège du passager.

— Si tu veux toute la nuit, je suis à toi, répondit-elle. Tout ce que tu aimes pour cent dollars.

Il la regarda, sceptique.

— Je serais plutôt partant pour cinquante.

Elle fit une grimace, le regard maussade.

— Mauvais coup, dit-elle, puis elle éclata de rire. C'est tout moi, ajouta-t-elle en gloussant. Un mauvais coup.

Buck ne rit pas.

— Où on va ? demanda-t-elle, soudain nerveuse.

— N'importe où. Pourvu que ce soit calme et qu'il n'y ait pas de flics.

Elle sourit, soulagée.

— Donne-moi d'abord les cinquante. Ensuite je t'emmènerai dans un endroit spécial.

Il ne chercha pas à discuter et sortit son portefeuille de sa poche. Elle le regarda avidement.

— N'y pense même pas, dit-il d'un ton froid. Je te ferais coffrer avant même que tu aies compris ce qui t'arrive. Sauf que, cette fois, tu ferais plus que trente jours pour racolage.

Elle haussa les épaules et glissa les cinquante dollars dans le haut de ses bottes de cuir verni.

— Pas la peine d'être désagréable. Tourne à gauche,

là, puis encore une fois. C'est juste une ruelle mais c'est tranquille.

Buck se gara au bout de la ruelle, près des poubelles, puis s'installa confortablement tandis qu'elle s'occupait de lui. Elle faisait bien son boulot. Sa bouche était comme de la soie et du caoutchouc, ses dents comme des griffes de démon, qui lui arrachaient l'âme.

Il glissa les mains autour de son cou, et elle se rejeta vivement en arrière.

— Qu'est-ce que tu fais... ?

Affolée, elle plongea vers la portière, mais pas assez vite. Il la tenait à la gorge et rien n'aurait pu lui faire lâcher prise. L'effort qu'il fournissait crispait son visage et la sueur ruisselait dans ses yeux.

Elle s'agita en tous sens pour échapper à l'étouffement, lui étreignant les mains, puis elle devint molle. La langue qui travaillait si bien quelques minutes plus tôt sortait maintenant de sa bouche, inerte comme une aubergine violette et gonflée ; ses yeux globuleux étaient assombris par l'afflux de sang.

Buck la tira hors de la voiture et la laissa tomber au sol. Sa perruque glissa, révélant des cheveux bruns emmêlés. Il lui donna un coup de pied ; la chienne n'était même pas une vraie rousse. Il récupéra les cinquante dollars dans sa botte et les mit dans sa poche.

La ruelle était calme. Seule une faible lampe brillait à l'extrémité. Buck sortit son cran d'arrêt et s'agenouilla au-dessus de la fille. Le couteau émit un petit crissement quand il lui fendit la peau, gravant profondément la croix d'une tempe à l'autre, du crâne jusqu'au nez. Il n'y eut guère de sang, parce que son cœur avait cessé de pomper, pourtant Buck essuya méticuleusement son couteau sur la jupe courte de sa victime. Il remonta ensuite dans la voiture et ressortit de la ruelle.

Toujours personne en vue. Quand il arriva au carrefour suivant, il alluma ses lumières et vérifia sa mise dans le rétroviseur ; lissant ses cheveux en arrière, il trouva qu'il avait plutôt bonne apparence. En remettant le cap sur la voie rapide et sur Montecito, il fredonnait joyeusement *Dixie* entre ses dents.

Le bar de l'hôtel était bondé. Il prit un tabouret et appela le barman du regard.

— Un double Jim Beam, monsieur Jensen ? demanda l'homme.

— Tout juste, Al. Vous auriez aussi quelques bretzels ?

— Certainement, monsieur. Vous avez vu le match des Lakers, ce soir ?

— Bien sûr.

Buck en avait suivi les dernières minutes sur la radio de sa voiture, et de toute façon il n'était pas du genre à refuser un alibi quand on le lui offrait sur un plateau.

— Durs à battre en ce moment, hein ? commenta-t-il.

Ayant complètement oublié la femme qu'il venait de tuer, il sirotait un bon bourbon en se rappelant comment il en rêvait à l'Hudson, du goût qu'il aurait, riche et moelleux. Maintenant, il l'avait. Il avait presque tout.

19

Dan était dehors, sur la véranda, et jouait avec son nouveau barbecue. Il était revenu tôt du ranch, ne voulant pas qu'Ellie le voie trempé de sueur au retour des vignes et sentant l'écurie. Fraîchement douché, il portait un Levi's, des tennis, une chemise bleue roulée aux manches. Tous ses muscles étaient douloureux, après sa longue randonnée à cheval de l'après-midi.

Il passa ses mains dans ses cheveux encore humides, en se demandant pourquoi il était si emballé par l'idée de la revoir. Ce n'était même pas un véritable rendez-vous, seulement deux vieux amis qui s'étaient retrouvés. Certes, elle était magnifique. Ça y est, il l'avait enfin dit : Ellie Parrish Duveen était tout simplement sensationnelle.

Une soudaine image d'elle, enfant, traversa l'esprit de Dan ; une rousse dégingandée et couverte de taches de rousseur dans un maillot trop large, qui grelottait sur la plage venteuse, puis plongeait hardiment dans les vagues. Avait-elle un appareil dentaire, à l'époque ? Non, elle devait être trop jeune, huit ou neuf ans seulement. Trop jeune pour sortir, de toute façon.

En tant que flic, cela n'avait pas été facile d'avoir du temps pour sortir. Les horaires d'un inspecteur étaient éminemment variables et contraignants. Il n'avait jamais compris comment Piatowsky jonglait avec son mariage et ses trois enfants ; mais il réussissait à maintenir la stabilité de son couple, avec sa femme mignonne et dévouée.

— C'est l'Amour, lui avait confié Pete. Elle m'aime et je l'aime, c'est ça la recette. Et que chacun y mette un peu du sien.

— Je suppose que c'est surtout Angela qui en met ? avait demandé Dan en souriant.

Il connaissait si bien Piatowsky, présent jour et nuit, ou presque, au commissariat, et qui ne laissait jamais tomber une affaire, même pour une journée de congé.

Être flic n'avait guère favorisé la vie affective de Dan. Il y avait eu des femmes, bien sûr, des femmes qui avaient compté pour lui. Particulièrement une assistante du district attorney rencontrée au tribunal, où elle requérait contre un criminel qu'il avait arrêté. Il avait pensé, un temps, qu'elle pourrait être la femme de sa vie. Mais entre ses horaires impossibles à lui et ses journées surchargées à elle, leurs rendez-vous s'étaient de plus en plus espacés, jusqu'à ce que leur liaison perde toute signification.

Il s'était alors investi dans le sport et la gymnastique, se levant encore plus tôt pour aller courir, et il avait fini deux fois honorablement le marathon de New York, classé dans le premier quart. Son appartement de célibataire, il le remplissait avec de la musique et des livres – des récits vécus d'exploits tels que des ascensions en montagne, des traversées en solitaire sur de petits voiliers et des randonnées au pôle Nord, en rêvant que peut-être, un jour, il pourrait lui aussi se lancer dans une semblable aventure.

Le reste de son temps, son travail le remplissait : il vivait pour son travail, respirait par lui, et il était presque mort pour lui. Mais il appréciait toujours les dîners tranquilles dans de charmants petits restaurants italiens, une bonne bouteille de vin, la compagnie d'une femme intelligente et jolie.

Ellie roulait lentement dans le paisible chemin, en contemplant Pines Cottage. Elle avait troqué sa robe jaune contre un jean blanc serré, des tennis Converse et une soyeuse chemise blanche nouée à la taille. Elle portait comme toujours les perles de sa mère, mais avait pris le temps de se mettre du mascara et du rouge à lèvres avec soin, plutôt qu'en vitesse à un feu rouge comme elle en avait l'habitude. À l'arrière de la Jeep, il y avait deux cabas avec les steaks, la salade, du fromage, des fruits, une baguette de pain, et un gros morceau du gâteau d'anniversaire de Miss Lottie.

Elle jeta un coup d'œil à sa montre : deux minutes avant l'heure fixée. Être en avance était une première dans sa vie, et elle se demanda si elle n'en faisait pas trop. Ce n'était qu'un vieil ami d'enfance, après tout – puis elle corrigea mentalement : presque un ami. En tout cas, elle le connaissait, jadis...

À dix-huit ans, Dan Cassidy avait belle allure : le ventre plat et musclé, pas une once de graisse. Ses yeux bleus étaient profondément enfoncés dans leurs orbites, ses longs cils noirs collés ensemble en de petites flèches humides et brillantes ; sa poitrine couleur bronze avait des reflets dorés. Un maillot noir et mouillé moulait son bas-ventre comme une seconde peau, ce qui faisait ricaner bêtement toutes les filles.

Elle se rappelait également s'être serrée contre cette poitrine dorée le jour où il l'avait retirée des vagues, après qu'une planche l'eut heurtée à la tête, et comment elle lui avait vomi de l'eau de mer dessus. Elle avait bien dû en avaler plusieurs litres.

— Ça t'apprendra à être prudente, lui avait-il dit d'un ton froid. Tu aurais pu y laisser ta peau.

Ellie sourit ; pourvu qu'il ne se souvînt pas de l'incident, qui ruinerait son image en quelques secondes.

Une vieille planche de bois, sur laquelle les mots *Pines Cottage* étaient maladroitement gravés, pendait de guingois à un portillon, lui aussi de bois. La jeune femme arrêta sa voiture, en sortit ses cabas et poussa la porte avec le pied.

Tandis qu'elle marchait en direction de l'océan qui grondait, les arbres se firent plus rares. Elle aperçut enfin la maison. Elle était petite et simple, peinte en blanc, avec des boiseries bleu marine et une vieille cloche de bateau en cuivre suspendue à la porte.

Prenant ses sacs dans une seule main, Ellie tira sur la corde de la cloche, puis fit un pas en arrière, humant l'air frais et salé avec l'avidité d'un jeune chiot. Elle décida qu'elle avait bien le droit d'en profiter un peu ; après tout, n'était-ce pas qu'un dîner avec un ami ? Même s'il était mignon...

Pancho bondit au-dehors quand Dan ouvrit la porte. Leurs yeux se rencontrant, Ellie et Dan dirent « Hello ! » en même temps.

Ellie regarda le chien pelé qui faisait des bonds autour d'elle. C'était bien le pire corniaud qu'elle avait vu de toute son existence. Elle sourit à Dan.

— Vous l'avez pris parce que vous saviez que personne d'autre n'en voudrait, c'est ça ?

— Il était au refuge depuis plusieurs mois. Une semaine de plus et on l'envoyait là-haut, au chenil céleste... Il m'a regardé, avec ses grands yeux bruns (Dan haussa les épaules en soupirant), et maintenant il pense que je lui appartiens.

Il s'empara des cabas à provisions.

— J'étais censé vous offrir à dîner, et je vous ai laissée faire tout le travail...

— Oh ! non, cher monsieur. C'est ici que je m'arrête et que je vous passe le relais.

Elle le suivit dans la cuisine et commença à vider les sacs. Pancho, qui se dandinait sur ses pattes de derrière, gémit avidement quand il sentit l'odeur des steaks, et elle lui dit d'un ton sévère :

— C'est sans espoir, le chien. Inutile de me faire du charme.

— Vous croyez qu'il en est capable ? commenta Dan, étonné.

— On dirait un gros nounours qui perd ses poils. Mais je me fais toujours avoir, avec les chiens errants.

— Vous ne me rangez pas dans cette catégorie, j'espère ?

Ellie rit, tout en terminant de vider les sacs.

— Je pensais plutôt que c'était l'inverse. Ah ! le voilà.

Elle déballa un morceau du superbe gâteau rose, sur lequel *Joyeux anniversaire Miss Lottie* était inscrit en lettres d'argent, puis plongea un doigt dans le glaçage et le lécha.

— C'est mal, reconnut-elle, les yeux brillants, mais je ne peux pas y résister.

— Votre grand-mère ne vous a jamais dit qu'il ne faut pas être trop gourmand avec les gâteaux ?

— Je croyais que vous alliez dire qu'« il ne faut pas être trop gourmand avec la vie ».

— Je tâche de prouver qu'on peut. Et vous ?

Elle soupira, appuyée contre l'évier :

— J'essaie moi aussi. J'essaie.

Son ton était mélancolique.

— Iron horse, dit Dan en lui versant un verre de vin. Un excellent cru. Goûtez-le et faites-moi lire dans vos pensées.

Elle le fixa dans les yeux, d'un air un peu trop innocent.

— Je pense que je n'ai pas dîné avec un homme depuis très longtemps. Évidemment, j'ai des dizaines d'hommes à dîner tous les soirs, ajouta-t-elle en souriant. Mais ça ne compte pas, si vous voyez ce que je veux dire.

— Je vois, oui.

Les yeux de Dan restaient fixés sur ceux d'Ellie.

— C'est bien. Surtout parce que vous êtes une vieille amie.

La véranda de bois donnait sur l'océan, avec une volée de marches descendant sur la plage. La marée changeait ; tandis qu'ils contemplaient le paysage, accoudés à la balustrade, la brise fit voleter les cheveux d'Ellie et dégagea son visage. Dan remarqua la cicatrice sur son front et se demanda, fort surpris, d'où elle pouvait lui venir. Puis il lui dit :

— Vous voulez qu'on aille faire un tour, avant que le soleil se couche ?

Elle ôta ses tennis en une fraction de seconde et battit presque Pancho dans la descente de l'escalier. Une fois sur la plage, elle roula les jambes de son pantalon et s'écria :

— Le dernier à l'eau est une mauviette !

Puis elle partit comme une flèche à travers la plage. Il trottina à sa poursuite, perclus de courbatures.

— Regardez-moi ce vieillard ! s'exclama-t-elle.

Elle donnait des coups de pied dans la crête des vagues, ivre de liberté.

— Qu'est-il arrivé à Dan le surfeur, avec ses abdos d'acier et ses fesses de Superman ?

— Vous avez une sacrée bonne mémoire, dit-il en riant. Et si on parlait de la fois où vous m'avez vomi dessus ?

Il revenait à sa hauteur et elle gémit :

— J'espérais que vous aviez oublié.

— Je n'oublie jamais rien. Sauf un détail : vous portiez un appareil dentaire ou non ?

Elle secoua la tête, rejetant en arrière ses cheveux ébouriffés.

— Plus tard seulement. Je suis contente que vous n'ayez pas ce détail-là à ajouter à votre caricature.

— Pourquoi une caricature ? C'est peut-être un ravissant petit portrait...

Comme elle lui jetait un regard sceptique, il continua :

— Déjà alors, vous étiez mignonne.

— Menteur... (Elle sourit.) J'étais du même genre que Pancho, potelée, avec de longues jambes maigres et des grands pieds. On fait la course jusqu'aux rochers ! le défia-t-elle.

Elle repartit à toute allure tandis qu'il haletait derrière elle en boitillant. Au bout d'un moment elle se retourna, mains sur les hanches, et le contempla d'un œil critique. Ses joues s'embrasaient et ses yeux étincelaient ; elle se sentait comme à son premier jour d'université, à son tout premier jour de liberté – même si l'instant présent devait être unique.

— Ça y est, s'exclama-t-elle, j'ai compris. C'est le coup du lapin. Vous allez me réclamer des millions de dommages et intérêts.

Il rit.

— Ça n'a rien à voir avec ma voiture et notre accident. Je suis seulement monté à cheval aujourd'hui, pour la première fois depuis des années, une jument fringante – presque autant que vous, et deux fois plus puissante. Elle m'en a fait voir de toutes les couleurs, et maintenant j'ai mal à des parties de mon corps dont je ne soupçonnais même pas l'existence.

— Ça ne m'étonne pas ; il paraît qu'à cheval on peut aller dans des endroits où on ne passe même pas à bicyclette.

Elle lui tendit un bras compatissant et ils rentrèrent tranquillement vers la maison.

— Pourquoi avez-vous fait ça ? lui demanda-t-elle soudain. Abandonner la police ?

— J'ai croisé la trajectoire d'une balle. Je croyais que j'avais eu de la chance, parce qu'elle ne m'avait pas tué. Puis on m'a dit que je devrais rester assis derrière un bureau pour le restant de ma carrière. (Il haussa les épaules.) Après ça, une vie toute simple paraît soudain pleine d'attraits. Le retour à la terre, la province... Et puis on finit par devenir malade, à côtoyer tous les jours le crime.

Ellie acquiesça ; elle pouvait comprendre cela. Humant l'air salé, elle goûta la chaleur du bras nu de Dan sur le sien, la virilité qui émanait de lui. Cela faisait longtemps, se dit-elle en souriant. Même si, entre eux, cela ne prêtait pas à conséquence, bien sûr.

— Alors, et vous ? dit-il. Vous étiez d'une famille plutôt classe, je me souviens. Le château en haut de la colline, c'est bien ça ? Une armée de domestiques à vos ordres. Très vieille fortune.

Ellie s'arrêta et fit des ricochets avec un caillou.

— C'était comme ça à l'époque. Maintenant, il faut que je travaille pour vivre. Ma grand-mère est toujours à Journey's End, mais c'est ric-rac, et sans les domestiques. L'argent s'est évaporé avant d'arriver jusqu'à moi.

Elle écarta de ses yeux ses cheveux ébouriffés et le regarda.

— C'est la vie, comme on dit.

— Vous ne regrettez rien ?

— Vous plaisantez ? dit-elle en riant. Bien sûr que je regrette. D'abord, j'aurais voulu continuer à faire vivre ma grand-mère comme elle y a toujours été habituée, sans avoir à se demander d'où vient l'argent. Ensuite, ça aurait rendu ma propre vie bien plus facile. Mais vous savez, ajouta-t-elle en soupirant, j'aurais sans doute agi exactement de la même façon. Donc je suppose que ça a une signification. Par exemple, que lorsqu'on veut vraiment quelque chose on s'y attelle, argent ou pas... Mais je suis peut-être une idiote de travailler dix-huit heures par jour dans une affaire qui surnage tout juste.

— On dirait que nous sommes dans le même bateau, tous les deux. Le Running Horse est dans un état lamentable. Cela va sans doute prendre des années pour le remettre en état. On m'a dit qu'un sort pesait sur lui, que jamais une bouteille de vin convenable n'en était sortie.

— Jusqu'à ce que vous arriviez.

— Jusqu'à ce que Carlos Ortega arrive. Mon nouveau vigneron. À moins qu'il ne se soit échappé d'un cirque...

Elle rit quand il lui fit le récit de la venue d'Ortega.

— Mais comment pouvez-vous faire confiance à un homme de ce genre ? lui demanda-t-elle.

— L'instinct. C'est à peu près tout ce qui me reste ces temps-ci, c'est vrai, mais je parie sur lui. De toute façon, comme il me l'a habilement fait remarquer, je n'ai guère le choix.

Alors qu'ils parvenaient à la maison, Pancho en surgit comme un éclair, descendant en flèche l'escalier. Du coin de l'œil, Dan aperçut un morceau de viande rouge coincé entre ses dents. Il se frappa la tête de la main et s'exclama :

— Ce maudit chien vient de se sauver avec notre dîner !

Ellie scruta la pénombre par-dessus la balustrade. Pancho, couché dans le sable, dévorait déjà la fin de la viande.

— Un corniaud voleur et malin que vous avez là, cher ami, dit-elle avec un sifflement admiratif. Il a parfaitement choisi son moment. Plutôt rusé, l'animal.

Dan le regardait, exaspéré.

— Je ne peux même pas le renvoyer à la fourrière ! Il est persuadé qu'il est à moi, maintenant. Il a même commencé à dormir dans mon lit.

— Vous êtes un pigeon, Dan Cassidy. Il faut les dresser dès le premier jour, autrement ils vous mènent par le bout du nez et vous êtes fichu.

Elle sourit de l'air heureux du chien qui se roulait dans le sable, les quatre pattes en l'air.

— Il est terriblement malin, mais heureusement que j'ai apporté du pain et du fromage. Avec une bouteille de vin, que demander de plus ?

De retour dans la cuisine, alors qu'elle coupait la baguette en morceaux, elle lui dit :

— Au fait, j'ai oublié de vous poser la question : est-ce que vous n'étiez pas marié ?

Aussitôt, elle regretta de la lui avoir posée. Le vin avait dû délier sa langue.

— Je retire cette question, ajouta-t-elle rapidement.

Dan était appuyé contre le plan de travail carrelé de blanc, les bras croisés.

— Si, je l'étais, répondit-il en la regardant. En tant que vieille amie, vous avez le droit de me le demander. Et non, je ne le suis plus maintenant. Ce n'était pas sa faute, et pas la mienne non plus, je suppose. C'était une histoire de gosses, toute romantique et sans rien de réaliste, et qui n'aurait jamais pu marcher. C'est après notre séparation que je suis parti pour New York et que je suis devenu flic au lieu de biologiste. (Il haussa les épaules.) Mais je ne regrette rien. Je suppose que j'étais fait pour finir viticulteur, de toute façon.

— Comme moi je suis faite pour être restauratrice, et non une femme du monde qui se tourne les pouces. J'ai en moi les gènes de mon père ; c'était un Irlandais sauvage lui aussi.

Elle porta le panier à pain dans la salle de séjour et le posa sur la table basse.

— C'est peut-être pour cela que je vous aime bien.

Dan déposa lentement l'assiette de fromages.

— Vous m'aimez bien ?

Il riait.

— Oh ! Vous ne me déplaisez pas, dit-elle, en lui faisant du charme. Vous êtes plutôt sympa, dans votre genre.

Il remplit leurs deux verres, s'assit sur le sol face à elle, puis se servit de pain et de fromage.

— Parlez-moi de votre père. Et de votre mère.

Installée dans le canapé, Ellie but pensivement quelques gorgées de vin. Il y avait tant de choses à raconter, et en même temps si peu... Si peu d'années ensemble à se rappeler.

— Je sais qu'elle était belle, dit-elle enfin. J'avais seulement cinq ans quand elle est morte, mais je me souviens encore de son sourire et de son parfum. « Fracas », de chez Piguet. On aurait dit tous les lis du monde enfermés dans un seul flacon. C'était si typique d'elle que je ne peux pratiquement pas supporter d'en sentir l'odeur sur une autre femme. Rien que d'y penser, à l'instant, c'est comme si elle était présente dans la pièce.

20

Ellie avait si souvent entendu l'histoire de ses parents qu'elle était comme gravée dans son cœur. Enfant, c'était sa préférée pour aller au lit.

— Raconte-moi encore, pour papa et maman, demandait-elle souvent.

Et Miss Lottie s'exécutait une nouvelle fois, souvent avec des larmes dans les yeux, qu'Ellie essuyait de ses petits doigts.

— Quand ma mère est née, dit-elle à Dan, mes grands-parents n'arrivaient pas à se mettre d'accord sur le prénom à lui donner. Alors, ils l'ont appelée Romany[1]. Miss Lottie disait l'avoir beaucoup regretté par la suite, parce que ma mère s'était appliquée à mériter son nom. C'était une vraie gitane, folle de jeunesse, toujours heureuse, goûtant jusqu'au vertige le pur plaisir d'être en vie et d'être aimée. Et la pauvre Miss Lottie, si comme il faut, a eu l'impression qu'à partir de l'âge de quinze ans Romany n'a jamais cessé d'être amoureuse.

« Quand mon grand-père est mort, inopinément, Miss Lottie est restée seule pour élever sa fille. Elle était très stricte et Romany très bohème, mais Miss Lottie avait toujours pensé que ma mère se calmerait et ferait un bon mariage. Seulement les temps avaient changé, le monde n'était plus comme l'avait connu Miss Lottie. C'étaient les années soixante, et la jeune génération

1. Qui signifie « bohémienne » en anglais. *(N.d.T.)*

vivait dans l'instant présent, et selon ses normes propres.

« Quand elle a eu vingt-quatre ans, Romany s'est sauvée avec Rory Duveen, qui n'avait ni nom ni fortune. En outre, il avait quinze ans de plus qu'elle et il était divorcé.

« — Pourquoi ? lui avait demandé avec angoisse Miss Lottie.

« — Parce que je l'aime, Ma, lui avait répliqué en souriant sa ravissante fille.

« Ses yeux gris-bleu pétillaient, parce qu'elle savait que sa mère détestait qu'elle l'appelle "Ma", presque autant qu'elle détestait son nouveau gendre inattendu.

« De toute façon, le mal était déjà fait. Romany possédait son propre argent, qu'elle avait hérité de son grand-père, et le joyeux couple papillonnait à travers le monde dans un halo de bien-être et de marijuana, faisant la fête et brûlant la vie par les deux bouts. Sinon, comme le disait Rory, à quoi d'autre aurait servi la vie ?

« Quelques années plus tard, Romany a pris le temps de me mettre au monde, puis Rory et elle sont repartis, me laissant à la garde de Miss Lottie. Quelquefois, malgré ses protestations, ils m'emmenaient avec eux en Europe. Rory détestait la Californie en été, il disait qu'il y faisait trop chaud. (Ellie eut un petit haussement d'épaules, sa façon à elle d'exprimer sa tristesse.) Ainsi allait la vie. Jusqu'au jour où leur Bentley blanche décapotable s'est soudain mise à tanguer et les a projetés dans un canyon des monts Los Padres. C'est étrange, ajouta-t-elle en fronçant les sourcils. Je nous vois encore sur cette route de montagne, j'entends mon père chanter, je le vois se retourner et me sourire. Je sens la voiture faire cette drôle de petite danse... je me rappelle même qu'ils continuaient à se sourire, et lui qui chantait toujours... puis ils ont disparu.

« J'avais été éjectée dans l'herbe et les buissons du bord de la route. C'est là qu'on m'a retrouvée, assise, le chapeau de paille toujours enfoncé sur la tête et une grosse entaille sur le visage. Mais c'était tout.

Dan la vit frissonner. Ne sachant pas si c'était de remuer ces tristes souvenirs, ou à cause de la brume qui entrait dans la pièce, il ferma les fenêtres et lança une allumette dans le feu. Puis il donna son pull à Ellie, et elle se blottit dedans, ramenant sous elle ses pieds aux ongles corail. Le pull sentait bon. Un parfum doux et masculin.

— Je ne sais pas pourquoi je vous raconte tout cela, dit-elle en regardant Dan assis de l'autre côté de la table basse. Je n'en ai jamais véritablement parlé avec personne, sauf bien sûr avec ma grand-mère et Maya. Je pensais que ça ne regardait que moi. Bizarrement, pourtant, j'ai l'impression que quelque chose manque à ce souvenir. C'est juste au bord de mon esprit, dans l'obscurité éternelle. (Elle soupira d'un air triste avant de poursuivre.) Mais je me souviens de leur enterrement comme si c'était hier.

« Il a compté parmi les plus somptueux et les plus mémorables de toute l'histoire de Montecito. Miss Lottie le voulait ainsi, pour Romany. L'église, comme Journey's End, croulait sous les roses blanches ; moi, je portais une jolie robe blanche d'organdi et des chaussures noires vernies, comme si j'allais à une fête.

« Au cimetière, alors qu'on descendait les deux cercueils dans la terre, une chorale a chanté *Marchez, soldats du Christ.* Je me souviens que je pleurais pendant que les choristes chantaient. Il me paraissait impossible que mes parents si vivants, qui aimaient l'existence, soient morts. J'étais sûre qu'ils allaient sortir de derrière un arbre en criant “Surprise ! C'est nous !”, comme ils avaient l'habitude de le faire quand ils revenaient de voyage.

« Pourtant, le fait était là, et Miss Lottie disait que nous devions tâcher de nous y habituer l'une et l'autre. Mais, longtemps après, dans mes rêves, j'ai entendu le bruit des tôles qui se déchiraient, des vitres qui volaient en éclats. Puis ce profond silence, cet interminable silence. Même les oiseaux et les criquets avaient arrêté de chanter. C'était comme si toute la montagne se taisait, sous le choc.

« Bien plus tard seulement, Miss Lottie m'a appris que Romany avait gaspillé en dix ans l'héritage que les Stamford avaient mis trois générations à accumuler. Dix ans à mener la grande vie, à parcourir le monde en première classe dans des avions spéciaux et des yachts de luxe. Romany et Rory vivaient tout le temps dans le luxe parce que, comme le répétait mon père, la vie était faite pour qu'on s'amuse ; et à quoi servait l'argent, sinon à s'amuser ? C'était leur philosophie. Ils vivaient pour elle et ils sont morts pour elle. Dans une voiture à cent mille dollars.

— Je suis désolé.

Dan se pencha par-dessus la table et lui prit la main.

— C'était une séparation cruelle et vous étiez si jeune...

La clarté du feu les baignait d'une douce lueur rougeâtre, qui laissait les coins de la pièce dans l'obscurité ; de l'extérieur leur parvenait le rugissement des vagues le long de la grève. Ellie se sentait suspendue dans le temps, comme si elle avait fait marche arrière et discernait avec clarté les détails de sa vie, même des événements qu'elle avait voulu oublier. Les yeux que Dan posaient sur elle étaient remplis de sympathie et de compassion.

— J'en ai beaucoup appris sur la violence cette année-là, dit-elle doucement. D'abord avec mes parents, ensuite avec ma grand-mère.

Elle hésita.

— Je n'en ai encore jamais parlé à personne, même pas à mon amie Maya. Miss Lottie m'a demandé de ne pas le faire. Selon elle, je devais effacer cela de mon esprit, comme on efface la craie sur un tableau noir, et ne jamais en reparler. J'ai essayé, mais je n'ai jamais oublié ce qui s'était passé. Et la terreur que j'avais éprouvée.

Dan but une gorgée de vin, puis, voyant que le souvenir de cette peur assombrissait encore les yeux d'Ellie, il lui dit :

— Vous voulez m'en parler ?

C'était enfoui au fond d'elle-même depuis si longtemps que ce serait un soulagement, elle le sentait, de le laisser sortir.

— C'est arrivé quelques semaines après l'accident. Miss Lottie me mettait toujours au lit elle-même, et ensuite elle me lisait une histoire. J'imagine aujourd'hui combien ce devait être dur pour elle d'essayer de faire bonne figure devant moi, alors qu'elle aussi sans doute s'endormait en pleurant... Mais je détestais rester seule le soir.

En évoquant ces souvenirs devant Dan, elle se revoyait dans sa chambre tendue de vichy bleu et blanc, dans l'étroit lit bateau français qui avait déjà été celui de sa mère quand celle-ci était enfant. Les rideaux n'étaient pas tirés, et Miss Lottie avait laissé la fenêtre ouverte, comme elle le faisait toujours, qu'il pleuve ou qu'il gèle, pour « raison de santé » : d'après elle, un enfant avait besoin d'air frais quand il dormait. Mais les branches du genévrier frappaient sinistrement contre la fenêtre, et Ellie ne pouvait trouver le sommeil. Aussi fit-elle ce qu'elle faisait souvent durant cette période-là : elle sauta de son lit et courut le long du couloir, pieds nus et en pyjama, vers la chambre de Miss Lottie. Arrivée là-bas, elle tourna la poignée de la porte et jeta un coup d'œil à l'intérieur de la pièce. Comme il n'y avait personne, elle gagna le haut des escaliers pour regarder en bas.

Un feu brûlait dans la grande cheminée de l'entrée et les lampes étaient allumées. Comme c'était chaud et joyeux, bien loin de sa chambre solitaire... En se cramponnant à la rampe de chêne, elle descendit les larges marches et traversa le hall. Elle savait où trouver Miss Lottie et se dirigea droit vers la bibliothèque, tel un pigeon voyageur.

Souvent, les soirs comme celui-là, elle se faufilait à l'intérieur de la pièce et s'asseyait sans bruit, regardant sa grand-mère ouvrir son courrier, écrire des lettres ou passer des coups de téléphone. Pendant un temps, Miss Lottie faisait mine de ne pas la voir ; puis elle la regardait dans les yeux et disait : « Maintenant, c'est fini, mon enfant. Il est tard. Viens, je vais te monter moi-même et te border encore une fois, si tu me promets que tu dormiras. »

Ellie promettait toujours, avec un signe de tête solennel ; et le petit sursis accordé dans le calme de la bibliothèque, avec le tic-tac de la pendule, le crépitement des bûches dans l'âtre, le crissement du stylo de Miss Lottie sur l'épais papier à lettres couleur crème, l'apaisait comme par magie. Une fois de retour là-haut, elle s'endormait.

Mais pas ce soir-là. Des voix provenaient de la porte à demi ouverte, et Ellie regarda le visiteur d'un œil intéressé. Sans se faire voir, elle se glissa à l'intérieur de la pièce et prit sa place habituelle sur l'énorme fauteuil chinois en bois d'orme que Miss Lottie appelait « le fauteuil du mandarin ». Le bois doux et poli était froid à travers son fin pyjama, et elle frissonnait, contemplant l'homme, sa grand-mère, et se demandant de quoi ils pouvaient bien parler.

Soudain le visiteur se leva. Il dominait Miss Lottie et lui criait au visage, d'une voix dure et furieuse ; Ellie n'avait jamais entendu personne hurler ainsi auparavant. Puis il bondit sur Miss Lottie et lui entoura la gorge de ses mains. Il ne cessait de marteler sans fin la même chose... « *Garce, vieille garce... Je t'aurai et je récupérerai ce qui est à moi...* »

Ellie étreignait de toutes ses forces les bras de son fauteuil, bouche bée, muette de panique, les yeux agrandis de terreur. Elle tremblait, incapable de faire un geste ni de prononcer un mot.

— Grand-mère ! cria-t-elle enfin. Grand-mère !...

L'homme se retourna et la vit ; leurs regards se croisèrent, et elle se recroquevilla dans son siège, pétrifiée par la flamme de mal à l'état pur qu'elle voyait luire dans ses yeux. Puis elle hurla.

La porte s'ouvrit brusquement en grand, et les domestiques pénétrèrent en courant dans la pièce ; Gustave et le chauffeur en tête, puis derrière eux les vigiles, l'arme au poing. En un instant ils plaquèrent l'homme au sol, les bras tordus derrière le dos, le visage enfoui dans le tapis.

Ellie contemplait la scène, prostrée ; tandis qu'un des gardes tenait un pistolet posé sur la tête de l'homme, Miss Lottie s'avança lentement et baissa les yeux vers lui. Elle était pâle, tremblante, furieuse. Mais elle n'avait pas peur.

Puis Maria arriva en courant, s'empara d'Ellie et la porta, toujours en larmes et terrifiée, jusque dans sa chambre.

Plus tard, Miss Lottie vint lui parler.

— Ce n'était qu'un fou, lui expliqua-t-elle. Il est parti maintenant, et je veux que tu oublies que tu l'as vu. Il ne viendra plus jamais nous ennuyer. Promets-moi, Ellie, que tu oublieras cette soirée, et que tu n'en parleras plus jamais à personne.

Ellie avait acquiescé et promis.

— Et, jusqu'à ce soir, dit-elle à Dan, assis en face d'elle et qui ne cessait de la fixer, j'ai tenu ma promesse. J'étais trop jeune pour saisir ce qui se passait, mais je comprenais qu'il lui faisait mal. Elle a dit, ensuite, que c'était une chance que j'aie été là, et que je lui avais sauvé la vie.

— Vous n'avez jamais su qui était cet homme ?

Ellie secoua la tête.

— Nous n'en avons jamais reparlé, je vous l'ai dit.

Il soupira.

— C'était une terrible année à vivre, pour une enfant de cinq ans. Votre grand-mère a beaucoup de mérite d'avoir réussi à vous la faire surmonter.

La bûche crépita dans l'âtre. Ellie bâilla, tout à coup épuisée.

— J'ai parlé pendant la moitié de la nuit, dit-elle en

s'excusant. Merci de m'avoir écoutée. (Elle lui prit la main.) Amis ? demanda-t-elle en souriant.

— Amis, répondit Dan.

La main d'Ellie était à la fois ferme et fraîche dans la sienne.

— En tant qu'ami, je ne vais pas vous laisser rentrer chez vous au volant de votre voiture. Vous avez bu trop de vin, vous m'avez parlé longtemps, à cœur ouvert, et vous êtes sans doute la femme la plus fatiguée que j'aie jamais vue. Les draps sont propres et le lit est confortable. Et il est pour vous seule, je vous le promets. Je vous en prie, acceptez mon invitation.

Ellie secoua la tête.

— Impossible, dit-elle en bâillant de nouveau. Oh ! désolée, ce doit être l'air de la mer.

Elle glissa au fond du confortable canapé, les yeux mi-clos.

— Je dois rentrer, murmura-t-elle. J'attends des livraisons au restaurant, demain à huit heures.

Dan sourit. Elle serait endormie avant même de s'en rendre compte. Il alla chercher une couverture dans sa chambre ; comme prévu, le temps qu'il revienne, elle avait sombré dans le sommeil. Il borda la couverture, effleurant une seconde sa douce chevelure de la main. Endormie, elle avait un visage innocent d'enfant ; éveillée, elle était tout à fait femme.

Il sortit sur la véranda et contempla la lune qui pâlissait. Pancho se laissa tomber lourdement près de lui, le museau sur ses pattes et ferma les yeux. Mais Dan continua à regarder la nuit et à écouter les vagues s'abattre sur le rivage, en songeant à la femme endormie sur le canapé. Et à la dure route qui s'ouvrait devant lui. Un long moment se passa avant qu'il aille enfin se coucher.

Il la réveilla tôt, avec du café et des toasts.

Ellie bondit sur ses pieds, fourrageant machinalement dans ses cheveux emmêlés.

— Quelle heure est-il ?

— Six heures. Pas de précipitation, chère amie, vous

avez le temps de prendre un café et une douche avant de partir.

Elle sourit au mot « amie », puis, penchant la tête, le regarda dans les yeux.

— Merci, Danny Boy, murmura-t-elle.

— Y a pas de quoi, m'dame, se contenta-t-il de répondre.

Mais il songea qu'il serait peut-être difficile de rester seulement ami avec Ellie Parrish.

21

À l'heure où ils prenaient leur café matinal, Buck était affalé sur un canapé, drapé dans l'un des luxueux peignoirs du Biltmore. Il lisait les petites annonces de *USA Today*, en attendant que le garçon d'étage lui apporte son petit déjeuner.

Les dieux étaient avec lui. L'annonce offrant une adresse commerciale ainsi qu'un service de répondeur téléphonique correspondait exactement à ce dont il avait besoin ; et que ce fût à trois mille kilomètres de là, à Miami, était idéal. Il appela la société de services et fit affaire avec elle. Désormais, il pourrait recevoir du courrier là-bas ; on répondrait pour lui au téléphone, au nom de la Jensen Property Development Company, et on prendrait des messages. Non qu'il attendît aucun appel, mais, au cas où quelqu'un s'aviserait d'enquêter sur sa nouvelle identité, ses arrières étaient ainsi assurés.

Le garçon d'étage arriva avec son plateau. Buck se jeta sur les pancakes d'avoine aux myrtilles, puis il s'habilla, fit sa valise et quitta l'hôtel. Un séjour prolongé attirerait l'attention sur lui ; les gens l'observeraient, lui poseraient des questions, deviendraient trop familiers. En outre, vendre Journey's End prendrait peut-être un certain temps, et il voulait économiser son argent.

De retour à Los Angeles, il loua un studio bon marché dans une petite rue étroite au sud de Sunset Boulevard. L'immeuble abritait beaucoup de locataires provisoires, des jeunes gens de passage en ville ; les appartements meublés étaient situés au rez-de-chaussée et munis d'une entrée privée, ce qui convenait parfaitement à Buck.

Il y déposa ses bagages, puis remonta dans sa voiture et roula jusqu'à ce qu'il trouve une imprimerie minute. Là, il commanda des cartes professionnelles au nom de la Jensen Property Development Company, avec l'adresse de Miami et le numéro de téléphone. Enfin, il repartit vers l'ouest, en direction de Santa Monica.

Il arriva en fin d'après-midi devant *Chez Ellie*. De nouveau, il eut de la chance : une voiture quittait un stationnement juste en face du restaurant et il y glissa la BMW – sous le nez d'une Acura verte qui attendait la place. Le conducteur lui lança une obscénité, mais Buck l'ignora. Il mit deux pièces de vingt-cinq *cents* dans le parcmètre, puis regagna sa voiture et s'y assit pour observer le restaurant.

Il était tôt, six heures à peine, mais deux tables étaient déjà occupées. Une blonde sexy prenait les commandes et apportait des verres de vin, mais aucune trace d'Ellie. Les voitures qui passaient l'empêchaient de bien voir, et il jeta des regards à la ronde, frustré.

Il était stationné juste en face d'un petit snack-bar, fort vivant et animé, dont la vitrine donnait sur celle de *Chez Ellie*. Il y pénétra, commanda un moka granité, puis s'installa à une table proche de la rue ; là, il dégusta sa boisson glacée en concentrant son attention sur le restaurant voisin.

Une demi-heure s'écoula ; il commanda une deuxième boisson, en se demandant avec nervosité ce qui était arrivé à Ellie. Enfin, il la vit arriver en courant, hors d'haleine, ses longs cheveux en bataille. Elle transportait une grande boîte et esquivait avec adresse les passants. Quand elle eut pénétré dans l'établissement, elle disparut rapidement de sa vue.

— Pas trop tôt, l'accueillit Maya, derrière le comptoir en zinc. Tu étais en train de la fabriquer toi-même, cette machine à café, ou quoi ?

— Désolée. (Ellie posa la boîte entre elles deux sur le comptoir.) Mais il fallait que je fasse quelque chose, sans quoi les clients nous auraient abandonnés pour aller chez Starbucks. Ça nous dépannera jusqu'à ce que le percolateur soit réparé.

Elle gagna le fond de la salle, afin d'aller voir comment cela se passait en cuisine. Chan remuait vigoureusement poêles et casseroles, les sourcils froncés, tandis que Terry préparait des légumes. La « soupe du jour » mijotait doucement sur le gaz, près des sauces, et l'ensemble dégageait un agréable fumet.

— Faut que je me trouve un autre boulot, grommela le chef en guise d'entrée en matière. Cette cuisine est bien trop petite.

— Heureusement qu'elle est petite.

Ellie mit sur ses reins un impeccable tablier blanc et le noua solidement dans son dos.

— Comme cela, tu n'as pas trop à marcher. Dans une grande cuisine, tu t'esquinterais les pieds.

Les pieds de Chan étaient un sujet délicat entre tous. Il s'en plaignait sans cesse, clopinant lourdement dans des sabots de bois pour être plus à son aise. Ellie ramassa ses cheveux en une queue de cheval, qu'elle rentra sous sa casquette de base-ball, puis elle se précipita dans la salle pour accueillir les clients.

Maya était appuyée contre la porte et lui barrait le passage.

— Pas si vite, Ellie Parrish. Dis-moi d'abord, pour hier soir.

Ellie haussa les épaules en souriant.

— Hier soir ? Oh, c'était agréable. Sympa. De retrouver un vieil ami.

— Qu'est-ce que c'est que cette histoire de vieil ami ? Tu n'étais qu'une gamine quand tu l'as connu, et vous n'étiez sûrement pas des amis.

— Peut-être. Mais maintenant nous le sommes.

— Il ne t'a pas proposé un autre rendez-vous ?

— Maya, je n'arrête pas de te dire que ce n'était pas un *rendez-vous*. On a fait un dîner sympa, entre amis.

Il m'a parlé de sa vie et je lui ai tout dit sur la mienne. Ensuite, je me suis endormie, et il m'a réveillée ce matin avec du café et des toasts...

Une lueur d'étonnement passa dans les yeux couleur whisky de Maya.

— Une seconde, ma vieille. Tu es en train de me dire que tu as découché, dès le premier rendez-vous ? Bon Dieu, le célibat a dû t'abîmer les neurones. Ou alors, il sait y faire, le gaillard. Ellie, je crois que tu as besoin d'un sérieux recyclage, pour ce qui est des rendez-vous.

— On a juste parlé, c'est tout. Ou, plutôt, j'ai fait la conversation et il a écouté.

— Écouter, c'est toujours un bon truc de dragueur. (Maya fit la grimace.) Je n'ai pas confiance dans ce type.

— Crois-moi, ça fait du bien qu'on vous écoute pour une fois, au lieu de vous sermonner !

La plantant là, Ellie s'éloigna dans la salle. Elle surveillait les tables d'un œil expert, adressant ici un sourire de bienvenue à un couple de clients fidèles, offrant là des menus. La routine de la soirée avait commencé.

— Pense un peu à ce que dirait ta grand-mère, commenta lourdement Maya alors qu'elle croisait Ellie.

— Rappelle-moi de te parler tout à l'heure des reproches de ma grand-mère au sujet de ma vie sexuelle, ou plutôt de mon absence de vie sexuelle, murmura Ellie en riant.

D'étonnement, les sourcils de Maya remontèrent presque jusqu'à ses cheveux.

Juste à ce moment, Buck traversa la rue et entra dans l'établissement. Il jeta un regard à la ronde, cherchant Ellie des yeux, mais ce fut la magnifique blonde qui vint vers lui, un menu à la main.

— Bonsoir, dit-elle avec un sourire aimable. Une table pour deux ?

Il lui rendit son sourire.

— J'ai bien peur d'être seul, ce soir.

— Dommage pour vous, mais vous avez choisi le bon endroit. Ce n'est pas un problème d'être seul ici, et vous allez apprécier ce que vous mangerez. (Elle lui indiqua une table près de la fenêtre.) De là-bas, vous pourrez regarder le spectacle dehors, ça vous distraira...

Il lui sourit à nouveau en saisissant le menu qu'elle lui tendait.

— Vous savez vous y prendre, pour mettre les clients à l'aise...

— C'est mon métier. Je vous dis juste les plats du jour et je vous laisse regarder le menu. Pour nos vins au verre, je peux vous conseiller la *Vieille Ferme*[1] en rouge, ou le chardonnay Fess Parker si vous préférez le blanc.

Buck l'écoutait, courtois, charmant. Il commanda du vin rouge, une *soupe au pistou*[2], des crevettes et des coquilles Saint-Jacques à la façon du chef, puis il grignota un peu de l'excellent pain en attendant et en observant.

Il en était à la moitié de son verre de vin quand Ellie sortit de la cuisine, et lui sourit en venant servir la table voisine. Buck finit rapidement son verre et capta son regard au moment où elle se retournait.

— Puis-je en avoir un autre ?

Il lui tendit son verre vide, avec un sourire.

— Bien sûr, monsieur. Qu'est-ce que vous buviez ? Sa voix était suave et douce comme du sucre.

— Du rouge. Je crois qu'elle a dit la *Ferme* quelque chose...

— La *Vieille Ferme*.

— Attendez une minute, dit-il en feignant l'étonnement. N'étiez-vous pas au Biltmore hier ? À Montecito ?

Elle parut perplexe.

— Si, mais...

— Vous avez remarqué que je ne me sentais pas bien. Vous avez même eu l'obligeance de vous arrêter

1. En français dans le texte. *(N.d.T.)*
2. En français dans le texte. *(N.d.T.)*

et de me proposer votre aide. Un homme n'oublie pas ce genre de gentillesse. C'est si rare aujourd'hui, hélas...

Le froncement de sourcils d'Ellie se dissipa.

— Bien sûr ! Je me souviens maintenant... Je suis contente de voir que vous allez mieux, en tout cas.

— Oh ! ce n'était rien. Juste un peu trop de soleil, je suppose.

Son sourire était amical et chaleureux. Ellie lui sourit elle aussi, bien qu'elle eût du mal à croire à un simple excès de soleil. Il était pâle comme un fantôme.

— Je vous apporte le vin tout de suite, lui promit-elle.

Exultant intérieurement, il la suivit des yeux tandis qu'elle regagnait la cuisine. Il attendit son retour en fredonnant *Dixie*, mais ce fut la blonde qui lui apporta le vin.

— Ce verre vous est offert par *Chez Ellie*, monsieur, dit-elle. Passez une bonne soirée.

Buck passa une bonne soirée. En fait, il ne se rappelait pas avoir autant apprécié un repas de toute sa vie. La nourriture était bonne, mais d'avoir une place de choix, à regarder Ellie, la rendait meilleure encore – même s'il était jaloux de tous les hommes auxquels elle parlait ce soir, de tous les sourires qu'elle offrait en même temps que les plats.

Il prit son temps jusqu'au café. La salle s'était déjà clairsemée quand il se leva enfin et gagna le comptoir pour régler l'addition.

— J'espère que vous avez aimé votre dîner, monsieur ?

Il tendit l'argent et Ellie le prit. L'espace d'une seconde, ses doigts touchèrent ceux de Buck ; il en éprouva une véritable déflagration intérieure.

— C'était délicieux. Et merci beaucoup pour le vin.

— Chez Ellie, nous nous efforçons de bien recevoir nos hôtes.

— Merci. Je m'appelle Ed. Ed Jensen.

— J'espère vous revoir, monsieur Jensen.

Elle lui adressa un grand sourire, et il lui fit un signe de la main avant de s'éloigner.

Il était très satisfait de lui. La phase un de l'opération était en route, le contact établi.

Retraversant la rue, il remit des pièces dans le parcmètre et remonta dans sa voiture, pour attendre. La soirée était calme, et dès dix heures il vit partir la blonde sexy, lançant des au revoir par-dessus son épaule. Quand elle fut sortie, Ellie retourna la pancarte *Ouvert* en *Fermé*, puis disparut à sa vue.

Ellie était seule dans le restaurant ; Chan et son assistant étaient déjà partis depuis une demi-heure. Elle buvait un verre d'eau à petites gorgées, accoudée au comptoir, pensant à Dan et se demandant si elle n'avait pas trop dévoilé ses sentiments personnels la veille au soir. Il avait dû beaucoup s'amuser à la voir mettre ainsi son âme à nu. D'ailleurs, il n'avait pas demandé à la revoir.

Avec un petit haussement d'épaules insouciant, elle reposa son verre vide ; de toute façon, elle n'avait pas le temps. Elle retira son tablier, l'accrocha à la patère, défit sa queue de cheval et releva ses cheveux en soupirant de soulagement. Puis elle attrapa sa veste et son sac.

Elle referma la porte du restaurant et descendit rapidement la rue dans la direction opposée. Buck fit un rapide demi-tour, en toute illégalité, et roula au pas derrière elle. Deux pâtés de maisons plus loin, elle tourna à droite vers un parking à quatre étages. Il s'arrêta le long du trottoir, laissant tourner son moteur au ralenti.

Quelques minutes plus tard, Ellie repassait devant lui au volant d'une Jeep jaune. Elle s'arrêta au carrefour, en clignotant vers la gauche, et Buck refit un autre demi-tour express. Quand elle s'engagea dans Main Street, il lui collait au train.

La fatigue était tombée comme une masse sur ses épaules ; elle n'aspirait qu'à rentrer chez elle, prendre une douche chaude et se glisser dans son lit. Tournant bientôt à droite, elle gravit la petite colline sur quelques centaines de mètres, puis vira à gauche. À peine remarqua-t-elle une voiture qui roulait juste derrière elle.

Parvenue devant chez elle, elle actionna l'ouverture du garage ; la porte capricieuse s'ouvrit à moitié puis s'immobilisa dans un tremblement. Ellie actionna à nouveau l'ouverture, d'un geste excédé, et poussa un soupir de soulagement quand la porte vibra, pour enfin s'ouvrir lentement. Elle descendit de sa voiture en un éclair et gravit bruyamment les escaliers, commençant déjà à retirer ses vêtements.

Quand elle eut pris sa douche, elle gagna la fenêtre et s'accouda au rebord, se laissant bercer par les bruits de la nuit. Une brise fraîche soufflait, et elle entendait les vagues au loin, même si le ciel couvert l'empêchait de les voir.

Elle songea à leur grondement la nuit dernière près de Pines Cottage, à l'intimité de la pièce dans la lueur du feu. À Dan, assis en face d'elle, qui remplissait son verre de vin et mangeait du gâteau d'anniversaire ; au chien pelé qui dormait à ses pieds, heureux, le ventre plein de steaks volés. C'était une scène si familière, si chaleureuse... Elle soupira d'un air de regret. Dan Cassidy était un homme très occupé, et elle était une femme très occupée.

— Aussi ne se rencontrèrent-ils jamais, chantonna-t-elle, puis elle monta dans le lit à baldaquin et ferma les yeux, en attendant que le sommeil l'emporte.

Dans la pénombre, de l'autre côté de la rue, Buck gémissait de désir. La nuit était fraîche, mais la chaleur montait le long de sa colonne vertébrale. Il était en feu.

Il retourna en courant à sa voiture et regagna le studio. Verrouillant la porte derrière lui, il arracha ses vêtements avec frénésie. Quelques minutes plus tard, il rôdait dans la pièce tel un animal en cage, exactement comme il le faisait à l'Hudson. Mais, cette fois, il n'y avait plus de gardes pour l'observer et pour dire :

— Il vaut mieux lui mettre la camisole. Ça le reprend encore. Fou à lier...

22

Carlos Ortega était à quatre pattes, le nez sur un pied de vigne décharné ; il l'inspectait de haut en bas, branche par branche.

— Regardez ça, señor, dit-il en montrant à Dan un rameau à l'allure fragile. Ces vignes ont été greffées sur des souches de cabernet franc. Le manque d'entretien et peut-être le mauvais temps les ont gâtées, mais le cep est bon. Si on les dorlote, si on les cajole comme des bébés, si on les câline, si on les caresse, si on les aime, señor ! elles vont revivre.

Il releva les yeux, radieux, et Dan lui dit :

— Vous voulez dire qu'il va falloir que *j'aime* mes vignes, en plus de leur donner tout mon argent ? Ça sonne comme un mariage raté, Carlos !

— Non, non, señor. Ce n'est pas du tout la même chose que d'aimer une femme. Les vignes, ce sont vos filles, c'est différent ! (Il se remit sur ses pieds, secouant la poussière de ses genoux avec son chapeau de paille.) Ce sont de bonnes nouvelles, señor Dan. Je suis déjà en train de vous faire économiser de l'argent.

Dan fut bientôt à genoux lui aussi, examinant les ceps. Il sentait la chaleur de la terre sous ses mains, il respirait son odeur douce et fade, voyait des petites pousses vertes et rougeâtres qui ressemblaient à des bourgeons. Une bouffée de fierté monta en lui. C'était *sa* terre, *ses* vignes, *ses* sacrés bourgeons. Ortega avait raison, c'était comme ses enfants.

— Combien ? demanda-t-il, retournant à l'essentiel avant de devenir par trop poétique.

Carlos tira pensivement sur sa moustache en réfléchissant.

— Des bons greffons de cabernet... peut-être dix *cents* pièce.

Dan se sentit mieux. Le chiffre avait quelque chose de rassurant.

— Pour tout le coteau... (Carlos fit un tour sur lui-même, jaugeant le terrain du regard)... disons trente à quarante mille dollars.

Dan soupira, résigné. Il aurait pourtant dû le savoir. Dans la fabrication du vin, toutes les dépenses paraissent raisonnables, jusqu'à ce qu'on fasse le total.

— Il va falloir que je reprenne rendez-vous avec le directeur de la banque, je suppose...

— Acheter des greffons, c'est comme faire l'amour, déclara Ortega, ignorant l'allusion triviale au banquier. Votre femme, vous apprenez à la connaître, vous apprenez à connaître son parfum, il s'inscrit dans votre mémoire... Quand vous sélectionnez vos vignes, c'est la même chose qui se passe. Vous cherchez à retrouver le riche arôme du vin, qui s'est inscrit dans vos narines. (Il inspira à fond, puis expira en secouant la tête d'un air heureux.) Pour commencer, señor, reprit-il, vous allez appeler le département des espèces végétales de l'université de Californie à Davis. S'ils n'ont pas le bon cabernet, nous irons à Napa. Je connais le vignoble comme ma poche, là-bas. Plus tard, à l'approche des vendanges, nous irons goûter les raisins sur pied, et je saurai lequel est le meilleur. (Carlos roula des yeux extasiés.) Nous allons produire un formidable cabernet...

Dan espérait qu'il ne se trompait pas.

— Dans combien de temps pourrons-nous faire les greffes ?

— Juillet est un bon mois. Plus au nord, il vaut mieux attendre août, mais ici nous avons davantage de chaleur.

Dan contemplait les flancs du coteau et les imaginait couverts de vignes verdoyantes, chargées de grappes riches et charnues, prêtes pour la vendange. Une demi-douzaine d'ouvriers mexicains s'affairaient déjà dans la pente, le dos courbé, arrachant les mauvaises herbes et débouchant les tuyaux d'irrigation. Le vieux pick-up rouillé d'Ortega crachotait une joyeuse musique de mariachis ; Pancho était assis à côté, la langue pendante, surveillant la scène comme si l'endroit lui appartenait. Du haut de la colline, Dan entendait grincer la scie du charpentier, qui s'attaquait aux planches vermoulues de la véranda ; il voyait Florita étendre la lessive sur un fil, près de l'appentis, devant la cuisine. Ses chevaux étaient à l'écurie, et d'ici quelques jours il dormirait dans son lit. L'endroit commençait presque à ressembler à un foyer.

De retour à son bureau, il entendit le téléphone sonner et s'empressa d'aller décrocher.

— Domaine de Running Horse.

— Ça sonne bien... On y croirait, dit Piatowsky, et Dan entendait le sourire dans sa voix.

— Bien sûr qu'on y croirait. Ça ne me coûte jamais que trente mille de plus, peut-être quarante.

— Pour quoi faire ?

Il avait l'air scandalisé et Dan se mit à rire.

— Pour acheter des greffons, Piatowsky. Tu ne sais pas ce que c'est, et ne compte pas sur moi pour te l'expliquer. Fais-moi seulement confiance. Ortega dit que nous allons produire un grand cabernet.

— Ortega ou pas, s'il arrive à te délester de trente mille billets pour acheter de la verdure, il m'a l'air d'un artiste dans son genre. Dans son genre escroc, je veux dire. Tu te fais arnaquer, fils.

— Okay. Je transmettrai à mon banquier. À part ça ?

Dan hissa ses bottes sur le bureau et se passa la main dans les cheveux, couverts de poussière. Il se sentirait mieux après une bonne douche.

— Tu arrives quand ?

— Je voulais juste livrer une petite info en pâture à ton cerveau. Si du moins il n'a pas encore été complètement liquéfié par le soleil californien. J'ai capté quelque chose sur mon ordinateur ce matin. Tu n'as pas encore dû en entendre parler à la télé, sinon comme d'un simple meurtre de plus, parce que les collègues de Los Angeles n'ont rien laissé filtrer sur le sujet. Ça concerne une pute assassinée dans une ruelle, pas très loin de Sunset Boulevard.

Dan dressa l'oreille tandis que Piatowsky marquait une pause, théâtral.

— Elle avait une croix gravée sur le front, Cassidy. D'une tempe à l'autre et du crâne jusqu'au nez.

De surprise, Dan siffla entre ses dents.

— C'est la signature du tueur. J'avais raison.

— Malheureusement pour la pute, oui. Et, cette fois, ça se passe dans ton coin, mon vieux. J'ai pris contact avec Los Angeles, et aussi avec le FBI, et je leur ai donné le tuyau sur la femme de Times Square, pour qu'on confronte nos rapports. C'est bien le même type qui a fait ça. Il a utilisé le même couteau, sans doute un cran d'arrêt. On dirait qu'il a trouvé son rythme, et je suis sûr qu'il va remettre ça, tôt ou tard. Tôt, à mon avis.

— Quand ça le reprendra, ajouta Dan, soucieux.

— On fait distribuer des mises en garde, ajouta Piatowsky. Sans illusions. Ça n'empêchera pas les filles de tapiner, et elles ont toujours eu un métier à risques. Quand je serai là-bas, j'irai rencontrer les gars de Los Angeles, voir ce qu'on peut faire ensemble. Un brin de collaboration ne serait pas mal.

— Tu arrives quand ?

— D'ici à deux semaines. Vers le 15. C'est okay pour toi ?

— Oui. Honey sera prête et elle t'attendra.

— Qui est Honey ?

La méfiance était perceptible dans la voix de Piatowsky et Dan se mit à rire.

— Patience, inspecteur. Ce sera une surprise, je te le promets.

— Je tiens le pari. En attendant, comment sont les femmes là-bas, au pays du soleil ?

— Éblouissantes, dit Dan en pensant à Ellie. Super, en fait.

— Bon. Au moins quelque chose de positif. Je parie qu'elle te coûte moins cher que tes greffons. Et qu'elle est plus drôle.

— Parie tout ce que tu veux. Si tu promets de te conduire en homme du monde, je te la présenterai peut-être.

— Si elle aime les hommes du monde, qu'est-ce qu'elle fiche avec Daniel Patrick Cassidy, le fléau du 11e district ?

— Va te faire voir, Piatowsky.

En riant, il raccrocha son téléphone. Puis il entoura la date du 15 sur le calendrier mural avec la photo du tracteur John Deere, tout en s'interrogeant sur la signature du tueur.

C'était un prisonnier fraîchement libéré, il aurait misé gros là-dessus. Un meurtre sur la côte Est et un sur la côte Ouest. Était-ce le genre de conducteur qui aime les longs trajets ? Ou simplement un minable qui sautait dans le Greyhound pour satisfaire ses fantasmes sur Hollywood ? Il haussa les épaules. Dans les deux cas, ce n'était plus son problème du jour. Lui, il avait ses greffons.

Sa main était toujours posée sur le combiné. Il pouvait appeler Ellie, juste pour lui dire : « Hello, amie. Comment ça va aujourd'hui ? Merci d'être venue. Et d'avoir apporté le repas, la conversation, la compagnie... J'ai adoré que vous dormiez sur mon canapé. »

Il composa le numéro.

Le cœur d'Ellie fit un bond quand elle entendit sa voix.

— Je pensais justement à vous.

— Vraiment ?

— Je voulais vous appeler pour vous remercier. Ça m'a beaucoup plu.

— À moi aussi. Merci d'avoir apporté le repas. Je suis désolé pour les steaks et pour Pancho.

Elle rit.

— Ce n'est pas grave... La prochaine fois...

— Justement, à propos de cette prochaine fois, dit-il en saisissant la balle au bond. Je sais que vous êtes très occupée, sinon je n'attendrais pas jusque-là, mais que diriez-vous de la semaine prochaine ? Je pensais que vous aimeriez peut-être voir le domaine...

— J'adorerais.

Cela semblait sincère, et il se dépêcha d'ajouter :

— Nous pourrions dîner quelque part ensuite.

— Où ?

— Que diriez-vous de Mollie ?

Ellie rit.

— Une concurrente ?

— Pas du tout. Elle est italienne et pas française. Et son restaurant est une trattoria, pas un bistrot.

— Dans ce cas, ça me plaira.

— Bien.

Le silence s'établit entre eux, impalpable comme un fil de la Vierge.

— Et comment va le rude fermier ? demanda-t-elle d'une voix douce, le téléphone coincé sous le menton.

— Il a chaud, il transpire et il a les ongles sales.

— Bigrement réaliste, comme description.

— J'y arriverai, avec l'aide de Carlos.

— J'ai des clients. Vous me raconterez tout ça plus tard. Je ne peux pas les faire attendre plus longtemps.

— Vous me faites bien attendre, moi...

Il pensait toujours à elle quand il composa le numéro de l'université de Californie à Davis, au sujet des greffons de cabernet.

23

Buck fut de retour à Santa Monica à six heures du matin, et se gara sur la colline au bout de la rue d'Ellie. Baissant les vitres, il se laissa baigner le front par la fraîcheur du petit jour ; il buvait un café de chez Starbucks dans une tasse en carton et lisait le *Los Angeles Times*.

À sept heures, la Jeep jaune passa devant lui. Il la suivit à distance respectable, juste de quoi ne pas la perdre de vue, jusqu'au marché ; là, il se gara et attendit à nouveau. Ellie ressortit un moment plus tard, poussant devant elle un chariot rempli de cartons de légumes frais. Elle les chargea dans le coffre de sa Jeep et repartit. Buck était juste derrière elle.

Il poursuivit sa surveillance pendant une semaine. À la fin, il connaissait ses habitudes et ses horaires, où elle allait, qui elle voyait et ce qu'elle faisait. Il savait qu'elle partait de chez elle tous les matins à sept heures, et ne rentrait généralement qu'à minuit passé. Il savait qu'Ellie rendait visite à Miss Lottie tous les lundis, et qu'elles prenaient ensemble le thé au Biltmore.

La nuit venait de tomber, ce soir-là, quand il se gara en face de chez elle. Il était bien habillé et n'importe qui aurait pu le prendre pour un prospère homme d'affaires – mais il n'y avait personne aux alentours. Traversant rapidement la rue, il poussa le portillon blanc et parcourut à grandes enjambées l'allée jusqu'à la porte d'entrée. Il ne lui fallut que quelques secondes pour forcer la serrure et pénétrer dans la maison.

Il s'adossa à la porte, bourdonnant d'excitation intérieure. Une lampe était allumée dans le petit salon, sur sa gauche. Il s'assit sur le canapé, posa les pieds sur la table basse et promena tranquillement son regard à la ronde, comme s'il était chez lui.

Un joli miroir vénitien était suspendu au-dessus de la tablette de cheminée en bois de pin, ornée d'une paire de chandeliers en vieil argent et de quelques photos. Il se releva pour aller regarder ces dernières, avide de contempler Ellie, mais elle ne figurait sur aucune. Une console française d'époque, en bois doré, était posée contre un mur, et portait un vase de faïence rempli de tulipes perroquet aux tons vifs, qui commençaient à faner. Il y avait encore un portrait d'une jeune fille au visage préraphaélite, qui ressemblait un peu à Ellie, ainsi qu'un tableau de Journey's End, peint à l'époque de sa construction. Partout, des livres s'entassaient n'importe comment. C'était propre, mais cela ressemblait à une pièce qu'on n'utilisait guère.

Déçu, il en ressortit, traversa la petite entrée et pénétra dans la salle à manger. Une demi-douzaine de tableaux aux cadres dorés recouvraient les murs ; une arcade menait directement dans la cuisine, blanche et minuscule.

Un bol de thé froid y était posé sur le plan de travail, portant encore l'empreinte du rouge à lèvres d'Ellie. Il pressa ses propres lèvres par-dessus en tremblant, et la but, elle, en même temps que le reste d'Earl Grey. Un frisson d'extase le parcourut, au plus profond de ses entrailles.

Avant même d'être arrivé en haut des escaliers, qui craquaient sous ses pas, il pouvait sentir l'odeur de son parfum. Il demeura quelques instants à la porte de la chambre, les yeux fermés, à la respirer ; quand il rouvrit les yeux, il était au paradis.

Des vêtements avaient été lancés pêle-mêle en travers d'une chaise ; des sous-vêtements jonchaient le sol, menant à la salle de bains. À genoux, il fit courir ses doigts sur le cache-sexe de dentelle blanche, sur l'étoffe légère du soutien-gorge. Puis il les ramassa et les porta à son visage.

Quand il reprit ses esprits, il se dirigea vers la penderie. Il nota qu'Ellie s'habillait en taille 6 et qu'elle chaussait du 42, pas moins. Il nota également le nom de son parfum, de son savon, de sa lotion, de sa poudre. Il vit que sa couleur préférée était le bleu et qu'elle avait de l'Évian dans son réfrigérateur, des pommes dans une coupe, une bouteille à moitié pleine d'un bon médoc, un château-beychevelle. Il examina chaque placard et chaque tiroir.

Quand il quitta la maison, une heure plus tard, il savait tout ce qu'on pouvait savoir sur Ellie Parrish Duveen.

Il gara sa voiture au coin de Main Street ; puis, rempli de force intérieure, il entra chez Ellie en bombant le torse. Ce fut encore une fois la jolie blonde qui l'accueillit.

— Hello ! dit-il. Comment ça va ? C'est Ed. Ed Jensen, vous vous rappelez ? Vous m'avez servi l'autre soir.

— Oh ! bien sûr. Comment ça va, Ed ? Ça fait plaisir de vous revoir.

— Encore seul, j'en ai bien peur.

Il sourit à Maya d'un air suffisant, et un signal d'alarme se mit à clignoter dans l'esprit de celle-ci.

— Tant pis. Et si je prenais la même table, près de la fenêtre ?

Sa voix était dure ; elle semblait grincer comme du papier de verre le long de la colonne vertébrale de Maya. Il y avait quelque chose chez lui de difficile à définir ; peut-être ses yeux, qui ne souriaient pas en même temps que sa bouche.

— Où est Ellie, ce soir ?

C'était donc ça, songea Maya. Il venait pour Ellie. Dommage pour lui, il ne l'intéresserait jamais, pas plus à sa deuxième visite qu'à sa première.

— Occupée, dit-elle brièvement. Je peux vous apporter quelque chose à boire, monsieur ? demanda-t-elle d'un ton poli mais distant, abandonnant le « Ed ».

Elle lui tendit le menu, puis lui apporta le verre de vin rouge qu'il avait commandé. De retour dans la cuisine, elle dit à Ellie :

— Qui est cet Ed Jensen ? Il a l'air drôlement copain avec toi.

— Jensen ?

Ellie leva les yeux du gril ; une belle pièce de thon allait brûler si elle n'y prenait pas garde. Chan était parti une fois de plus, et elle avait dû le remplacer à l'improviste.

— Oh ! ce type-là. Je ne l'ai vu que deux fois. Je l'ai rencontré au Biltmore, puis il est venu ici.

— Il est encore là et il voudrait te voir. Il semble te connaître.

Ellie sourit.

— C'est ma réputation de chef, et de patronne de restaurant. Maintenant, tout le monde me connaît. À croire que je me débrouille bien...

— Ce type me donne la chair de poule, Ellie. Tu sais, parfois, on a un pressentiment.

Maya se frottait le ventre en fronçant les sourcils.

— Il ne doit pas être de la ville, dit Ellie, penchée sur son poisson. Manifestement, il ne connaît pas grand monde ici. Je suppose qu'il se sent simplement un peu seul.

— Oh ! bien sûr, commenta Maya, sceptique. C'est ce qu'on disait aussi de ce type qui commettait un meurtre à la hache tous les jours. Il se sentait simplement un peu seul, le pauvre.

Buck commanda un steak avec des *pommes frites*[1]. Après une bonne journée de travail, il avait l'estomac dans les talons. Il fut déçu que la blonde le servît et qu'Ellie n'apparût pas, mais il se consolait en l'imaginant dans sa maison, dans sa chambre, dans son lit.

1. En français dans le texte. *(N.d.T.)*

Dans son attirance irrésistible pour Ellie, il en oubliait presque la grand-mère.

Il s'attarda, but deux autres verres de vin et fut le dernier à quitter le restaurant. Maya tapa son addition, puis prit rapidement son argent. Des espèces, remarqua-t-elle, pas de carte de crédit. Ce type ne voulait pas laisser de traces...

— Comment vous appelez-vous ?

Buck attendait sa monnaie.

— Maya, *monsieur*.

Elle lui tendit sa note et la monnaie, froide et courtoise.

— Merci, Maya. J'ai beaucoup aimé.

Il lui refit son sourire sournois, mais elle ne leva pas les yeux de la caisse enregistreuse.

— Bonne nuit, monsieur Jensen, marmonna-t-elle en évitant toujours son regard.

— Bonne nuit, Maya. Et mon nom est Ed.

Il marcha d'un pas assuré jusqu'à la porte, puis se retourna et lui sourit. Les joues de Maya s'empourprèrent : il savait qu'elle le suivrait des yeux.

En repensant à l'étrange froideur de son regard, elle songea qu'il avait l'air d'un homme qui en savait trop. Elle gagna rapidement la porte et la verrouilla derrière lui.

24

Ponctuelle, Miss Lottie entra le lundi suivant à quatre heures au Biltmore, pour son thé. Elle portait une jupe de lin, d'une couleur qu'elle disait « fauve », un chemisier de soie crème, ses perles, et le chapeau piqué de roses qui venait de Paris. Ellie était restée dehors, parlant avec quelqu'un qui admirait la Cadillac ; mais l'arthrite de Miss Lottie la faisait souffrir ce jour-là, aussi avait-elle voulu gagner leur table et s'asseoir.

Elle traversa lentement le hall, martelant de sa canne les carreaux de terre cuite soigneusement cirés et saluant de la tête les gens qu'elle connaissait. Le grand homme aux cheveux bruns attira son attention en passant rapidement près d'elle ; elle se retourna et le suivit du regard.

C'était encore cet homme, dont elle ne retrouvait pas le nom. Elle plissa le front, les sourcils froncés ; quand un homme portait une moustache, il était difficile de dire à quoi il ressemblait vraiment. Peut-être devrait-elle se présenter, lui demander qui il était ? Mais, bien sûr, une lady ne faisait pas ce genre de choses.

Buck était chic, dans un costume bleu, avec une cravate de prix. Sa chemise, bleue elle aussi, pâle, était impeccable ; ses mocassins à glands brillaient, ses cheveux nouvellement teints étaient coiffés avec soin. Il rencontra Ellie sur les marches.

— Comme on se retrouve...

Il tendit la main et lui prit le bras.

— On dirait que cela devient une habitude de se croiser.

— Monsieur Jensen, dit Ellie avec surprise. Je ne pensais pas que vous résidiez ici...

— J'aimerais bien...

Il lui adressa un sourire, franc et sincère.

— C'est comme une oasis de calme et de paix, après le tourbillon de Miami.

Elle hocha la tête d'un air compréhensif.

— Mon arrière-grand-père a ressenti exactement la même chose, et il n'est jamais retourné dans l'Est. Il a acheté sa propriété, construit sa maison, et ne l'a plus quittée.

— Heureux homme...

Buck hésita, comme s'il n'abordait le sujet qu'à contrecœur.

— En fait, je suis dans la promotion immobilière. (Il fouilla dans sa poche, puis lui tendit sa carte.) Pour tout vous dire, je cherche à acheter quelque chose ici, et j'ai entendu affirmer qu'il y avait une merveilleuse vieille demeure à vendre. Puis on m'a appris que cette maison vous appartenait, lui dit-il en souriant. Quelle coïncidence... Mais je crois beaucoup au destin.

— Toujours cette vieille rumeur, soupira Ellie. Cela fait des années qu'elle circule. Mais Journey's End appartient à ma grand-mère, monsieur Jensen, et de toute façon elle n'est pas à vendre.

— Pour être honnête, ma santé n'est plus ce qu'elle était.

Il mit la main sur son cœur en grimaçant, et Ellie le regarda avec sympathie.

— Ce que je recherche, au juste, c'est la demeure que je n'ai pas eue dans mon enfance. Aujourd'hui que je suis adulte, je veux une *vraie* maison. Un endroit que j'aimerais et où je vivrais jusqu'à la fin de mon propre voyage. Vous me combleriez si je pouvais seulement la voir, dit-il avec chaleur. Peut-être changerez-vous d'avis un jour et déciderez-vous de la vendre. Ce jour-là, au moins, vous sauriez qu'elle passe à quelqu'un qui l'aime autant que vous.

Ellie le regarda, indécise. Il était poli, charmant, un vrai gentleman ; ce ne pouvait être une simple attitude de façade. Elle se souvint du visage blême qu'il arborait lors de leur première rencontre et compatit. En outre, il avait raison : un jour ou l'autre, il lui faudrait vendre la maison, même si elle se refusait à y penser aujourd'hui.

Impulsivement, elle accepta.

— Venez donc à cinq heures... Je vous la ferai visiter rapidement.

Buck rayonnait, fort satisfait de lui-même. Ç'avait été facile. Il était encore capable de faire du charme. Lui serrant chaleureusement la main, il dit :

— Merci beaucoup... Je serai là à cinq heures.

Pendant qu'ils étaient en train de parler, Dan, qui était de son côté venu en voiture jusqu'à l'hôtel, tendait ses clés au groom. Il aperçut soudain la jeune femme.

— Ellie ! s'exclama-t-il, surpris. Je n'espérais pas vous revoir aussi tôt...

— Dan Cassidy !

Il vint à elle à grandes enjambées, de sa démarche virile qu'elle avait de prime abord trouvée sexy.

— Comme c'est drôle de vous voir ici.

Un sourire nouveau illumina son visage, tandis que les yeux de Buck devenaient de pierre. Jetant un regard glacé à Dan, il marmonna rapidement :

— Au revoir, Ellie. À plus tard.

Il s'éloigna, pas même certain qu'elle l'avait bien entendu ; elle avait oublié jusqu'à son existence.

Dan suivit quelques instants Buck d'un œil soupçonneux, son instinct de flic en alerte, puis il haussa les épaules ; sans doute était-il seulement jaloux d'un homme qu'il avait surpris en grande conversation avec Ellie.

— Qui est ce don juan aux cheveux bruns ? ne put-il s'empêcher de lui demander.

La description fit sourire Ellie.

— Pas vraiment un don juan, juste une vague connaissance, qui voudrait acheter Journey's End.

Il la regarda, surpris.

— Vous la vendez donc ?

— Non, mais les gens me posent toujours la question. Ils ont entendu dire que grand-mère avait perdu tout son argent, je suppose. Mais, au fait, qu'est-ce que vous fabriquez ici ?

— Je suis venu acheter le *New York Times*. En général, ils l'ont dans leur kiosque à journaux.

— Moi, j'ai amené Miss Lottie prendre le thé. Je suis sûre qu'elle sera ravie si vous vous joignez à nous. Elle pensera que j'ai enfin un petit ami... Si elle commence à vous cuisiner sur vos origines familiales et vos projets d'avenir, faites semblant de ne pas avoir entendu.

Il rit :

— La réponse est facile : néant des deux côtés.

Quand Miss Lottie vit Ellie entrer dans le salon de thé en riant, accompagnée d'un homme, d'un *bel* homme, son regard s'éclaira.

— Grand-mère, dit Ellie, voici l'un de mes amis, Dan Cassidy. Je t'ai parlé de lui, tu t'en souviens ?

Miss Lottie gratifia Dan d'un sourire en lui serrant la main.

— Bien sûr que je m'en souviens. Monsieur Cassidy, je me disais bien que votre visage m'était familier. Vous êtes la vedette de *NYPD Blue*, n'est-ce pas ?

Ellie soupira et Dan répondit :

— Hélas non, madame. Mais j'étais de la police de New York.

— Ah ! c'est ça. Inspecteur à la brigade des homicides. Je savais que j'avais raison.

Elle lui désigna une chaise.

— Vous vous joignez à nous pour le thé ?

— Ellie a eu la gentillesse de m'inviter.

— Parfait...

Miss Lottie prit la théière en argent et versa le thé d'une main tremblante.

— J'espère que vous aimez l'Earl Grey et les scones.

Puis elle se tourna vers Ellie et lui dit dans ce qui se voulait un aparté, mais d'une voix si forte que Dan n'en perdit rien :

— J'aime ses yeux, tu sais. Braves et honnêtes comme ceux d'un labrador.

Revenant à son hôte, elle lui dit, rayonnante :

— Quel dommage que vous n'ayez pas été là lundi dernier, pour mon anniversaire... Il y avait un gâteau magnifique. Et du champagne.

— Dan a acheté le domaine de Running Horse, grand-mère, lui rappela Ellie. Il travaille dur pour le remettre en état.

Un déclic se fit dans l'esprit défaillant de Miss Lottie.

— Mais... est-ce qu'il n'y a pas un sort qui pèse sur cet endroit ? demanda-t-elle, tandis qu'Ellie protestait entre ses dents. De toute façon, l'agriculture est un marché de dupes, poursuivit-elle en sirotant son thé. On y dépend bien trop du temps qu'il fait et de la providence.

— Ellie a promis de venir visiter le domaine ce soir, Miss Lottie, dit Dan, qui passait un excellent moment.

— Elle a fait cela ?

Miss Lottie lança un regard interrogateur à sa petite-fille.

— Eh bien, reprit-elle, vous devez être très fort, Dan Cassidy, si vous réussissez à sortir ma petite-fille de son restaurant. Elle passe toutes ses journées à travailler. Tu devrais inviter ton ami à me rendre visite à Journey's End, Ellie. Ainsi, nous pourrions parler plus longuement de lui et de ce qu'il fait.

Ellie lança un clin d'œil à Dan, d'un air de je-vous-l'avais-bien-dit, et il lui sourit en retour.

À l'autre bout de la salle, Buck avait fini son verre ; il fit signe à la serveuse de lui apporter un autre Jim Beam. À les regarder rire ensemble, sa jalousie s'était transformée en rage. Il était exclu de leur univers. Puis, tout en avalant son bourbon, il se rappela que bientôt il se retrouverait de nouveau avec Ellie ; et il sourit, de ce petit sourire dissimulé qui était le sien. La phase deux de son plan était lancée.

25

Ellie attendait sous le portique à colonnade de pierre quand Buck arriva, ponctuel, à cinq heures. Elle s'était changée, portant maintenant un jean et un polo blanc, et avait ramené ses cheveux derrière la tête, noués par un ruban bleu. Buck perçut l'odeur qui émanait d'elle, claire et nette, quand elle descendit l'escalier à sa rencontre.

— Je ne vous ai pas fait attendre, j'espère ? lui dit-il.

Il lui tendait l'énorme bouquet de roses qu'il avait acheté pour elle. Elles étaient grandes, roses, parfaites, mais aucun parfum ne s'en exhalait. Elle le remercia, surprise.

Il demeura un moment à contempler le parc : les terrasses fermées par des balustrades, l'énorme fontaine d'où l'eau jaillissait, musicale, de la bouche de dauphins de bronze, les élégants jardins à l'italienne avec leurs miroirs d'eau, les jeux d'ombre des vieux arbres sur les pelouses vert émeraude. Secouant la tête, comme s'il ne pouvait croire à tant de beauté, il dit :

— C'est le paradis sur terre...

Ellie sourit, flattée.

— C'est ce que je pense aussi... J'ai passé mon enfance ici, et pour moi il n'y a pas de plus bel endroit au monde.

Elle regarda discrètement sa montre tandis qu'ils montaient les escaliers, regrettant déjà de l'avoir invité.

Elle devait retrouver Dan à six heures, et voulait en finir au plus vite avec la visite de la maison.

Quand ils furent à la porte de Journey's End, Buck sentit le pouvoir bourdonner en lui, électrique. Il revenait en invité dans cette même maison d'où des hommes armés l'avaient jadis emmené, hurlant, dans une camisole de force. *Tu as réussi*, criait triomphalement la voix dans sa tête. *Tu es de nouveau le maître.*

L'exaltation le parcourait tout entier, depuis la plante des pieds ; il était prêt à l'action. Fredonnant *Dixie*, il suivit Ellie dans la maison.

Une fois à l'intérieur, il retira ses lunettes noires et les rangea avec soin dans la poche de poitrine de sa veste, puis il lissa ses cheveux en arrière et promena le regard autour de lui.

Rien n'avait changé. Les mêmes tapis de la Savonnerie, les mêmes merveilleux meubles vénitiens, les mêmes tapisseries flamandes. Et l'énorme portrait en pied de Waldo Stamford, qui dominait tout. Jusqu'aux roses blanches dans les grands vases de cristal, qui auraient pu être les mêmes, comme aussi l'odeur de pêche des pots-pourris.

Ellie avait déjà fait admirer la maison un nombre incalculable de fois. Souvent, les visiteurs étaient en groupe : la société d'histoire locale, des antiquaires, des rédacteurs de magazines, des chroniqueurs de journaux. Elle était désormais aussi savante qu'une conférencière de musée sur l'histoire et le mobilier de sa maison. Espérant qu'il ne s'en apercevrait pas, elle lui fit parcourir les pièces à grande vitesse, ne lui laissant pas le temps de s'attarder.

— Le sol du hall est en pierre calcaire, débitait-elle, qui provient d'une carrière près de Bordeaux. Il a été choisi par mon arrière-grand-père, pour ses teintes chaudes, un peu rosées. L'escalier en chêne vient d'un manoir anglais et date de l'époque de Jacques Ier. La grande cheminée seigneuriale a été taillée sur place, par des artisans italiens qui travaillaient d'après des photographies d'une cheminée vénitienne du XVIIe siècle. On y faisait toujours un énorme feu pour la veillée de Noël, ajouta-t-elle en souriant tendrement à ce souvenir. Des guirlandes de laurier et de houx fraîchement coupés couraient sur les rampes et le long des murs, et il y avait un gigantesque arbre en bas de l'escalier, avec tout plein de cadeaux à son pied. Miss Lottie servait du punch chaud aux épices et du gâteau de Noël aux chanteurs qui passaient de maison en maison.

Les yeux de Buck étaient partout, enregistrant les moindres détails. Il songeait combien il serait facile de casser un carreau d'une des fenêtres et de manœuvrer l'espagnolette à l'ancienne mode. Tout dépendait de l'efficacité du système d'alarme, et des mesures de sécurité dont la maison disposait désormais.

Feignant la curiosité, il demanda :

— Il doit falloir une armée de serviteurs pour entretenir un tel endroit ?

Elle secoua la tête.

— C'est impossible, de nos jours. Il n'y a plus que Maria, la gouvernante, et des dames qui viennent deux fois par semaine, pour essayer de maintenir la maison propre. N'oubliez pas, monsieur Jensen, que si vous finissez par acheter une grande maison, les frais d'entretien risquent de vous coûter au bout du compte plus cher que l'achat lui-même.

Il rit, satisfait de l'information qu'elle lui avait donnée au sujet de Maria.

— J'en achèterai sûrement une, dit-il.

Ils étaient sortis sur la terrasse et marchaient vers la vieille dame. Prestement, Buck remit ses lunettes noires.

— Grand-mère, dit à mi-voix Ellie, voici M. Jensen. Je lui fais juste faire un tour de la maison.

Buck se tenait face à son bourreau, à la femme qui lui avait volé vingt années de sa vie. *Regarde-la*, disait la voix moqueuse dans sa tête. *Vois comme elle est vieille, faible et fragile. Maintenant, tu es aux commandes. Maintenant, c'est à ton tour de jouer.*

Miss Lottie sommeillait ; surprise, elle s'assit trop brusquement. La tête lui tourna, ses lunettes glissèrent de son nez et le livre qu'elle lisait tomba sur le sol. Le chien se hissa sur ses pattes en aboyant bruyamment.

— Ravi de faire votre connaissance, madame, dit Buck, tenant toujours son rôle de gentleman.

— J'ignorais que nous avions des visiteurs, rétorqua Miss Lottie, visiblement troublée.

Buck s'était baissé pour ramasser le livre, et il le posa sur la petite table à côté d'elle. Le chien grondait doucement, du fond de la gorge.

— Bruno, arrête de te faire remarquer, dit Ellie avec étonnement, mais il n'en grogna que plus fort.

Buck battit rapidement en retraite et Miss Lottie secoua la tête, perplexe.

— Je devais être en train de rêver, je pense.

Ellie lui tendit ses lunettes.

— Nous n'allons pas te déranger plus longtemps, grand-mère. Venez, monsieur Jensen, finissons la visite.

Miss Lottie suivit Buck des yeux tandis qu'il retournait dans la maison, d'une démarche pleine d'assurance. Il y avait quelque chose dans la façon dont il marchait ; elle aurait juré qu'elle l'avait déjà vu quelque part. Ses paupières s'affaissèrent, et, en moins d'une minute, elle se rendormit. La journée avait été longue.

Ellie ouvrit en grand la porte de la bibliothèque.

— C'était ma pièce préférée quand j'étais enfant.

Elle laissa courir sa main sur le bois poli et brillant du fauteuil chinois, près de la porte.

— J'avais l'habitude de me glisser ici le soir, à l'heure où j'aurais dû être au lit. Je pensais que Miss Lottie ne me voyait pas, mais elle le savait, bien sûr. Je m'asseyais ici et je la regardais écrire des lettres à son bureau. Comme le fauteuil me semblait grand, alors... Il m'engloutissait presque.

Buck se rappelait la petite fille aux cheveux roux qui hurlait, la bouche ouverte, les yeux emplis de terreur.

— Il y a la paire, continua Ellie. Des fauteuils chinois du XVIIe siècle, en bois d'orme. Nous les appelons toujours les fauteuils du mandarin, parce qu'ils proviennent du domaine d'un riche mandarin de Shanghai. Le bureau en marqueterie de bois de rose est italien, et le tapis est turc, du XVIIIe siècle. Il a beaucoup pâli, à cause du soleil, mais il est toujours beau.

Un tic nerveux contractait la joue de Buck. Brutalement ramené dans le passé, il marcha jusqu'au bureau, et s'attarda quelques instants à contempler l'endroit où ils l'avaient maîtrisé. L'odeur âcre et poussiéreuse du tapis s'infiltrait de nouveau dans ses narines, ses tons rouges l'aveuglaient, comme des flots de sang ; il criait et maudissait Charlotte Parrish. Et elle qui le regardait de haut, grande, glaciale, pas effrayée le moins du monde. Maîtresse de tout ce qui l'entourait. Il prit une profonde inspiration. Maintenant, c'était lui le maître de son destin à *elle*.

Il dut faire un effort sur lui-même pour revenir dans le présent. Ellie était en train de lui dire :

— Venez voir la salle de bal, monsieur Jensen. Nous y avons donné de si belles réceptions... Mon arrière-grand-père a accueilli dans cette maison deux présidents avec leurs épouses, et aussi William Randolph Hearst et Marion Davies, Ronald Colman et Charlie Chaplin...

Buck la suivit à travers les pièces d'apparat, à l'affût des accès et de tout ce qui pourrait faciliter son intrusion. Il se souvenait du système d'alarme et c'était toujours le même, aujourd'hui vétuste. Il devait bien être là depuis trente ans, et Buck aurait parié qu'on ne l'utilisait même plus.

Ellie jeta un coup d'œil à sa montre.

— Je vais juste vous montrer la cuisine avant que vous repartiez, monsieur Jensen. On n'en fait plus des comme cela, de nos jours.

La vaste cuisine avait gardé en tout point son aspect d'antan, avec son sol carrelé de noir et de blanc, ses meubles peints en blanc et ses vastes fourneaux d'acier. De grandes fenêtres s'ouvraient, haut dans le mur ; sur un crochet proche de la porte du fond, Buck aperçut un large anneau de cuivre auquel pendait une grappe de clés, chacune munie d'une étiquette.

— Pouvez-vous imaginer cette cuisine quand il y

avait un chef, une demi-douzaine de servantes et un maître d'hôtel ? dit Ellie. Même alors, elle n'avait jamais l'air pleine. Ma petite cuisine du restaurant tiendrait tout entière dans l'office.

Les yeux de Buck brillaient ; il lui fallait ces clés.

— Puis-je sans abuser vous demander un verre d'eau ? dit-il poliment.

— Bien sûr... Ou peut-être préférez-vous un Coca Light ?

— Ce serait parfait.

Comme il l'espérait, Ellie gagna l'office pour y prendre un verre. En un éclair, il fut à la porte et se saisit des clés. Trois d'entre elles portaient le mot *Cuisine* sur leur étiquette, écrit en gros. Il avait trouvé le bon filon ; la vieille dame possédait des clés en surnombre, la disparition d'une d'entre elles ne se remarquerait pas. Il en fit glisser une hors de l'anneau et la mit dans sa poche. Quand Ellie revint avec la boisson fraîche, il était à nouveau près de la grande table de pin clair.

Il détestait devoir la quitter, quitter Journey's End. Sa voix douce comme du miel, quand elle lui dit au revoir, lui fit l'effet d'un baume sur son cœur, et le contact de sa main creusa dans sa mémoire une brûlante empreinte – il y repenserait plus tard, une fois qu'il serait seul.

Tandis qu'il repassait en voiture le grand portail de fer forgé, il ne pouvait se sortir de l'esprit l'image d'Ellie. Il était amoureux. Bientôt, il ferait d'elle sa princesse. Il lui donnerait tout ce qu'elle voudrait, et quand elle serait avec lui, elle oublierait tous les autres hommes. Encore que, bien sûr, elle ne verrait que lui.

Il soupesa la clé dans sa poche en souriant. Ça promettait d'être facile.

Il sifflotait de nouveau quand il entra dans un bar. Il avait bien mérité de prendre un verre pour fêter ça. La phase deux était terminée et la partie jouée, ou presque.

26

— Ça y est.

Dan contemplait fièrement ses rangs de vignes soigneusement taillées. Les ceps, nus, s'alignaient au cordeau comme une armée de petits soldats, épousant jusqu'à l'horizon la courbe du coteau.

— Impressionnant, lui dit Ellie avec un sourire railleur. Pas un seul raisin en vue.

— Attendez l'an prochain. Alors, je pense que le mot qui vous viendra aux lèvres sera plutôt « florissant ».

— Florissant ?

— Oui. Ou encore croissant, verdissant, mûrissant... Elle contempla d'un œil sceptique les minces rameaux, qui paraissaient morts.

— Ne serions-nous pas un peu optimiste ?

Dan secoua la tête en soupirant.

— Vous êtes dure, Ellie Parrish Duveen. D'accord, j'ai acheté cet endroit comme on pêche un lot à la fête foraine, à l'aveuglette. Mais, en fait, si Running Horse est dans cet état, c'est qu'on y a planté des vignes qui ne vont pas avec le sol. Nous étrennons du cabernet, ici, sur les pentes exposées au sud, et du chardonnay de l'autre côté de la colline. (Il haussa les épaules.) De toute façon, c'est tout ce que j'avais les moyens de m'offrir. Mais je me dis qu'ainsi, si ça marche, j'aurai fait une affaire.

L'endroit avait bel et bien quelque chose de magique, songea Ellie en se promenant dans les rangs de vignes et en contemplant le calme panorama champêtre. Dans le lointain, elle apercevait la route qui serpentait au pied de la colline ; en face, sous un bouquet de chênes, des vaches blanc et noir s'étaient regroupées à l'ombre. Le soleil couchant lui chauffait le dos, un vent léger faisait voleter ses cheveux. Les yeux fermés, elle écoutait avec ravissement le « silence » si particulier de la campagne : la douce plainte du vent balayant la colline, un bruissement d'ailes quand un oiseau s'envolait, des murmures d'herbe froissée. Elle s'emplissait les poumons de grandes bolées d'air frais, qu'elle aurait voulu pouvoir mettre en bouteille et emporter chez elle.

— Voilà comment le monde devait être, il y a bien des années, murmura-t-elle, les yeux fermés. Avant la circulation, les avions et les transistors. Rien que des collines, des vignes et du silence, sur des kilomètres.

Ce fut Dan qui l'entendit le premier ; il leva la main en guise d'avertissement, puis Ellie rouvrit les yeux. Une minute plus tard, le pick-up rouillé d'Ortega apparaissait au sommet de la colline, sa radio crachotant des airs de mariachis à la trompette. Ellie et Dan échangèrent un regard amusé, tandis que le Mexicain sautait de son véhicule et marchait vers eux à grandes enjambées.

— Señorita...

Retirant son chapeau, il lui adressa un sourire radieux, puis prit sa main et la porta à ses lèvres.

— C'est un grand plaisir de rencontrer une aussi jolie femme. Le señor vous avait drôlement bien cachée, dit-il avec un clin d'œil à Dan.

Ellie ne put s'empêcher de rire.

— Merci, señor Ortega. J'ai beaucoup entendu parler de vous.

— Ça ne m'étonne pas. (Il se composa un visage modeste.) Le señor vous a sans doute dit que j'étais le meilleur vigneron de tout le comté. Et maintenant que je travaille avec lui, nous allons faire un merveilleux cabernet. Ce Running Horse-là [1] sera le premier à passer le poteau, dans le Grand Prix des vignobles.

1. *Running Horse*, rappelons-le, signifie « cheval au galop ». *(N.d.T.)*

Sa moustache frétilla et ses dents blanches étincelèrent, comme s'il riait de sa propre plaisanterie.

— Je m'apprêtais à montrer les chais à Ellie, dit Dan.

Prenant celle-ci par la main, il la ramena à la voiture. Elle se retourna et fit un signe de la main à Ortega, qui la salua très bas, souriant toujours.

— Si vous pensez qu'il vous a fait son grand numéro, lui dit Dan, attendez un peu de le voir sur le palomino.

La grange rouge était fraîche et silencieuse. Dan caressa de la main la surface lisse et luisante de ses nouveaux tonneaux.

— C'est du chêne américain, pas du chêne français. Il donnera au vin une note plus douce et plus subtile. Bien sûr, nous ne vendangerons pas cette année, mais nous allons acheter du raisin et sortir notre première cuvée. Du zinfandel [1]. Un bon et solide petit vin, riche et fruité. Pas un vin de garde, mais il est merveilleux en bouche et pas cher. Pour nous, ce sera un excellent entraînement.

Ellie examina les cuves de fermentation en acier, fraîchement nettoyées ; elle inspecta le matériel d'embouteillage, qui paraissait sorti d'un dessin animé de Disney, puis arpenta l'espace dégagé, haut de plafond, qui occupait le devant de la grange. Ce serait la salle de dégustation, lui apprit Dan.

— Un jour, les visiteurs viendront en foule goûter nos vins et nos bons petits plats, dit-il.

Elle se retourna, les mains sur les hanches, et le défia du regard.

— Quels bons petits plats ?

— Oh !... (il haussa les épaules d'un air nonchalant)... juste un petit bistrot français, rien d'extravagant. Simple et confortable, mais avec une excellente cuisine, le meilleur pain et la meilleure tarte tatin de Californie...

Les yeux d'Ellie pétillèrent de malice.

1. Vin rouge de Californie, fabriqué avec le raisin du même nom. *(N.d.T.)*

— C'est sans espoir, monsieur Cassidy... Mon prochain restaurant donnera dans le grand luxe. Je vise une étoile au *Michelin*, et cette fois ce sera moi le chef.

— Je rêvais un peu, lui dit-il avec un petit sourire, puis il lui prit la main et la conduisit vers l'écurie. Je ne faisais que rêver un peu...

Pancho se précipita sur elle, debout sur ses pattes de derrière.

— Si ça n'est pas de l'amour intéressé..., commenta-t-elle. Il se souvient de moi comme de la bonne âme qui avait apporté les steaks de bœuf.

Elle caressa son poil rêche, puis aperçut avec surprise un autre chien brun, Cecil, tapi derrière lui.

— Vous en avez deux, maintenant ? Je me demande lequel est le plus laid...

Avec Pancho et Cecil qui couraient comme des fous autour d'eux, il lui fit voir toute la propriété : les chevaux au poil lustré dans les jolies écuries, l'équipe des Mexicains recrutés par Carlos qui progressaient lentement dans les rangs de vignes, courbés sur les ceps. On avait racheté de nouveaux pieds, enrichi correctement la terre ; Dan lui révéla qu'une grande part de son argent, ainsi que de celui de son banquier, y était passée.

— Mais, au moins, ça commence à ressembler de nouveau à un vignoble, dit-il en cueillant une rose rouge et en la lui offrant.

Comme il paraissait aimer ce qu'il faisait, pensa Ellie en piquant la fleur dans ses cheveux. On sentait qu'il avait besoin de se dépenser physiquement, de travailler dur ; il aimait mettre les mains dans la terre, renouer avec ses lointaines origines.

Sur la route de Montecito, Ellie était littéralement gavée d'air pur et non pollué. Elle songea à la vie que Dan avait choisie, loin du stress de la ville et aussi de ses plaisirs. Peut-être, oui, y avait-il là quelque chose – mais ce n'était pas pour elle. Ellie était une citadine, désormais, jusqu'au bout des ongles ; sa voie, c'était sur la grande scène de Los Angeles qu'elle la traçait. Quand ils eurent garé leurs voitures, ils traversèrent Coast Village Road pour pénétrer chez Mollie où ils allaient dîner.

En la contemplant à la lueur de la bougie par-dessus leur table d'angle, avec ses longs cheveux roux et bouclés, Dan trouva qu'elle avait l'air de sortir d'un tableau préraphaélite. Sauf qu'elle était bien réelle, et qu'elle semblait rayonnante. Mais l'était-elle vraiment ? Il ne savait rien de sa vie, hormis les confidences, si personnelles, qu'elle lui avait faites la première nuit, dans la maison de la plage.

— Est-ce que je vous connais véritablement ?

Les yeux d'Ellie s'agrandirent de surprise, et il ajouta :

— J'ai l'impression que vous et moi sommes de vieux amis, et pourtant je sais si peu de chose de vous...

— Et moi qui croyais vous avoir tout dit...

Elle prit une gorgée du chianti qu'il avait commandé pour accompagner les plats italiens, et il se pencha vers elle par-dessus la table.

— Il y a un monde entre l'enfant de la plage et la femme assise en face de moi. Qu'avez-vous fait pendant toutes ces années ? À quelle université êtes-vous allée ? Qui sont vos amis ? Avez-vous jamais été amoureuse ?

Elle le regarda prudemment, la tête inclinée, à demi souriante.

— C'est une question très personnelle...

— À quelle université vous êtes allée, c'est personnel ?

Son air de feinte innocence la fit rire.

— Je veux bien répondre à cette question-là. À Phoenix, dans l'Arizona. C'est là que j'ai rencontré Maya, ma meilleure amie. C'est aussi de là que nous nous sommes presque fait renvoyer. Miss Lottie et le père de Maya nous ont sauvées du naufrage. Nous étions de vraies folles à l'époque, deux gamines ivres de leur première liberté...

Dan rit beaucoup quand elle lui fit le récit de ses aventures à l'université. Sa vie à lui y avait été bien différente, plus sérieuse – une vie d'étudiant marié avec un amour impossible et des rêves d'avenir plus impossibles encore.

— Bien sûr, j'ai été amoureuse, là-bas.

Elle prit une bouchée de ravioli au homard ; une expression d'extase se peignit sur son visage.

— Mmm... divin.

— Vous avez été amoureuse ?

Il ne quittait pas des yeux sa bouche, délicieusement dessinée.

— Une ou deux fois, oui.

L'Italien au corps de Michel-Ange semblait à des années-lumière, dans une autre vie, un autre monde.

— Mais je suppose que j'ai sublimé tout cela en achetant la Harley rouge.

— Vous avez acheté une Harley comme un substitut sexuel ? demanda-t-il d'un ton railleur.

— Oh ! monsieur Cassidy..., murmura-t-elle en baissant pudiquement les yeux. Nous savons tous qu'il n'y a pas de substitut possible pour cela.

— Heureux de vous l'entendre dire, commenta-t-il avec un soupir de soulagement, dont il força la note.

— Quoique, bien sûr, cela n'entre pas dans notre équation à tous les deux.

Cette fois, son ton n'était pas à la plaisanterie. Allongeant le bras à travers la table, elle prit la main de Dan entre les siennes, la porta à ses lèvres et y déposa un baiser avant de la relâcher.

— Mais je suis si contente de vous avoir pour ami...

Dan sentit son sang s'accélérer dans ses veines ; peut-être ne laverait-il pas cette main, comme un adolescent amoureux.

— Bien sûr que non, approuva-t-il, en réponse à sa phrase précédente, même s'il n'en pensait pas un mot. Sans doute parce que je n'ai pas le...

— Le quoi ? demanda-t-elle, tout en ramassant le reste de sauce dans sa cuillère. Il faut que je félicite Mollie pour ce plat. Il est remarquable.

— Vous devriez essayer ses rougets. Elle se les fait envoyer spécialement d'Italie par avion, le vendredi. Je n'ai pas le quelque chose qui vous fait fonctionner, vous. Je veux dire, pourquoi êtes-vous autant sous pression ? Pourquoi voulez-vous faire un tel succès de ce restaurant, pourquoi lui consacrez-vous tout votre temps, toute votre énergie, toute votre vie ?

Ellie se laissa aller contre le dossier de sa chaise, la mine sérieuse, réfléchissant à la question de Dan.

— C'est comme si je devais me prouver quelque chose, répondit-elle avec franchise au bout d'une minute. Me prouver que je *peux* le faire, que je *peux* réussir. Qu'avoir été élevée comme une privilégiée ne veut pas dire que je ne réussirai pas par moi-même. Et pour moi, la réussite, c'est sur la grande scène que ça se passe, Los Angeles ou New York. Je veux être tout en haut de l'affiche, avec mon nom en lettres lumineuses comme à Broadway. Je veux qu'on dise « C'est Ellie Parrish », comme on le fait pour Vergé ou pour Ducasse.

— Vous voulez être une star.

— C'est vrai, reconnut-elle sans ambages. Et gagner beaucoup d'argent, aussi. Pour ne plus avoir à y penser, et pour conserver à Miss Lottie le train de vie auquel elle a toujours été habituée.

— Et que ferez-vous d'autre avec cet argent ?

Il avait du mal à croire que l'argent pût être la motivation principale d'Ellie.

— Si j'en gagne vraiment beaucoup, vous voulez dire ? Oh ! c'est facile. J'en prendrai une partie pour créer des restaurants populaires, comme au moment de la Grande Dépression. Mais on n'y servira pas que de la soupe. On y préparera aussi de bons repas, simples et nourrissants, pour les enfants qui vont à l'école le ventre vide tous les matins. Pour les enfants qui doivent faire semblant d'avoir oublié leur panier-repas, parce qu'ils ont honte de dire qu'on ne leur en a pas donné. Pour les enfants qui, lorsqu'ils rentrent chez eux après l'école, retrouvent une maison vide, sans rien à manger sur la table, un père qui a sombré dans la drogue. Je n'ai jamais connu le besoin, la faim. Je sens qu'il est de mon devoir de restituer certaines des bonnes choses de ma vie, afin qu'elles se répandent sur leurs existences à eux. (Elle haussa les épaules et le regarda, gênée.) Je n'avais pas l'intention de prendre un ton sermonneur...

— Je ne l'ai pas ressenti ainsi.

La jeune serveuse arriva avec le tiramisu qu'Ellie avait commandé, et deux cuillères.

— Je crois que vous me plaisez, Ellie Parrish, lui dit Dan. Même si vous ne m'avez toujours pas dit si vous aviez déjà été amoureuse. *Sérieusement* amoureuse ?

Elle soupira, tout en prenant une cuillerée du délicieux dessert crémeux.

— Vous êtes tenace, n'est-ce pas ?

— Oui, quand il s'agit d'un sujet qui m'intéresse.

Elle sourit en pensant à Steve Cohen. Comme elle était jeune, alors, et naïve...

— Je n'ai été sérieusement amoureuse qu'une seule fois, avoua-t-elle.

Elle lui parla des jupes longues, des tresses et des Doc Martens, et de la transformation de Steve, en une nuit ou presque, d'intellectuel en cadre aux dents longues dans son costume Hugo Boss.

— Il m'a plaquée et brisé le cœur, ajouta-t-elle, puis elle rit. Mais, vous savez, les cœurs, c'est drôle, on dirait que ça se répare tout seul si on les laisse faire.

Un bâillement lui échappa.

— C'est tout cet air pur, s'excusa-t-elle. Je suis une fille des villes, je n'y suis plus habituée.

— Vous pouvez toujours rester pour la nuit, hasarda-t-il, optimiste de nature.

— Merci, cher ami (elle lui pressa la main à travers la table), mais, cette fois, je dois vraiment rentrer. Merci de m'avoir montré le ranch. Je l'ai adoré.

Les yeux bleu foncé de Dan se fondirent dans ceux d'Ellie, couleur d'opale.

— Revenez quand la maison sera terminée. Je vous garderai à dîner, cette fois-là. Que diriez-vous de la semaine prochaine ?

Elle acquiesça de la tête en souriant.

— Lundi, je ne peux pas, mais mercredi vous convient-il ? Je prendrai une soirée de congé exprès.

— Formidable. Ça va devenir une habitude.

Ellie le pensait aussi, tandis qu'ils sortaient du restaurant, mais c'était une bonne habitude. Elle se sentait aussi à l'aise avec Dan Cassidy que si elle l'avait connu toute sa vie.

— À mercredi, alors ! cria-t-elle en sautant dans la vieille Jeep Wrangler.

Appuyé à sa portière, il la regardait. Le parfum d'air frais, d'air pur persistait autour de lui ; impulsivement, elle lui passa la main dans le cou, l'attira vers elle et l'embrassa sur les lèvres. C'était un petit baiser amical et léger, rien de plus, se rassura-t-elle.

— Bonne nuit, Danny Boy, murmura-t-elle, et elle fit brusquement reculer la Jeep dans la courte place de stationnement.

Il y eut un bruit de tôle froissée quand elle heurta l'Explorer. Dan se donna une tape sur le front, comme un homme qui souffre.

— Non, Ellie ! Pas une deuxième fois !

— Désolée. (Elle sortit la tête par la portière pour examiner les dégâts.) Eh bien, vous connaissez mon nom et ma compagnie d'assurances... Après tout, qu'est-ce qu'une petite bosse, entre amis ?

Dan l'entendit rire tandis qu'elle s'éloignait.

27

Buck reconnut méthodiquement les positions de ses ennemis. Il arpenta Hot Springs Road, de jour, jusqu'à ce qu'il se fût familiarisé avec chaque virage de la route, chaque maison, chaque allée cavalière. Il observa les allées et venues des voisins, des camionnettes de livraison, des ouvriers ; il nota à quelle heure les femmes emmenaient leurs enfants à l'école, à quelle heure elles en revenaient. Il releva les passages des voitures de police, ainsi que des différentes patrouilles de sécurité privées. Il constata également qu'il n'y avait plus de vigiles à Journey's End. Que beaucoup de maisons du voisinage étaient des résidences secondaires d'habitants de Los Angeles, et que le quartier s'animait le samedi, avec des fêtes, des voituriers pour recevoir les invités, du mouvement.

Jusque-là, il avait agi par impulsion, sans plan ni préparation ; cette fois, il ne laisserait rien au hasard. Au bout de huit jours, il connaissait les habitudes du secteur et savait que les soirs de semaine y étaient fort calmes.

Ce jour-là, il attendit que la nuit fût tombée, puis remonta Hot Springs Road, dépassa Journey's End et tourna dans une étroite allée cavalière à moitié dissimulée par les arbres et qui contournait la propriété. Il faisait un essai, de même qu'il en avait fait un quand il avait tué sa mère.

Il portait un survêtement noir, des Reebok Walkers noires, des gants noirs, ainsi qu'un sac à dos contenant ses outils. À la mince lueur d'une lampe de poche, il suivit l'allée jusqu'à ce qu'il parvînt à un grand portail de fer rouillé. Le parcourant du faisceau de sa torche, il avisa un gros cadenas et soupira – même s'il s'était attendu à ce que la propriété fût verrouillée comme une forteresse. Après avoir jaugé le mur, il décida qu'il ne tenterait pas de l'escalader : trop haut, trop difficile, et cela prendrait trop de temps pour ressortir.

Mais il avait tout prévu. Tirant un petit coupe-boulons de son sac à dos, il se mit à la tâche ; il ne lui fallut que quelques secondes pour que chaîne et cadenas tombent dans l'herbe à ses pieds. Il releva les yeux, en sueur. Au loin, des chiens aboyaient.

La porte n'ayant plus servi depuis des années, elle grinça quand il l'ouvrit, à cause de la rouille. Il se glissa à l'intérieur de la propriété et referma le portail soigneusement derrière lui.

Un petit bois de bouleaux l'accueillit, dont la profonde obscurité le désorienta et le rendit nerveux. Il fit une pause, le temps de retrouver ses marques et de laisser ses yeux s'adapter. Un peu plus de lumière lui faciliterait la tâche, et il nota mentalement qu'il lui faudrait se renseigner sur les phases de la lune.

Prenant une boussole dans son sac à dos, il l'éclaira avec la lampe de poche. Il savait que la maison se dressait plein est, sur une butte. En se faufilant prudemment sous les arbres, il établit son trajet.

Un long bâtiment bas surgit bientôt de l'obscurité ; il le contourna avec précaution, jusqu'à ce qu'il trouvât une fenêtre. Dans le mince faisceau de sa lampe de poche, il distingua une grande pièce vide, avec de vastes et profonds bacs de grès à l'ancienne mode, ainsi qu'une antique machine à laver.

Prenant un crayon et du papier, Buck fit un croquis rapide des lieux et nota l'emplacement de la buanderie. Puis il poursuivit son chemin.

Il était désormais hors du couvert des arbres, sur un chemin envahi par les mauvaises herbes, qui menait de la vieille buanderie jusqu'à la maison. Il jeta un regard à sa montre ; cela lui avait pris dix minutes pour arriver jusque-là. Cinq minutes encore et la maison lui apparut, solide, massive, faite pour durer.

Il s'attarda quelques secondes à contempler son futur trophée, à méditer sur ce suprême moment de triomphe, quand il tiendrait enfin sa revanche sur Charlotte Parrish. Il avait souffert pendant plus de vingt ans, et regrettait seulement que sa dernière souffrance à elle dût, en comparaison, être si brève.

Délaissant le chemin, il traversa silencieusement les jardins, dépassa la piscine vide et les courts de tennis, longea l'impeccable parterre, avec ses petites haies de buis si bien taillées, entourant des plates-bandes de fleurs d'ornement. Contournant la grande fontaine avec ses dauphins de bronze, il monta sur la terrasse, par l'escalier à rampe de marbre. Depuis les corniches du toit, les lampes de sécurité projetaient de faibles lueurs jaunes sur la façade de la maison.

Il jeta un nouveau coup d'œil au chronomètre de sa montre : vingt-deux minutes. Il fallait faire mieux.

Il était calme et maître de lui ; son cœur ne cognait même pas dans sa poitrine. Tirant son paquet de Camel de sa poche, il en alluma une et avala la fumée avec volupté, puis fit tranquillement un petit tour le long de la terrasse. Une lampe était allumée dans la grande entrée, mais les autres fenêtres du rez-de-chaussée étaient sombres. Des lumières brillaient également derrière les rideaux de quatre des fenêtres à l'étage. Les appartements de Miss Lottie, supposa-t-il.

Il était presque à la hauteur de la porte quand il entendit la clé tourner dans la serrure. Rapide comme l'éclair, il écrasa la cigarette entre ses doigts, retraversa la terrasse en courant, sans un bruit, et se glissa derrière les buissons, sous la fenêtre de la bibliothèque.

Le vieux labrador sortit, à pas pesants, suivi par une petite femme aux cheveux gris portant une robe de chambre écossaise et des pantoufles. Buck pointa sur elle ses jumelles à vision nocturne. Elle avait quelque chose dans la main.

— D'accord, vieux pique-assiette, l'entendit-il murmurer. Mais c'est notre secret à tous les deux. Ne va pas le répéter à Miss Lottie.

Elle donna le biscuit au chien, puis lui caressa affectueusement la tête.

— Pas étonnant que tu sois gros...

L'animal mangea le biscuit, puis descendit à pas feutrés les marches qui conduisaient au jardin. La femme le suivit, et ils disparurent bientôt de sa vue.

Buck contempla, songeur, le rai de lumière qui filtrait par la porte ouverte. C'était une occasion en or : il pouvait entrer dans la maison, tuer son ennemie, en finir. Mais il y avait trop d'inconnues, et il ne pouvait pas se permettre de faire une erreur. Il fallait encore perfectionner son plan, qu'il soit infaillible. En outre, il voulait prendre son temps, faire durer le plaisir.

Quelques minutes plus tard, il vit dans ses jumelles Maria revenir et remonter l'escalier. Le chien la suivait, de sa démarche raide. Soudain, il s'arrêta et regarda exactement dans la direction de Buck ; puis il aboya bruyamment et commença à trottiner vers lui.

Buck blêmit tandis que son cœur battait la chamade. Si le chien venait jusqu'à lui, il pourrait être contraint d'agir sans attendre. Son esprit fonctionnait à plein régime, envisageant toutes les éventualités. Il pourrait commencer par la gouvernante, et serait encore en mesure de surprendre la vieille dame là-haut...

— Bruno ! Viens ici, vieux type stupide ! cria Maria.

Le chien tourna la tête, la regarda, puis revint aux buissons où Buck était caché, aboyant plus fort encore.

— Bruno, viens ici tout de suite ! s'impatienta-t-elle.

Le chien contempla encore un instant les buissons, d'un œil hésitant, puis se retourna et suivit docilement Maria à l'intérieur de la maison.

Avec un soupir de soulagement, Buck entendit la lourde porte de chêne se refermer, la clé de fer tourner dans la vieille et massive serrure qui aurait défendu l'accès d'un château fort.

Il jeta un regard à sa montre ; maintenant il connaissait à peu près l'heure à laquelle Maria sortait le chien, puis fermait la maison pour la nuit.

Allumant une nouvelle cigarette, il décida d'attendre jusqu'à ce que les lumières se fussent éteintes, afin de savoir à quelle heure les deux femmes allaient au lit. Il se sentait aussi à l'aise, à flâner sur la terrasse en fumant, que si l'endroit lui avait appartenu.

Une heure plus tard environ, les lumières s'éteignirent à l'étage. Une fois encore, il nota l'heure ; puis il descendit les marches en courant, évita l'allée de gravier pour ne pas faire de bruit et, à petites foulées, reprit le chemin par lequel il était arrivé.

De retour à la voiture, il regarda sa montre à nouveau. Dix-huit minutes : c'était bien trop long. Le problème, c'était ces fichus arbres. Il lui faudrait venir ici à la lumière du jour et repérer son chemin à travers le sous-bois. Il devait abaisser son temps à sept minutes, ou même moins, pour parcourir le kilomètre et demi qui séparait la maison de sa voiture.

Pour un premier essai, ce n'était quand même pas si mal. Il recommencerait la nuit prochaine, et la suivante, et celle d'après encore, jusqu'à ce qu'il fût prêt.

28

Ellie était dans la cuisine du restaurant, essayant une nouvelle recette qu'elle voulait apprendre à Chan. Elle portait une veste de chef, blanche, et ses cheveux étaient roulés sous une toque ; elle était à son affaire, calme, efficace, goûtant pleinement ce qu'elle faisait.

D'une certaine manière, la cuisine, en combinant la créativité avec la précision quasi scientifique nécessaire à un chef professionnel, faisait appel aux deux aspects de sa personnalité : l'aventurière impulsive et qui aimait s'amuser ; la femme méthodique et responsable, qui savait exactement ce qu'elle attendait de la vie, et comment elle comptait l'obtenir.

À l'aide d'un couperet, à coups rapides et précis, elle démembra un poulet et amputa les ailes des dernières articulations. Puis elle hacha de l'échalote et prépara une chiffonnade d'épinards, en retirant les tiges et en roulant les feuilles pour leur donner une forme de cigare, qu'elle coupa ensuite en fines rondelles. Elle agit de même avec de l'oseille fraîche, puis prit du cresson et du cerfeuil, dont elle enleva les tiges. Elle mit du beurre dans une cocotte en fonte, y ajouta l'échalote, le poulet, du sel et du poivre, puis elle couvrit le tout et laissa mijoter doucement. Ensuite, elle fit cuire les épinards à feu vif pour qu'ils réduisent, et jeta sur eux les autres herbes. Elle remua le tout quelques minutes, puis ajouta ce mélange au poulet, additionné d'un peu de crème battue avec un œuf. Elle tourna la sauce obtenue jusqu'à ce que celle-ci épaississe. Après l'avoir goûtée, elle y ajouta un soupçon de sel et de poivre, puis vérifia le résultat, qu'elle trouva satisfaisant.

Elle avait appris cette recette dans un petit « restaurant à la ferme » provençal. Avec sa jolie couleur verte et son goût estival, frais et léger, c'était exactement le genre de choses qu'elle aimait servir.

Elle sortit des assiettes, mit un morceau de poulet dans chacune, une cuillerée de sauce verte aux herbes par-dessus, et les tendit à Chan, Terry et Maya, afin qu'ils goûtent le nouveau plat.

— Qu'est-ce que vous en dites ?

Les mains sur les hanches, elle attendait leur verdict.

Maya roulait de grands yeux bruns, écopant sans façon la sauce avec sa cuillère.

— Divin...

— Je connais cette recette, lâcha Chan, le regard buté. C'est de la cuisine paysanne française.

— Est-ce que ce n'est pas la meilleure ? lui demanda Ellie d'un air de défi.

— Après la chinoise et la japonaise, peut-être.

Terry fit un clin d'œil à Ellie, par-dessus l'épaule de Chan.

— Pour moi, ça a un goût extra, Ellie. Un peu plus d'oseille, peut-être. J'adore cette plante.

— Moi aussi.

Elle regarda de nouveau Chan.

— C'est bon, admit enfin celui-ci. On doit pouvoir en tirer quelque chose. La sauce devrait convenir aussi avec des bars. Ou peut-être avec du pain au crabe.

— Alors, allez-y...

Ellie lui fit un sourire radieux, heureuse de son approbation.

— Si c'est assez bon pour les Français, c'est assez bon pour nous, dit Maya.

Ellie se lava les mains et retourna à sa planche de marbre préparer la pâte de la tarte tatin du soir. Elle avait déjà confectionné une crème brûlée et une dacquoise aux deux chocolats. Ils servaient aussi tous les soirs des baies fraîches, dans une jatte de délicieuse crème anglaise à la vanille due au talent de Terry, ainsi que des sorbets aux fruits. Ellie aurait voulu offrir à ses clients un plateau de fromages, comme en France, avec quelques feuilles de salade verte, ou du céleri frais dans un grand saladier de verre ; pour elle, c'était la conclusion nécessaire d'un bon repas. Mais dans cette période de chasse aux matières grasses, elle ne trouverait pas assez d'amateurs pour pouvoir acheter des fromages frais dans des conditions rentables.

Concentrée sur sa tâche, elle n'entendit pas sonner le téléphone.

— Pour toi, Ellie, dit Maya en lui tendant l'appareil.

— Ellie, j'écoute ?

À l'autre bout du fil, Dan sourit. Il aimait sa petite intonation aiguë, comme si elle attendait toujours une bonne surprise. Il espérait être lui-même une assez bonne surprise pour qu'elle ne fût pas déçue.

— Hello, Ellie Parrish Duveen.

Elle touilla le caramel, le téléphone glissé sous son menton.

— Je sais, vous m'appelez pour me dire que l'Explorer est bonne pour la casse et que c'est entièrement ma faute.

— Vous avez de la chance. Juste une petite éraflure, cette fois. Non, je me demandais ce que vous faisiez.

— Oh ! je trimais comme un forçat.

— J'étais en train de me dire que c'est affreusement long, jusqu'à la semaine prochaine...

— Sûr... Vous serez capable d'attendre aussi longtemps avant de revoir votre démolisseuse de voiture préférée ?

— Je ne suis pas certain, non. En fait, je dois venir tout à l'heure à Los Angeles pour affaires. Je pensais que j'aurais pu dîner chez vous. Vous prenez des réservations pour une seule personne ?

Ravie, Ellie repoussa ses cheveux en arrière, d'une main pleine de farine.

— Vous aurez la meilleure table de la maison. Et, cette fois, c'est moi qui reçois.

— Vous trimerez comme un forçat toute la soirée, j'imagine ?

— J'en ai peur, oui. Ne voir personne, cela fait, hélas, partie du métier. Mais je prendrai le temps de boire un verre de vin avec vous.

Elle pensa à la soirée précédente, à leur dîner en tête à tête chez Mollie.

— Je suis trop impatient de goûter votre célèbre tarte tatin, dit-il.

— Elle vous fondra dans la bouche, je vous le promets.

Elle souriait en pensant à lui, ici, dans son restaurant. Dans son monde à elle, cette fois-ci.

— Vers neuf heures, alors.

— Je vous attendrai, dit-elle d'une voix chantante, le visage rayonnant.

Maya lui lança un regard pénétrant.

— Tu ressembles à une femme heureuse.

— Qui ? Moi ?

Ellie retourna en riant à sa planche à pâtisser ; elle ne répondit pas, intentionnellement, à la question que posaient les yeux de Maya.

— Allez, raconte, Ellie... C'était ce type du ranch, dans la cambrousse ?

Ellie acquiesça, penchée sur sa pâte.

— C'était M. de la Cambrousse en personne.

— Ça alors... Tu veux dire que je vais faire sa connaissance ce soir ?

Le visage de Maya rayonnait de curiosité. Ellie n'était pas sortie avec un homme depuis si longtemps... C'était presque aussi excitant que si le rendez-vous l'avait concernée elle-même.

— Il sera là à neuf heures.

Ellie retira le caramel du feu. Jetant un coup d'œil à la pendule sur le mur, elle songea qu'elle le verrait dans exactement quatre heures. Puis elle détourna résolument les yeux et s'interdit de compter les minutes.

— Tu ne veux pas que je te prête la Versace, tu es sûre ?

Maya se moquait d'elle, Ellie le savait.

— Je lui ai dit que je travaillais et qu'il dînerait seul. Ce n'est pas un rendez-vous, Maya Morris.

— Okay, okay, si tu le dis...

Maya passa dans la salle pour vérifier que les tables étaient bien mises, avec fleurs, couverts, serviettes et verres à vin ; Ellie regarda de nouveau la pendule sur le mur. Par la faute du nouveau plat qu'elle avait expérimenté, elle était en retard, mais elle avait encore le temps de se précipiter chez elle, pour prendre une douche et se changer. Et se mettre un peu de parfum.

29

Le crépuscule tombait quand Buck remonta Hot Springs Road. Il avait calculé l'heure avec soin, afin d'éviter les rondes de la patrouille de sécurité dans une propriété voisine.

Il se gara au même endroit que la fois précédente, fit démarrer le chronomètre de sa montre, puis remonta à petites foulées l'allée cavalière jusqu'au portail. Cette fois, il voyait où il mettait les pieds, et il repéra son chemin dans le bois de bouleaux. Il taillada les broussailles sur son passage, jusqu'à ce qu'il se fût frayé la route la meilleure et la plus rapide.

Satisfait, il attendit que l'obscurité fût descendue, puis remit son chronomètre en marche et courut vers la maison. Il était hors d'haleine quand il arriva sur la terrasse, et songea qu'il devrait s'inscrire dans une salle de gymnastique, pour prendre un peu d'exercice.

Cette fois, il avait mis quinze minutes. Pas encore assez rapide, tant s'en fallait. Sans doute, il l'espérait, n'aurait-il pas à battre rapidement en retraite, mais il ne voulait rien laisser au hasard. Il devait donc faire vite.

Attendant Maria et le chien, il se tapit à l'extrémité de la terrasse, alluma une cigarette et patienta. Le temps qu'elle apparaisse, son cœur avait retrouvé un rythme normal. Il l'observa calmement dans ses jumelles tandis qu'elle descendait les marches, accompagnée du vieux labrador. Il était suffisamment loin pour que le chien ne pût sentir son odeur, et en effet il n'aboya pas. Buck vérifia à nouveau sa montre : à deux minutes près, la même heure que l'autre fois.

Il demeura ainsi jusqu'à ce que Maria fût rentrée dans la maison et eût refermé la porte. Puis il fit demi-tour et repartit en courant, sans bruit, par le même chemin qu'à l'aller.

De retour à la voiture, il contrôla de nouveau son temps. Treize minutes, mais son cœur battait à tout rompre. Alors qu'il s'effondrait dans sa voiture en soupirant de soulagement, il songea qu'il ferait mieux de se mettre en quête d'un gymnase dès le lendemain, afin de s'entraîner et de retrouver la forme. Même s'il ne prévoyait pas de difficulté particulière – après tout, la maison ne semblait recevoir aucune visite le soir –, il devait être prêt à n'importe quelle éventualité.

Il roula dans le noir jusqu'au bout de l'allée cavalière, puis scruta la rue avec attention : elle était vide. Allumant ses feux, il tourna à gauche, descendit la colline et regagna rapidement Los Angeles.

De retour à son appartement, il se doucha, enfila une chemise bleue de prix ainsi qu'un pantalon beige, et descendit une lampée de bourbon directement à la bouteille, à moitié vide. Après quoi, il roula tranquillement vers Santa Monica.

Main Street était encombrée. Il n'y avait pas une seule place de libre, et Dan fut heureux d'en trouver une dans le parking à quatre étages. Il se glissa dans l'étroit emplacement, puis gémit en remarquant la Jeep jaune d'Ellie garée juste à côté de lui. L'Explorer avait déjà l'air d'avoir fait la guerre ; elle n'avait nul besoin de bosses ni de feux défoncés supplémentaires.

Tandis qu'il revenait en flânant le long de Main Street, il se sentait dans la peau d'un péquenot, habitué qu'il était désormais au silence et à l'obscurité nocturnes de la campagne. Les boutiques étaient brillamment illuminées, les voitures déversaient des flots de musique ; des gens le dépassaient à grands pas, bavardant et riant, en route vers des restaurants, des boutiques ou des bars. Un vernissage avait lieu dans une galerie d'art : on servait des cocktails à la tequila, ainsi que des petits fours à l'odeur épicée, à la foule élégante venue découvrir les dernières œuvres de l'artiste maison. Dan huma l'air avec gourmandise tandis qu'il passait devant, espérant que la nourriture d'Ellie aurait aussi bon goût que ce parfum qui lui mettait l'eau à la bouche. Il sourit en y songeant : ce soir, elle allait lui montrer ce dont elle était capable. Cette fois, *elle* serait sur la sellette avec son restaurant, et non plus lui avec son vignoble.

À la minute où il franchit la porte, Maya sut que c'était Dan. Il portait une simple chemise de lin blanc, roulée aux manches, un jean et des mocassins en daim fauve. Ses yeux étaient d'un bleu étonnamment profond, qui contrastait avec son visage bronzé. Elle les trouva empreints, quand il se tourna vers elle, d'une expression sage et réfléchie – non pas de ces yeux qui savent tout, mais plutôt qui ont tout vu. « Tout vu et beaucoup vécu », songea-t-elle en se dirigeant rapidement vers lui.

— Laissez-moi deviner..., dit-elle en le fixant de ses magnifiques yeux couleur de whisky. Vous êtes Dan Cassidy.

— J'avoue...

Il lui sourit et elle se demanda, stupéfaite, comment Ellie avait pu lui résister si longtemps.

— Et vous devez être Maya ?

Elle lui sourit à son tour.

— Je vois que ma renommée s'est répandue depuis Los Angeles jusqu'au comté de Santa Barbara.

— Depuis bien plus loin que ça... depuis l'Arizona.

— Elle vous a parlé de ça ? gémit Maya.

— J'en ai peur, répondit Dan, en riant de son visage consterné. Peut-être pas dans tous les détails, mais assez pour que je sache que vous ne vous êtes pas ennuyées, là-bas.

— La vie d'Ellie est un livre ouvert, soupira Maya. Elle n'imagine même pas qu'on puisse garder des secrets. Quoi qu'il en soit, bienvenue chez Ellie. (Elle lui indiqua une table près de la fenêtre et lui tendit un menu.) Je vais lui annoncer que vous êtes arrivé, lança-t-elle en retournant à la cuisine.

Elle était impatiente de dire à Ellie ce qu'elle pensait de Dan Cassidy, et de voir la tête que ferait son amie.

Dan observa la salle avec intérêt. L'éclairage était intime et tamisé, avec sur chaque table non pas des bougies, mais une petite lampe à abat-jour rose ; un agréable murmure de rires et de conversations s'élevait des tables voisines. L'endroit était aux trois quarts plein ; pas mal, songea-t-il, pour un mardi soir. Il tint le menu sous la lampe et l'étudia avec attention.

Soudain, ses narines furent frappées par le délicat parfum d'Ellie, puis il sentit les lèvres de la jeune femme sur sa joue et leva les yeux en souriant. De toute sa vie, il n'avait été aussi content de voir quelqu'un. De plus, elle était délicieuse dans son tee-shirt blanc *Chez Ellie*, son jean noir, avec ses cheveux ramenés en queue de cheval sous sa casquette de base-ball noire.

— Okay, Cassidy, dit-elle, posant une bouteille de vin sur la table et s'asseyant en face de lui. Ce soir, vous êtes sur mon territoire.

Ils parurent l'espace d'un instant se défier du regard.

— C'est vrai, reconnut-il. J'espère que vous serez à la hauteur de votre réputation.

— Nous verrons, dit-elle modestement, en remplissant deux verres de vin.

Maya arriva avec un plat de tapenade et une corbeille de pain chaud au délicieux fumet.

— C'est Ellie qui l'a fait, informa-t-elle Dan. Ce n'est que l'un de ses innombrables talents.

Il en prit un morceau et regarda Ellie.

— Alors, et les autres ?

Elle n'eut pas l'air de comprendre.

— Les autres talents, je veux dire, expliqua-t-il, puis il s'exclama : Dieu, que c'est bon... *Vraiment* bon. Je n'avais pas goûté un pain comme cela depuis... une éternité. Il est exactement comme nos mères le faisaient - paraît-il...

— Plutôt comme Poilâne le fait à Paris, corrigea-t-elle. C'est là-bas que j'ai appris mon métier.

— Vous étiez sûrement une très bonne élève...

Il goûta le vin et son visage s'éclaira.

— D'où vient-il ?

— De chez un de vos voisins, Fess Parker.

— Il connaît son affaire.

Allongeant le bras, il lui prit la main.

— Vous m'avez manqué, dit-il d'un ton sincère.

— Vous n'en avez pas eu le temps ! Nous nous sommes vus hier soir.

— C'est trop long.

De l'autre côté de la salle, Maya trouva qu'ils avaient l'air de deux amoureux, seuls à leur table proche de la fenêtre dans un halo de lumière rose, perdus dans le regard l'un de l'autre. Elle soupira ; c'était si romantique... Pourvu qu'Ellie ne gâche pas tout en enfourchant une fois encore sa sacrée « ambition »... Quand donc cette femme apprendrait-elle que tout n'est que compromis dans la vie ?

Dehors, dans Main Street, Buck les aperçut à travers la vitrine. Il s'apprêtait à pénétrer dans le restaurant, mais stoppa net ; il fit un pas en arrière et les fixa avec colère, se tenant la main par-dessus la table et se regardant dans les yeux. *Comment ose-t-elle* ? criait rageusement la voix dans sa tête. *C'est ta femme. Tu devras le tuer lui aussi, s'il se met en travers de ta route.*

Furieux, il tourna les talons et redescendit rapidement la rue jusqu'à sa voiture, puis se rendit chez elle. Se garant sur la colline, il traversa la rue en courant et entra en forçant la porte. Il demeura une minute dans le petit vestibule, son cœur cognant dans sa poitrine, puis monta l'escalier vers sa chambre.

Son Ellie n'était pas une femme négligée : tout y était parfaitement rangé. S'emparant de sa robe de chambre rose, il la pressa contre sa joue ; il sentait l'odeur de sa poudre et de son parfum. Puis il se laissa tomber sur son lit, en étreignant toujours la robe de chambre. Elle était dans ses bras, serrée contre lui, et son parfum taquinait ses narines. Oui, c'était presque comme si elle avait véritablement été là.

Il était déjà dix heures et demie quand l'animation dans le restaurant se calma. Ellie put enfin faire une pause et s'asseoir avec Dan. Il avait voulu qu'elle choisisse le repas pour lui, et elle l'avait servi elle-même. Des mets simples, parce qu'il était un homme simple, aux goûts bien arrêtés : une soupe de haricots blancs, un carré d'agneau persillé, une purée de pommes de terre à l'ail et de la ratatouille. Et, maintenant, il allait goûter sa fameuse tarte.

Les coudes sur la table, se mordant anxieusement la lèvre inférieure entre les dents, elle le regarda piquer sa fourchette dans la tarte et couper celle-ci avec soin. S'il n'aimait pas, elle en mourrait, simplement...

Dan ferma les yeux, comme pour conserver la saveur le plus longtemps possible en bouche, puis les rouvrit. Sans un mot, il prit une autre bouchée.

Elle se pencha par-dessus la table, très inquiète.

— Allez-y. Dites-moi que vous détestez. Je tiendrai le coup.

Les yeux bleus de Dan rencontrèrent innocemment ceux d'Ellie.

— Vous attendiez que je dise quelque chose ?

Et il engloutit une nouvelle bouchée.

Elle se rassit sur la chaise.

— Brute ! siffla-t-elle entre ses dents.

Dan aimait lui voir faire la moue. Cela lui rappelait le temps où elle était enfant. Il finit sa tarte, reposa sa fourchette sur l'assiette et poussa un soupir de satisfaction.

— Je pourrais manger ça toute la nuit.

— Merci. Et le reste du repas ?

Il lisait son inquiétude sur son visage.

— Le meilleur que j'ai fait depuis Paris.

Elle le regarda avec surprise.

— Je ne savais pas que vous aviez été à Paris !

Puis elle rougit, furieuse ; il se moquait d'elle. Bien

sûr, il n'était pas allé à Paris ; il était bien trop occupé à faire le flic.

— N'en parlons plus, dit-elle avec hauteur, puis elle se leva et commença à débarrasser les assiettes.

Il prit son bras au moment où elle se détournait.

— Il y a un restaurant à Manhattan qui s'appelle *Paris* et où la cuisine est remarquable. (Il rit.) Mais c'était meilleur ici. Vraiment, un repas merveilleux, Ellie.

— Alors, remerciez le chef Chan.

Le sourire de Dan s'élargit.

— C'était juste histoire de vous rendre la monnaie de votre pièce, pour ce que vous avez dit sur mes vignes, s'excusa-t-il.

— *Florissant ?*

Un sourire s'ébaucha au coin des lèvres d'Ellie.

— Et si vous preniez un café avec moi ? proposa Dan.

Il jouait son va-tout, mais elle avait fléchi. Elle jeta un coup d'œil au restaurant presque vide, puis dit :

— Je vais faire mieux que ça. Allons le prendre chez moi.

C'était plus qu'il n'aurait osé espérer, surtout après l'avoir menée en bateau comme il l'avait fait.

— Maya fermera, dit-elle, en s'éloignant déjà vers la cuisine.

Quand elle revint, il l'attendait près du comptoir en zinc, les mains dans les poches de son jean bleu. En le regardant, elle trouva qu'il paraissait à peu près tel que dans son souvenir, à dix-huit ans – mince, musclé, bronzé. Quant à lui, il songea qu'elle avait l'air aussi délicieuse que la tarte qu'elle confectionnait. Elle portait une petite veste rouge, et son sac noir pendait à son épaule.

Maya, de son côté, les observant tous les deux, pensa qu'ils étaient magnifiques ensemble. Et ils le furent plus encore quand Dan passa son bras autour des épaules d'Ellie, lorsqu'ils sortirent du restaurant.

Elle s'accouda au comptoir en soupirant ; enfin, Ellie

avait trouvé quelqu'un à qui s'intéresser. Encore qu'elle ne l'admettrait jamais : il faudrait un miracle, ou une catastrophe, pour qu'elle le fasse.

Buck se releva péniblement du lit, épuisé par sa passion. Reposant soigneusement le peignoir rose sur la chaise, près de la fenêtre, il alla dans la salle de bains, se lava les mains et les essuya à la moelleuse serviette blanche. Puis il retendit le couvre-lit et retapa l'oreiller, à l'endroit où sa tête avait reposé.

Après un long et dernier regard sur le domaine où vivait son amour, il quitta la pièce, descendit les escaliers et ressortit par la porte de devant.

Un seul réverbère éclairait la rue ; il se trouvait quelques immeubles plus loin, et laissait cette portion dans une semi-obscurité. Buck suivit rapidement la petite allée pavée de briques. Juste au moment où il traversait la rue, deux voitures s'y engagèrent. L'espace d'un instant, il fut aveuglé par le faisceau de leurs phares, qui l'obligea à détourner son visage.

En les entendant s'arrêter derrière lui, il se retourna pour regarder : il vit Ellie sortir de la Jeep et Cassidy garer l'Explorer. Son estomac chavira tandis qu'ils entraient, main dans la main, dans la maison.

Une minute plus tard, il vit les lumières s'allumer à l'étage, puis aperçut Ellie et Dan à la fenêtre de la chambre ; elle lui montrait quelque chose. Ensuite, elle referma vivement la fenêtre et tira les rideaux.

Fou d'angoisse, il courut jusqu'à sa voiture ; la douleur lui serrait le cœur. Il mit le contact, remonta la rue et se gara en face de chez Ellie. Ses yeux étaient fixés sur les fenêtres éclairées, et des larmes ruisselaient sur son visage.

— Voilà la vraie raison, dit Ellie penchée à la fenêtre de sa chambre, pour laquelle j'aime cette maison.

Dan s'efforça de distinguer la lointaine lueur argentée, au-dessus des toits, en bas de la colline, puis leva un sourcil sceptique.

— Vous voulez dire que c'est... l'océan ?

— Bien sûr que c'est lui ! répondit-elle avec indignation.

Puis, se penchant davantage, elle ajouta :

— Écoutez... on peut l'entendre !

Il tendit l'oreille.

— Tout ce que j'entends, c'est la circulation.

Elle claqua la fenêtre et tira les rideaux.

— Et moi qui vous prenais pour un romantique..., marmonna-t-elle d'un ton railleur.

Les lattes grincèrent sous leurs pas tandis qu'il la suivait hors de la chambre et descendait derrière elle les marches qui craquaient.

— Vous savez ce qu'on dit... flic un jour, flic toujours.

Avisant les tulipes qui fanaient, dans leur magnifique vieux vase sur la console du salon, il ajouta :

— En plus, si j'étais romantique, je vous aurais apporté des fleurs.

— Je suis parfaitement capable d'en acheter moi-même, merci !

Elle passa vivement dans la cuisine, où elle mit quelques mesures de café dans le filtre, puis remplit d'eau le réservoir, avant d'allumer la cafetière. Ensuite, elle prit deux tasses dans le placard, les vertes avec des cerises, ainsi que le sucrier jaune, qu'elle regarda d'un œil indécis.

— Je ne sais même pas si vous mettez du sucre dans votre café.

— Manifestement, je vous connais mieux que vous ne me connaissez.

Il était accoudé au plan de travail, les pouces dans les poches de son jean.

— C'est votre côté flic. Vous remarquez tout.

— J'ai remarqué les fissures dans les murs, en tout cas. Vous êtes sûre que ça ne va pas vous tomber dessus, une nuit ?

— Pas avant le prochain tremblement de terre, de toute façon, répondit-elle d'un ton fataliste.

— Vous parlez comme une vraie Californienne. (Il secoua la tête, incrédule.) Je commence à comprendre ce que veut dire « un pays d'avenir »...

— Ne vous en faites pas, inspecteur. Les experts m'ont affirmé qu'il ne s'agissait que de dégâts superficiels, que la structure n'était pas touchée. Je crois que les fissures ont un peu bougé depuis qu'elles sont là, mais... (elle haussa les épaules, philosophe)... qu'est-ce que vous voulez que je vous dise ? J'aime cette maison.

Dan l'aimait lui aussi. Il en aimait les couleurs, la richesse, l'ameublement, dont la profusion lui donnait un cachet bien à elle, l'élevait au-dessus du commun. *Chez Ellie.* Oui, elle savait créer une atmosphère accueillante, songea-t-il en repensant au restaurant. Lui prenant le plateau des mains, il porta le café au salon.

Elle mit en marche le lecteur de CD, alluma des bougies sur la table basse, prit un coussin sur une chaise et s'assit dessus en tailleur. Elle retira l'élastique qui maintenait sa queue de cheval, libérant ainsi ses cheveux qu'elle laissa retomber.

Fasciné, Dan les vit se déployer sur les épaules d'Ellie, brillants et lustrés comme la robe d'un poney rouan. La peau de la jeune femme paraissait translucide dans la lueur des bougies ; tandis qu'elle le regardait, les flammes se reflétaient dans l'opale de ses yeux.

Elle servit le café et lui en tendit une tasse.

— Avons-nous réglé la question du sucre ?

Elle souriait maintenant, détendue.

— Je ne m'en souviens pas, mais pas de sucre, merci.

Billie Holiday chantait doucement sur la chaîne, de sa voix pathétique ; la pièce sentait le pot-pourri à la pêche, le parfum d'Ellie et le bon café. Dan contemplait Ellie et songeait qu'il n'aurait échangé sa place contre nulle autre au monde.

— À votre tour, maintenant.

Elle buvait son café à petites gorgées, en l'observant par-dessus le rebord de sa tasse.

— L'autre nuit, je vous ai ouvert mon cœur, et mon trouble passé. Maintenant, je veux tout savoir de vous.

— Vraiment *tout* ?

— Vraiment tout.

— Ma vie n'a pas été aussi passionnante que la vôtre. En fait, elle a été assez ordinaire, jusqu'à ce que je me trouve sur le chemin d'une balle de revolver. Papa était pompier. J'adorais cela, quand j'étais enfant. C'était très excitant de le voir à la caserne au milieu des autres, avec leurs casques et leurs cirés. Le jour où ils m'ont laissé grimper sur leur voiture, j'ai éprouvé le plus grand frisson de mon enfance. Bien sûr, je n'ai jamais pensé que ça pouvait être dangereux, jusqu'à la fois où, quand j'avais sept ans, papa s'est retrouvé à l'hôpital avec des brûlures au troisième degré. Mais il s'en est tiré et il est devenu capitaine de pompiers. Nous étions tellement fiers de lui...

— Nous ?

Elle leva des sourcils interrogateurs.

— Maman, ma sœur et moi. Maman était institutrice, et Aisling a passé son doctorat de psychologie dans le Michigan. Elle est établie maintenant à Chicago.

— Quel beau prénom, Aisling...

Ellie était fascinée, comme un enfant à qui on raconte une histoire au lit.

— On lui a donné le prénom de la mère de papa, qui était irlandaise. Il y a quelques années, je suis allé là-bas avec lui, dans la mère patrie, pour retrouver sa famille et ses racines. (Dan rit à ce souvenir.) Seigneur, que j'aime ce pays ! Personne n'est hospitalier comme les Irlandais ; là-bas, on est vite l'ami de tout le monde, quand on n'est pas un parent éloigné ou l'ami d'un ami vivant en Californie. On a rencontré un nombre incalculable de Cassidy et tous étaient nos parents, aurait-on dit.

« Nous avons fait le tour du pays, en descendant dans leurs drôles de petites auberges. La moitié d'entre elles paraissent hors du temps, restées suspendues quelque part entre 1900 et 1950... Je me souviens qu'on est arrivés un soir, tard, à la porte d'une incroyable vieille bâtisse, dans le fin fond du comté de Cork. Il faisait noir, il pleuvait et c'était au milieu de nulle part. Le genre d'endroit où l'on s'attend à voir le chien des Baskerville débouler au galop à travers la tourbière. Mais le propriétaire avait entendu le bruit de notre voiture. Il a ouvert la porte en grand et la lumière est sortie à flots. Il était grand et mince comme un roseau, avec une tignasse de cheveux gris ébouriffés. “Bienvenue ! nous a-t-il crié. Je monte tout de suite faire du feu dans votre chambre, et Mary Kate va vous préparer à dîner. Un peu de caneton frais, ça vous ira ? Je l'ai tué moi-même ce matin.”

Dan riait en y repensant.

— Jamais je n'ai entendu, de toute ma vie, des mots plus accueillants.

Ellie rit elle aussi à cette évocation.

— Notre hôte nous a montré nos chambres et Mary Kate, aussi ronde que son mari était maigre, avec des cheveux couleur de Guinness, y était déjà, en train de mettre une allumette dans le petit bois, sous un morceau de tourbe.

Il la regarda, amusé.

— Que l'idée d'un bon feu de tourbe ne vous abuse pas, surtout. Cette fichue matière reste des heures dans l'âtre, se consumant lentement et enfumant la pièce. Même debout, le dos à la cheminée, vous n'arrivez pas à vous réchauffer.

« Mais en bas, dans la cuisine, le whisky coulait, le repas cuisait et la conversation roulait non stop, comme toujours en Irlande. “Je vais vous servir dans la salle à manger”, nous a dit Mary Kate majestueusement. Et majestueux, ça l'était ! La pièce était immense ; on aurait pu s'y asseoir à une centaine. Elle était aussi glaciale et n'avait visiblement pas été utilisée depuis longtemps, mais Mary Kate a allumé deux petites lampes et a dit : “Je vais vous mettre un peu de musique.” On était en avril, et il y avait encore des chants de Noël sur la cassette. Je suppose que ça remontait à la dernière fois où ils avaient utilisé la salle à manger.

« Mais vous auriez aimé le canard – doré et croustillant à l'extérieur, tendre et juteux à l'intérieur, avec une montagne de *colcannon*[1] pour l'accompagner, ainsi qu'une bouteille de whisky irlandais pour l'arroser. Nous nous sommes assis et nous avons dîné comme Brian Boru, le roi d'Irlande, en personne, écoutant *Peuple fidèle* en plein mois d'avril et bavardant avec nos hôtes comme de vieux amis.

Les yeux rieurs de Dan rencontrèrent ceux d'Ellie.

— C'est ça, l'Irlande. C'est froid et pluvieux, mais en même temps le pays le plus chaleureux qu'on pourra jamais visiter.

Ellie, les bras autour des genoux, buvait ses paroles. Et ne se lassait pas de l'entendre.

— Je meurs d'envie d'y aller.

— Je vous y emmènerai un jour, dit-il, l'air de rien.

— Mmm, murmura-t-elle, changeant prudemment de sujet, parlez-moi de vos parents...

La bouche de Dan ne fut plus qu'une ligne mince et serrée, tandis qu'un voile de tristesse s'abattait sur son visage.

— Maman est morte il y a quatre ans, d'un cancer du sein, et papa en a été plutôt bouleversé. Il venait juste de prendre sa retraite, ce qui a rendu les choses plus dures encore, mais il a plus ou moins réussi à s'accommoder de sa nouvelle vie. Il a quitté la maison familiale pour un petit appartement, il a commencé à jouer au golf et au poker avec ses vieux copains. Je pense qu'il avait fini par être heureux – ou, pour être plus exact, par se faire une raison. Il est mort l'année dernière. J'ai pu acheter le domaine avec ce que j'ai hérité de lui, plus mes propres économies et ma pension d'invalidité. (Il étendit ses mains, paumes ouvertes.) Voilà toute l'histoire de ma vie.

1. Plat irlandais fait de chou vert et de chou frisé, ou autres légumes verts, et de pommes de terre, bouillis et mixés ensemble. *(N.d.T.)*

Mais elle n'avait pas l'intention de le laisser s'en tirer à si bon compte.

— Et à part ça ? Où êtes-vous allé à l'université ? Qui sont vos amis ? Avez-vous jamais été amoureux ?

Elle lui jeta un regard moqueur, tout en répétant les questions mêmes qu'il lui avait posées ; il rit, rejetant la tête en arrière et découvrant ces solides dents blanches qui avaient tant agacé Ellie la première fois qu'elle l'avait rencontré. En contemplant son large cou bronzé, secoué par le rire, elle songea qu'il était la meilleure chose qui lui fût arrivée depuis... oh ! depuis qu'elle avait appris à faire du pain.

— L'université était celle de Californie, à Santa Barbara. J'ai passé une licence de biologie avec mention bien. Mon meilleur ami est un inspecteur à la brigade des homicides de New York, qui répond au nom de Pete Piatowsky. Et oui, j'ai été amoureux.

Il riait toujours lorsqu'il lui passa sa tasse pour qu'elle la remplisse à nouveau. Elle y versa le café et la lui rendit.

— Parlez-moi un peu de votre femme...

— C'est une question très personnelle.

Il l'avait fixée dans les yeux ; à son tour, cette fois, de répéter ses mots à elle.

— Je sais. Mais puisqu'on se dit tout...

Il but une gorgée de café en repensant à Fran. Combien il était éperdu d'amour, incapable de penser à rien d'autre qu'elle, de seulement respirer loin d'elle...

— Grand Dieu, nous étions si jeunes...

Il se pencha vers Ellie, les coudes sur les genoux, le menton dans les mains. On sentait la vieille douleur toujours là, toujours prête à resurgir.

— Nous nous sommes connus au lycée. C'était la plus jolie fille que j'avais jamais vue : petite et blonde, sportive et majorette. La première fois que je l'ai rencontrée, elle m'a battu au bras de fer. Cette fille avait des biceps d'acier, et pourtant on ne l'aurait jamais cru, parce qu'elle était mince comme un lévrier. Quelque chose m'a frappé au cœur : ça me reprenait au creux de l'estomac chaque fois que je la rencontrais. J'ai véritablement su, alors, ce que signifiait « malade d'amour ». Quand elle m'a dit qu'elle éprouvait la même chose, je suis tombé des nues.

Ellie les imaginait bien, la jolie blonde, petite et sportive, et le grand surfeur au corps doré. Elle pensa, avec une pointe d'envie, qu'ils devaient avoir grande allure ensemble.

— Nous étions inséparables, lui dit Dan. Nous révisions ensemble, nous faisions du sport ensemble, nous surfions ensemble. À la fête du lycée, c'était la princesse, et moi, très fier, j'étais son chevalier servant. On n'explique pas les passions de jeunesse. (Il secoua la tête, comme s'il ne comprenait toujours pas la force de ce premier amour.) Nous avions dix-neuf ans quand nous nous sommes mariés et nous étions tous les deux à l'université, bien que dans des sections très différentes. J'étais scientifique, elle en éducation physique. Alors que je passais mes nuits à étudier, elle se levait à six heures du matin pour aller courir. Un amour d'adolescents dans un meublé minuscule.

Il haussa les épaules en regardant Ellie.

— Comment cela aurait-il pu durer ? Mais, dans un sens, j'y ai trouvé la liberté. J'ai quitté l'université après la licence et je suis parti pour New York. Là, je suis entré dans la police, rempli de grandes idées sur la façon de protéger les bons, de traquer les méchants, de faire régner l'ordre dans la rue. (Il haussa de nouveau les épaules.) Rien dans la vie n'est aussi simple qu'on l'imagine. Mais j'ai été un bon flic. Je vivais pour mon métier, et je suppose qu'à ma façon j'étais convaincu que je le faisais bien.

— Êtes-vous jamais retombé amoureux ?

Sa voix était basse, douce, compréhensive.

— Oui, mais jamais de la même façon...

Il aurait voulu ajouter : « jamais jusqu'à maintenant », mais c'était trop tôt et elle était trop sur ses gardes. Ellie n'était pas encore prête à aimer, il le sentait.

Elle allongea le bras et lui prit la main.

— Merci de m'avoir dit tout cela, Dan.
— Vous pensez me connaître, maintenant ?
Ellie posa sur lui un regard calme et sérieux.
— D'une certaine manière, je pense vous avoir toujours connu, répliqua-t-elle doucement.
Nul besoin de questions pour savoir ce qu'elle entendait par là : il comprenait. Entre eux, pour se connaître, les préliminaires étaient inutiles.
— Il est tard.
Il se remit sur ses pieds, tout en songeant avec regret au lit à baldaquin crème, à l'étage, avec ses nombreux coussins, à Ellie à l'intérieur de ce lit. Mais ce n'était pas le moment, pas encore l'heure.
— Je suis heureuse que vous soyez venu ce soir.
Elle marchait à côté de lui dans l'entrée, juste assez large pour contenir deux personnes, pourvu qu'elles se tiennent suffisamment proches l'une de l'autre.
— J'en suis heureux moi aussi.
Son parfum l'enveloppa ; ses lèvres rencontrèrent une mèche de ses cheveux lisses et doux, tandis qu'il approchait sa bouche de la sienne. Il la serra doucement contre lui, l'espace d'une seconde, tandis que leurs lèvres s'unissaient. Le premier, il rouvrit les yeux.
— Ravissante, dit-il en la regardant.
— Mmm ?
— Je n'avais jamais pu trouver le terme exact pour vous décrire, mais maintenant je sais : « ravissante ».
Il vit ses joues s'empourprer sous l'effet du compliment. Elle faisait partie de ces femmes qui rougissaient encore, songea-t-il ; elle n'en finissait pas de l'étonner.
— Merci.
Elle s'écarta et lui ouvrit la porte.
— Bonne nuit, Danny Boy.
— Bonne nuit, mon amie.
Il agita la main tout en redescendant la petite allée pavée de briques et en rouvrant le portillon.
— Je vous appelle demain.

Garé dans l'obscurité, de l'autre côté de la rue, Buck

vit Dan lever la main en signe d'adieu, Ellie sourire tandis qu'elle le saluait en retour. La pendule, sur le tableau de bord, indiquait trois heures un quart. Il était malade de jalousie, furieux qu'elle l'ait ainsi trompé. *Comment pouvait-elle ? Comment osait-elle ?*

La lumière dans la chambre s'était éteinte voilà bien longtemps ; maintenant, elle se rallumait. Il attendit, en se rongeant nerveusement les ongles, jusqu'à ce qu'il la vît s'éteindre de nouveau ; alors, il retourna sur Sunset Boulevard, et dans son studio qui lui faisait l'effet d'une prison.

L'après-midi suivant, on livra un énorme bouquet de fleurs au restaurant : de grosses pivoines crème, des narcisses blancs et des lis couleur de bronze. Ellie enfouit son nez dedans : elles étaient si parfumées, si belles... Elle s'empara de la carte qui les accompagnait et la lut en souriant.

Merci pour le merveilleux dîner et l'extraordinaire tarte tatin. Les couleurs et les parfums de ces fleurs m'ont fait penser à vous.

Elles seraient à la place d'honneur sur sa table de nuit. Plus tard, elle l'appellerait, pour le remercier. Elle était impatiente de le revoir. Mercredi prochain, pour dîner – chez lui, cette fois.

30

Le mercredi suivant, Ellie jetait des regards inquiets sur le restaurant encore vide. Il était presque six heures et elle aurait dû être en route pour Running Horse – mais Jake n'était toujours pas arrivé.

— Vous êtes sûrs de pouvoir vous débrouiller sans moi ? demanda-t-elle, marchant de long en large.

Maya leva les yeux de la caisse.

— Vas-y, ma vieille. Saisis ta chance. Tu n'as jamais entendu dire que tout l'art d'un bon chef d'entreprise, c'est de savoir déléguer ?

— Je ne suis pas un chef d'entreprise, je suis une cuisinière. Et aussi une serveuse, et tout ce qu'on veut d'autre. De toute façon, si je commence à déléguer, je mets la clé sous la porte dans moins d'une semaine...

Délaissant sa caisse, Maya inspecta d'un œil critique le pull-over et la jupe bleus, tout simples, d'Ellie.

— Mmm, dit-elle, en tournant autour de son amie. Le bleu n'est pas mal. Un peu « mademoiselle » mais pas mal, surtout pour la campagne.

— Qu'est-ce que tu veux dire par *mademoiselle* ? demanda Ellie, indignée.

— Pas très sexy, voilà ce que je veux dire. (Maya fit glisser ses mains dans ses cheveux courts et blonds, comme une vamp.) Ce n'est pas avec ça qu'il se retrouvera en chaussettes.

— Peut-être que je ne tiens pas à ce qu'il se retrouve en chaussettes. Où est Jake ? (Elle regarda sa montre d'un air inquiet.) Il devait être là à cinq heures et demie...

Les premiers clients de la soirée arrivaient déjà ; par réflexe, elle alla les accueillir, menus en main. Maya soupira. Jamais Ellie ne réussirait à sortir.

À Running Horse, Florita était dans la cuisine, préparant un festin mexicain. Dan passa la tête par la porte et respira le fumet avec gourmandise.

— Je ne sais pas ce que c'est, Florita, mais sûr que ça sent drôlement bon...

Elle lui sourit.

— Vous allez aimer, señor, et la señorita aussi.

L'air du soir fraîchissait et Dan lança une allumette dans le petit bois, préparé dans la grande cheminée en pierre, puis il y ajouta deux bûches. Il avait acheté des tubéreuses et des lis blancs pour décorer la table ; leur parfum se mélangea agréablement avec celui du bois de pommier qui commençait à brûler, ainsi qu'avec l'arôme du dîner. Sur la chaîne stéréo passait un disque de Ben Webster ; une bouteille de champagne était mise au frais, non loin de là, dans un vieux seau de métal galvanisé.

Pancho, qui revenait en courant de quelque aventure au long cours, se jeta sur la carpette devant la cheminée et s'étira avec volupté. Les bûches craquaient et un bruit de rires provenait de la cuisine, où Florita babillait avec son bébé.

Dan songea, non sans satisfaction, qu'un long chemin avait été parcouru depuis la maison des horreurs de Stephen King. Il se sentait enfin chez lui. Tout ce qui manquait pour parfaire le tableau, c'était la présence d'Ellie.

— Jake n'a pas l'air décidé à se pointer, constata Maya à sept heures du soir. Mais ne t'en fais pas pour nous. Je m'en sortirai très bien.

Ellie passa une main distraite dans ses cheveux, tout en jetant un coup d'œil sur le restaurant bondé.

— Je n'aurais pas dû accepter ce rendez-vous, je le

sais bien. Je me suis accordé beaucoup trop de congés ces derniers temps.

— Trop de congés ? Je peux les compter sur un seul doigt d'une seule main. Vas-y, Ellie. Pour l'amour de Dieu, vas-y.

Maya la poussa vers la porte, mais elle secoua la tête.

— Je vais juste l'appeler et lui dire que je serai en retard.

Dan décrocha le téléphone à la première sonnerie. Elle pouvait entendre un air de jazz en fond sonore ; Pancho émit un *wouff* pour la forme.

— Désolée, Dan, mais le serveur n'est pas là. Je vais être en retard.

— Okay, dit-il en souriant. En retard de combien ?

— Il y a pas mal de monde pour l'instant, mais je vais essayer de m'éclipser d'ici une demi-heure. Je pourrais vous rejoindre vers, disons... huit heures et demie.

— À tout à l'heure, alors.

Il entra dans la cuisine prévenir Florita qu'il y aurait un peu de retard, puis sortit sur la véranda et y demeura, à contempler sa propriété. La route qui faisait le tour de la colline prenait, au crépuscule, des reflets argentés ; les rangs de vignes, désormais nets et soignés, s'alignaient jusqu'à l'horizon. Il respirait des odeurs de terre humide, de bois – le bois de pommier qui fumait dans l'âtre –, de *chiles rellenos*[1], et sourit d'un air heureux. La vie ne se présentait pas si mal.

De retour à l'intérieur de la maison, il espéra, inquiet soudain, qu'Ellie ne prendrait pas le canapé, le feu de bois et le champagne pour un coup monté. Même si tous ces préparatifs ne laissaient guère planer de doute sur les sentiments qu'il éprouvait à son égard.

À sept heures et demie, Ellie saisit son sac et se rendit à la cuisine pour voir le chef.

— Tout va bien ? demanda-t-elle, anxieuse.

1. Beignets de poivrons farcis. *(N.d.T.)*

— Sûr...

Chan releva les yeux de la pièce de veau qu'il était en train de découper.

— Pourquoi est-ce que ça irait mal ? Sauf que cette cuisine est trop petite...

Il donna un coup sur la viande, puis poussa un cri lorsque le sang jaillit de son pouce.

— Jésus ! dit-il. Regardez un peu ce que vous m'avez fait faire !

Ellie contempla, horrifiée, l'entaille à la base de son pouce, puis s'empressa d'emmailloter celui-ci dans une serviette propre. La tache rouge s'étala rapidement à la surface du linge.

— Vous feriez mieux d'aller aux urgences. Le petit va vous y conduire et je vous remplacerai ici.

Maya jeta un regard par la porte de la cuisine.

— Qu'est-ce qu'il se passe ?

Puis elle vit, atterrée, la main ensanglantée de Chan.

— Hum-hum, problème.

Elle jeta un coup d'œil triste à Ellie, qui avait déjà mis son tablier et se dirigeait vers les fourneaux.

— Et voilà pour la soirée romantique au ranch.

Renversé contre les coussins, Dan écoutait la musique, avec les ronflements de Pancho en contrepoint. De temps à autre, il baissait les yeux vers sa montre, s'attendant à voir arriver Ellie. À huit heures, le téléphone sonna de nouveau.

— Ellie ? dit-il joyeusement, en décrochant.

— C'est Maya. Écoutez, il y a eu un pépin ici et c'est un peu le chaos. Je suis désolée, mais Ellie est toujours en cuisine. Je vais faire de mon mieux pour qu'elle puisse s'échapper d'ici dès que possible. D'accord ?

— D'accord. Merci de m'avoir prévenu, Maya.

Il s'effondra de nouveau dans le canapé, en soupirant.

À neuf heures, ce fut Ellie qui l'appela.

— Désolée, Dan, dit-elle brièvement, mais ça se passe très mal. Je vous rappellerai plus tard.

— Okay.

Quand le téléphone sonna encore, à onze heures, il était suffisamment remonté contre elle pour ne pas décrocher. Il alla s'asseoir sur les marches de la véranda, dans la nuit fraîche, la sonnerie résonnant dans ses oreilles. À travers la fenêtre, il pouvait voir Florita desservant la table, avec la salade intacte et les tortillas sortant à peine du four.

Il rentra et se servit un verre de champagne ; mais il était trop froid et, de toute façon, tout plaisir l'avait abandonné. Jetant le verre au sol, il se rendit jusqu'à son bureau, dans l'écurie.

Chassant résolument de son esprit l'insaisissable Ellie, il passa les longues heures de la nuit, sous la lueur de l'ampoule nue, avec Pancho comme seul compagnon, à étudier les plans du vignoble et à se documenter sur les nouveaux fûts de chêne. Tout, pour éloigner de ses pensées Ellie, avec sa vie de citadine trop occupée, et en revenir à la trajectoire intangible qu'il s'était assignée.

31

Le lendemain soir, au restaurant, Ellie pensait à Dan et se sentait coupable. Elle ne pouvait le blâmer de ne pas lui avoir répondu au téléphone la veille ; mais elle n'avait pas non plus d'autre option que de rester sur place et d'affronter la situation. C'est ce qu'elle avait fait.

Tandis qu'elle repoussait une pile de vaisselle en soupirant pour faire de la place, elle pensa que Chan avait peut-être raison et que la cuisine était trop petite. Il avait pris sa journée ; entre elle et Terry, ils s'en sortiraient, mais le cœur n'y était pas.

Le nouveau « petit » qui faisait la plonge cette semaine laissa tomber quelques assiettes, à grand bruit. Elle serra les dents, en se disant que cela n'avait guère d'importance.

— Ce dont tu as besoin, ma chérie, c'est d'une bonne soirée de congé.

Maya était en train de poser une pile d'assiettes sur une étagère en bois.

— Écoute, il est encore tôt... Pourquoi tu ne fermerais pas tout simplement, ce soir ? Va t'excuser auprès de ton copain. Ou va voir ta grand-mère, ou va au cinéma. N'importe quoi, mais sors.

— Comment veux-tu que je fasse ?

— Facile.

Maya traversa le restaurant, ferma la porte à clé, puis retourna la pancarte *Ouvert* en *Fermé*.

— Voilà comment.

— Mais je ne peux pas fermer comme ça, sans prévenir. Qu'est-ce que les habitués vont penser ?

— On leur dira que le chef s'est blessé, et de revenir demain soir. Ils se languiront de toi juste un peu plus longtemps que d'habitude, c'est tout.

Ellie la regarda d'un air sceptique, mais Maya voyait bien que l'idée faisait son chemin en elle.

— Bien, c'est réglé, dit-elle en remettant sa veste. À demain, alors.

— Attends ! Où vas-tu ?

Ellie l'attrapa par le bras.

— Qu'est-ce que ça veut dire, « à demain » ?

— Tu n'as pas entendu ? Nous sommes fermés ce soir...

Le rire de Maya continuait à flotter derrière elle dans la cuisine, tandis qu'elle en franchissait vivement la porte.

— Reviens sur terre, Ellie ! cria-t-elle par-dessus son épaule. Prends un peu le temps de vivre, ma vieille !

Et puis, après tout... songea Ellie. Maya avait raison. Que Chan ne fût pas là n'était pas une *bonne* excuse, mais c'était une excuse quand même. Elle pouvait monter dans sa voiture et aller faire une surprise à Miss Lottie. Mais ce qu'elle voulait vraiment, elle le savait bien : c'était voir Dan.

Elle roula bien jusqu'à Camarillo, puis la brume commença à envahir la vallée, la forçant à ralentir. Agacée, rongeant son frein dans le trafic, elle fit le numéro de sa grand-mère sur son téléphone de voiture ; mais elle n'obtint pas de réponse et réessaya quelques minutes plus tard, toujours sans résultat. Elle raccrocha en fronçant les sourcils ; Miss Lottie pouvait-elle être malade ? Mais Maria l'aurait sûrement appelée pour la prévenir... À moins qu'elle n'ait eu un accident et qu'on ne l'ait emmenée à l'hôpital ?

Le cœur chancelant, elle enfonça l'accélérateur, puis klaxonna impatiemment quand une Jaguar bleue la doubla et se rabattit devant elle.

— T'es bien avancé, gros malin, gronda-t-elle entre ses dents. T'as au moins gagné deux mètres...

Elle pensa à Dan, indécise, à Dan qui ne devait pas avoir décoléré depuis la veille. Une fois qu'elle eut composé son numéro, elle écouta le téléphone sonner dans le vide, en pianotant nerveusement sur son volant.

— Où diable sont-ils tous, ce soir ? grogna-t-elle. Tout le comté de Santa Barbara s'est noyé dans l'océan, ou quoi ?

Dan ramenait la jument, encore fumante, à travers la cour de l'écurie, quand il entendit le téléphone sonner dans le bureau. Qu'il sonne ! songea-t-il d'un air morne ; la jument comptait plus pour l'instant. Jetant une couverture sur son dos, il lui donna une claque sur l'arrière-train et l'envoya au trot dans son box. Le téléphone sonnait toujours.

Il s'extirpa de sa chemise, s'en servit pour essuyer sa sueur, puis décrocha.

— Ouais. Domaine de Running Horse.

Ellie sourit, soulagée. Il semblait essoufflé et elle espérait l'avoir fait courir.

— Mauvais pour les affaires, ça. Si j'avais été un gros client, attendant pour passer commande d'une centaine de caisses ?

— Vous seriez mal tombée. Nous n'avons pas dix caisses, alors cent... Et ce que nous avons, j'ai l'intention de le boire moi-même. Seul, dans une pièce sombre.

— Ça va mal, hein ?

— Pire.

Il termina avec sa chemise et la jeta sur un bat-flanc.

— Alors ? Vous étiez où, hier soir ?

— J'ai cru que vous ne me le demanderiez jamais.

— Je vous le demande.

Sa voix était sévère et elle soupira.

— Disons que j'ai été retenue au restaurant, pour des raisons indépendantes de ma volonté.

— Encore des problèmes de personnel.

C'était une affirmation, pas une question. Elle soupira de manière plus appuyée.

— Vous ne pouvez pas dire que je ne vous ai pas averti dès le début...

Dan s'adossa à la porte de l'écurie. Le bois était encore chaud du soleil accumulé pendant la journée, et la peinture écaillée s'incrustait dans la peau nue de son dos. Il ferma les yeux, s'imagina plongeant dans l'océan. Des vagues de fraîcheur se refermaient sur lui, il les fendait, douces et légères... avec Ellie près de lui. Pourquoi était-elle si insaisissable, si compliquée ?

— J'ai pris ma soirée, poursuivit-elle. Je suis en route pour aller voir ma grand-mère, et je pensais... nous pourrions peut-être nous retrouver, après ? Je pourrais peut-être me faire pardonner, pour hier soir ?

Il y eut un long silence et elle ajouta doucement :

— Je suis sincèrement désolée, Dan. J'avais très envie de vous voir, mais la main du chef a glissé et il s'est coupé au pouce. Il a dû aller se faire faire des points de suture.

— Alors, vous avez repris son tablier...

Il l'imaginait arpentant la petite cuisine, trébuchant, grommelant... Ellie distingua, soulagée, le sourire qui perçait dans sa voix, et son visage s'éclaira.

— Je passe d'abord voir Miss Lottie. Nous pourrions nous retrouver ensuite...

— Je n'ai jamais vu Journey's End, hasarda-t-il.

— Eh bien ! c'est l'occasion rêvée de vous faire faire le grand tour ! Vous avez déjà rencontré Miss Lottie, mais je vous présenterai à la charmante Maria et à Bruno, le chien. Comme cela, vous connaîtrez toute ma famille...

— C'est tout ? Pas de cousins au deuxième degré ? Pas d'oncle ou de tante à l'étranger ?

— Pas que je sache, non.

Elle klaxonna à nouveau, furieuse : la Jaguar bleue avait voulu déboîter devant elle, puis s'était remise dans la file, tout aussi brutalement.

— Vous savez comment aller là-bas ?

— Je remonte Hot Springs Road et je cherche le portail avec des griffons.

Elle rit.

— À tout à l'heure, Danny Boy. Dans trois quarts d'heure environ.

Quelques minutes plus tard, elle composa à nouveau le numéro de sa grand-mère, mais la ligne restait muette. Scrutant le brouillard, elle sentait l'impatience et l'inquiétude la gagner.

32

Le soir qu'avait choisi Buck pour tuer Miss Lottie s'avéra propice, quant au temps. La journée avait été chaude, et maintenant la brume de mer se répandait sur les terres, recouvrant la ville basse, tournoyant au faîte des arbres, montant à l'assaut des collines.

Buck engagea la BMW dans l'allée cavalière qui contournait la propriété par l'arrière, cahotant dans les ornières jusqu'à être suffisamment éloigné de la route pour qu'on ne pût le voir. Il portait un survêtement noir, avec l'automatique Glock 27 du trafiquant de drogue glissé dans sa ceinture, un blouson de ski noir matelassé qui lui donnait une allure de bonhomme Michelin, une cagoule de ski noire, des tennis et des gants de chirurgie en latex. La torche électrique était dans sa poche et le cran d'arrêt, son ami le cran d'arrêt, dans son étui en vachette.

La lune trouait par intermittence le brouillard, éclairant son chemin tandis qu'il ouvrait le portail qui grinçait, derrière la vieille buanderie. Il courut, furtif comme un chasseur, dans le sous-bois de bouleaux argentés, plantés soixante-dix ans plus tôt par Waldo Stamford, dépassa le rectangle vide et noir de la piscine, longea les courts de tennis envahis par les mauvaises herbes, la pelouse de croquet autrefois lisse comme du velours. Enfin, il atteignit la terrasse, avec sa balustrade de pierre, où jadis des visiteurs de marque, politiciens, stars de cinéma et nababs de l'industrie, déambulaient en buvant des cocktails.

Il s'attarda quelques instants, à contempler ce terrain de jeux pour milliardaires qui lui appartiendrait bientôt ; puis il progressa silencieusement, le long de la terrasse, jusqu'au coin de la grande demeure.

Deux problèmes se posaient à lui. Le plus facile à résoudre était Maria. Le second était le chien, lent et raide, mais qui aboyait aussi fort qu'un jeune doberman. Buck avait envisagé un morceau de viande empoisonnée, mais cela sentirait la préméditation ; il voulait que cela ait l'air de l'œuvre d'un maraudeur, d'un cambriolage qui aurait mal tourné.

Il ouvrit la porte de la cuisine, se glissa à l'intérieur, puis referma doucement derrière lui. Une pendule faisait tic tac dans le silence et le réfrigérateur ronronnait bruyamment.

Dans le hall, une lampe posée sur une petite table diffusait une lumière tamisée. Il l'éteignit, tout en retirant le pistolet de sa ceinture. Ses pieds chaussés de tennis ne faisaient aucun bruit dans l'escalier recouvert d'un épais tapis.

La porte de la chambre de Maria était légèrement entrebâillée et la pièce vide. Au bruit de l'eau provenant de la salle de bains, il devina que la vieille gouvernante prenait une douche. Il entra et attendit près de la porte.

Il avait chaud dans sa veste de ski garnie de duvet : la sueur ruisselait dans son dos, ses paumes étaient moites dans les gants de latex. Il entendit Maria qui chantait sous la douche, inclina la tête pour l'écouter, puis eut envie de rire.

Tout en chantonnant *Dixie* de plus belle, elle se drapa dans une vaste serviette de bain qui servait depuis plus de dix ans. Mais, disait toujours Miss Lottie, si l'on achète de la bonne qualité, elle dure : et c'était assurément le cas. Du pur coton égyptien, qui vous séchait en un clin d'œil. Maria mit sa chemise de nuit et sa robe de chambre en flanelle écossaise, en pensant au gâteau au chocolat qu'elle avait confectionné dans l'après-midi. Elle allait descendre, s'occuper du thé, puis elles se régaleraient ensemble devant la télévision, dans le douillet petit salon de Miss Lottie. Elles pourraient regarder l'une de ces émissions de ragots et de potins qu'aimait tant Miss Lottie, et peut-être la sitcom qui les amusait toutes les deux. Puis elles se mettraient au lit de bonne heure, comme toujours ces derniers temps.

Fredonnant joyeusement sa petite chanson, elle mit les pieds dans ses pantoufles bleues en peluche, pendit la serviette pour qu'elle sèche, brossa ses cheveux et les roula en un chignon gris. Puis elle ouvrit la porte de la salle de bains.

La lumière qui brillait dans son dos faisait d'elle une cible parfaite. Buck n'était pas aussi expert avec le Glock qu'avec ses deux mains puissantes, mais à cette distance il ne pouvait pas la manquer. La petite flamme sortit du canon, une, deux, trois fois.

Maria fut projetée en arrière ; mais elle se raccrocha à la porte et resta droite pendant une longue seconde, tandis que Buck se demandait s'il devait ou non tirer une fois de plus. Puis elle dit doucement « Ohhh » et glissa au sol.

Il hocha la tête, satisfait. L'objectif numéro un était abattu, exactement comme il l'avait prévu.

Un rai de lumière filtrait, dans le couloir, sous la porte de Miss Lottie. Tout en faisant jouer les jointures de ses doigts, Buck glissa vers cette porte. Il entendait le présentateur de la télévision annoncer : « Tout cela, vous pourrez le voir dans *Entertainment tonight*. »

Miss Lottie sortait de son bain. Elle portait sa nouvelle robe de velours crème et brossait ses cheveux, comme à l'accoutumée, en comptant à mi-voix jusqu'à cent.

Elle avait répondu à ses messages e-mail et l'ordinateur était resté allumé. Le dessin animé *Opus and Bill* de l'économiseur d'écran continuait à défiler, pendant que le poste de télévision débitait les derniers exploits et les derniers scandales de Hollywood. Elle montait toujours le son parce que Maria devenait dure d'oreille, même si elle ne l'aurait admis pour rien au monde. En outre, les faits et gestes des fascinantes vedettes dont il était question dans cette émission éblouissaient Miss Lottie – bien qu'elle n'eût aucune idée de qui était Pamela Anderson Lee ou Drew Barrymore.

Elle jeta un coup d'œil à sa vieille montre. C'était absurde, elle le savait, d'attendre avec autant d'impatience le gâteau aux deux chocolats de Maria et sa tasse de thé chaud ; mais, quand on devenait vieux, les petits plaisirs de la vie comptaient davantage encore. Tout comme, pour Bruno, son toast beurré du matin. Elle lui ébouriffa affectueusement le poil.

— Ah ! mon garçon, lui dit-elle en souriant, je me souviens encore de toi quand tu n'étais qu'un chiot. Grassouillet, tout en pattes et en oreilles pendantes, avec un sourire béat sur la figure... Ellie est tout de suite tombée amoureuse de toi. Moi, j'aurais choisi l'autre chien, le plus gros. Je ne devrais peut-être pas te dire cela maintenant – je ne voudrais surtout pas te blesser, tu sais. De toute façon, Ellie avait absolument raison, parce que après je ne t'aurais changé pour rien au monde...

La poignée grinça et Bruno dressa les oreilles ; puis il se remit malaisément sur ses pattes, le dos raidi, fixant la porte.

— Arrête de faire l'intéressant, stupide garçon, dit gentiment Miss Lottie. Ce n'est que Maria.

Elle tourna la tête en souriant.

— Entrez, Maria, ou bien vous allez manquer l'émission. Qu'est-ce qui vous a retardée ?

La porte s'ouvrit lentement, et l'inquiétude assombrit les yeux bleus délavés de Miss Lottie.

— Maria ? Vous allez bien ?

De la main, elle chercha sa canne.

— Où êtes-vous, Maria ? Que se passe-t-il ?

Bruno retroussa ses babines et se mit à grogner ; un frisson prémonitoire parcourut les veines de Miss Lottie.

Soudain, grondant comme un lion, Bruno se rua en

direction de la porte ouverte. Il y eut un bruit sec. Miss Lottie entendit le chien gémir. Puis Bruno se retourna et revint lentement, en titubant. Tout du long, ses yeux pleins de confiance restèrent fixés sur ceux de Miss Lottie, tandis que la vie les quittait – jusqu'au moment où il s'effondra, la tête sur ses pattes.

Le sang du chien jaillit sur les pantoufles de Miss Lottie. Elle se baissa et toucha le doux pelage, caressant Bruno affectueusement d'une main tremblante. Son cœur était brisé.

Relevant la tête, elle regarda dans les yeux l'homme masqué qui se tenait à l'entrée. Un homme de grande taille, à la carrure énorme dans sa veste de ski matelassée, effrayant sous la cagoule qui lui recouvrait le visage. Il tenait un pistolet dans la main, qu'il pointait sur elle.

La colère flamboya dans le regard de la vieille dame.

— Vous avez tué mon chien, dit-elle d'une voix glaciale. Pourquoi ? Il était vieux et inoffensif. Si vous êtes venu pour me voler, le coffre est dans le mur de la penderie, là-bas, et il n'est jamais fermé.

— Je le sais.

Sa voix était basse, presque un murmure.

— Qui êtes-vous ? (Elle le regardait, impérieuse, refusant de laisser voir sa peur.) Et que voulez-vous ? Je vous ai dit où étaient les bijoux, ou ce qu'il en reste. N'y a-t-il pas des maisons plus riches que la mienne à voler dans les environs ? (Elle baissa les yeux vers son chien, étouffant de chagrin et de colère.) Seul un lâche peut entrer ainsi, effrayer deux vieilles femmes et tuer un chien...

La main qui tenait le pistolet trembla. *Il pensait qu'elle serait effrayée, terrifiée, qu'elle le supplierait pour sa vie. Au lieu de cela, elle lui disait ce qu'il devait faire, elle lui donnait des ordres, comme si elle était le chef. Vas-y, attrape-la*, lui disait la voix dans sa tête. *Dis à cette vieille chienne qui tu es et ce que tu vas faire, qu'elle se traîne à tes pieds. Elle n'est plus rien maintenant et toi tu possèdes le pouvoir*. Son sang palpitait de ce pouvoir, il vrombissait dans ses veines, son cœur le pompait à coups redoublés. Buck pouvait l'entendre, entendre son propre sang cogner dans ses oreilles...

— Posez immédiatement ce pistolet, lui ordonna Miss Lottie. Prenez ce que vous voulez et sortez de chez moi. Je ne sais pas ce que vous espérez trouver ici.

— C'est vous que je suis venu trouver, Miss Lottie.

Buck posa docilement le pistolet sur la table, à côté de la lampe. Miss Lottie empoigna sa canne d'une main ferme, quand elle le vit faire un pas dans sa direction. C'était sa seule arme et elle avait l'intention de s'en servir. Elle était âgée et n'avait pas peur de mourir, mais elle s'en irait quand son heure serait venue et pas avant.

Buck voulait qu'elle le voie, qu'elle comprenne *qui* il était. *Alors*, elle connaîtrait la peur. Il retira sa cagoule de ski.

— Regardez bien, Miss Lottie, dit-il d'un ton moqueur. Il y a longtemps que vous n'avez pas vu ce visage.

Miss Lottie fixa ses yeux sombres, ses yeux de tueur. Les secondes s'égrenèrent.

— Bien sûr, dit-elle enfin. Je n'arrivais pas à mettre le doigt dessus au Biltmore, même si je savais que vous aviez quelque chose de familier. Maintenant, je sais quoi : c'étaient vos yeux. Vous ne pouvez pas les changer, Buck Duveen.

— Vous n'avez pas changé non plus, Miss Lottie. Toujours à jouer la reine douairière. Mais, cette fois, pas de braves domestiques ni de gardiens armés pour venir vous sauver.

— Vous vous trompez complètement, mentit-elle d'une voix ferme. La patrouille de sécurité va faire sa ronde d'une minute à l'autre.

Mais elle savait qu'il n'y avait plus de patrouille, plus de Maria ni de Bruno non plus. Personne pour la sauver. Elle n'avait presque rien à perdre – sauf Ellie. Si elle mourait, elle ne la reverrait plus jamais, et elle ne pouvait supporter cette idée.

Buck la regardait en silence. Il n'y avait pas une seule trace de frisson dans sa voix. *Elle n'avait toujours pas peur de lui.*

— Vieille chienne ! cria-t-il, son visage tout contre celui de Miss Lottie. À cause de toi, j'ai passé la moitié de ma vie enfermé, pendant que toi et la fille, vous viviez ici dans le luxe, en faisant la fête !

— Vous avez été enfermé parce que vous étiez fou, répliqua-t-elle calmement. Maintenant, je vois que c'était une erreur, une gentillesse de ma part, qui me retombe dessus. J'aurais bien mieux fait de vous laisser aller en prison. De vous laisser traîner en justice pour les choses terribles que vous avez faites. De vous laisser cataloguer pour ce que vous êtes, *un assassin.*

Et, ce disant, elle lui asséna un coup de canne en travers du visage.

Buck secoua la tête, dans une pluie de gouttelettes de sang ; puis il recula en titubant, les mains sur les yeux, à moitié aveuglé par la douleur.

Opus and Bill défilait toujours sur l'écran de l'ordinateur. Les doigts tremblants, Miss Lottie trouva les touches et commença à taper *D U V E E E E E E* ; mais son doigt se bloqua sur le *E*, car les mains puissantes de Buck s'étaient refermées sur sa gorge.

— *Chienne*, murmura-t-il, et tout son corps tremblait de pouvoir, *chienne de richarde, chienne de menteuse...*

Ses doigts s'enfonçaient sans effort dans la chair molle de la vieille dame ; il sentait ses os fragiles se briser, le sang ralentir dans ses veines. Mais jamais ses yeux bleus ne vacillèrent devant les yeux de Buck. Comme si elle s'était moquée de lui en disant : « Regarde, même maintenant, tu ne peux pas gagner. Je n'ai pas peur. *Assassin...* Jamais tu ne seras l'un des nôtres, *assassin...* »

— *Ferme tes yeux !* hurla-t-il. *Tu vas fermer tes foutus yeux, oui ou non...*

Mais Miss Lottie ne ferma pas ses yeux. Pas même quand elle fut morte.

Buck la laissa retomber ; puis, tremblant toujours, il

la regarda et poussa un soupir, un râle plutôt, de plaisir. Il avait si souvent rêvé de la voir ainsi...

Il la traîna jusque dans la penderie, et le sang qui coulait toujours de son visage tombait sur elle ; puis il prit les perles, ainsi que les quelques bagues et broches, dans le coffre ouvert, et les fourra dans les poches de son blouson de ski.

Le regard triomphalement baissé vers Miss Lottie, il sentit une fraîcheur nouvelle baigner son corps trempé de sueur. Puis il s'agenouilla auprès de la vieille dame et grava le signe sur son front. Il avait gagné. Enfin, le gros lot allait lui revenir.

33

Le trajet, tout simple, sembla pourtant durer des heures. Il faisait sombre, et la brume de mer s'était épaissie quand Ellie sortit enfin de l'autoroute 101 pour gagner Hot Springs Road. Les langues de brouillard drapaient les arbres de grands linceuls gris tandis qu'elle remontait la longue allée privée de la demeure, tout en courbes. Ellie avait toujours aimé le crissement, accueillant, des pneus sur le gravier ; mais, ce soir, dans la brume et l'épais silence, l'endroit semblait solitaire et déserté.

Une faible lueur brillait derrière les rideaux tirés de sa grand-mère, et elle poussa un soupir de soulagement ; sans doute le téléphone était-il tout simplement en dérangement. Elle gara sa voiture, gravit les escaliers et essaya d'ouvrir la porte. Grâce à Dieu, ce soir, elles s'étaient souvenues de la fermer. Prenant sa clé dans sa poche, Ellie l'ouvrit et pénétra à l'intérieur.

D'habitude, une lampe restait allumée, mais aujourd'hui l'entrée était plongée dans l'obscurité. Étonnée, elle fit de la lumière.

— Maria, bonsoir ! appela-t-elle. C'est moi, Ellie...

Elle attendit, pensant voir Bruno descendre l'escalier en se dandinant pour l'accueillir.

— Maria ! appela-t-elle de nouveau.

Buck ouvrit la porte-fenêtre, écarta les rideaux de gaze blancs, et contempla au-dehors la propriété qui serait bientôt à lui. Comme pour lui venir en aide, une trouée dans la brume laissa filtrer un pâle rayon de lune sur les jardins. Et sur la Jeep jaune d'Ellie, garée devant la maison.

Haletant de surprise, il faillit s'en étrangler. Il ne l'avait pas entendue arriver, elle ne devait surtout pas le trouver ici... mais trop tard, elle appelait déjà Maria, montait l'escalier... Il franchit rapidement la porte-fenêtre et sortit sur le balcon.

Le silence pesait comme une chape sur les épaules d'Ellie, et ses bras s'étaient couverts de chair de poule. « Il n'est rien arrivé », se répétait-elle pour se rassurer, tout en grimpant les marches deux par deux. « Elles regardent la télévision et ne m'ont pas entendue. Deux vieilles dames, elles commencent à devenir sourdes.. »

— Grand-mère, c'est moi...

Ouvrant la porte d'un coup, elle trébucha presque contre le chien, puis fit un pas en arrière, les chaussures gluantes de sang. Les yeux morts de Bruno la regardaient fixement.

— Ohhhh..., haleta-t-elle, bouleversée, le souffle coupé. Bruno... Oh ! Bruno...

Les cheveux hérissés sur sa nuque, elle parvint à détacher ses yeux du chien pour promener un regard alarmé sur la pièce. *Entertainment tonight* se terminait tout juste, bruyamment, à la télévision ; sur l'écran de l'ordinateur, *Opus and Bill* n'en finissait pas de caracoler.

— Grand-mère... ? appela-t-elle d'une voix tremblante.

Elle fit un pas, hésitant, vers la penderie, puis aperçut le pied nu de la vieille dame. Ses yeux s'agrandirent de surprise et d'horreur comme elle tombait à genoux près d'elle et découvrait son visage affreusement mutilé, ses yeux bleus restés grands ouverts, ses cheveux gris souillés de sang...

— Grand-mère !... hurla-t-elle.

Ce n'était pas vrai, pas possible, pas Miss Lottie !... Son propre hurlement lui parvint aux oreilles, mais à la façon d'un lointain gémissement, aurait-on dit. Buck l'entendit lui aussi, à la fois grêle et sauvage, plaintif et strident ; il n'avait jamais entendu personne crier ainsi, même pas ses victimes avant qu'il les tue. Il eut envie de courir vers elle, de mettre la main sur sa bouche pour l'arrêter ; mais si elle le voyait, il serait forcé de la tuer, et le temps n'était pas arrivé pour cela. Encore que la douleur serait si exquise, de tuer celle qu'il aimait...

Par la fenêtre entrebâillée, il la vit sortir à reculons hors de la penderie, les bras lancés en avant, comme pour tenter de repousser loin d'elle l'horreur qu'elle venait de découvrir. Les rideaux se gonflèrent vers l'intérieur de la pièce, à cause d'une soudaine rafale de vent ; elle pivota et s'affaissa, les yeux fixés sur la porte-fenêtre.

La sueur perlait au front de Buck. C'était l'instant de vérité. Si elle sortait par la porte, elle vivrait ; si elle venait dans sa direction, elle mourrait. Il sentait contre sa paume la lame d'acier froide, prête.

Ellie était transie ; ses jambes refusaient de la porter, tandis qu'elle fixait les rideaux qui ondulaient dans la brise... Quelque chose brillait là-dehors, comme un reflet... Tout à coup, une poussée d'adrénaline due à la terreur la força à se relever, puis à se retourner et à s'enfuir.

Buck rentra dans la pièce en sifflotant joyeusement : ce soir, son Ellie bien-aimée vivrait. Il l'entendit traverser le hall en courant, ouvrir brutalement la porte d'entrée et faire démarrer sa voiture.

Sur la table de nuit, il contempla la photo, dans son cadre d'argent. Les yeux d'Ellie plongeaient dans les siens ; un sourire qui n'était destiné qu'à lui seul ornait ses lèvres. Il mit le cadre dans sa poche et se hâta de quitter la pièce.

Dévalant l'escalier sans bruit, il traversa l'entrée, puis la cuisine, et prit soin de verrouiller la porte derrière lui en ressortant. Il franchit sans encombre la pelouse de croquet, en veillant à rester dans l'ombre, longea le court de tennis, ainsi que le trou béant de ce qui avait été la piscine. Ensuite, il retraversa le sous-bois de bouleaux, passa le portail rouillé et redescendit l'allée cavalière jusqu'à sa voiture.

Là, il rengaina son couteau, enleva les gants de latex et les fit disparaître dans sa poche, à côté de la cagoule de ski, puis il retira l'énorme blouson de ski et l'enferma dans le coffre. En ressortant dans la rue déserte, il s'appliqua à rouler au pas. Il devina qu'Ellie avait pris le chemin le plus court vers la ville, et s'engagea lui-même dans la route du dessus, qui suivait un trajet circulaire.

Buck était un homme heureux et il sifflotait son air préféré. Lottie Parrish était morte, et il n'avait pas eu à tuer la femme qu'il aimait.

De retour en ville, il gara sa voiture et remonta dans son studio, où il se doucha et changea de vêtements. Puis il inspecta la blessure sur sa joue, qu'il recouvrit de deux morceaux de sparadrap en croix. Enfin, il redescendit, fier et joyeux, jusqu'au bar.

La phase trois était terminée, et le double Jim Beam avait un goût de nectar, ce soir-là.

34

L'Explorer remonta lentement Hot Springs Road, et Dan sourit au moment où il s'engagea entre les piliers massifs surmontés de griffons. Ellie avait raison, on ne pouvait les manquer ; vu leur taille, ils n'auraient pas déparé Buckingham Palace. Il vit trop tard la Jeep jaune qui fonçait sur lui. Écrasant le frein, il donna un coup de volant vers la droite ; la Jeep racla le flanc de l'Explorer, puis, dans un grand crissement de pneus, alla percuter un arbre.

— Bon Dieu, Ellie ! Maintenant je sais que vous êtes folle, hurla-t-il, furieux.

Elle sauta de la voiture, aveuglée par les larmes. C'était l'assassin... il fallait qu'elle s'enfuie... elle entendait ses pas marteler le sol derrière elle, et qui se rapprochaient... il était presque sur elle, lui attrapait l'épaule. Elle se retourna, le poing serré, et, comme un boxeur professionnel, lui envoya un violent direct à la mâchoire. Dan poussa un grognement, tandis que des étoiles de douleur s'allumaient devant ses yeux.

— Qu'est-ce qui vous arrive ? Vous êtes devenue complètement cinglée ou quoi ?

Il la saisit par les épaules, gardant un œil méfiant sur son poing droit. Elle lui résistait et criait, hystérique :

— Non... non... non...

— Ellie ! s'exclama-t-il. Ça suffit, Ellie !

Quelque chose se fraya un chemin dans l'esprit de la jeune femme, obscurci par la terreur. Les poings toujours serrés et prêts à frapper, elle le regarda. Il vit qu'elle tremblait.

— C'est bon, dit-il doucement. Vous allez bien, c'est ça qui compte. Pour le reste, ce n'est qu'une voiture, même si elle est neuve...

Il lui fit un sourire, pour détendre l'atmosphère, mais elle ne lui sourit pas en retour. Tout était mélangé dans sa tête, chaotique... comment le dire... comment lui dire... les mots n'arrivaient pas à sortir...

— *Miss Lottie... morte... tuée... le chien...*

Il la tint à bout de bras et la fixa dans les yeux, incrédule.

— Une minute, Ellie. Voulez-vous dire que vous avez *vu* ça ?

Elle tenta de ravaler les sanglots qui, elle le sentait, allaient l'étouffer.

— *Je l'ai vue, j'ai vu... oh ! Dieu, oh ! mon Dieu...*

Dan l'attira contre lui et la soutint. Les deux vieilles dames, il s'en souvint, vivaient seules et négligeaient leur sécurité ; se pouvait-il vraiment que Miss Lottie ait été assassinée ?

— Je vais aller jeter un coup d'œil à l'intérieur, lui dit-il calmement. Je veux que vous restiez dans la voiture. Fermez toutes les portes et ne bougez plus.

Elle secoua la tête, aussi effrayée par l'idée de demeurer seule que par celle de l'accompagner. En soupirant, il lui passa le bras autour des épaules, pour la ramener vers la maison.

— D'accord, mais je ne veux pas que vous y rentriez de nouveau, lui dit-il.

Elle acquiesça docilement, comme un enfant.

La porte d'entrée était restée béante, exactement comme elle l'avait laissée en sortant. Elle s'arrêta dans le hall et regarda Dan monter vers la terrible pièce. Il allait se retourner et lui sourire, lui dire que c'était une erreur, qu'elle avait rêvé... Oui, c'est ce qui allait arriver, elle le savait. Elle mit une main sur sa bouche pour s'empêcher de crier.

Dan ouvrit la porte, et il *sentit* la violence avant

même de l'avoir vue. Le chien avait déjà les pattes figées par la rigidité cadavérique. La télévision hurlait et le dessin animé défilait toujours sur l'écran de l'ordinateur ; devant la porte-fenêtre ouverte, la brise gonflait légèrement les rideaux. Dan vit les taches de sang et la canne jetée sur le sol. S'il avait jamais douté du récit d'Ellie, c'était fini. Puis il passa dans la penderie et y trouva Miss Lottie, si petite, si frêle, si pitoyable. Ses yeux étaient grands ouverts, et elle avait une croix gravée sur le front. Du nez au cuir chevelu, d'une tempe à l'autre. Il prit une grande inspiration, bouleversé.

— Seigneur Jésus, murmura-t-il.

Il avait bien trop d'expérience, comme flic, pour toucher à rien ou vouloir la déplacer : la police locale s'en occuperait avec le médecin légiste. Il se borna à vérifier qu'il n'y avait personne dans les toilettes, la salle de bains ou sur le balcon.

Revenant en haut de l'escalier, il vit Ellie qui attendait dans le hall, les mains crispées sur sa bouche tremblante, et qui leva les yeux vers lui.

— Où est la chambre de Maria ? lui demanda-t-il.

Elle lui indiqua la pièce voisine.

Il trouva le corps juste devant la porte de la salle de bains. On lui avait tiré plusieurs balles dans la poitrine. Il y avait beaucoup de sang, mais pas de croix gravée sur le front.

Il retourna dans la première chambre et contempla à nouveau Miss Lottie, se demandant quel pouvait bien être le lien entre son assassinat et celui des deux prostituées. La pièce avait été manifestement dévalisée, le coffre mis à sac, mais quelque chose clochait pourtant. Deux femmes étaient mortes, chacune de manière différente. S'il n'y avait eu la signature, il lui aurait été difficile de jurer que cela ressemblait à une sorte d'exécution rituelle.

Tout va bien, songeait Ellie en le regardant descendre l'escalier vers elle. Il va me dire que tout va bien...

Dan hocha la tête.

— Nous ferions mieux d'appeler la police, dit-il calmement. Je suis désolé, Ellie, mais nous ne pouvons plus rien pour elles, maintenant.

35

Ellie était effondrée sur le siège avant de l'Explorer, sérieusement cabossée, de Dan. Journey's End leur faisait face. Bizarrement, avec toutes ses fenêtres illuminées, la maison ressemblait à ce qu'elle était des années plus tôt, quand Miss Lottie donnait une « petite soirée », comme elle disait. Ce qui signifiait trois cents personnes, un dîner sur la grande pelouse sous une tente drapée de soie, dans l'odeur des roses et des jasmins à floraison nocturne, et la douceur du vent d'été. Cela signifiait aussi du champagne, des femmes en robes du soir et bijoux fastueux, de beaux messieurs au visage hâlé qui portaient des smokings. À la fin de la soirée, la fête de charité organisée par Miss Lottie aurait rapporté une énorme somme d'argent à l'hôpital local, ou à des enfants nécessiteux, ou à n'importe quelle autre cause chère à son cœur.

Aujourd'hui, à la place des Mercedes et autres limousines, des véhicules de police étaient garés devant le portique à colonnade, leurs gyrophares bleus tournant tandis que ceux des pompiers clignotaient à travers les lambeaux de brume ; des ambulances aux portes grandes ouvertes attendaient leurs nouveaux fardeaux. Les voitures sombres des inspecteurs avaient creusé des ornières dans la belle pelouse verte.

Des agents en tenue tendaient un ruban jaune autour de ce qu'ils appelaient « le lieu du crime » – alors qu'Ellie aurait désespérément voulu les convaincre qu'ils se trompaient. Que c'était la maison de Miss Lottie et de Maria, qu'elles étaient là-haut à regarder une sitcom à la télé, les pieds appuyés sur l'ottomane de brocart vert, avec sa frange à cannetille que Bruno mâchonnait quand il était chiot. Bruno avait posé la tête sur les genoux de Miss Lottie ; il levait vers elle un regard lourd de sens, et elle n'allait pas tarder à lui glisser un cookie en douce, « pour lui faire un petit plaisir, c'est tout ».

Dan était en train d'expliquer à l'inspecteur Johannsen dans quelles circonstances il avait trouvé les corps, que le lieu du crime était resté en l'état, que la croix gravée sur le visage était à mettre en relation avec le meurtre d'une prostituée à New York, ainsi qu'avec celui de Los Angeles la semaine précédente.

— J'essaie de comprendre quel rapport il peut y avoir entre un cambriolage avec violence et un meurtre en série de prostituées, dit-il, le visage tendu et soucieux. Ça n'a tout simplement pas de sens.

— C'est une scène affreuse, concéda Johannsen.

L'inspecteur Jim Johannsen avait travaillé à la police de Los Angeles plusieurs années durant, avant d'être muté à Santa Barbara. Il était habitué à la violence ; mais le meurtre de ces deux vieilles dames et de leur chien, le massacre plutôt, avait quelque chose de particulièrement pathétique. Néanmoins, il n'avait pas l'intention de discuter de l'affaire avec un simple particulier. Doublé d'un témoin.

Un photographe de la police prenait au flash des vues de la chambre de Miss Lottie et des cadavres ; des agents mesuraient les lieux, traçaient un cercle à la craie autour des taches de sang, cherchaient d'éventuelles balles perdues, saupoudraient le coffre pour y relever des empreintes, de même que le bureau, les portes et toutes les surfaces ; des inspecteurs mettaient certains objets dans des sacs, tels que la canne ou les pantoufles tachées de sang, pour investigation ultérieure par la brigade des homicides. Le chien serait transporté à la morgue, la balle extraite de son poitrail et envoyée à la balistique pour analyse.

La même procédure avait lieu dans la pièce d'à côté, chez Maria. Chaque pouce de la vaste demeure serait passé au peigne fin.

Le médecin légiste, agenouillé au-dessus de Miss Lottie, s'efforçait d'établir la cause et l'heure du décès. Plus tard, il pratiquerait une autopsie et rechercherait sous ses ongles de précieuses informations sur son agresseur : infimes morceaux de peau, cheveux, fibres de vêtements, qui s'y seraient emmagasinés quand elle avait tenté de lui résister. Il pourrait également estimer la taille et le poids du meurtrier, d'après l'empreinte des mains sur sa gorge, et déterminer s'il l'avait ou non violée. La mort ne laissait aucune dignité à Miss Lottie.

Le poste de télévision marchait toujours très fort. Par une ironie du sort, il diffusait désormais *NYPD Blue*.

L'inspecteur Johannsen faisait face à l'ordinateur et le contemplait pensivement. Quand il poussa la souris, *Opus and Bill* disparut.

— Qu'est-ce que vous dites de ça, Cassidy ?

Miss Lottie avait écrit à un certain rabbin Altman, à Manchester, en Angleterre. La lettre était bavarde, charmante, un peu vague – comme si elle savait qu'elle le connaissait, mais n'arrivait pas à se souvenir tout à fait de lui.

Cher Rabbin Altman, avait écrit Miss Lottie. *Shalom. Comme c'est agréable d'avoir de vos nouvelles – même si, je dois l'avouer, je ne parviens pas à me souvenir où exactement nous nous sommes rencontrés. Toutefois, les vieux amis sont toujours les bienvenus ici, à Journey's End, et je sens dans votre lettre toute la bonté de votre cœur...* Elle s'était brusquement arrêtée à cet endroit. En dessous, en capitales, s'étalait le nom *DUVEEN*. Sauf qu'il n'était pas complet.

— On dirait que son doigt est resté coincé sur le *E*, dit Johannsen. Pourquoi écrivait-elle le nom d'Ellie ?

Dan se souvint de ce qu'Ellie racontait à propos de sa mère.

— Elle n'avait plus toute sa tête. Peut-être pensait-elle à sa fille Romany, qui est morte dans un accident de voiture il y a plusieurs années.

Ils regardèrent tous les deux l'ordinateur.

— Vous l'avez fait saupoudrer, pour les empreintes ? demanda Dan.

Johannsen lui ayant lancé un regard en coin, Dan leva les mains, paumes ouvertes, comme pour s'excuser.

— Désolé... C'est vous qui menez l'enquête.

— C'est vrai, répondit l'inspecteur d'un ton poli et ferme.

Dan devina que l'autre l'avait assez vu et qu'il était temps qu'il s'en aille.

— Si je peux faire quoi que ce soit, dit-il, le visage grave, appelez-moi.

— Entendu.

Déjà Johannsen traversait la pièce à grands pas.

— Ce que j'aimerais faire maintenant, déclara-t-il, c'est parler avec Mlle Duveen.

Ellie avait peur de fermer les yeux, parce qu'elle reverrait Miss Lottie – ses pieds petits et fins, dont elle avait toujours été fière, si blancs et si tragiques alors qu'elle gisait sur le tapis, les bras tendus vers l'avant, ses jolis cheveux argentés souillés de sang rouge. ... *Ce n'est pas vrai, pas vrai,* criait sa propre voix dans sa tête. En gémissant, elle cacha son visage dans ses bras.

— Ellie ?

Dan était à la fenêtre de la voiture et la regardait anxieusement.

— Vous vous sentez capable de répondre à quelques questions ? Cela pourrait aider l'enquête.

— D'accord.

Même sa voix sonnait différemment, rauque, étrange. Tout était différent désormais. La vie ne serait plus jamais la même...

L'inspecteur Jim Johannsen était un homme d'un certain âge, à la silhouette lourde ; il portait des lunettes à monture d'écaille, paraissait plutôt gentil et compatissant. Maintes fois, au cours de sa carrière, il avait rencontré des gens bouleversés par la mort violente d'un de leurs proches, mais cela n'était pas devenu plus facile pour autant.

— Je suis navré, mademoiselle Duveen. Votre grand-mère était une grande dame, une vraie femme de caractère. On n'en rencontre plus guère des comme elle.

Elle acquiesça de la tête, les yeux baissés.

— Si vous le pouvez, Ellie, j'aimerais que vous me disiez, avec vos propres mots, ce qui s'est exactement passé quand vous êtes arrivée dans la maison.

Il attendait, le stylo à bille prêt à écrire au-dessus de son calepin.

Ellie n'avait même pas besoin d'y réfléchir ; chacun de ses pas s'était imprimé dans son esprit, chaque seconde écoulée restait gravée dans son cœur. Il ne lui fallut que quelques minutes pour tout raconter ; le temps qu'elle termine, sa voix n'était plus qu'un chuchotement.

Johannsen lui lança un regard pénétrant.

— Connaissez-vous une quelconque personne qui aurait pu vouloir, ou avoir intérêt à la mort de Miss Lottie ?

Dan sut aussitôt ce que signifiait cet interrogatoire : Ellie était suspecte, jusqu'à ce qu'on trouve le véritable meurtrier.

— Non. Personne.

— Merci. Je sais combien tout cela est difficile pour vous.

Ellie suivit des yeux l'inspecteur tandis qu'il s'éloignait, massif dans sa veste sombre et sa chemise blanche immaculée. Elle aurait voulu lui dire que ce n'était pas difficile du tout, qu'elle se souvenait des moindres détails de la scène, qu'elle ne les oublierait jamais. Ses mains s'agitaient, et elle baissa les yeux vers elles avec étonnement, comme si elles avaient une vie propre, indépendante de sa volonté.

— C'est bon. On peut y aller, maintenant.

Dan saisit ses mains tremblantes dans les siennes.

— Je vais vous mettre au lit et appeler un médecin pour qu'il vous donne un calmant.

Mais elle s'écarta de lui.

— Je ne m'en irai pas.

— Vous ne pouvez pas rester ici, voyons ! Vous avez besoin de vous reposer.

Son visage était livide, ses yeux comme morts. Même ses cheveux semblaient avoir perdu leur lustre ; ils pendaient, flasques et ternes, autour de son visage torturé. Dan comprit qu'elle ne quitterait pas la maison avant sa grand-mère.

Le médecin légiste glissa le corps de Miss Lottie dans un sac mortuaire, après lui avoir fixé des sachets de plastique autour des mains et des pieds, afin de préserver tous les indices éventuels. La vieille dame fut ensuite posée sur un brancard, recouverte d'un drap blanc, et on lui fit descendre l'escalier. Miss Lottie quittait à jamais Journey's End.

Le magnifique lustre du hall, en cristal de Venise, illuminait brillamment brancard, drap et infirmiers, comme sur une scène de théâtre. Ellie, les yeux secs et les pupilles encore dilatées par le choc, ne quittait pas du regard la petite silhouette recroquevillée ; elle la suivit jusqu'à l'ambulance qui attendait au-dehors. Puis on en claqua les portes, et les infirmiers retournèrent dans la maison.

Lorsqu'ils revinrent, Ellie savait qu'ils transportaient Maria, cette fois-ci. Sa silhouette était plus ronde sous le drap, plus robuste, mais Ellie n'avait jamais remarqué combien elle était petite, véritablement minuscule... Sous l'effet de la mort, les gens semblaient rétrécir.

Puis ce fut le tour du chien. Ellie n'avait pu pleurer pour Miss Lottie, et pas davantage pour Maria, mais maintenant les larmes lui brûlaient les yeux. Elle sortit de la voiture et courut vers Bruno.

— Bruno ! cria-t-elle. Oh ! Bruno...

Elle jeta les bras autour de lui, puis tressaillit et recula d'un pas. *Il était raide comme une planche de bois.*

— C'est la rigidité cadavérique, mademoiselle, lui dit un infirmier. Ça va disparaître dans un moment, et il sera exactement comme vous vous souvenez de lui.

Elle posa la main sur le doux pelage de Bruno, se rappelant le jour où Miss Lottie et elle l'avaient choisi dans une portée de sept. « C'est celui-là ! » avait-elle dit, en le prenant triomphalement dans ses bras. Tant d'années, tant de souvenirs, tant de bonheur étaient réunis dans ce pauvre corps raide et poilu... Elle déposa un baiser sur sa brave tête de chien.

— Je t'aime, bébé Bruno, murmura-t-elle.

Les infirmiers échangèrent un regard.

— Vous devriez prendre un calmant, mademoiselle, conseilla l'un d'eux. Cela vous aiderait à tenir le choc.

Ellie secoua la tête, obstinée. Elle voulait être avec Miss Lottie et Maria. *Elles avaient besoin de sa présence. Elles devaient sentir son amour, son énergie, sa douleur*. Éveillée, elle demeurait à leur côté ; droguée, endormie, elle glisserait dans le néant.

— Je vous ramène à la maison.

Dan passa un bras réconfortant autour de ses épaules, et elle se laissa aller contre lui. C'était un bras sur lequel s'appuyer, une épaule contre laquelle pleurer, un cœur indéfectible qui lui offrait amour et compassion.

Elle se retourna pour contempler, perplexe, Journey's End éclairée comme pour une fête, et elle s'attendait presque à ce que de la musique sortît des fenêtres, ainsi que des bruits de voix et de rires. « C'est toujours la maison », murmura-t-elle – et pourtant, au moment même où elle le disait, elle savait que ce n'était plus vrai. Une époque était révolue, et plus jamais elle ne vivrait à Journey's End.

36

À plusieurs heures de là, Ellie prenait un bain. Elle était dans l'eau presque jusqu'aux oreilles et tentait de débarrasser son corps de toute la douleur qui l'imprégnait. Elle avait l'impression d'avoir accompli un long et rude voyage, grimpé au sommet de montagnes abruptes, couru à travers de brûlants déserts. Pourtant, son corps ne portait pas de bleus ; la douleur était à l'intérieur, et Ellie savait qu'elle y demeurerait toujours.

Dan l'avait amenée au Running Horse Ranch ; là-bas, on lui avait offert du brandy, du café, du vin, du thé chaud. Elle avait tout refusé sauf le thé, mais même lui n'avait pas réussi à dissiper la torpeur glacée qui s'était emparée d'elle.

L'eau était presque froide quand elle sortit enfin de la baignoire. Tandis qu'elle s'enveloppait dans une serviette, elle surprit son reflet dans le miroir : une femme au visage gris, dont les yeux avaient perdu toute joie et tout éclat. Non, elle ne serait plus jamais la même.

Une fois qu'elle eut enfilé le tee-shirt que lui avait donné Dan, aux couleurs des Giants [1], et son peignoir en éponge bleu foncé, elle recoiffa sans conviction ses cheveux emmêlés.

Le grand lit en pin, couvert d'oreillers, paraissait moelleux et accueillant ; mais elle savait qu'elle ne dormirait pas, ni n'accepterait de prendre un calmant. Elle

1. Nom de l'équipe new-yorkaise de football américain. *(N.d.T.)*

devait rester éveillée, conserver l'image de sa grand-mère dans sa tête, proche d'elle. Elle marcha lentement jusqu'à la fenêtre et regarda au-dehors : une aube grise et terne éclaircissait déjà le ciel.

On gratta à la porte, puis le nez de Pancho apparut en reniflant dans l'entrebâillement. Le chien pénétra joyeusement dans la pièce ; mais, au lieu de bondir sur elle et de lui faire fête comme à son habitude, il se contenta de s'asseoir tranquillement et de la regarder.

Soudain, Ellie s'aperçut qu'elle souriait. Étonnant, pensa-t-elle, cette aptitude qu'ont les animaux et les enfants à vous ramener à la case départ en toute circonstance, en vous rappelant que l'innocence subsiste encore, au sein de ce monde pervers et souillé.

Montant dans le lit, elle s'allongea sur le nid d'oreillers que Florita avait disposé pour elle. Les draps étaient frais sur sa peau et sentaient la lavande. La chambre d'amis était petite, carrée et plutôt nue ; elle avait un parquet de pin, une grande fenêtre à guillotine dépourvue de rideaux, et qu'on gardait ouverte pour laisser pénétrer la brise. Il y avait un tapis de lirette multicolore, une vieille commode peinte en vert, une table de nuit en pin, avec une lampe en bronze en forme d'ours ; une grande affiche abstraite couvrait une partie de l'une des parois. C'était simple, dépouillé, mais confortable. Cela ressemblait au propriétaire, Dan.

Pancho sauta sur le lit, tourna en rond une ou deux fois, puis s'installa commodément, la tête sur les pattes. Ellie ferma les yeux. On n'entendait aucun bruit ; elle devina confusément qu'il était trop tôt pour les chants d'oiseaux. Ses paupières s'affaissèrent, et soudain elle sombra dans le gouffre noir de la bienheureuse inconscience.

Quand il passa la tête par la porte, un peu plus tard, Dan la trouva dormant comme un enfant, les bras étendus au-dessus du couvre-lit blanc, la bouche entrouverte. Pancho ouvrit les yeux, le regarda, puis se rendormit. Dan referma doucement la porte. Pendant quelques courtes heures, Ellie connaîtrait la paix.

37

Maya se leva tôt, ce matin-là ; elle avait un cours de yoga à huit heures et demie. Bâillant et s'étirant comme un chat, elle alluma la télévision et s'apprêta à aller prendre une douche.

« *Los Angeles today.* Voici votre bulletin d'informations régionales. Une personnalité bien connue de Santa Barbara a été assassinée chez elle la nuit dernière, en même temps que sa gouvernante et le chien de la famille. Âgée de quatre-vingt-six ans, Charlotte Parrish a été trouvée morte... »

Maya fit précipitamment demi-tour et fixa la télévision.

« ... ainsi que Maria Novales, âgée de soixante-dix ans. La police n'a pas encore donné de détails sur l'affaire. Mme Parrish était une figure de la ville depuis plusieurs décennies, et sa demeure était renommée pour les magnifiques jardins qui l'entouraient. Le crime a été découvert par sa petite-fille, Ellie Parrish Duveen, la nuit dernière. La police l'interroge.

« Voici maintenant le bulletin météorologique et des nouvelles de la circulation... »

Maya resta quelques instants comme paralysée, la mâchoire pendante, les yeux lui sortant de la tête ; puis, le cœur battant à tout rompre, elle sauta sur le téléphone.

Le numéro d'Ellie ne répondait pas ; bien sûr que non, puisqu'elle était à Santa Barbara. Mais où ? Certainement pas à Journey's End... Maya, d'une main tremblante, avait déjà composé le numéro du Running Horse Ranch.

Oh ! mon Dieu, pauvre Ellie, pauvre Miss Lottie, et Maria... Oh ! mon Dieu, mon Dieu... Les mots se bousculaient dans sa tête.

— *Si ?* La maison du señor Cassidy, répondit Florita au bout du fil.

— Ellie est là ?

Les doigts de Maya tambourinaient sur la table.

— *Momento.*

À l'arrière-plan, Maya l'entendait qui appelait Dan.

— Dan Cassidy à l'appareil.

Elle poussa un soupir de soulagement.

— Ici Maya Morris, l'amie d'Ellie. J'ai entendu les nouvelles à la télévision... Ellie n'est pas chez elle, et j'ai si peur pour elle...

— Ne vous inquiétez pas, Maya, elle est ici. Je l'ai ramenée avec moi la nuit dernière.

— Oh ! Dieu merci... et merci à vous...

Elle se détendit un peu.

— Est-ce qu'elle va bien ? Non, question idiote, comment pourrait-elle aller bien ? Il faut absolument que je la voie... Je viens tout de suite... Dites-moi ce que je peux faire pour elle...

Elle bredouillait, éperdue, ne sachant par quoi commencer. Tout ce qu'elle savait, c'est qu'Ellie souffrait et qu'elle voulait être à son côté.

— Elle est sous le choc, Maya. Elle aura du mal à surmonter une telle épreuve, avoir vu sa grand-mère dans cet état...

Du dos de la main, Maya essuya ses larmes.

— Pauvre, chère Miss Lottie...

— Je pense qu'elle va avoir besoin de vêtements de rechange. Si vous pouviez lui en apporter...

— Bien sûr...

Maya possédait une clé de la maison d'Ellie et Ellie une clé de l'appartement de Maya ; en cas d'urgence, s'étaient-elles dit, mais cela ne s'était jamais produit. Jusqu'ici.

Dan lui indiqua comment venir au ranch, puis ajouta :

— Nous partons pour Santa Barbara. La police veut parler à Ellie. Nous serons probablement de retour, le temps que vous arriviez.

— Je viendrai aussi vite que je le peux. (Elle hésita.) Dan ?

— Oui ?

— Dites-lui que je l'aime, s'il vous plaît.

— Je le lui dirai, Maya.

La voix de Dan était ferme. Tandis que Maya raccrochait le téléphone et se préparait hâtivement, elle remercia le Ciel de l'avoir envoyé auprès d'Ellie. Avec lui, au moins, elle était en sécurité.

38

Les chaînes nationales aussi bien que les locales diffusaient désormais la nouvelle. Buck sirotait son café du matin en zappant de l'une à l'autre, et il souriait. Cette fois, il avait vraiment décroché les gros titres.

Il trempa un croissant dans son café et s'installa confortablement sur sa chaise, fort satisfait de lui-même. La chaîne de Santa Barbara avait bien fait les choses, avec des images de Journey's End, de Waldo Stamford posant sur la terrasse à côté du président Roosevelt, les deux hommes contemplant l'impeccable parterre de fleurs à leurs pieds. On vit ensuite Miss Lottie en jeune mariée, puis en jeune mère, et sa fille avait les mêmes yeux qu'Ellie. En pensant à Ellie, Buck en eut l'estomac noué. Il but une autre gorgée de café brûlant. Elle l'attendait, comme une rose dans un jardin d'épines. Tout ce qu'il avait à faire désormais, c'était de la cueillir.

Quand l'image de Rory Duveen s'inscrivit sur l'écran, il sursauta et renversa son café. Ils parlèrent de l'accident de voiture ; on vit même une vieille photo de la Bentley, écrasée au fond du ravin.

Buck contempla avec colère le visage souriant de son père ; il le haïssait, comme il la haïssait, elle, la ravissante femme que Rory avait choisi d'épouser. *L'héritière*. Il gloussa d'un rire bref. Tu parles d'une héritière. À eux deux, ils avaient tout dilapidé, puis Miss Lottie à son tour avait fait la même chose. Mais Journey's End le rendrait quand même millionnaire. Il serait riche, et libre.

On vit d'autres images encore : de Miss Lottie recevant la bonne société, des fêtes de charité à Journey's End. Et enfin d'Ellie.

« Sa petite-fille et seule parente encore vivante, dit le présentateur, qui a découvert le corps. »

Buck se remémora la nuit précédente, quand il redoutait qu'elle vienne à la fenêtre et qu'elle l'y trouve. Il se rappelait le contact froid de la lame d'acier dans sa main ; il savait qu'il devrait la tuer. Ses lèvres esquissèrent son petit sourire glacial et dissimulé. Le tour d'Ellie viendrait.

D'ici là, il attendrait dans son studio, le temps de voir comment les choses évoluaient.

39

Piatowsky était installé dans sa salle de séjour. Sa maison de brique, à trois chambres, se trouvait en banlieue – à Fort Lee, New Jersey, juste au sortir du pont George-Washington de Manhattan.

La pièce était agréable, de taille moyenne, avec une baie vitrée donnant sur un petit jardin privé. Un tapis berbère, couleur sable, recouvrait le sol et dissimulait la poussière rapportée par les pieds des enfants ; un canapé de cuir brun défoncé, deux fauteuils recouverts de chintz à fleurs, une vaste cheminée de brique et un grand poste de télévision la meublaient.

De là où il était assis, il voyait son fils aîné, Michael, sept ans, faire ses devoirs sur la table de la cuisine. Celui de cinq ans, Ben, prenait son bain à l'étage avec sa mère ; quant à Margaretta, ou Maggie, sa fille de trois ans et l'amour de sa vie, elle était pelotonnée sur ses genoux, une main passée autour du cou de son père, l'autre posée sur sa propre joue, et elle suçait son pouce.

— D'ici que tu aies quatre ans, il n'en restera rien, lui rappela-t-il.

Elle fixa son père quelques instants, en faisant rouler ses yeux bruns, puis recommença à sucer son pouce. Il émanait d'elle une agréable odeur, mélange de talc, de shampooing et de pyjama propre, et Piatowsky émit un soupir heureux. Les petites filles étaient faites de pain d'épice, et c'était très bien ainsi.

Il bougea légèrement le bras, afin de consulter sa montre : une demi-heure encore et il devrait partir. Il était de service à six heures ce soir, ce qui signifiait qu'il ne rentrerait probablement pas avant trois heures du matin, peut-être même quatre s'ils avaient du travail. Ce n'étaient pas les horaires préférés d'Angela, mais ainsi vivaient les femmes de flic, et elle y était habituée. Dans deux jours, elle emmènerait les enfants chez sa mère dans le Maine, ce qui permettrait à Pete d'aller pêcher avec Cassidy. Il était plutôt impatient de voir comment le bougre s'en tirait, dans son pays de soleil.

Maggie semblait peser plus lourd sur sa poitrine et il lui jeta un coup d'œil : ses yeux s'étaient fermés, elle ne suçait plus son pouce. Il sourit, puis zappa sur la télévision, avec le son baissé au minimum, jusqu'à ce qu'il trouve les nouvelles du soir sur NBC.

Au début, il n'y prêta pas particulièrement attention : juste un homicide de plus en Californie. Deux vieilles dames qui vivaient seules avec leur chien dans une grande bâtisse près de Santa Barbara.

Au nom de la ville, familier, il dressa l'oreille. Une femme élégante, à l'allure fragile, apparut sur l'écran, puis ce fut la maison. Plutôt impressionnante, et qui devait valoir son pesant d'or. On disait qu'elle avait été cambriolée, les bijoux volés... Ensuite vint l'image d'une ravissante jeune femme au grand sourire chaleureux. « Ellie Parrish Duveen est la petite-fille de Mme Parrish, et sa seule parente encore vivante, expliquait le commentateur. C'est elle qui a découvert les corps. »

Sa seule parente encore vivante. Piatowsky pensait à la luxueuse bâtisse et à tout l'argent dont elle allait sans doute hériter. L'espace d'une seconde, il se demanda si Ellie Parrish Duveen était la coupable.

Puis, serrant tendrement la petite fille dans ses bras, il la transporta dans son lit à l'étage, embrassa sa femme et les garçons, avant de partir pour la grande ville et l'effervescence de la nuit.

40

Ils étaient dans une pièce grise et morne du commissariat de Santa Barbara. Des tasses de café en carton fumaient sur la table, intactes, devant eux. Ellie était prostrée, le dos voûté, sur la chaise inconfortable. Elle ne ressentait rien : ni chagrin, ni peur, ni colère. Comme si son âme elle-même était morte.

Johannsen but une gorgée de café et jeta un coup d'œil à l'inspecteur Ray Mullins, avec qui il faisait équipe. Grand et mince, sombre, impénétrable, Mullins se tenait à l'arrière-plan et les regardait, les bras croisés. Johannsen s'éclaircit la gorge.

— Mademoiselle Parrish, j'aimerais que vous récapituliez à nouveau, le plus précisément possible, tout ce que vous avez fait hier soir. Avec les heures exactes, si vous vous en souvenez.

Ellie leva vers lui des yeux morts.

— J'étais en voiture sur la 101 et je roulais vers Montecito. Je passais près de Camarillo et il y avait du brouillard. J'ai appelé grand-mère pour lui dire que j'étais en route pour venir la voir, que c'était une surprise. Il n'y a pas eu de réponse...

Épuisée, elle récita son histoire une fois de plus. Elle le ferait mille fois s'il le fallait, si cela pouvait les aider à trouver l'assassin.

— Et vous aviez prévu de retrouver M. Cassidy làbas ?

Elle acquiesça.

— Oui.

Elle portait un jean, des bottes, un tee-shirt blanc trop grand pour elle, qui appartenait à Dan, un pull-over noir. Mais elle grelottait, car il faisait froid dans la pièce.

— Et quel était le but de votre rendez-vous avec M. Cassidy ?

Une lueur de surprise passa dans les yeux d'Ellie : il ne lui avait pas posé cette question auparavant.

— Il n'avait jamais vu Journey's End, j'avais dit que je la lui ferais visiter. Ensuite, nous devions aller dîner...

— Où ? Vous aviez réservé quelque part ?

Elle secoua la tête, déconcertée.

— Non... c'était improvisé.

— Mademoiselle Parrish... depuis combien de temps connaissez-vous M. Cassidy ?

Elle se passa distraitement la main dans les cheveux.

— Quelques semaines, peut-être...

— Ce n'est donc pas un vieil ami de la famille ?

— Il avait rencontré une fois Miss Lottie. Nous avions pris le thé ensemble.

Les yeux de Johannsen croisèrent à nouveau ceux de Mullins. Sa voix perdit de sa douceur ; elle se fit ferme, rude, même.

— À ce que j'ai compris, vous êtes l'unique membre restant de la famille. C'est-à-dire que vous êtes en position d'hériter de tous les biens de Mme Parrish. Est-ce exact ?

Elle acquiesça encore, déroutée par le tour inattendu que prenait l'entretien.

— Oui, mais...

— Ne serait-ce pas un mobile suffisant pour commettre un crime ?

Elle se raidit sur sa chaise, bouleversée.

— Vous ne pouvez quand même pas imaginer que je l'ai tuée ?

Sa voix avait pris un ton horrifié, suraigu ; incrédule, elle s'effondra contre le dossier de son siège, en secouant la tête.

— Oh ! non, non, non, non...

Mullins tira de sa poche un paquet de Lucky.
— Cigarette, mademoiselle Parrish ?
Elle ne l'entendit pas, tant son cœur battait à tout rompre. Qu'ils puissent croire qu'elle avait commis un tel acte était horrible, impossible, épouvantable...
— Personne n'a suggéré rien de tel, mademoiselle Parrish. Nous ne devons négliger aucune piste, c'est tout.
Personnellement, Johannsen inclinait pour la culpabilité de la jeune femme. Quelque chose ne collait pas dans la scène du cambriolage. Il lui semblait qu'il n'y avait guère de bijoux à voler ; rien de grande valeur de toute façon, et certainement pas assez pour massacrer deux vieilles dames. Certes, nul ne savait ce qui passait dans l'esprit des gens en de telles circonstances. Surtout aujourd'hui, où l'on pouvait tirer une balle dans la tête d'un commerçant pour quelques dollars.
— J'aimerais que vous nous accompagniez dans la maison, mademoiselle Parrish. Nous voudrions que vous vérifiiez les biens de Miss Lottie et que vous nous disiez exactement ce qui manque, si possible, pour nous permettre d'en dresser un inventaire.
Elle se releva à moitié de son siège, paniquée.
— Retourner dans cette chambre ?
— Cela pourrait nous aider à trouver le meurtrier.
Ellie essuya ses larmes, du revers de la main.
— Je suis prête à tout faire pour cela, concéda-t-elle. (Johannsen s'était déjà levé.) Mais je veux que Dan vienne avec moi.
Il se serait volontiers passé de sa présence, à celui-là.
— Bon, d'accord. Amenez-le, si cela peut vous réconforter...
Il n'avait pas entièrement abandonné l'idée de les soupçonner tous les deux, comme complices.
Ellie tint la main de Dan bien serrée dans la sienne, tandis que la voiture de police fonçait le long de Cabrillo Boulevard. Les palmiers s'agitaient dans la brise, le soleil miroitait sur la mer bleutée : tout paraissait normal, inchangé. Ils dépassèrent la réserve d'oiseaux,

sur la gauche, où Miss Lottie aimait venir observer à la jumelle les nouveaux arrivants. Ils longèrent, sur la droite, le beau cimetière avec sa vue sur l'océan, où les parents d'Ellie reposaient côte à côte, près de Waldo Stamford – et où sa grand-mère allait très bientôt les rejoindre. Ils laissèrent derrière eux l'entrée de l'autoroute et s'engagèrent dans Coast Village Road ; puis ce fut le virage à gauche dans Hot Springs et les tournants familiers de la route, tandis qu'ils gravissaient la colline.

— Ça va ?

Dan l'observa avec inquiétude alors que la voiture passait entre les montants massifs du portail, avec leurs griffons. Elle acquiesça, mais sa main se cramponnait à celle de Dan, et sa bouche d'habitude si douce dessinait une ligne étroite et serrée. Il le savait, sa maîtrise d'elle-même ne tenait qu'à un fil. Ce qu'elle allait accomplir n'était pas facile, mais elle avait insisté pour le faire – bien qu'elle eût pu refuser, comme Dan le lui avait dit.

Deux agents en tenue gardaient le portail, et il y en avait d'autres, plus nombreux, à la porte d'entrée. Le ruban jaune était toujours en place, pour délimiter le lieu du crime ; une douzaine de voitures étaient garées au-dehors, et des hommes affairés entraient et sortaient rapidement de la maison.

Pour la première fois de sa vie, Ellie n'eut pas le sentiment de rentrer chez elle. Tout ce qu'avait représenté Journey's End pour elle – la maison de sa grand-mère, celle de sa mère, la sienne propre – n'était plus rien désormais.

Johannsen et Mullins les attendaient déjà sur les marches.

— Par ici, mademoiselle Parrish.

Mullins lui indiquait le chemin, comme si elle ne le connaissait pas. Il la précéda dans l'escalier, et chaque bruit de pas sonnait le glas dans son cœur.

— Par ici, mademoiselle Parrish.

Johannsen lui tenait la porte.

« C'est pour toi que je le fais, grand-mère, se répétait

Ellie en revenant dans la terrible pièce. *Pour t'être utile, pour aider à trouver celui qui a commis cela. J'y arriverai, je te le promets.* » Mais c'était dur, si dur... La tache brunâtre sur le tapis, c'était du sang ; elle était tombée ici, avait perdu là sa pantoufle... À cet endroit, Bruno était mort...

— Nous avons trouvé le coffre ouvert, mademoiselle Parrish. Savez-vous si quelqu'un d'autre en avait la clé, en dehors de votre grand-mère ?

Johannsen était précis, méthodique, brutal, dans son costume sombre et sa chemise blanche.

Elle secoua la tête.

— Miss Lottie ne le fermait jamais. Elle disait qu'elle ne possédait rien d'assez grande valeur pour qu'on le lui vole. De toute façon, qui aurait eu le cœur de voler une vieille dame ?

Sa voix se fêla et elle dut faire un effort pour se maîtriser.

— Pouvez-vous nous dire exactement ce qui manque ?

Elle se força à regarder à l'intérieur du coffre.

— Ses perles, répondit-elle bientôt... Un collier de quarante-cinq centimètres de long. Des perles des mers du Sud, de douze millimètres...

Les sourcils de Johannsen se soulevèrent.

— À elles seules, elles valent une petite fortune...

— Je pense, oui. Mais Miss Lottie les avait depuis si longtemps, depuis l'âge de dix-huit ans, qu'elle ne songeait guère à leur valeur, j'imagine. Je doute même qu'elles aient été assurées. (Elle toucha du doigt ses propres perles, autour de son cou.) D'ailleurs, je ne crois pas que les miennes le soient non plus. Ce n'étaient que des bijoux familiaux, qui avaient plus pour elle une valeur sentimentale que matérielle.

Johannsen semblait sceptique.

— Quoi d'autre encore ?

— Sa bague de fiançailles, avec un diamant. Un solitaire rond, très ancien. Je n'ai aucune idée du nombre de carats, ni de sa valeur ; peut-être son homme de loi le saura. Deux bagues avec des diamants plus petits, une autre avec un saphir. Quelques broches anciennes, des boucles d'oreilles en perles, une paire de pendentifs en diamant. Ce doit être tout. Mais comme je vous l'ai dit, M. Majors, de chez Majors, Fleming et Untermann, à Santa Barbara, pourra vous donner tous les détails.

— Regardez bien autour de vous, mademoiselle Parrish, et dites-nous si vous décelez autre chose qui manquerait.

En évitant de regarder les taches de sang, Ellie promena un regard circulaire sur ces objets familiers qui avaient composé la vie de sa grand-mère, aussi loin qu'elle pouvait s'en souvenir. La paire d'obélisques égyptiens en malachite, sur la tablette de cheminée couverte de dorures ; la pendule française en bronze avec ses trois gros chérubins ; elle aimait tant ceux-ci quand elle était enfant qu'elle leur avait donné des noms : Fatsy, Patsy et Cupidon. Les bibelots d'argent et de cristal, les vieilles photos... Elle tourna le regard vers la table de nuit, où Miss Lottie conservait celle d'Ellie qu'elle préférait, prise juste à son retour de France, avec dans ses valises une série de diplômes de cuisine et une expérience nouvelle de la vie. De surprise, ses yeux s'agrandirent.

— La photo a disparu !

— Quelle photo ? s'exclama Johannsen.

— Une de moi, dans un cadre en argent... Grand-mère la gardait toujours près d'elle. Elle disait que quand elle se réveillait la nuit, j'étais toujours là, en train de lui sourire...

— Autre chose encore, mademoiselle Parrish ?

— Non. Rien d'autre.

La lassitude lui tombait sur les épaules comme une lourde chape. Ellie jeta un long et dernier regard sur la pièce qui avait représenté tant de choses pour elle, puis se retourna et sortit rapidement. Elle savait qu'elle ne la reverrait jamais.

Sur le chemin du retour jusqu'à Running Horse, Ellie

garda le silence, la tête calée contre le dossier, les yeux clos. La voiture endommagée gémit quand Dan remonta la mauvaise allée goudronnée qui menait à la maison à travers le vignoble. Sans rouvrir les yeux, elle lui dit :

— Désolée.

Il lui jeta un regard de biais.

— Désolée de quoi ?

— D'avoir embouti votre voiture. Une fois de plus.

— Ce n'est rien. Vous êtes pardonnée.

L'histoire de la photo disparue préoccupait Dan. Il y avait des objets de plus grande valeur dans la pièce : pourquoi un voleur aurait-il pris la photo d'Ellie ? Pas uniquement pour le cadre en argent, il en était sûr.

À la maison, une douzaine de messages, sur le répondeur, provenaient d'amis d'Ellie, ainsi que des hommes de loi et des comptables de la famille Parrish, qui étaient entrés en contact avec la police. Également de Chan, Terry et Jake. De la famille de Maria à Guadalajara. Et de Piatowsky.

— Tu te souviens de moi ? disait-il. Le vieux bâtard qui vient te voir après-demain. T'as intérêt à garder le lit au chaud, et aussi les femmes. (Il riait.) Allez, c'était juste histoire de plaisanter... En attendant, j'espère que tu les aides à résoudre cette affaire de meurtre dans ton coin. Plutôt croquignolet, non ? M'étonnerait pas que les gars aient besoin d'un petit coup de main. Rappelle-moi.

Ellie le regardait, assise sur le canapé, incapable de réagir.

— Il faut que j'appelle la famille de Maria. Et pour les obsèques ? Qu'est-ce que je vais faire ?

— Pourquoi vous ne me laisseriez pas m'en occuper à votre place ?

— Vous le feriez, vraiment ?

Elle le regardait avec un tel air de reconnaissance que Dan en eut le cœur serré.

— Vous me faites confiance ?

Ellie tendit la main et toucha son visage.

— Vous êtes mon ami. Je vous fais confiance pour tout.

Bien que la journée fût ensoleillée, elle semblait gelée. Dan jeta une allumette dans le feu, puis il s'agenouilla et lui ôta ses chaussures ; il allongea ses jambes sur le canapé, l'enveloppa dans une couverture de cheval, puis il appela Florita afin qu'elle apporte du thé chaud.

Il avait saisi ses doigts et les embrassait, quand on entendit une voiture arriver au-dehors, dans un crissement de freins.

— Ellie, Ellie !...

Maya grimpa les escaliers quatre à quatre, franchit en coup de vent la véranda et la porte ; elle s'arrêta dans l'entrée, cherchant avidement son amie des yeux, serrant un bouquet de fleurs d'été contre son justaucorps de Lycra noir.

— Tu es là !

Elle passa en courant devant Dan et étreignit Ellie.

— Oh, baby, baby, je t'aime, je suis si triste...

Leurs larmes se mêlèrent tandis qu'elles s'embrassaient, sœurs par le cœur, sanglotant de douleur et de chagrin. Dan prit le bouquet de fleurs et l'emporta à la cuisine, pour que Florita les mette dans un vase. Il lui dit aussi qu'ils auraient une autre invitée pour le dîner, qu'elle prépare quelque chose de léger et de bon à la fois.

Puis il gagna son bureau et appela Pete.

41

Piatowsky poussait une vieille tondeuse autour de son étroite bande de gazon. Avec un petit patio pavé, deux érables japonais chétifs qu'il avait plantés deux années plus tôt, les précieuses roses d'Angela, plus le chalet de jeux des enfants qu'il avait construit lui-même (avec, à la clé, plusieurs voyages au Matériaux Service le plus proche, ainsi qu'une meilleure compréhension des raisons pour lesquelles il était flic et non charpentier), c'était là tout son jardin. Le ciel était menaçant, gris et lourd ; un vent frais soufflait de la rivière. Comme il faisait virer sa tondeuse, il songea qu'il était très impatient d'aller en Californie.

Son téléphone portable sonna, et il l'extirpa de sa poche.

— Oui ?

— Piatowsky ? C'est Dan.

La bouche de Piatowsky s'élargit, jusqu'à ce sourire aux dents disjointes qui lui donnait davantage l'air d'un galopin des rues que d'un inspecteur, d'âge mûr, de la police de Manhattan. Abandonnant la tondeuse, il passa la main dans sa chevelure blonde et clairsemée, que le vent avait ébouriffée.

— Je pensais justement à toi, là-bas, au soleil. Je me gèle les miches ici, à New York.

— Je suis content que tu viennes me voir.

Il perçut la note de sérieux dans la voix de Dan.

— Qu'est-ce qu'il se passe ?

— Une de mes amies a des problèmes. On a tué sa grand-mère la nuit dernière, dans sa maison de Santa Barbara. J'ai l'impression que la police la soupçonne.

— La vieille dame de Santa Barbara ? Oui, j'en ai entendu parler... (Piatowsky hésita.) Cette amie, c'est une... bonne amie à toi ?

— Aussi bonne qu'on peut l'être.

Piatowsky le comprit, c'était bel et bien d'amour que parlait Dan. Les plus grandes précautions s'imposaient. Il s'éclaircit la voix et poursuivit :

— Dan, je n'ai pas pu m'empêcher de me poser la question moi aussi... Je veux dire, elle est la seule parente survivante d'une vieille dame riche, et qui a été assassinée. C'est un enchaînement de pensée logique, pour un flic.

— Impossible, gronda Dan d'une voix ferme. Nous avions rendez-vous tous les deux là-bas. J'étais sur place, juste après qu'elle les a découvertes. Elle adorait sa grand-mère, tu sais ; ç'avait été plus une mère qu'une grand-mère pour elle. Et la gouvernante aussi était davantage qu'une gouvernante, elle faisait partie de la famille. Même le chien y est passé. Le coffre a été dévalisé, le gars a pris les bijoux, fouillé partout. Tu es allé travailler aujourd'hui ? Non ? Donc tu n'as aucun tuyau sur le sujet. Alors, écoute-moi bien, Piatowsky. La vieille dame a été étranglée, et le type a laissé sa signature. La même croix que sur la pute de Times Square.

— Seigneur..., murmura Piatowsky qui n'en revenait pas. Mais c'était un vol avec violence... Pas du tout le profil de notre gars ! Ce n'est pas avec ça qu'il prend son pied...

— Exact. Est-ce qu'il aurait fait des émules ?

Piatowsky secoua la tête.

— Pour moi, c'est du chinois. Ils ont trouvé des indices ?

— Rien encore, à ce que je sais. Les gars du labo sont dessus. À mon avis, l'autopsie disculpera Ellie. Il fallait une force de brute pour faire ce que le tueur a fait à la vieille dame. Pourtant, la gouvernante a été tuée par balles, comme le chien. J'ai l'impression que le vol est une feinte... une sorte de mise en scène, tu vois ? Pour cacher autre chose. En fait, si tu veux mon avis, c'était une exécution, planifiée d'avance. Et notre tueur, avec sa signature, est un malade, un obsessionnel compulsif. C'est comme un rituel, cette façon de graver son signe sur le front de ses victimes.

— Plutôt bizarre, dit Piatowsky.

Deux façons différentes de tuer pour une même agression criminelle, c'était vraiment hors norme.

— À moins qu'ils n'aient été deux.

— Deux tueurs ? Tu as peut-être raison...

Il entendit Dan soupirer à l'autre bout de la ligne.

— J'ai vraiment besoin de toi ici, Piatowsky.

— Soutien moral, c'est ça ?

— Plus que cela. Il faut qu'on résolve ce crime.

— D'accord, vieux. Ne t'en fais pas. Je serai là demain. L'avion arrive à onze heures et demie, par United.

— J'y serai.

Tandis qu'il raccrochait, Piatowsky pensa mélancoliquement à la pêche et aux longues soirées paresseuses sur la véranda, à siroter de la bière fraîche en profitant de l'air pur de la campagne. Il avait le sentiment que sa visite prendrait un tour assez différent.

Il parcourut une nouvelle longueur de pelouse avec la tondeuse, puis il se mit à pleuvoir à torrents. En soupirant, il se dit qu'au moins, en Californie, le soleil brillerait.

42

Florita s'affairait, dressant la longue table de réfectoire pour le dîner. Elle n'avait jamais l'air pressée et pourtant elle était partout à la fois ; ses pieds potelés dans ses sandales rouges virevoltaient et sa vaste jupe, elle aussi rouge, froufroutait, tandis qu'elle disposait au centre de la table un grand vase d'asparagus verts, de soucis orange, de coquelicots et de bleuets. Le petit Carlosito rampait derrière elle, collé à ses jambes, tâchant de se hisser sur ses pieds. Elle se retourna pour lui sourire.

— *Ay, niño*... Tu es un si grand garçon, maintenant. Bientôt tu vas marcher...

Elle le prit dans ses bras et s'empressa de retourner dans la cuisine pour surveiller sa soupe de haricots noirs, le poulet qui dorait lentement, et préparer la salade verte. Les tortillas étaient déjà prêtes ; un arôme d'ail et de romarin s'échappait dans la brise, par la fenêtre ouverte.

La porte de derrière s'ouvrit, et les bottes d'Ortega, à bouts argentés, cliquetèrent sur le sol recouvert de carreaux de Saltillo.

— Comment elle va ?

L'inquiétude hérissait sa moustache et, pour une fois, ses yeux bruns ne souriaient pas.

— Pas bien.

Florita secoua la tête, envoyant ses nattes se balancer de droite et de gauche.

— Elle est en train de mourir de l'intérieur, je te le dis. *Pobrecita, ay, que horror, que tragedia*...

Elle en avait les larmes aux yeux, et serra le bébé contre elle.

— Et *el señor* ?

— C'est un homme qui porte une lourde charge sur son dos.

Ils se regardèrent, puis Ortega haussa les épaules, fataliste.

— Il est fort et cette charge-là, il peut la porter. En plus, il est amoureux et ils ont un dicton, en Amérique : *Triunfa sobre todo el amor*. L'amour triomphe de tout.

— Maintenant elle a son amie ici, pour l'aider.

Florita posa au sol le bébé, qui se mit à ramper rapidement vers son père.

— Ce soir, il faut qu'elle mange. Et ensuite qu'elle dorme, pour récupérer.

— Je vais parler au señor. Voir si je peux faire quelque chose pour l'aider.

Hissant le bébé sur ses épaules, Ortega exécuta une petite danse autour de la pièce, et Carlosito en cria de joie. Ellie, qui redescendait au même moment, les entendit. Un rire d'enfant, si joyeux, si innocent... La nostalgie baignant son regard, elle traversa l'entrée et pénétra dans le salon. Il faisait chaud dehors, les fenêtres étaient ouvertes, et pourtant un feu de bois crépitait dans l'âtre ; Dan avait dû l'allumer spécialement pour elle. Un bouquet de fleurs ornait la table basse mexicaine, en bois ; une bouteille de vin blanc était mise à rafraîchir dans le seau de métal galvanisé, sur un buffet délabré que Dan avait eu pour presque rien chez un brocanteur de Santa Barbara.

S'approchant de la grande fenêtre à guillotine, elle se pencha au-dehors pour écouter le chant des oiseaux, laisser son regard errer jusqu'en bas de la colline. Tout était si paisible, si normal... Cela signifiait, songea-t-elle tristement, que la vie continuait, indifférente à toutes les tragédies. Les bébés riaient, les oiseaux chantaient, les dîners cuisaient sur les fourneaux.

Elle se retourna en soupirant, au moment même où Maya entrait dans la pièce. Les deux amies portaient des jeans et des chemises blanches. Les cheveux d'Ellie étaient tirés en arrière ; l'absence de maquillage accentuait ses pommettes saillantes et la tristesse de ses yeux cernés, et découvrait la cicatrice blanche qui lui barrait le front.

— On ressemble à un chœur grec en costumes modernes, dit Maya, tâchant de détendre l'atmosphère. Mais il y a quand même du progrès par rapport à tout à l'heure. C'est du vin que je vois dans le seau, là-bas ?

— C'en est, répondit la voix de Dan, qui arrivait à cet instant dans la pièce, suivi d'Ortega. Je peux vous en servir un verre ? Du chardonnay Cakebread, que j'adore.

— Il est très bon, c'est vrai, mais le nôtre sera meilleur, commenta Ortega.

— En toute impartialité, sourit Maya, acceptant le verre que lui tendait Dan.

— En toute objectivité, señorita.

Ils rirent, tandis que Dan tendait un verre à Ellie, puis en remplissait deux autres pour Carlos et pour lui.

— Juste pour goûter, alors, commenta Carlos, après un temps d'hésitation.

— Je voudrais porter un toast, dit Ellie.

Elle leva son verre et promena le regard sur ses amis. C'étaient de *vrais* amis.

— À Miss Lottie.

Dan lui jeta un coup d'œil anxieux ; mais elle semblait calme et maîtresse d'elle-même, tandis qu'ils levaient leur verre et buvaient à la mémoire de sa grand-mère.

— Et maintenant à Maria Novales, qui était mon amie, ma famille.

Maya la regarda avec inquiétude ; elle connaissait suffisamment Ellie pour sentir qu'elle était encore tendue à se rompre.

— Et, bien sûr, à ce cher Bruno, qui leur a donné

tant d'années de bonheur à toutes les deux, et finalement jusqu'à sa vie.

Pancho arriva en trombe dans la maison, en aboyant, suivi par Cecil. Ignorant les humains, les deux chiens se dirigèrent vers la cuisine et l'odeur alléchante du poulet rôti.

— Un chien a le cœur dans son estomac, dit Ellie.

Dan sourit : c'était le premier commentaire normal, de vie quotidienne, qu'elle faisait depuis que c'était arrivé.

— Le vin est excellent, commenta Maya, tâchant de poursuivre dans cette voie même si tous sentaient que le drame était là, sous-jacent, menaçant de les engloutir à chaque instant.

— Très bon, très bon, renchérit Ortega, et il leva son verre pour en examiner la couleur. Un modèle de chardonnay.

— Señor, le dîner est prêt, appela Florita depuis l'entrée.

— Tu crois que tu pourras manger ? demanda Maya à Ellie, d'un ton encourageant.

— Il le faut. Je dois être forte, pour aider à retrouver l'assassin.

Ellie était trop calme, et sa voix rendait un son monotone que Maya ne lui connaissait pas.

— Ça va bien, tu en es sûre ?

Elle lui toucha doucement le bras, en la regardant anxieusement.

— J'ai juste besoin de m'éclaircir les idées. Je veux essayer de me souvenir du plus petit détail, pour le dire à Johannsen. Il faut que je l'aide, par tous les moyens...

Dan mit un CD dans le lecteur, et le concerto pour violon de Brahms s'insinua doucement dans la pièce, apaisant, comblant les silences. Les yeux de Maya, inquiets, croisèrent ceux de Dan.

— Au fait, pour Chan et le restaurant ? demanda Ellie, alors que Florita servait la soupe de haricots noirs et faisait passer le plat de terre avec les tortillas chaudes. J'avais oublié de te poser la question...

— Je leur ai expliqué, répondit Maya. Le restaurant est fermé jusqu'après l'enter... jusqu'à ce que tu te sentes mieux.

Ellie la remercia. Si seulement sa tête ne lui avait pas fait aussi mal... Même l'Advil qu'elle avait pris à intervalles répétés n'avait pas supprimé la douleur. Celle-ci faisait partie, Ellie le devinait, du chagrin qu'elle aurait à supporter désormais. Elle ne goûta guère la bonne soupe, mais au moins sa chaleur détendit un peu le nœud dans son estomac.

Ils entendirent le bruit d'une voiture qui montait la colline et se regardèrent avec appréhension.

— Qu'est-ce que c'est encore..., dit Maya, pendant que Florita se dépêchait d'aller ouvrir.

Ils reconnurent la voix brusque, et déjà familière, de Johannsen.

— M. Cassidy est à la maison ?

— *Si, señor*. Je vais le chercher. Vous êtes... ?

— C'est bon, Florita.

Dan était déjà dans l'entrée.

— Monsieur Cassidy...

Johannsen était poli et froid. Officiel.

— Mlle Parrish est avec vous ?

Les antennes de Dan l'avertirent du danger.

— Elle est ici, oui...

— Alors je vais vous demander à tous les deux, Mlle Parrish et vous-même, de m'accompagner jusqu'au commissariat. Pour être interrogés sur le meurtre de Mme Parrish.

Dan entendit derrière lui Ellie haleter de surprise, puis dire :

— Inspecteur Johannsen, je vous ai expliqué tout ce que je savais. Tout ce que j'ai vu... Si je pouvais faire plus, vous ne croyez pas que je serais déjà en train de le faire ?

— J'en suis sûr, si, mademoiselle, mais en attendant nous aimerions vous demander quelques détails supplémentaires.

— Ils veulent vous rafraîchir la mémoire, Ellie. Et la

mienne aussi, par la même occasion, dit Dan, ses yeux croisant ceux de Johannsen.

Habitué à être de l'autre côté de la barrière, il ne trouvait rien d'amusant à être soupçonné de meurtre.

— Nous nous mettions à table, dit-il. Mlle Parrish n'a rien avalé depuis hier matin. Je suis sûr que vous serez d'accord, il faut qu'elle mange quelque chose avant l'épreuve d'un interrogatoire. Elle vient de perdre sa grand-mère dans des circonstances terribles...

Johannsen fit la grimace. Il ne voulait pas passer pour une brute, certes ; mais il devait faire son travail, et Dan Cassidy le savait bien.

— Finissez votre dîner, mademoiselle, concéda-t-il. Nous attendrons.

Maya s'approcha d'Ellie, quand celle-ci revint dans la salle à manger, et lui étreignit la main.

— Qu'est-ce qu'il voulait dire par *vous demander quelques détails supplémentaires* ?

Elle avait l'air effrayée et Dan la rassura.

— C'est juste la routine... Ellie a pu oublier certains détails, cachés dans des replis de sa mémoire...

Il n'allait quand même pas leur flanquer la frousse en leur expliquant que Johannsen les suspectait tous les deux de meurtre.

Ellie se rassit à table, prit une petite cuillerée de soupe, puis regarda Dan.

— Allons-y, dit-elle d'un air désespéré.

— Je viens avec toi.

Maya était debout, prête à partir, mais Dan secoua la tête.

— Restez ici et répondez aux coups de téléphone. Je vous rappellerai dès que possible pour vous dire où nous en sommes.

Il regarda Ellie.

— Vous avez un avocat ?

— Miss Lottie en a... en avait un. Michael Majors, à Montecito.

Il s'en souvint, Majors avait appelé aujourd'hui et

laissé un numéro. Il feuilleta le bloc-notes près du téléphone jusqu'à ce qu'il le retrouve.

Majors lui aussi était sur le point de dîner mais, quand Dan lui eut expliqué la situation, il répondit qu'il les rejoindrait incessamment au commissariat.

— Parfait.

Dan passa le bras autour des épaules d'Ellie, l'air volontairement enjoué.

— Allons leur dire tout ce que nous savons !

— Ellie...

Maya courut derrière la jeune femme et la serra dans ses bras.

— Appelle-moi dès que tu en sauras plus...

— Entendu.

Ellie espérait qu'elle en saurait plus, mais quand ?

43

Étrange impression, pensait Dan pendant qu'ils roulaient dans Santa Barbara, d'être assis derrière la vitre de séparation, à l'arrière d'une de ces Ford Crown Victoria qu'il avait si souvent conduites lui-même. Sauf que maintenant il était le suspect et non le représentant de la loi, le traqué et non le chasseur.

Il récapitula les faits dans son esprit. Deux méthodes de meurtre différentes, cela pouvait indiquer deux meurtriers différents. D'un autre côté, ce crime ressemblait par certains aspects à un crime rituel ; Dan aurait pu jurer qu'il avait été planifié et réalisé méthodiquement. Outre la « signature », imitée de précédents assassinats, il sonnait comme une exécution. Mais il savait que Johannsen suivait un autre genre de piste.

Ils se retrouvèrent dans la même petite pièce grise et nue ; Johannsen était d'un côté de la table, eux de l'autre. Mullins, appuyé contre le mur, fumait une Lucky, et une femme en uniforme leur apporta du café.

— Il y en a deux avec du sucre et deux sans, dit-elle, et elle les regarda avec curiosité tandis qu'elle quittait la pièce.

— Comprenez bien qu'il n'y a pas de pression sur vous, mademoiselle Parrish, dit Johannsen. C'est juste une discussion informelle entre nous.

De nouveau, Dan sentit ses antennes se dresser.

— Dois-je comprendre que vous nous interrogez,

Mlle Parrish et moi-même, en tant que suspects du meurtre de Mme Parrish ?

Johannsen s'éclaircit la voix.

— Pas exactement...

Dan savait qu'ils ne possédaient pas un seul indice en ce sens ; en outre, les premières constatations montraient qu'Ellie n'avait pu étrangler sa grand-mère. Il s'agissait forcément d'un homme. Ce qui conduisait à son complice, lui-même. Il était grand, fort, suffisamment vigoureux. Ellie avait pu tirer sur la gouvernante pendant que lui s'occupait de la vieille dame. Ainsi hériterait-elle de tout, et ils vivraient longtemps heureux ensemble... De plus, il connaissait l'histoire de la « signature » ; il pouvait l'avoir pratiquée pour écarter les soupçons, aiguiller la police vers un tueur en série... Mais voilà, ce tueur en série massacrait des putes et non des vieilles dames.

— Dans ces conditions, dit Dan, je suggère que vous nous informiez de nos droits, Mlle Parrish et moi-même, et que nous attendions l'arrivée de son avocat.

Johannsen soupira ; il avait espéré faire plier Ellie avant qu'on en arrive là, mais l'ex-flic l'avait battu à son propre jeu. Il fit signe à son équipier d'avancer, et Mullins entreprit de leur lire leurs droits.

Le regard d'Ellie, abasourdie, rencontra celui de Dan.

— Je ne comprends pas...

— Tout va bien, lui dit-il calmement. Nous allons juste attendre que Majors arrive, et ensuite nous rentrerons à la maison.

— Mais je veux tout vous dire !

Elle se retourna et se pencha au-dessus de la table, les mains crispées, le regard fixé sur Johannsen.

— Je veux que vous sachiez tout, tout ce qui pourrait se cacher au fond de ma mémoire ! *Je veux que vous trouviez qui a tué ma grand-mère !*

Johannsen s'agita, mal à l'aise. Elle n'avait certes pas l'air d'une meurtrière ; mais qui, alors ?

— C'est tout ce que nous attendons de vous, mademoiselle Parrish, lui répondit-il.

Un coup fut frappé à la porte, et la femme agent introduisit Michael Majors.

Il se tenait dans l'encadrement de la porte et promena un regard sur la pièce, aux allures de cellule, où se déroulait l'interrogatoire ; il s'arrêta sur Ellie, tassée au-dessus de la table et dont les yeux étaient fixés sur lui. Majors était spécialisé dans les questions de patrimoine ; il s'occupait d'affaires de droit civil, de propriété et de succession. Le cas présent ne relevait pas de ses compétences habituelles – mais il savait assez de droit pour faire sortir Ellie de là.

C'était un homme de petite taille, assez jeune ; il portait un costume rayé sombre, une chemise rose que sa femme lui avait offerte pour son anniversaire, la trouvant sans doute vive et gaie. Mais, ce soir-là, la chemise ne semblait guère adaptée aux circonstances. Redressant d'un doigt le nœud de son étincelante cravate de soie, Majors marcha jusqu'à Ellie et lui posa la main sur l'épaule.

— Sachez combien je suis bouleversé, Ellie. Vous avez toute ma sympathie. C'est vraiment une terrible perte.

— Merci. Voici Dan Cassidy, un de mes amis, et les inspecteurs Johannsen et Mullins.

Elle fit les présentations ; grâce aux leçons de Miss Lottie, ses bonnes manières ne la quittaient pas, même en un si pénible moment.

Majors leur serra la main.

— Puis-je vous demander à quel titre au juste vous retenez ma cliente ?

— Nous ne retenons pas votre cliente, monsieur Majors, répondit calmement Johannsen. Nous l'avons simplement amenée ici pour lui poser quelques questions.

— Dans ce cas, je suppose que vous lui avez donné lecture de ses droits ?

— Je l'ai fait, oui.

— Pas au départ, précisa Dan. J'ai dû intervenir

auprès de l'inspecteur pour que cette procédure soit respectée.

Johannsen haussa les épaules.

— Nous n'avions pas encore commencé à vous interroger, ni l'un ni l'autre...

Il commençait à se renfrogner. Cassidy était décidément un flic trop coriace, connaissant toutes les règles du jeu. Il n'arriverait à rien avec lui.

— En outre, poursuivit Johannsen, Mlle Parrish s'est engagée d'elle-même à répondre à toutes les questions que nous voudrions lui poser. Pour l'aider à rafraîchir ses souvenirs.

Majors le regarda, mal à l'aise sur ce terrain qui ne lui était pas familier.

— Oui, bien sûr... Si elle-même le désire...

Ellie souhaitait surtout qu'ils cessent de polémiquer, les uns et les autres, et la laissent continuer.

— Je veux vous aider. Je ferai tout mon possible pour cela.

Sauf en la traînant d'autorité hors de la pièce, Dan était dans l'incapacité de la faire taire. Et pourtant, il ne le savait que trop, combien de mots innocents pouvaient la compromettre malgré elle, même si elle n'avait rien à cacher...

— Voilà donc un point de réglé, dit Johannsen.

Et il sourit d'un air satisfait ; il avait gagné le premier round.

— Asseyez-vous, monsieur Majors, poursuivit-il. Si vous trouvez que nous outrepassons les règles, à n'importe quel moment, vous n'aurez qu'à intervenir. Maintenant, mademoiselle Parrish, redites-moi avec vos propres mots comment se sont déroulés précisément les événements de la nuit dernière.

De nouveau, Ellie revécut l'enfer. Elle se revit appeler sa grand-mère depuis sa voiture. Elle se souvint du brouillard qui noyait la vallée près de Camarillo, de son étonnement en ne recevant pas de réponse, puis quand elle avait appelé Dan, et reconnu à sa voix qu'il avait couru. Comme elle avait été soulagée d'entendre qu'il se laissait fléchir, qu'il lui pardonnait leur dîner manqué au ranch. Puis ses pneus sur le gravier, qui rendaient un crissement étrangement solitaire, et la lampe qui brillait derrière les rideaux tirés de sa grand-mère. La lumière éteinte dans l'entrée, le silence qui lui avait donné la chair de poule, sa propre voix qui résonnait sinistrement quand elle appelait Maria. Les marches qu'elle avait grimpées deux par deux. Les yeux morts de Bruno qui semblaient la fixer, son sang sur le tapis et sur les pantoufles de Miss Lottie...

Sa grand-mère dans la penderie, allongée sur le dos, les bras tendus, ses petits pieds veinés de bleu et son visage... *oh ! Dieu, son visage...*

Elle se vit sortant à reculons de la penderie. Gémissant comme un animal terrifié, debout dans la mare qu'avait laissée le sang de Bruno... Et les rideaux qui se gonflaient à la porte-fenêtre...

— *Il y avait quelqu'un là-bas, dehors !*

Ellie empoigna la main de Johannsen par-dessus la table.

— *Sur le balcon... j'en suis sûre !*

— D'accord. Alors dites-moi, lentement, précisément, ce que vous avez vu.

Ellie se concentra. Il fallait qu'elle y arrive, qu'elle lui dise exactement ce qu'il en était.

— J'ai entendu quelque chose, un mouvement, une sorte de bruit. La porte-fenêtre s'était ouverte en grand et les rideaux volaient à l'intérieur...

Elle ferma les yeux à la recherche de ce quelque chose, de ce frémissement qui avait attiré son attention. Un reflet lumineux, au-dehors, sur le balcon, dans l'obscurité de la nuit.

— C'était... la bande réfléchissante d'une tennis, dit-elle lentement. Vous savez, du genre de celles que mettent les joggeurs pour qu'on les voie la nuit. Ça renvoie la lumière !

Elle fit un signe de tête triomphant.

— *C'est cela que j'ai vu !*

— Et qu'avez-vous fait alors ?

Le visage de Johannsen demeurait impassible. Elle aurait aimé un sourire, une approbation, des remerciements...

— Je... Eh bien, je ne sais pas, bredouilla-t-elle. Je me rappelle seulement avoir descendu l'escalier en courant, rouvert brutalement la porte... être montée dans ma voiture... j'étais... j'étais...

— Mlle Parrish était terrifiée, inspecteur, intervint Dan d'une voix dure. Qu'attendiez-vous d'autre de sa part ?

— C'est évident, renchérit Majors. Indiscutable. Vous reconnaîtrez, j'en suis sûr, que Mlle Parrish a fait exactement ce qu'elle devait faire, fuir le danger.

— Et vous-même, où étiez-vous, monsieur Cassidy, pendant ce temps ?

Johannsen jaugeait du regard les mains de Dan. Des mains qui auraient aisément pu étrangler une vieille dame, lui rompre le cou...

— J'étais en route pour rejoindre Ellie à Journey's End. Nous étions convenus de nous y retrouver.

La voix de Dan trahissait une certaine lassitude, mais il n'avait rien perdu de sa vivacité et restait sur ses gardes.

— Je venais de franchir le portail quand j'ai vu la Jeep arriver sur moi, très vite. Je me suis déporté sur la droite mais elle m'a heurté, a rebondi sur le côté, puis a percuté un arbre. J'ai vu Ellie en sortir et se mettre à courir dans l'allée. Elle hurlait et sanglotait, visiblement sous le choc. J'ai pensé que cela provenait de l'accident, qu'elle était peut-être blessée, et je l'ai rattrapée. À l'évidence, elle s'imaginait que j'étais le meurtrier, et elle m'a donné un coup de poing.

Il passa la main sur sa mâchoire, encore douloureuse.

— Quand elle a enfin compris que c'était moi, elle a essayé de me dire ce qu'elle avait vu.

— Et qu'est-il arrivé, alors ?

— Nous sommes revenus vers la maison. Ellie ne pouvait pas retourner dans la pièce, aussi a-t-elle attendu en bas de l'escalier pendant que je montais à l'étage. J'ai trouvé le lieu du crime exactement tel que vous l'avez vu vous-même. Puis j'ai examiné la salle de bains, les toilettes, le balcon, et j'ai fait la même chose dans la chambre de la gouvernante. Enfin, j'ai appelé la police.

— Donc, il n'y avait pas d'homme en tennis sur le balcon ?

— Non. Pas le temps que j'y arrive, en tout cas.

— Combien de minutes, d'après vous, se sont écoulées entre les deux, mademoiselle Parrish ?

Ellie regarda l'inspecteur d'un air interdit ; le temps, dans ces circonstances, ne signifiait rien pour elle.

— Tout était flou...

— J'estime qu'il s'est passé un maximum de dix minutes, dit Dan d'un ton tranchant et professionnel.

— Merci.

Majors se leva.

— Je suppose que ce sera tout, inspecteur ?

— Pour le moment, oui, soupira Johannsen.

On le coupait dans son élan au meilleur moment, juste quand les choses commençaient à avancer.

— Si j'étais vous, je serais ravi de l'information que Mlle Parrish vous a fournie. Il y avait quelqu'un dehors, sur ce balcon, qui portait des tennis !

Le ton de Dan le disait assez clairement : avec le bonus que Johannsen venait de recevoir, il était grand temps qu'il leur fiche la paix, pour se mettre enfin en quête du vrai suspect.

— Mais l'homme aux tennis n'était pas là quand vous êtes arrivé. N'est-ce pas, monsieur Cassidy ?

— Il avait eu presque dix minutes pour décamper.

— Posséderiez-vous, par un quelconque hasard, une paire de tennis de ce genre ?

Dan secoua la tête en souriant.

— Vous faites fausse route, Johannsen, dit-il calmement. Et non, je n'en ai pas.

Johannsen se leva, les mains dans les poches.

— Bonsoir, mademoiselle Parrish. Je suis désolé

d'avoir interrompu votre dîner. Et merci d'avoir été aussi coopérative.

Ellie le fixa droit dans les yeux.

— C'est bien ce que j'ai vu, vous savez, lui dit-elle.

Il acquiesça, le visage froid.

— Je sais.

Elle fronça les sourcils, déroutée par son attitude.

— Venez, fit Dan en la prenant par le bras. Bonne nuit, Johannsen, Mullins...

Dehors, dans le parking, Majors, qui cherchait les clés de sa Mercedes 500 SEL noire, demanda :

— Eh bien... à quoi rimait tout cela ?

— Tout cela, c'était un interrogatoire de votre cliente dans une affaire de meurtre, monsieur Majors, dit Dan d'un ton sec. Un meurtre dans lequel l'inspecteur Johannsen essaie de nous impliquer tous les deux, elle et moi.

Ellie en resta bouche bée.

— Non, oh ! non, il ne faisait pas ça... Il voulait juste que je l'aide !

— Hélas, si, dit Dan d'un air sombre.

— Vous voulez dire qu'il soupçonne vraiment Ellie de... ?

Sous le choc, la peau claire de Majors vira au rouge vif, et ses yeux pâles papillotèrent derrière ses lunettes Armani cerclées d'or.

— Pourquoi diable pensez-vous qu'il nous ait amenés jusqu'ici, alors ? Pour une petite conversation entre amis ?

Dan enfonça les mains dans ses poches et s'appuya contre la voiture rutilante, tout en posant un regard lourd sur l'homme de loi.

— Je... je suis désolé, dit celui-ci. Je ne suis pas un pénaliste, vous comprenez... Je m'occupe de patrimoine et de testaments. Tout cela n'est pas vraiment mon point fort...

— Alors, pour l'amour du Ciel, trouvez-nous un confrère dont ce soit le point fort, parce que votre cliente va en avoir besoin !

— Oui, oui, bien sûr... Je vais m'en occuper tout de suite.

Ellie poussa un soupir de lassitude.

— Je n'y crois pas. Je n'arrive pas à y croire. Je pensais que la situation ne pouvait pas être pire, et regardez ce qui arrive...

— Ce n'est qu'une tempête dans un verre d'eau, dit Dan en lui passant un bras autour des épaules. Demain, nous réglerons tout cela.

Il remercia Dieu que Piatowsky arrivât le lendemain ; il pourrait compter sur lui, il le savait.

— Heu... Je peux vous déposer quelque part ?

D'avoir dû avouer son incompétence avait rendu Majors modeste, semblait-il. Dan se radoucit ; il avait été dur avec lui.

— Désolé, Majors...

Il lui donna une tape sur l'épaule, puis jeta un œil sur le parking et se rappela qu'ils étaient venus dans la voiture des inspecteurs. En principe, ceux-ci auraient dû les ramener à la maison, mais Dan ne se sentait pas le courage de discuter à ce propos.

— Nous allons prendre un taxi, merci.

— Je vais vous en appeler un.

Il pouvait au moins faire cela pour eux.

Le taxi arriva au bout de quelques minutes, et Majors leur adressa un rapide geste d'adieu, visiblement pas mécontent de se sortir de ce guêpier.

Ils se tinrent par la main dans le taxi, sans échanger un mot, ne voulant pas parler de l'affaire devant le chauffeur. Jamais le trajet n'avait paru aussi long à Dan. Quand ils atteignirent enfin le haut de la colline, la porte d'entrée s'ouvrit d'un coup et Maya apparut sur la véranda, dans un halo de lumière, l'inquiétude se lisant sur son visage.

— Est-ce que tout va bien ?

Ellie se précipita vers elle dans l'escalier.

— Oh ! Maya... Ils pensent que j'ai tué Miss Lottie, gémit-elle en s'effondrant dans ses bras.

44

Buck ne tenait pas en place. Il éprouvait de nouveau cette sorte de démangeaison intérieure qui le prenait à l'Hudson, quand il avait besoin d'exploser, de faire quelque chose. Il avait besoin de voir Ellie, mais elle n'était pas là.

Assis dans sa voiture, sur la colline près de chez elle, il sirotait un double express de chez Starbucks et se demandait, nerveux, où elle pouvait bien être, quand deux voitures de patrouille le croisèrent rapidement, se dirigeant vers chez Ellie. Tous ses sens en éveil, il regarda dans son rétroviseur.

Une minute plus tard, une Crown Victoria noire le croisa à son tour et se gara près des deux autres véhicules, devant la maison de la jeune femme. Deux inspecteurs en civil en sortirent et rejoignirent sur le trottoir les quatre agents en tenue.

Buck alluma une Camel, sortit de sa voiture et s'avança à pas lents dans la rue, d'un air désinvolte. Ils ne frappèrent pas à la porte ; ils l'ouvrirent simplement et pénétrèrent à l'intérieur. Buck les regarda, les yeux écarquillés : *ils perquisitionnaient chez elle*.

Écrasant sa cigarette, il regagna rapidement sa voiture et redescendit jusque dans Main Street.

C'était un samedi et il faisait chaud, un jour pour aller à la plage. Un défilé incessant de jeunes de Venice traversait nonchalamment la rue en direction de l'océan. Klaxonnant impatiemment pour forcer le passage, Buck fonça vers le restaurant. Il n'y avait pas de place libre en vue, mais il n'eut même pas à s'arrêter ; la pancarte *Fermé* était toujours accrochée à la porte vitrée.

Où diable était-elle ? Pas dans l'appartement de Maya, parce que Maya elle-même n'y était pas. Sans doute étaient-elles quelque part ensemble. Maya avait dû la retrouver pour la réconforter.

Buck roula sans but précis, en direction de Marina del Rey, et la pensée de Dan Cassidy lui occupait l'esprit. Il avait besoin de savoir qui était ce type-là, où il habitait. Soudain, il eut le pressentiment qu'Ellie était avec lui, et la fureur bouillonna comme un acide au creux de son estomac. Avisant une boutique qui vendait de l'alcool, il bifurqua rapidement, dans un crissement de pneus, pour pénétrer sur le parking, et acheta trois bouteilles de Jim Beam.

De retour sur l'autoroute, il se dirigea vers Sunset Boulevard, et décida rageusement qu'il tuerait Cassidy si celui-ci se mettait en travers de son chemin.

Les rideaux restaient fermés en permanence dans son studio. Il alluma une lampe, puis la télévision, et zappa jusqu'à ce qu'il tombât sur un bulletin d'informations sur une chaîne locale. Tout en faisant les cent pas autour de la petite pièce sombre, il but une gorgée de bourbon à la bouteille, puis s'essuya la bouche du revers de la main, les yeux fixés sur l'écran de la télévision.

L'homme de la météo annonçait une journée splendide – si l'on faisait abstraction de la qualité de l'air, bien sûr, pour ne goûter que les chauds rayons du soleil.

— Attention, mettait-il ses auditeurs en garde, c'est une journée à indice 5 pour les coups de soleil.

Buck inclina de nouveau la bouteille vers sa bouche. Bon Dieu ! Qu'attendaient-ils, avec leurs informations, pour lui dire ce qu'il en était de Miss Lottie et d'Ellie ! Arrachant sa chemise, il la jeta sur le sol ; puis il retira ses chaussures d'un coup de pied, et ensuite son pantalon. En l'espace de quelques secondes, il fut nu, serrant la bouteille dans ses mains, arpentant furieusement la pièce.

Mais où était-elle, bon sang ?

45

Le 737 de la United perdit de l'altitude, et Piatowsky regarda Los Angeles émerger lentement d'une couche de brouillard jaune. Un quadrillage sans fin de rues, parcouru par un entrelacs d'autoroutes, semé de piscines couleur turquoise et grands palmiers filiformes. Il espérait que cela s'arrangerait par la suite.

Citadin comme l'était Pete, il continuait à considérer comme miraculeux de pouvoir voler d'un bout du continent à l'autre et de se retrouver dans un monde différent en l'espace de quelques heures.

Cassidy l'attendait devant le tapis à bagages. Pour quelqu'un vivant au pays du soleil, il avait un teint plutôt blafard. Sa mâchoire avait des reflets bleu-noir, avec une barbe de plusieurs jours ; quant à ses cheveux, on aurait dit qu'il s'était simplement passé la main dedans. Mais ses yeux s'éclairèrent quand il vit Pete.

— Seigneur ! Piatowsky, que je suis content de te voir...

— Pareil pour moi.

Ils s'étreignirent et se frappèrent sur les épaules, avec de grands sourires de part et d'autre. Puis Dan ramassa le sac de Pete, et celui-ci prit en bandoulière la boîte noire qui contenait ses cannes à pêche.

— J'ai peur qu'on n'ait pas beaucoup le temps d'y aller, mais je les ai apportées quand même.

Suivant Dan à l'extérieur, il leva son pâle visage de

citadin vers le soleil, et huma les relents d'un million d'automobiles. Puis il sourit.

— Parfait, mon vieux. Super.

— Attends un peu d'être en dehors de la ville. Alors, tu sauras que c'est vraiment super.

Piatowsky le suivit, s'émerveillant des femmes en shorts qu'il croisait, de leurs longues jambes et de leur démarche pleine d'assurance.

— On voit qu'on n'est pas à New York, commenta-t-il, sous le choc. Et, avec ça, elles sont toutes blondes. Ça doit être tout ce soleil...

Ils reprirent la voiture, dans le parc de stationnement, puis Dan s'introduisit avec autorité dans le flot de la circulation, pour descendre Century Boulevard en direction de la route 405.

Piatowsky lui lança un regard interrogateur, et trouva que son ami avait la tête d'un homme qui ployait sous les soucis.

— Alors, comment est-ce que tu tiens le coup ? lui demanda-t-il.

— Tu ne le croiras pas, mais les flics d'ici pensent que j'ai peut-être fait le coup avec Ellie.

— Seigneur !

Piatowsky se cala quelques instants dans son siège, le temps de réfléchir.

— Et sur quoi est-ce qu'ils se basent pour cela ?

— Un mobile. *Le* mobile. L'intérêt. Nous avons tué la vieille dame pour qu'Ellie hérite. Après quoi, nous vivrons longtemps heureux tous les deux. Heureux et riches.

— Pourquoi toi ?

— J'ai été catalogué comme le petit ami, et comme l'ex-flic qui connaît la chanson.

Dan haussa les épaules, tout en déboîtant pour prendre la bonne file afin d'entrer sur l'autoroute.

— J'avais la force pour étrangler la vieille dame, pendant qu'Ellie tirait sur la gouvernante. Et sur le chien. Et je savais aussi comment imiter la signature, pour les mettre sur la mauvaise piste.

— Ils ont retrouvé l'arme ?

Dan secoua la tête.

— En tout cas, s'ils l'ont trouvée, ils ne me le diront pas.

— Non. C'est certain.

Piatowsky fronça les sourcils.

— Mais ça ne tient pas debout. Trop facile, trop gros. Je veux dire... comment aurais-tu été assez stupide pour faire le coup et ensuite découvrir le corps ? Tu te serais au contraire trouvé un alibi, à des centaines de kilomètres de là. Et elle aussi...

— C'est une exécution, Pete. J'en ai l'intuition.

Ils avaient vu tous les deux suffisamment de meurtres à caractère d'exécution, en ville, pour savoir les reconnaître.

— On a tiré sur Maria juste au moment où elle sortait de la salle de bains. L'assassin devait l'attendre. Miss Lottie, elle, a été étranglée. Le meurtrier avait une arme, il aurait pu lui tirer dessus également. Alors, pourquoi l'étrangler ?

— Une sorte de vengeance ?

Les yeux des deux hommes se rencontrèrent. Puis Dan bifurqua vers la voie de gauche et enfonça l'accélérateur.

— C'est ce que j'ai pensé, mais Ellie ne connaît personne qui en aurait voulu à la vieille dame. Pourtant, il s'est passé un incident, il y a des années de cela, dont elle m'a parlé. Il semblerait qu'un type se soit introduit dans la maison et ait attaqué sa grand-mère. Ellie n'était encore qu'une enfant, mais elle était dans la pièce et elle a tout vu. Ce sont ses cris qui ont ameuté les domestiques et le service de sécurité.

— Et le type, qu'est-ce qu'il lui est arrivé ? Il a fait de la taule, ou quoi ?

— Ellie n'en sait rien. Sa grand-mère lui a seulement conseillé de ne jamais évoquer l'histoire devant qui que ce soit et de l'oublier. Je crois que j'ai été le premier à qui elle l'a racontée. Mais cela s'est passé il y a plus de vingt ans, alors peut-il y avoir un rapport...

— Les vieilles rancunes ne meurent jamais. Elles deviennent seulement plus acharnées.

Dan haussa de nouveau les épaules.

— J'ai recherché la trace du service de sécurité que Miss Lottie utilisait alors, mais la boîte n'existe plus. Plus personne ne sait rien à ce sujet, sauf Ellie. Mais *j'ai vu* le lieu du crime et *je sais* quelle impression il donne. Tu connais ce genre de sensation ?

Piatowsky la connaissait très bien ; elle était faite d'instinct, d'expérience et d'hypothèses. Le genre de sensation qui vous court sur la peau, vous titille l'esprit, vous oblige à dépasser les fausses évidences. Le genre de sensation qui fait les bons inspecteurs.

— Et pour les empreintes ?

— Je suppose qu'il y avait celles d'Ellie partout, mais elle allait là-bas toutes les semaines. J'ai bien fait attention de ne rien toucher. Pour les flics du coin, c'est la grosse affaire ; ils nous sont encore tombés dessus hier soir, juste à l'heure du dîner, pour un nouvel interrogatoire.

Piatowsky grogna ; il connaissait le procédé : déstabiliser les suspects en les faisant venir au moment où ils sont affamés et inquiets.

— Ellie voulait sincèrement les aider. Elle s'est souvenue d'un détail qui était resté jusque-là enfoui dans sa mémoire. Au moment où elle a découvert le corps, la porte-fenêtre était ouverte, les rideaux de gaze voltigeaient à l'intérieur. Elle pense avoir vu quelque chose sur le balcon... la bande réfléchissante d'une paire de tennis.

— *Il était là, dehors ?*

Dan acquiesça.

— C'est ce qu'elle pense.

— Alors, pourquoi est-ce qu'il ne l'a pas tuée elle aussi ?

— Il y a autre chose. La grand-mère gardait sur sa table de nuit une photo d'Ellie dans un cadre en argent. La photo a disparu.

Piatowsky respira profondément.

— Daniel, mon garçon, il y a beaucoup à creuser là-dessous. Beaucoup, crois-moi.

— Essaie d'expliquer ça à l'inspecteur Jim Johannsen.

Piatowsky lui jeta un regard pénétrant.

— Tu l'aimes ?

— Il ne le faudrait pas, non. Je n'ai pas d'argent, pas de perspectives d'avenir, en tout cas pas pour un bout de temps.

— Qu'est-ce que le temps a jamais eu à voir avec l'amour ? Avec l'amour véritable ?

Dan lui sourit.

— Je suppose que Roméo a dû poser la même question à Juliette...

— Oui, et regarde ce qui leur est arrivé. Il va falloir te débrouiller mieux qu'eux, Cassidy. Mais si Ellie est la femme de ta vie, alors, c'est qu'elle doit être vraiment extraordinaire...

— Elle l'est, approuva Dan à mi-voix. Crois-moi, elle l'est.

46

— C'est exactement comme sur les photos.

Debout au sommet du coteau, Piatowsky baissait les yeux vers les impeccables rangs de vignes, et vers le bétail noir et blanc qui se regroupait à l'ombre des chênes, sur la colline d'en face. Puis il se retourna et embrassa la maison du regard, tandis que Dan sortait ses bagages de l'arrière de la voiture.

— Je croyais que ça tombait en ruine ?

— Ça tombait. Où crois-tu qu'est passé mon argent ?

Tout en riant, Pete pencha la tête, écouta le chant des oiseaux et le doux soupir du vent, et finit par dire, déconcerté :

— Est-ce que ce n'est pas un peu... calme, par ici ?

— Tu t'y habitueras. On vit mieux sans voitures, Piatowsky, crois-moi.

Pete hocha la tête – prêt à se laisser convaincre, même si cela risquait de prendre du temps. En tournant la tête, il aperçut deux silhouettes qui cheminaient, à quelque distance, sur la crête de la colline. Deux chiens les poursuivaient, et il perçut leurs aboiements enthousiastes.

— Ellie et Maya, lui dit Dan. Et lui, c'est Pancho.

Le chien arrivait ventre à terre dans sa direction, comme un cheval de course, en jappant frénétiquement, avec Cecil sur ses talons. Tous deux firent fête à Dan, puis se tournèrent vers Piatowsky et lui prodiguèrent d'abondantes et humides démonstrations d'amitié.

— Super. Formidable...

L'inspecteur les caressa, d'une main qui restait prudente.

— C'est... quelle race, exactement ? Des chiens de garde ?

— Des chiens de la campagne, Piatowsky. Parfaitement adaptés à ce petit coin de terre.

— Ouais... Pardonne-moi, mais je ne suis pas encore très habitué. Sur le plan esthétique, ils ne représentent pas un énorme progrès par rapport à ce qu'on voit en ville.

Il jeta un coup d'œil à Ellie et Maya qui s'approchaient.

— Par contre, les femmes, si, murmura-t-il dans sa barbe. Seigneur ! Cassidy, tu les as par lot de deux, maintenant ?

Ellie était grande, mince, élégante, à sa manière pâle et fragile – sans maquillage, les cheveux tirés en arrière et noués sur la nuque. Elle portait un short blanc et un tee-shirt *Chez Ellie*. Maya, sans la moindre trace de fard elle non plus, avait un teint frais d'écolière, mais un superbe corps moulé dans un short et dans un débardeur jaune en Lycra. Ellie marcha droit vers Dan.

Comme un pigeon voyageur qui rentre au bercail, songea Piatowsky, en regardant Dan l'entourer de son bras et l'examiner d'un air inquiet.

— Ellie, voici Pete Piatowsky, mon vieux pote de New York. Maya Morris, Pete.

Tandis qu'ils se serraient la main, Piatowsky comprit pourquoi Cassidy aimait Ellie. Il y avait de la douleur dans ses yeux magnifiques, mais aussi de la force ; cette femme était blessée, pas brisée.

— Vous allez aider Dan à trouver qui a fait ça ?

Maya était plutôt directe, dans son genre. Ses grands yeux ambrés, couleur de whisky, le fixaient, réclamant une réponse immédiate.

— Je vais essayer, mademoiselle Morris – même si c'est en principe l'affaire de la police de Santa Barbara.

Ellie le contempla. C'était le meilleur ami de Dan,

celui avec qui il avait travaillé pendant des années et à qui il faisait confiance. Si jamais quelqu'un pouvait les aider, d'après Dan, c'était Piatowsky ; rien ne lui échappait, il connaissait à fond son métier.

— Je suis contente que vous soyez venu, lui dit-elle doucement. Et je suis désolée que tout cela risque de gâcher vos vacances...

— Ne vous en faites pas. Les vacances, ce n'est pas vraiment mon affaire. J'ai besoin de rester toujours sous pression. Si je me laisse trop aller, un jour ou l'autre un malfrat m'attendra au tournant.

Maya se mit à rire et le prit par le bras.

— Appelez-moi Maya, monsieur Piatowsky.

— Pete, répondit-il, sous le charme, en pénétrant avec elle dans la maison.

Florita les attendait dans l'entrée, le bébé sur sa hanche.

— Bienvenue, señor Piatowsky, dit-elle, en saisissant les cannes à pêche de sa main libre. Voulez-vous du café chaud ? Ou du thé glacé, peut-être ?

Entouré de ces trois femmes aux petits soins pour lui, Piatowsky entra dans le salon d'un pas léger et se laissa engloutir par le canapé ; son séjour en Californie n'aurait pu commencer sous de meilleurs auspices.

Dan trouva trois messages sur le répondeur. Le premier était de Johannsen ; il disait qu'un mandat avait été délivré, à Santa Monica, pour fouiller la maison d'Ellie. Dan ferma les yeux, stupéfait ; c'était donc vraiment sérieux.

Le deuxième était d'un avocat, Marcus Winkler, à qui Michael Majors avait demandé de contacter Ellie Parrish Duveen. Il avait laissé un numéro à Santa Barbara.

Le troisième n'était qu'un long silence, puis on avait coupé. Tout en s'interrogeant à ce sujet, Dan composa le numéro de Winkler ; il lui exposa rapidement la situation, sans oublier le mandat de perquisition, puis les deux hommes convinrent d'un rendez-vous à trois heures de l'après-midi, au bureau de l'avocat, sur Anapamu

Street. Ensuite, Dan alla annoncer les mauvaises nouvelles aux autres.

— Ils fouillent ma maison ?

De nouveau, Ellie sentit l'angoisse lui étreindre la poitrine.

— Mais pourquoi ? Je veux dire... ils ne peuvent quand même pas croire sérieusement que... Qui au monde pourrait imaginer...

Maya s'assit à côté d'elle dans le canapé et lui prit la main.

— Tout ira bien, lui dit-elle, mais l'accent de conviction voulu n'y était pas.

Piatowsky passa la main dans les maigres cheveux blonds qui ornaient le sommet de son crâne, en regardant Dan.

— C'est juste une démarche de routine pour eux, les rassura-t-il. Un flic ne doit rien laisser au hasard, Ellie. Vous n'êtes qu'une des nombreuses pistes qu'ils doivent suivre.

Il n'était pas sûr d'avoir raison, mais ne voyait pas l'intérêt d'effrayer davantage cette malheureuse jeune femme, qui l'était déjà bien assez comme cela.

Dan leur parla ensuite de Winkler, et ils décidèrent de se rendre tous au rendez-vous, à Santa Barbara.

— Pour un soutien moral, dit Maya, en serrant Ellie dans ses bras.

Celle-ci ne comprenait pas comment on avait pu en arriver là ; au lieu de se consacrer à sa douleur, et au traumatisme qu'elle avait reçu, elle était forcée de penser à sa propre défense. Ses yeux, inquiets, rencontrèrent ceux de Dan, qui lui fit un sourire rassurant.

— Winkler va résoudre tout cela, lui affirma-t-il. Ne vous en faites pas.

Il espérait avoir raison.

47

Buck refit le numéro de Dan, en martelant son combiné, puis il le plaqua contre son oreille pour écouter la sonnerie. Encore ce maudit répondeur. Il raccrocha violemment. Où que Cassidy pût se trouver, Ellie y était avec lui, il le savait. Il but une gorgée de bourbon, à la deuxième bouteille, et sentit l'alcool crépiter dans ses veines comme du combustible dans les conduits d'une fusée. Il avait refait le plein, il était gonflé à bloc, prêt à l'action. Mais il n'y avait pas d'action.

Il regardait l'écran de télévision, dans l'attente d'un nouveau bulletin d'informations ; il voulait savoir ce qui se passait. Si les flics fouillaient la maison d'Ellie, alors, c'est qu'ils la soupçonnaient. Buck hurla de rire à cette idée. La petite-fille chérie dans le rôle de la meurtrière, c'était irrésistible...

Enfin arriva le bulletin.

« La police de Santa Barbara continue à rechercher l'assassin de Charlotte Parrish, doyenne de la bonne société locale, tuée avant-hier soir dans sa demeure de Montecito. D'après nos informations, sa petite-fille, qui a découvert le corps, a été interrogée par la police, mais n'a pas été placée en garde à vue. »

Buck reposa la bouteille sur la table, soudain dégrisé. *Son Ellie... Ils l'interrogeaient... Ils allaient peut-être la mettre en prison... Mais, alors, elle ne serait jamais à lui...*

Il gagna la salle de bains à grandes enjambées, ouvrit

le robinet d'eau froide de la douche et resta dessous un long moment, jusqu'à se sentir les idées parfaitement claires. Puis il se sécha et s'habilla rapidement d'un polo Ralph Lauren, et d'un pantalon en twill, complétant sa tenue par des tennis.

Il cacha ensuite le Glock automatique dans le sac en papier brun du magasin d'alcools, puis prit l'ascenseur jusqu'au garage en sous-sol. Il déposa le sac qui contenait le pistolet sur la banquette arrière de la BMW, sortit du parking et remonta Sunset Boulevard vers l'ouest, et l'autoroute. *Il fallait qu'il la trouve. Il fallait qu'il voie Ellie.*

48

Winkler était de grande taille, mince, avec une crinière de boucles noires, des yeux bruns et intelligents qui les jaugèrent en quelques secondes tandis qu'ils pénétraient dans son bureau.

Dan fit les présentations. Point n'était besoin d'expliquer la situation à l'avocat, mais il devait le mettre au courant des détails.

Quand il l'eut fait, Winkler se tourna vers Ellie et la fixa dans les yeux.

— Alors, avez-vous tué ou non votre grand-mère, Ellie ?

Celle-ci se mordit la lèvre inférieure et le regarda en silence, trop choquée pour réagir.

— Bien sûr que non ! répondit Maya à sa place.

Elle s'était dressée, féroce comme une chatte qui protège ses petits.

— Comment osez-vous lui poser une telle question ? Est-ce qu'il ne suffit pas de la regarder pour savoir qu'elle est incapable de commettre un tel acte ?

Elle s'était mise à arpenter la pièce, les bras croisés, le menton en avant, prête à se battre si nécessaire.

— Comprenez-moi bien, dit Winkler d'un ton calme et compréhensif. En tant qu'avocat de la défense, je me dois de poser cette question à ma cliente. Oui, je pense personnellement qu'elle est innocente, mais je dois surtout en convaincre d'autres gens que moi.

— Les flics, dit Maya d'une voix morne.

Il acquiesça.

— Pour le moment, ils n'ont guère de piste pour progresser, hormis le mobile éventuel. Seules les conclusions de l'autopsie pourront nous apporter des précisions sur les deux meurtres. J'ai appelé le bureau du coroner : ils espèrent avoir ces informations avant la fin de la journée.

En pensant à Miss Lottie et Maria à la morgue, allongées sur la table de marbre, Ellie sentit le froid l'envahir. Elle pria Dieu que tout soit bientôt fini, afin qu'elle puisse les enterrer décemment et leur rendre leur dignité.

— En attendant, ils ne vous interrogeront plus sans que je sois présent. À moins d'un élément nouveau qui vous incrimine, provenant soit du laboratoire, soit de l'autopsie, ou encore de l'arme, s'ils prouvent qu'elle vous appartient, leur position ne tient pas debout.

— Dans combien de temps pourrai-je récupérer Miss Lottie ? demanda Ellie, songeant à l'enterrement.

— Sans doute en début de semaine prochaine. Je pense que vous pouvez prévoir les obsèques pour, disons... jeudi. Sauf imprévu, bien sûr.

Ses yeux pénétrants rencontrèrent à nouveau ceux d'Ellie, puis il sourit.

— Et je ne pense pas qu'il y en aura.

Après avoir dit au revoir à l'avocat, ils quittèrent son bureau.

— Ça m'a l'air d'un type bien.

Dan appréciait les gens qui connaissaient leur travail.

— Malin, coriace, à la hauteur, renchérit Piatowsky. Exactement ce qu'il vous faut.

— Vous vous sentez mieux ?

Dan pressa la main d'Ellie et la vit sourire ; cela lui remonta le moral, même si ce n'était qu'un pâle reflet de son habituel sourire.

Ellie se tourna vers Maya.

— Tu devrais rentrer maintenant, penser un peu à toi. Et Greg ? Tu dois lui manquer...

Elle ne supportait pas l'idée d'être une charge pour qui que ce soit.

— Tu es folle ou quoi ? Tu crois que je vais te quitter maintenant ? Greg peut attendre. Je veux rester et t'aider pour l'enterrement. Il faut qu'il soit magnifique, pour la mémoire de Miss Lottie.

La fidélité de Maya à ses amis était indéfectible.

La paix de la campagne les enveloppa, tandis qu'ils gravissaient la route conduisant au ranch. Des vignes verdoyantes s'étiraient à l'infini à droite et à gauche ; des chevaux paissaient de grasses prairies, deux faucons planaient, immobiles, dans le ciel d'azur.

— Cette histoire de photo disparue me trouble, lança Dan à brûle-pourpoint, ramenant brutalement chacun à la réalité. Ça ne concorde pas avec le reste du scénario de ce vol avec violence. Ni avec un meurtre dans lequel l'assassin laisse sa signature. Je continue à me demander pourquoi il l'a prise, et je ne vois qu'une seule réponse : ce devait être quelqu'un qui connaissait Ellie.

Ellie eut l'impression que son esprit se vidait de toute pensée.

— Vous voulez dire que je *connais* le meurtrier ?

Des signaux d'alarme résonnaient un peu partout dans la tête de Dan.

— C'est comme si nous avions quatre éléments différents sur le théâtre de ce crime. Un cambriolage, deux méthodes d'assassinat différentes, et un voleur qui dérobe la photo d'une femme.

Il tourna dans l'étroit chemin, puis fit une brusque embardée pour éviter la BMW noire décapotable qui arrivait, bien trop vite, dans l'autre sens.

— Pauvre con ! s'exclama-t-il.

Il lança un regard d'excuse aux deux femmes pardessus son épaule.

— Pardonnez-moi...

— Ce n'est pas grave, dit Maya. Ça m'arrive souvent à moi aussi, en voiture.

Elle se retourna pour regarder par la fenêtre arrière, mais la voiture était déjà partie.

— Apparemment, cet idiot n'apprécie pas autant que nous la beauté du paysage.

Relevant les yeux vers la maison en haut de la colline, elle trouva à l'endroit une allure vraiment sympathique. Elle se félicitait qu'Ellie ait Dan auprès d'elle, et le ranch pour s'y réfugier, jusqu'à ce qu'elle pût de nouveau affronter le monde.

Plus bas sur la route, Buck pila à un stop, passa la marche arrière, recula dans l'entrée d'un champ et repartit, rageusement, par le chemin d'où il venait.

Là-bas, l'Explorer serpentait à travers le vignoble, jusqu'à la petite maison au sommet de la colline. Il ralentit pour épier ses occupants, mais ils étaient trop loin et il ne pouvait apercevoir Ellie. Frustré, il enfonça l'accélérateur et repartit de plus belle, dérapant dans les virages, sans nul souci des voitures qui pouvaient venir en face. La voix dans sa tête s'était remise à lui parler, le harcelant, l'exhortant... *Tu es tout-puissant. Tu peux tout faire, avoir n'importe quelle femme... Tu as le pouvoir de vie et de mort... Toi et toi seul...*

Dans un grand crissement de pneus, il refit demi-tour et reprit la direction de Los Angeles.

49

De la cuisine provenait le fumet des plats de Florita. Ellie le huma en connaisseuse, puis songea à son restaurant, qui lui paraissait si lointain, comme si elle ne l'avait pas vu depuis plusieurs mois. Elle se laissa aller dans la vieille balancelle de la véranda, s'inquiétant de Chan et de Terry, de Jake et du « petit ».

— Ils vont bien, lui dit Maya, qui suivait comme d'habitude le cours de ses pensées. J'ai appelé Chan et ils comprennent. Je leur ai dit que tu prendrais bien soin d'eux à ton retour.

Ellie la remercia d'un signe de tête. À ce moment, le téléphone sonna, et Dan disparut à l'intérieur de la maison pour répondre.

Il revint quelques minutes plus tard, une bouteille de cabernet Stirling à la main. Florita portait, quant à elle, sur un plateau peint de roses roses, des verres et un plat de salsa [1] fait maison, une jatte de pétales de maïs sortant du four, ainsi qu'une grosse tranche de fromage Manchego.

Piatowsky retrouvait le moral. On avait paru jusqu'ici oublier quelque peu l'existence des repas, et lui vivait toujours à l'heure de New York. Adossé à la balustrade de la véranda, il prit le verre de vin rouge que lui offrait Dan, en but une gorgée et parut surpris. Il n'était pas un grand connaisseur, mais il apprécia.

1. Plat mexicain épicé. *(N.d.T.)*

— Okay, dit-il, et il leur décocha son sourire de petit garçon. Je dirais qu'il y a une touche de cassis et une autre de poivre. Franc et goûteux, c'est le mot.

Dan rit.

— Tu as mis dans le mille, même si tu plaisantais. À propos, c'était Winkler au téléphone. Il a eu les résultats de l'autopsie.

Les yeux d'Ellie étaient braqués sur lui. Il aurait préféré ne pas en parler, mais elle devait être informée des détails. Il commença par les bonnes nouvelles.

— Il n'y a pas eu de viol. Maria a été tuée de trois balles, dans la poitrine et dans l'estomac, tirées d'une distance de deux mètres cinquante à trois mètres. Miss Lottie a été étranglée, à la main, par un homme d'une grande force. Ça lui a brisé le cou.

Il lut le chagrin dans les yeux d'Ellie et ajouta :

— Elle a dû mourir très vite, si cela peut vous réconforter.

Elle acquiesça, incapable de parler.

— La balistique a identifié les munitions ? demanda Piatowsky, tout en se resservant une lampée de cabernet ; il sentait que la température n'allait pas tarder à s'élever de quelques degrés.

Dan fit un signe affirmatif.

— D'après Winkler, elles ont été tirées à partir d'un pistolet automatique Glock 27.

Pete prit un pétale de maïs, le trempa dans la salsa aux tomates fraîches, puis grimaça comme s'il avait mordu dans un morceau de piment vert au goût brûlant.

— Et maintenant, qu'est-ce qu'on fait ?

Dan haussa les épaules, perplexe.

— Cela me dépasse. Winkler affirme qu'ils n'ont aucun indice, aucune preuve. Nous ne connaissons pas encore les résultats de l'ADN mais, pour le moment, ils n'ont que des hypothèses. Tu le sais aussi bien que moi, il faut plus que des hypothèses pour ficeler une affaire.

— Ça veut dire qu'on va pouvoir recommencer à vivre normalement ?

Ellie n'avait jamais réalisé jusqu'ici, jusqu'à ce

qu'elle en soit dépossédée, combien elle appréciait la routine de la vie quotidienne.

— Oui. Sûr.

Elle eut l'impression qu'on lui retirait soudain un poids des épaules, et but une gorgée de vin.

— Ce vin est trop bon pour venir de chez vous, Cassidy, dit-elle, et son ancien sourire passa comme un éclair sur son visage.

— Essayez le mien l'année prochaine, mon petit. Il sera *florissant*.

En les regardant se sourire, Piatowsky songea que ces vacances ne se passeraient peut-être pas si mal, après tout.

50

Johannsen et Mullins étaient assis dans la Crown Victoria banalisée noire, arrêtée dans l'allée privée de Journey's End. D'immenses nuages gris balayaient le ciel, et de grosses gouttes de pluie s'écrasèrent soudain sur le pare-brise ; elles leur cachèrent la vue des agents qui, avec leurs chiens policiers, passaient au peigne fin chaque centimètre carré de terrain, à la recherche du Glock, du couteau, de traces de pas, ou de n'importe quel autre indice qu'aurait pu laisser le tueur.

Des éclairs illuminèrent le jardin, bientôt ruisselant d'eau ; le tonnerre se déchaîna au-dessus de leurs têtes, comme si le dieu Thor en personne frappait là-haut sur des monstres, avec son marteau géant. Johannsen songea, morose, que la pluie allait effacer toute piste pour les chiens, ainsi que toute empreinte au sol. Jusque-là, les hommes n'avaient rien trouvé ; il les voyait maintenant s'écarter, pour plus de sûreté, des arbres qui peuplaient le parc. Et merde. Cette affaire aurait déjà dû être réglée. Pourquoi donc n'arrivait-il à rien ?

Le téléphone retentit. Il décrocha avant la deuxième sonnerie.

— Johannsen, j'écoute.

— Bonjour, monsieur. Ici l'inspecteur Pete Piatowsky, police de New York.

— Qu'est-ce que je peux faire pour vous, inspecteur ?

Au bout du fil, Piatowsky estima qu'il avait la voix

lasse, et il sourit, ne connaissant que trop bien cette sensation.

— Je sais que vous avez été en contact avec mon service, au sujet d'une prostituée assassinée près de Times Square. Ce meurtre était très similaire à celui que vous avez chez vous, à Montecito. Étranglement manuel avec mutilation.

— Une mutilation très particulière.

Johannsen avait parlé non seulement avec la police de New York, mais aussi avec celle de Los Angeles, de même qu'avec le FBI ; tout le monde s'intéressait à son enquête. Mais ils faisaient tous fausse route ; lui pensait tenir à la fois les meurtriers et leur mobile.

— Je suis actuellement à Santa Barbara, inspecteur. J'aimerais bien vous rencontrer, pour que nous puissions parler des ressemblances entre ces deux affaires.

Johannsen en avait déjà discuté, sans fin, lui semblait-il. Néanmoins il répondit en soupirant :

— Je peux être de retour à mon bureau à midi.

— J'y serai aussi.

Piatowsky sourit à Dan, pendant qu'il composait le numéro du commissariat de New York.

— George ? C'est Piatowsky. J'ai rendez-vous tout à l'heure avec l'inspecteur qui s'occupe du meurtre avec signature de Montecito. Histoire de voir s'il concorde avec le nôtre, et avec celui de la pute de Los Angeles... Ouais, je te tiendrai au courant... Non, je ne crois pas que l'inspecteur pense qu'il s'agit du même homme, mais... et comment qu'on va le trouver ! (Il écouta à nouveau, puis sourit.) Ouais, tu peux appeler ça des vacances studieuses, mais c'est la vie qui veut ça... Je suis toujours là où les choses se passent ! Okay, je transmets tes amitiés à Cassidy. (Il regarda par la fenêtre les nuages qui se pressaient au-dessus des collines.) Tu sais quoi ? Y a un putain de déluge !

Dan entendit l'éclat de rire résonner dans le téléphone. Piatowsky raccrocha en gémissant :

— Je croyais qu'il ne pleuvait jamais, dans le sud de la Californie...

— Tu as trop écouté les Beach Boys. Donc, on a rendez-vous avec Johannsen ?

— *J'ai* rendez-vous avec lui. Tu n'es plus qu'un civil, Cassidy. Et aussi un suspect.

Le téléphone sonna et il décrocha, machinalement.

— Ouais ? dit-il, et il parut surpris.

Dan attendait qu'il lui passe la communication, mais Piatowsky faisait les cent pas, le combiné coincé sous son menton.

— Ouais, dit-il encore. Sans blague ! Okay, je le ferai.

Il raccrocha et regarda Dan.

— Alors ? interrogea celui-ci.

— Encore une femme tuée. Encore à Los Angeles. Une pute. Étranglement manuel avec mutilation. Elle a été jetée dans un canal à Venice Beach.

— Ah ! Je suppose que ça nous tire d'affaire, Ellie et moi. Cette fois, on a un alibi.

— Bien sûr.

Piatowsky acquiesça, mais il ne semblait pas entièrement convaincu.

— Sauf si ce n'est pas le même tueur.

— Encore un imitateur ?

Cela n'avait rien d'exceptionnel, Dan le savait, quand un meurtre particulièrement horrible faisait les gros titres des journaux.

Piatowsky enfila son vieux blouson d'aviateur en cuir noir. Il ne pensait pas avoir à le mettre, au pays du soleil.

— J'y vais, vieux. J'ai rendez-vous avec ton destin.

Johannsen, calé au fond de sa chaise, les jambes écartées, ses lunettes d'écaille juchées au bout de son grand nez, se penchait par-dessus son bureau pour étudier les informations concernant le nouveau meurtre quand on introduisit Pete.

Il leva les yeux et jaugea son visiteur, de la même façon que Piatowsky devait le jauger de son côté. Sans doute son visiteur l'avait-il déjà catalogué comme un flic de province – Santa Barbara comptait quatre-vingt-dix mille âmes – pour se réserver le rôle du grand inspecteur je-sais-tout débarquant de New York. Eh bien, il avait tort. Ici, il n'était plus à New York.

Les roulettes de sa vieille chaise pivotante en tissu gris grincèrent quand il se recula. Il se leva et serra la main de Pete.

— Asseyez-vous, inspecteur Piatowsky. (Il lui désigna une chaise en face de son bureau.) Du café ?

L'agent en tenue attendait la réponse à la porte.

— Non merci.

Piatowsky avait déjà absorbé suffisamment de caféine, ce matin-là, pour réveiller un mort. Cela l'aidait à travailler ; et, de toute façon, le café de Florita était infiniment meilleur que n'importe quel breuvage offert par la police. Il sentait des ondes d'hostilité affluer vers lui par-dessus le bureau, mais n'en sourit pas moins jovialement. On ne pouvait blâmer Johannsen : ce n'était jamais agréable de voir d'autres flics mettre le nez dans vos investigations.

— J'ai entendu dire qu'il y avait eu un nouveau meurtre ?

Il tira une Lucky de son paquet chiffonné et l'alluma. C'était sa première cigarette depuis son arrivée à Running Horse, alors que sa dose habituelle était d'un paquet et demi par jour. Quelque chose dans l'ambiance du commissariat, une certaine électricité dans l'air, l'atmosphère de meurtres et de désarroi humain qui imprégnait l'endroit, avait provoqué son besoin de nicotine. Il expira la fumée en toussant, tandis que l'inspecteur poussait un cendrier métallique vers lui.

Johannsen lut la feuille de papier posée face à lui.

— Une pute, de race blanche, cheveux blonds, cinquante-deux ans, du nom de Rita Lampert. Elle travaillait dans les clubs, ou dans les bouges, de Hollywood Boulevard, et elle était bien connue de la police. C'est un joggeur qui a retrouvé son corps ce matin, à cinq heures et demie, dans un canal de Venice Beach. On l'a frappée à la tête, étranglée, puis défigurée.

— Comme Charlotte Parrish ?

Il acquiesça.

— Mais pas comme Maria Novales.

Piatowsky leva les sourcils d'un air interrogateur, et Johannsen ajouta :

— Novales était la gouvernante. On lui a tiré dessus et elle n'a pas été mutilée.

— Vous avez une théorie à ce sujet ?

Johannsen acquiesça de nouveau.

— Je crois que la mutilation de Mme Parrish était une manœuvre de l'assassin pour nous mettre sur une fausse piste. Il voulait que nous le prenions pour le « tueur à la signature ». (Il haussa ses larges épaules.) Mais je ne pense pas qu'il s'agisse du même homme.

— Vous travaillez toujours sur la culpabilité possible d'Ellie Parrish Duveen ?

— Oui. Sans doute avec l'aide d'un complice. Même si, je dois l'admettre, nous ne possédons pas encore de preuve tangible. La perquisition que nous avons menée chez Mlle Parrish n'a rien donné. D'après le labo, les fibres noires retrouvées sur le lieu du crime sont en laine et proviennent peut-être d'un pull-over ou d'une cagoule de ski. Ils poursuivent leurs recherches. L'arme utilisée est un pistolet automatique Glock 27.

Il hésita. Il y avait encore un autre indice, mais Johannsen hésitait à en parler, parce qu'il pouvait tout aussi bien valider sa théorie que la flanquer définitivement par terre ; aussi décida-t-il de ne rien en dire au flic de New York. Il haussa les épaules et ouvrit les mains, en signe d'impuissance.

— C'est à peu près tout.

— Merci de votre coopération.

Piatowsky se leva et ils se serrèrent la main.

— Pourquoi ne pas me laisser votre numéro ? dit Johannsen, qui souriait, désormais. Comme cela je pourrai vous mettre au courant, vous informer... Vous êtes descendu à Santa Barbara ?

Il était sur le point de lui recommander un petit motel

tranquille, afin d'entretenir l'amitié et la coopération entre eux.

— Je ne vous ai pas dit ?

Piatowsky passa la main dans les cheveux blonds qui couvraient à grand-peine son crâne.

— Je suis au Running Horse Ranch, chez Dan Cassidy. C'est un vieux copain à moi. Nous avons fait équipe pendant cinq ans dans la rue...

Et il lui adressa son plus beau sourire de petit garçon – mais toute trace de sourire avait disparu du visage de Johannsen.

51

Ellie était au téléphone, tâchant de recoller les morceaux de sa vie et de la reconstruire avec une charpente différente. Michael Majors lui avait appris qu'à part un généreux legs en faveur de Maria, qui n'avait, hélas, plus lieu d'être, elle était l'unique légataire de la vieille dame.

— Je ne saurais trop vous recommander de mettre tout de suite la maison sur le marché. Bien sûr, conservez les meubles et les objets dont vous avez envie, mais rappelez-vous que les antiquités sont d'un bon rapport. Et même si la maison est un gros morceau, surtout maintenant qu'elle est...

Il était sur le point de dire « souillée », mais se rattrapa.

— ... surtout maintenant qu'elle va être plus difficile à vendre, le terrain a de la valeur et se négociera sans trop de problème. Comme vous le savez, il ne reste plus grand-chose à vendre à Montecito, surtout dans un site aussi exceptionnel.

— Je ne peux pas la vendre. Pas encore.

Il était trop tôt pour lâcher son passé, ses souvenirs.

— Je comprends... Mais pensez-y quand même, Ellie. Et quand vous vous déciderez, je m'en occuperai pour vous.

Ellie raccrocha, en songeant que tout le monde s'occupait d'une chose ou d'une autre pour elle. Il était temps qu'elle se secoue. Qu'elle « remonte ses chaussettes », aurait dit sa grand-mère. Elle avait toujours été du genre à se prendre en charge, et voilà qu'elle devait *reprendre* en charge sa vie.

Dan avait déjà tout arrangé pour l'enterrement avec l'entreprise de pompes funèbres, y compris le transport par bateau du corps de Maria jusque chez les siens, à Guadalajara, dès que le médecin légiste l'autoriserait.

Les obsèques de Miss Lottie étaient réglées ; il ne restait plus qu'à en fixer la date. Et attendre – attendre de voir s'ils l'arrêteraient pour le meurtre de sa grand-mère. Cette idée ridicule aurait été drôle si elle n'avait pas été en même temps aussi tragique.

Maya, qui descendait son sac en bas de l'escalier, vit Ellie dans l'entrée, plantée devant le téléphone, et qui le regardait comme un objet étrange. Elle se demanda avec inquiétude s'il était bien prudent de l'abandonner aussi vite, mais elle avait rendez-vous avec un producteur, intéressé par son nouveau projet.

— Que se passe-t-il ?

Elle traversa l'entrée en deux grandes enjambées et déposa son sac sur le sol.

— Quelque chose ne va pas ?

— C'était l'homme de loi de grand-mère. Il me disait que j'héritais de Journey's End et me demandait si je voulais la vendre dès maintenant.

— Tu ne peux pas faire ça aussi vite, dit Maya d'elle-même.

Le téléphone sonna à nouveau et Ellie décrocha.

— Running Horse Ranch, j'écoute.

Elle ne rencontra que le silence et répéta :

— Running Horse, allô ?

Elle n'obtint toujours pas de réponse, pourtant elle savait qu'il y avait quelqu'un. Ses yeux rencontrèrent ceux de Maya tandis qu'elle raccrochait vivement.

— Qui était-ce ?

Ellie frissonna.

— Je n'en sais rien.

L'appareil sonna encore, et cette fois Maya le saisit.

— Qui diable êtes-vous ? aboya-t-elle, puis elle rougit. Oh ! excusez-moi, je croyais que c'était quelqu'un d'autre. Oui, elle est là. Ne quittez pas, je vous prie.

Elle tendit le téléphone à Ellie, et le cœur de celle-ci flancha quand elle reconnut la voix de Johannsen.

— Oui, inspecteur Johannsen. Oh ! merci. Et merci de me tenir au courant.

Elle garda quelques instants le silence, écoutant l'inspecteur, tandis que Maya la contemplait d'un air interrogateur.

— Ma taille de chaussures ? Du 42. Oui, c'est grand pour une femme. Ça m'a toujours empoisonné la vie. (Elle l'écouta à nouveau.) Des Reebok Walkers DMX ? Oui, j'en ai une paire. Blanches avec une ligne bleue. Non, pas de bandes réfléchissantes.

Elle l'écouta encore, et Maya lançait des œillades impatientes à son amie. Que voulait-il donc savoir, avec ces Reebok ?

— Merci, inspecteur Johannsen. Oui, je lui dirai de vous appeler quand il arrivera.

Elle raccrocha.

— Qu'est-ce qu'il voulait ? lui demanda avidement Maya.

— Le coroner a donné l'autorisation qu'on emporte Miss Lottie et Maria. L'enterrement pourra avoir lieu jeudi.

Sa voix était calme, résignée ; Maya la serra passionnément dans ses bras.

— Je suis si triste, ma chérie... mais cela ira mieux quand ce sera fini. Quand Miss Lottie et Maria reposeront en paix.

Ellie savait qu'elle avait raison. Elle aurait aimé se sentir elle aussi réconfortée, soulagée – ou triste : n'importe quoi, mais elle ne ressentait toujours rien. Elle aurait tout aussi bien pu être morte elle-même.

— Qu'est-ce que c'est, cette histoire de Reebok ?

Ellie revint brutalement à la réalité.

— Ils ont trouvé une empreinte sur le balcon... de la boue et du sang... Ça vient de semelles de Reebok Walkers, paraît-il, et ils voulaient connaître ma pointure.

— Johannsen pense que tu étais là-dehors, sur le balcon, dans tes Reebok, après avoir tué ta grand-mère ? *Hah !*

D'un mot court et bien senti, Maya exprima tout le mépris que lui inspirait la police locale.

— Il y avait quelqu'un dehors, dit calmement Ellie. J'ai vu ses pieds. C'étaient des chaussures noires avec des bandes réfléchissantes, qui brillaient dans le faisceau de la lampe.

— Ils savent quelle pointure ?

Elle haussa les épaules.

— S'ils le savent, ils ne me l'ont pas dit.

— C'est absurde.

Maya jeta sur son épaule le sac de cuir noir qui contenait ses affaires.

— Je m'en vais, Ellie. Je reviendrai demain pour t'aider à tout préparer.

— Qu'est-ce que je ferais sans toi ?

Ellie se raccrochait à elle. C'était pathétique, pensa Maya, qu'une femme aussi forte ait ainsi été terrassée par l'acte barbare d'un fou.

— Tu es formidable, Ellie. Je t'admire beaucoup. Tu te sentiras mieux après l'enterrement. Ils vont trouver le meurtrier, et l'affaire sera réglée. Patience, et je te promets que ça se passera ainsi.

Ellie sortit avec elle sur la véranda pour lui faire des signes d'adieu. Sûrement, les choses allaient se passer ainsi. La police arrêterait l'assassin, le jetterait en prison. Et sa vie à elle retrouverait son cours « normal ». Après l'enterrement.

52

L'après-midi tirait à sa fin. L'orage était passé aussi vite qu'il était venu ; un chaud soleil luisait désormais sur la pelouse, et la colline fumait comme un mini-volcan sur le point d'entrer en éruption. Ellie était assise avec Piatowsky, à l'arrière de la maison, au bord de l'étang envahi par les roseaux ; une canne à pêche à la main, elle écoutait une bruyante volée d'étourneaux piailler dans un saule qui balayait l'eau noire de ses feuilles jaunes et vertes

— Vous êtes sûre qu'il y a des poissons là-dedans ?

Piatowsky remonta sa ligne et vérifia l'appât : intact.

— En principe, il y a des carpes.

— Est-ce que quelqu'un en a déjà vu une ?

Il la regarda d'un air soupçonneux, et elle se mit à rire ; tout son visage s'en trouva éclairé, et Pete découvrit soudain combien elle était belle. Ce n'étaient pas seulement ses traits réguliers et la douceur de son teint – même si, réguliers, ses traits l'étaient admirablement, et que les taches de rousseur ajoutaient à son teint une dimension supplémentaire : c'était autre chose encore, qui lui venait de l'intérieur. Qui transparaissait dans ses yeux, dans son sourire, dans sa voix mélodieuse. Quand elle souriait, le visage d'Ellie s'illuminait.

— Moi, non, répondit-elle, mais Dan jure que oui.

— Huh ! renifla-t-il, moqueur. À propos, vous devriez faire ça plus souvent. (Elle lui lança un regard interrogateur.) Sourire, je veux dire.

Ellie posa la main sur celle de Pete.

— J'ai vraiment gâché vos vacances, n'est-ce pas ?

Il se leva, jeta à nouveau sa ligne dans l'étang, puis vint se rasseoir auprès d'elle sur l'herbe tiède de la berge.

— Rien ne peut gâcher cet endroit. J'ai l'impression que mon vieil équipier s'est payé un petit coin de paradis, de paradis californien.

— Parfois, je le pense moi aussi.

Elle entoura ses genoux de ses bras et posa le menton sur eux, en regardant rêveusement la ligne qui dansait sur l'eau.

— Puis je me souviens que je suis une fille de la ville maintenant, que j'ai une affaire à diriger, des employés, des clients. Il va falloir que j'y retourne, après l'enterrement.

Miss Lottie et Maria seraient enterrées dans des pays différents, mais le même jour. Ellie avait fait envoyer par Majors, à la famille de Maria, un chèque qui paierait la plus magnifique des grand-messes, ainsi qu'un ange de marbre pour veiller à jamais sur elle. Plus tard, quand la succession serait réglée, elle leur enverrait la somme qu'avait prévue Miss Lottie dans son testament, pour être distribuée à ses frères et sœurs.

Elle désigna l'eau du doigt.

— Ça mord...

Bondissant sur ses pieds, Piatowsky remonta sa ligne, puis la regarda avec dégoût : il avait pêché une vieille botte.

— C'est bon pour Huckleberry Finn, grogna-t-il, maussade.

— Heureusement que ce n'est pas une Reebok Walkers en 46, dit une voix derrière eux.

Dan se laissa tomber sur la berge, à côté d'Ellie, et lui donna un rapide baiser sur la joue.

— Qu'est-ce que tu veux dire ? s'enquit Pete, intrigué.

— Johannsen n'en avait pas parlé car il ne connaissait pas la taille. L'homme sur le balcon chaussait du

46. Cela nous met tous les deux hors de cause, Ellie et moi. Tout en prouvant qu'il y avait bien quelqu'un dehors.

— Donc, Johannsen va devoir se trouver un autre suspect ? conclut Piatowsky avec un sourire joyeux. Je lui avais bien dit qu'il faisait fausse route, mais vous connaissez les flics...

Il haussa les épaules d'un air de dire : « Tous cinglés là-dedans... »

— Vous vous sentez mieux ?

Dan vit, à l'expression des yeux d'Ellie, qu'au moins il avait pu retirer un des poids qui lui pesaient sur les épaules. L'espace d'une minute, elle s'autorisa à se demander comment elle pourrait vivre sans lui, puis s'endurcit à nouveau : *« Je remonte mes chaussettes, grand-mère*, se répéta-t-elle intérieurement. *Je peux tenir le coup, je peux m'en sortir.* » Elle devait aller de l'avant, faire un succès de son restaurant ; alors, Miss Lottie serait fière d'elle, et elle serait donc fière d'elle-même. Le travail, voilà tout ce qui comptait maintenant.

Elle pressa la main de Dan. C'était un véritable ami.

— Beaucoup mieux, oui, répondit-elle.

Il aima le ton de sa voix : elle semblait avoir repris possession de son esprit. Et il était soulagé à l'idée que Johannsen, au moins pour l'instant, n'était plus derrière son dos. Pourtant, il le savait, l'affaire n'était pas encore terminée.

53

C'était une de ces journées qui font la gloire de la Californie ; chaleur et ciel d'azur. Un souffle de brise plissait de minuscules rides la surface de l'océan ; dans le sillage du soleil, on eût dit un voile lamé or. Les montagnes entourant Santa Barbara se drapaient du plus doux velours, tandis que les roches roses des îles, de l'autre côté du détroit, miroitaient. Vues depuis le vert promontoire, dominant l'océan, où se trouvait le cimetière de Santa Barbara, les plates-formes pétrolières émaillant l'horizon ressemblaient à des navires de guerre, une armada espagnole s'apprêtant à reconquérir la Californie. Sans nul doute Miss Lottie aurait-elle apprécié d'être enterrée en une pareille journée.

— Pas de tristesse ni de larmes, croyait l'entendre dire Ellie. Nous allons chanter de beaux cantiques, et ensuite champagne pour tout le monde !

Dans la limousine noire qui suivait lentement le corbillard, à travers les rues bordées d'arbres de Santa Barbara, elle se remémorait les seules autres obsèques auxquelles elle avait assisté. Elle se souvenait parfaitement d'avoir suivi, près de Miss Lottie, dans une grande voiture noire semblable à celle-ci, les cercueils de ses parents pour leur dernier voyage.

En souvenir de la façon dont Miss Lottie l'avait habillée alors, organdi blanc et chaussures de cuir verni comme si elle allait à une fête, elle avait choisi de porter un fourreau de lin blanc, sans manches, dans lequel sa grand-mère avait toujours aimé la voir. Elle avait emprunté à Maya un chapeau de paille noir, à larges bords, et glissé une grosse rose blanche fraîchement coupée dans le ruban ; elle portait aussi des chaussures de daim noir à talons, avec un petit sac assorti. Comme d'habitude, elle était très peu maquillée, un voile de poudre, une touche de rouge à lèvres ; de grandes lunettes noires cachaient la tristesse de son regard. Sans doute faisaient-elles très Los Angeles, mais Ellie ne s'en souciait pas. Cet après-midi, elle allait partager son chagrin avec les amis et connaissances de Miss Lottie, mais la blessure en elle était toujours aussi vive. Elle s'arrangerait plus tard, une fois seule, avec sa tristesse et sa culpabilité.

Elle sentit la main chaude de Dan se poser sur la sienne, et le regarda.

— Ça va ?

Elle acquiesça de la tête, heureuse qu'il fût à son côté, reconnaissante au Ciel de l'avoir mis sur sa route. Elle se sentait désormais aussi proche de lui que de Maya.

Assise en face d'eux dans la limousine, celle-ci lui souriait d'un air encourageant. Elle avait revêtu une robe de soie noire, légère et sans manches, qui enveloppait son corps comme de la gaze, ainsi qu'une mantille de dentelle noire sur ses cheveux blonds. Piatowsky, près d'elle, était impeccable, dans une veste sombre et une cravate empruntées à Dan. Quant à ce dernier, son costume bleu lui seyait parfaitement et lui donnait l'air d'être un autre homme.

Dan savait que Johannsen serait présent, et aussi que la police filmerait discrètement la cérémonie au magnétoscope. On avait déjà vu des meurtriers assistant aux obsèques de leur victime. Une sorte de triomphe macabre sans doute. Lui-même se promettait, tout comme Piatowsky, d'ouvrir les yeux et de surveiller l'assistance.

— Il y a une sorte d'odeur qui flotte autour des assassins, avait expliqué Piatowsky ce matin-là. Quelque chose qui émane d'eux et qui arrive juste jusqu'à ce bon vieux nerf olfactif pour vous dire : « Attention ! Ce type-là a quelque chose de pas normal. » S'il est là, nous le saurons.

Encadrées par une escorte de motards qui leur ouvraient la route, les deux voitures funéraires descendirent lentement State Street, suivies par une centaine d'autres véhicules. Comme Miss Lottie aurait aimé toute cette pompe, tout cet éclat, songeait Ellie, tandis que le cortège longeait l'océan étincelant, contournait la fontaine, puis s'engageait dans l'allée menant à la chapelle.

Elle se sentit presque soulagée quand le cercueil de sa grand-mère, recouvert d'un manteau de roses blanches et parfumées, fut accueilli par le révérend Allan, qui connaissait Miss Lottie depuis quarante ans. Enfin, celle-ci était entourée d'amis.

On aurait dit que la ville entière était là. Bien des gens, dans l'assistance, étaient aussi âgés que Miss Lottie ; leurs cheveux blancs et leurs épaules voûtées apportaient à la cérémonie tendresse et nostalgie. Ellie se souvenait des réceptions de sa grand-mère, des visites qu'on leur faisait le matin de Noël, quand les portes de Journey's End étaient grandes ouvertes ; des garden-parties l'été, du tennis, de la piscine, des éclats de rire et de la jeunesse... *Nous avons tous bien fait la fête ensemble* – elle imaginait ce qu'aurait dit Miss Lottie. *Allons, pas de regrets. Il est temps de partir et de laisser la place aux plus jeunes...*

Tout le monde était là : le maire de la ville, les membres du conseil municipal, le chef de la police, les gens chic et les célébrités qui habitaient Montecito et connaissaient leur voisine depuis des dizaines d'années. Le directeur du Biltmore avec une partie de son personnel, les commerçants du quartier, le propriétaire du garage où Miss Lottie faisait entretenir sa Cadillac depuis 1972.

Chan et Jake étaient là, et même le « petit » les avait accompagnés, pour témoigner son soutien à Ellie. Elle reconnut Michael Majors et sa femme, Harrison Thackray, l'expert-comptable, ainsi que le directeur de la banque. *Et l'inspecteur Johannsen.*

Costume sombre, cravate discrète, il épiait du coin de l'œil tous les proches de la défunte à mesure de leur arrivée ; mais il ne repérait pas un seul individu d'allure louche parmi eux. Tout le monde était respectable, et respectueux. Néanmoins, il savait comme tous les flics qu'en général rien ne ressemble plus à un homme respectable qu'un assassin. En outre, il continuait à penser que les meurtriers, il les avait juste sous les yeux.

Johannsen ne pouvait se sortir de l'esprit le souvenir du message laissé sur l'ordinateur. *DUVEEEEEEE*... La vieille dame avait essayé de leur dire quelque chose. Or, de qui pouvait-il s'agir, sinon d'Ellie ?

Buck ne quittait pas des yeux l'élégante jeune femme en robe blanche, aux lumineux cheveux roux ramenés en chignon sous son grand chapeau noir. Il savait qu'il prenait des risques en assistant aux obsèques, mais n'avait pu s'en empêcher. Néanmoins, il restait sur ses gardes. Il se targuait de pouvoir repérer un flic à cinquante pas ; un geôlier était un geôlier, et ceux de Cro-Magnon devaient déjà ressembler à ceux qu'il avait connus à l'Hudson. Les hommes en costume sombre qui se tenaient à l'arrière, les bras croisés, il les avait identifiés comme inspecteurs à la minute même où il s'était glissé dans la foule en deuil. Sa mise était irréprochable, sa cravate sobre et de bon ton, ses mocassins Gucci parfaitement cirés. Il se confondait avec ses voisins, riches avocats, hommes d'affaires et banquiers. Il *était* l'un d'eux.

Mais quand il vit Dan au côté d'Ellie, il sentit une brûlure lui fouailler les entrailles. Ils se tenaient l'un près de l'autre, comme si elle était sa femme.

Tandis que les porteurs emmenaient Miss Lottie à sa dernière demeure, sur la falaise venteuse dominant l'océan, Dan pensa qu'on ne pouvait rêver endroit plus beau, plus paisible : des pelouses vertes en pente douce, des fleurs et des arbres à l'épais feuillage, et toutes ces épitaphes de centaines d'autres habitants de Santa Barbara disparus dans le passé, au siècle dernier pour beaucoup d'entre eux. Vue sous cet angle et dans ce cadre, la mort perdait son caractère irrémédiable. En tant que flic, Dan l'avait toujours vue sous le pire des angles : horreur, tragédie et violence – comme ç'avait été le cas pour Miss Lottie. Cette mort-là n'était pas facile à accepter. Il voyait les caméras de télé braquées sur Ellie, espérant qu'elle n'y prêterait pas attention. L'enterrement de Miss Lottie serait jeté en pâture au public.

Il étreignit d'une main ferme le bras d'Ellie, quand le révérend Allan prit la parole :

— Mes très chers frères, nous sommes réunis ici, aujourd'hui, pour rendre hommage à une grande dame, Charlotte Amelia Stamford Parrish – Miss Lottie, comme nous l'appelions tous...

Ellie eut l'impression de remonter le temps. C'étaient les obsèques de ses parents... le même manteau de roses blanches, les mêmes amis endeuillés, le même cimetière, magnifique, dominant l'océan, et le paisible écho des vagues qui battaient la grève.

— Que Dieu donne à sa petite-fille bien-aimée, Ellie, la force de surmonter l'épreuve..., priait le pasteur.

Piatowsky passait en revue les curieux qui regardaient la cérémonie par-dessus le mur : joggeurs sur le chemin de la plage, passants qui promenaient leur chien... Tous des gens à l'allure ordinaire, qui avaient des occupations ordinaires – et, pourtant, chacun d'entre eux pouvait être un assassin.

L'assistance chantait à présent. Buck connaissait tous les cantiques par cœur ; n'était-il pas allé tous les dimanches à l'église avec sa mère ? Du moins, jusqu'à ce qu'il décide qu'il en avait assez. Il prit un air compassé de circonstance, puis écouta le pasteur qui entonnait les versets d'un psaume.

Le psaume 23 arracha des larmes à Ellie. Quand elle était enfant et qu'elle s'agenouillait au pied de son lit pour dire ses prières, Miss Lottie lui en apprenait les douces paroles. Elle croyait fermement, elle s'en souvenait, que le Seigneur était son propre berger, veillant personnellement sur elle au milieu de son immense troupeau. *« Ton bâton, Ton appui, voilà qui me rassure... Il ranime mon âme. »* Son âme serait-elle jamais ranimée ? Elle ne parvenait pas à le croire.

La musique était celle de Haendel, exaltante et douce à la fois. Puis le révérend Allan traça un signe de croix sur le cercueil. « Les cendres à la cendre, la poussière à la poussière... »

Buck veillait à ne pas en faire trop, à ne pas feindre d'essuyer une larme au moment où le célébrant prononça ces mots qu'il rêvait d'entendre depuis si longtemps ; mais il ne sourit pas non plus, et pourtant l'envie ne lui en manquait pas. Il aurait voulu danser et crier des hourras. *Elle s'en va ! Va te faire voir, Miss Lottie. Enfin !*

Ellie sentait le bras de Dan passé sous le sien, son épaule solide, prête pour qu'elle s'y s'appuie. Le silence se fit pendant un instant ; seul l'écho atténué de l'océan en contrebas troublait ses pensées. Relevant la tête et redressant le dos, comme Miss Lottie le lui avait appris, elle serra le bras de Dan et s'éloigna rapidement.

Miss Lottie avait toujours su donner de belles réceptions, et celle-ci, dans le lieu qu'elle préférait, le Biltmore, ne fit pas exception à la règle. Comme toujours, tout se déroula à merveille, grâce aux soins attentifs du personnel. L'hôtel offrait le plus beau des adieux à la plus ancienne et la plus aimée de ses clientes. Un orchestre à cordes joua les mélodies qu'elle avait préférées, morceaux choisis des années trente, avec *Roberta*, des années quarante, avec *Oklahoma !...* jusqu'aux années quatre-vingt, avec *Evita*. On but du champagne, bien sûr – du veuve-clicquot, parce qu'elle avait toujours aimé l'idée d'une veuve buvant le champagne d'une de ses consœurs ; on mangea les petits sandwichs au saumon et au concombre, qu'elle appréciait tant lors de ses thés du lundi, des scones, de la crème et de la confiture de fraises, ainsi que le fameux gâteau au chocolat de la maison. Après tout, il était quatre heures et c'était l'heure du thé.

Une tonnelle de roses avait été érigée ; Ellie, entourée de Maya et de Dan, y recevait les invités de sa grand-mère.

— Ça ressemble plus à un mariage qu'à un enterrement, lui chuchota Maya, d'un ton coupable.

Ellie lui sourit.

— C'est exactement ce qu'elle aurait voulu. Un thé au Biltmore, une dernière fois.

— C'est une telle tragédie, ma chère, murmura tristement un vieil ami en lui serrant la main.

Toute l'assistance avait été choquée par le meurtre, effrayée aussi. De telles choses n'arrivaient jamais dans une localité aussi petite, aussi chic et aussi tranquille que Montecito.

— C'est la fin d'une époque, dit quelqu'un à mi-voix. Cet endroit ne sera plus jamais le même.

Buck avait hésité à se rendre à la fête d'adieu ; c'était risqué, il le savait. Mais la voix dans sa tête le pressait de le faire. *Pourquoi n'irais-tu pas ? Sans toi, il n'y aurait pas de fête du tout.* Souriant à cette idée, il avait sauté dans son cabriolet et roulé jusqu'au Biltmore. *C'était vrai ; tout le monde était rassemblé grâce à lui.*

Prenant un verre de champagne sur le plateau d'un serveur, Buck arpenta nonchalamment la pelouse, souriant et saluant des gens qu'il ne connaissait pas, s'arrêtant pour échanger quelques mots attristés avec les plus âgés d'entre eux, et tous pensaient qu'ils devaient le connaître, sinon pourquoi leur aurait-il parlé ? Il se réjouissait de sa propre adresse et de son assurance. Il pouvait tout faire. *Il était la puissance même.* Saisissant un autre verre de champagne, il le but rapidement, en regardant Ellie sous la tonnelle rose avec Cassidy. *Comme un couple de jeunes mariés.*

Il gagna le buffet, où il prit deux sandwichs au saumon et au concombre, ce qui lui permit de s'approcher d'eux, l'air de rien. Elle ne le vit même pas. Pour elle, il était l'homme invisible.

De rage, il eut l'impression que son cœur allait jaillir hors de sa poitrine ; la douleur était écrasante. Reposant avec soin son assiette sur une table, il prit une profonde inspiration, puis s'éloigna, droit et raide, de la foule des invités pour gagner le bar. Deux bourbons plus tard, il se sentait mieux, alors que les gens commençaient à quitter l'hôtel. Il alla chercher sa BMW, revint se garer près de l'entrée et attendit.

Ellie remercia le directeur et le personnel, en se demandant si elle serait capable de revenir au Biltmore un jour, puis monta dans la voiture.

Le chauffeur de la limousine ne prit pas la route qui longeait le cimetière ; à la place, il remonta Coast Village Road. Quand ils passèrent à la hauteur de Hot Springs Road, Ellie tourna la tête, pour un coup d'œil fugitif. Oui, c'était vraiment la fin d'une époque.

La limousine noire roulait lentement devant Buck, emmenant à nouveau Ellie loin de lui ; mais, cette fois, il ne la suivit pas. À quoi bon ? Tant qu'elle serait au ranch avec Cassidy, il ne pourrait rien faire. Furieux, frustré, il devait se résigner à attendre, jusqu'à ce que la phase quatre de son plan soit achevée. Tôt ou tard, Ellie serait à lui.

54

Ellie regagna la maison d'un air las, jeta son chapeau noir sur le banc de l'entrée. Florita arriva en courant de la cuisine, lui saisit les mains et la regarda avec inquiétude.

— Tout va bien ?

— Oui, Florita, merci. Tout va bien.

La Mexicaine l'enlaça soudain et la serra contre elle.

— *Ay, Madre de Dios...*

Puis, relâchant Ellie, elle se signa et murmura une courte prière.

— C'est mieux pour vous comme ça, señorita Ellie. Vous verrez, c'est mieux que tout soit fini.

Le regard d'Ellie croisa celui de Piatowsky.

— Vous avez vu quelqu'un ressemblant à un meurtrier ?

— La seule personne suspecte que j'ai vue, c'était Johannsen. Il rôdait partout comme les policiers dans les mélodrames.

— Il faisait seulement son travail..., dit la voix calme de Dan, lequel arrivait dans l'entrée en compagnie de Maya. Ils ont filmé toute la cérémonie. Il nous apportera la cassette tout à l'heure, et il souhaiterait qu'Ellie la regarde, pour identifier éventuellement quelqu'un. Quelqu'un que vous connaissez, ou au contraire un étranger, ou n'importe quel indice qu'il pourrait exploiter.

Elle le fixa, les yeux vides, et il ajouta :

— Vous n'êtes pas obligée de le faire ce soir, si vous ne voulez pas.

— Bien sûr que je le ferai...

Ellie se cuirassait intérieurement. Elle aurait tant voulu que tout fût terminé, mais Johannsen ne la lâchait pas. Aussi accomplirait-elle ce dernier effort – puis, enfin, ce serait fini.

Un peu plus tard, ils étaient assis tous les quatre autour de la table du dîner. Florita faisait le service, apportant des assiettes fumantes d'*arroz con pollo* [1], de la salade et des tortillas de maïs accompagnées de *salsa verde*. Carlosito, qui rampait derrière elle, se mit debout en s'accrochant au côté de la chaise d'Ellie.

— Ay, Carlosito, no...

Elle voulut le prendre et l'emmener, mais Ellie tendit les bras au bébé.

— Viens ici, Carlosito, et dis-moi un peu si tu as passé une bonne journée.

L'enfant se hissa sur les genoux d'Ellie, visiblement fort satisfait, puis saisit une mèche de ses longs cheveux et l'entortilla autour de ses doigts potelés, tout en dévisageant chacun des convives avec curiosité.

— Meilleure que la nôtre, je parie, murmura Ellie en déposant un baiser sur ses boucles noires et soyeuses.

— Il a les cheveux de son père, dit fièrement Florita.

Ellie trouva qu'il avait beaucoup de son père – jusqu'à son charme, elle l'aurait parié. Maya se pencha par-dessus la table et chatouilla la joue du bébé.

— Bien. Au moins, voilà une affaire finie. Tu vas pouvoir te reposer. Si nous prenions un peu de vacances toutes les deux ? À Hawaii, ou à Porto Rico ? Sous les tropiques, avec du soleil et des plages de sable blanc ?

Le bébé tendit les bras vers sa mère, et Ellie le rendit à Florita. Dan pensa, avec une pointe d'envie, que cela composait une belle image : Ellie, un bébé, la table du dîner, la maison, le foyer... Tous les clichés y étaient.

1. Plat espagnol : poulet cuit avec du riz, des oignons, du safran, des tomates, souvent des piments et des petits pois. *(N.d.T.)*

— Il faut que je retourne travailler.

La voix d'Ellie était tranchante et directe, comme si, maintenant que l'enterrement était passé, elle avait dominé son chagrin. Mais Maya la connaissait bien. Ellie ravalait tout au fond d'elle-même, un amour malheureux comme un deuil dans la famille.

— Alors, je m'installerai avec toi, pour te tenir compagnie.

Maya ne voulait pas qu'elle reste seule avec le souvenir de Miss Lottie et de Maria.

— Merci, mais il faut que je m'en sorte toute seule, sans quoi...

Elle n'acheva pas, mais ils savaient qu'elle allait dire : « sans quoi je n'y arriverai jamais ».

— Quelque chose comme remonter sur son cheval après qu'il vous a flanqué par terre, suggéra doucement Dan.

Elle le regarda et sourit, presque comme l'Ellie d'avant.

— Toujours le mot qu'il faut, Cassidy.

— Restez, s'il vous plaît, dit Dan, sans la quitter des yeux. *Mi casa es su casa.*

— *Gracias, señor*, répondit-elle – mais elle devait retourner à sa propre vie, à son propre univers.

Johannsen et Mullins arrivèrent après le dîner, avec la cassette. Ensemble, assis au bord de leurs chaises, ils visionnèrent toute la cérémonie, ravivant ainsi la douleur. L'inspecteur ralentissait la cassette quand la caméra faisait un panoramique sur la foule.

— Je suis désolé de vous imposer cela, Ellie, lui avait-il dit. Mais si vous pouviez jeter un coup d'œil sur ces visages, voir si l'un d'eux éveille quelque chose en vous... Quelqu'un que votre grand-mère aurait connu jadis, ou bien une tête inconnue de vous...

Ellie scruta attentivement les visages graves de l'assistance ; certains étaient en larmes, d'autres fermés, tous marqués par la tristesse. Elle en connaissait certains, d'autres pas.

Elle secoua la tête.

— Je suis désolée. J'aurais vraiment voulu vous aider.

Piatowsky, lui aussi, en était désolé pour Johannsen... ou presque. L'affaire était ardue, et les crimes sans mobile les plus difficiles à résoudre. Il accompagna l'inspecteur jusqu'à sa voiture.

— Si je peux faire quelque chose, dit-il en lui serrant énergiquement la main, faites-le-moi savoir.

Il alluma ensuite une Lucky, s'accouda à la balustrade de la véranda, et suivit du regard les feux arrière du véhicule jusqu'à ce qu'ils disparaissent en bas de la colline. Il avait le sentiment qu'Ellie n'en avait pas fini avec Johannsen.

Les autres sortirent de la maison et vinrent le retrouver.

— Envie de faire une promenade ? demanda Dan à Ellie.

La nuit tombait sur la campagne ; la lune, dans son dernier quartier, brillait dans un ciel bleu marine. Main dans la main, ils descendirent les marches ensemble, puis suivirent le chemin qui menait à l'étang, derrière la maison.

— Ils ont l'air bien ensemble.

Piatowsky offrit une cigarette à Maya, mais elle secoua la tête. Elle les suivait des yeux ; leurs deux grandes silhouettes se fondirent en une seule quand Dan passa son bras autour de la taille d'Ellie, puis ils tournèrent au coin de la maison et disparurent.

— Oui, ils vont bien ensemble, reconnut-elle. Sauf qu'elle est une fille de la ville, qui ne pense qu'au travail et à réussir.

— Et lui un type qui veut mener la vie simple du fermier Dan, perdu dans sa cambrousse, avec des vignes et des emmerdes jusqu'au cou.

Elle le regarda.

— Ça ne s'annonce pas terriblement bien, hein ?

Il lui décocha son sourire de petit garçon.

— Tous les mariages ne se concluent pas au paradis. Que diriez-vous d'une petite promenade, Maya ? Vous me raconterez tout sur vous, et je vous dirai tout sur la chérie de mon cœur. Elle doit être gâtée par sa grand-mère, en ce moment, au point d'en oublier complètement son pauvre père.

— Cet endroit va me manquer.

Ellie, qui avait passé son bras autour de la taille de Dan, marchait du même pas allongé que lui. Parfaitement assortis, ils semblaient avoir été créés l'un pour l'autre.

— Et vous allez me manquer, répondit Dan.

En s'assombrissant, le ciel accentuait la flamme des cheveux d'Ellie, pâlissait ses yeux, retirait à son visage le peu de couleurs qu'il possédait.

— Vous êtes sûre que vous ne pouvez pas rester ? Vous reposer un moment ?

C'était si tentant de redevenir une femme à l'ancienne, se pâmant dans ses bras et le laissant s'occuper de tout... Une part d'elle-même y aspirait – mais elle se rappelait vite les objectifs qu'elle s'était fixés et le long chemin qui y menait. Elle avait besoin de travailler, et de réussir, aujourd'hui plus que jamais.

— Se reposer n'a aucun intérêt, affirma-t-elle. Ça laisse beaucoup trop de temps pour penser. De plus, je veux mettre le plus de champ possible entre moi et Johannsen.

Il aurait voulu lui dire que ce serait très difficile de s'éloigner de Johannsen. Que s'il désirait la voir, il serait à Santa Monica en un clin d'œil, prêt à recommencer tout l'interrogatoire. À moins qu'il ne trouve un autre suspect, qui porterait des tennis en 46...

Elle le regardait comme s'il pouvait détenir une réponse qui allégerait la charge pesant sur ses épaules – mais non, il n'en détenait pas.

— Je pensais que j'avais tout appris sur la violence, dit-elle, l'année où mes parents sont morts. Maintenant, je sais que ce n'était pas vrai. Ce que je viens de traverser était encore pire.

— C’est fini, maintenant, Ellie. Oubliez. Gardez les bons souvenirs et mettez Journey’s End en vente.

Elle secoua la tête, les lèvres serrées, la mine résolue.

— Je ne peux pas. Pas encore. C’est comme si Miss Lottie et Maria y étaient encore, attendant de moi que je les aide. Il faut d’abord retrouver leur assassin.

Ils étaient debout près de l’étang, écoutant monter le cri des grenouilles, qui se préparaient à leur sérénade nocturne.

— Vous viendrez me voir, Dan ? Je vous en prie...

Il se tourna vers elle et sentit ses os affleurer sous ses paumes ; elle avait dû perdre plusieurs kilos depuis la semaine précédente.

— Bien sûr que je viendrai...

Le visage d’Ellie levé vers lui, il pouvait sentir l’odeur fraîche de ses cheveux, son parfum subtil. Posant les lèvres sur les siennes, il l’embrassa avec douceur et tendresse.

Comme un ami, pensa Ellie en l’entourant de ses bras. Un cher et bon ami.

Comme leurs lèvres se séparaient, Dan murmura :

— C’est promis.

55

La Cherokee toute neuve d'Ellie était vert sapin, presque de la même couleur que la peinture du restaurant ; l'intérieur était noir, vaste et spacieux. Elle lui parut cossue, confortable et nerveuse à la fois, tandis qu'elle la ramenait à Santa Monica. Sa vieille Wrangler était bonne pour la casse. Dan avait été stupéfait d'apprendre qu'elle n'avait jamais possédé de voiture neuve.

— Jamais ? avait-il répété.

C'était fort étonnant, pour une fille d'un milieu riche.

— Non. Il ne fallait surtout pas que j'aie hérité des goûts de luxe de ma mère, de sa façon de jeter l'argent par les fenêtres. Miss Lottie croyait au vieux dicton : « De la richesse à la misère en trois générations. » Elle disait aussi : « La prévoyance est la mère de la nécessité. » Elle mélangeait toujours un peu les proverbes, et ça me faisait rire – sauf que, cette fois-là, ça a pris une sorte de sens assez bizarre.

Dan lui avait dit que, vu sa manière habituelle de conduire, il lui fallait une voiture solide. Elle craignait, en achetant la Cherokee, que Johannsen ne la soupçonne de dépenser déjà ce qu'il considérait être une fortune mal acquise ; mais Dan avait ri de cette idée quand elle lui en avait parlé.

Dan était très présent dans son esprit. Il n'avait pas ménagé ses efforts pour l'aider à accepter le destin, ainsi que pour la protéger des interminables interrogatoires de Johannsen. Elle se sentait plus proche de lui que jamais, particulièrement quand elle repensait à ce baiser, la veille au soir. Comme elle remontait la colline où se dressait sa maison, elle tâcha de se mettre en garde contre elle-même : si elle se laissait aller à tomber amoureuse de lui, beaucoup d'ennuis s'ensuivraient. Il y avait quelque chose d'inconciliable dans leurs projets à tous les deux : elle voulait la ville et le succès, lui la campagne et la sérénité. Ils vivaient dans des mondes différents, et elle n'était pas prête à abandonner si vite ses ambitions. Pas avant d'avoir réussi sa vie. Ensuite, elle pourrait envisager les choses autrement. Mais, alors, il serait sans doute trop tard. Elle eut un sourire désabusé : elle n'avait jamais été une championne du timing.

Sa petite maison était exactement la même qu'auparavant, comme si rien d'important, rien d'horrible n'était arrivé depuis qu'elle l'avait quittée une semaine plus tôt. Mais, alors qu'elle tournait la clé dans la serrure et pénétrait à l'intérieur, Ellie *sentit* que quelque chose avait changé.

Hormis la poussière et les lis fanés dans le grand vase, qui avaient répandu pétales et pollen sur le plateau de la console ancienne, tout semblait à sa place. Dans la cuisine, la tasse aux cerises peintes était toujours posée sur l'évier. Elle ouvrit le réfrigérateur : la brique de lait était tournée. En fronçant les narines, elle la déversa dans le broyeur, en même temps qu'un quignon de pain rassis.

En entendant des petits coups frappés dans son dos, elle tressaillit et se retourna – pour voir avec soulagement que c'était seulement un oiseau derrière la fenêtre. Pourtant, elle était inquiète. La maison semblait bien la même, mais elle la *sentait* différente. Sans doute, se persuada-t-elle, c'était de savoir que la police y était entrée, avait fouillé parmi ses affaires. Elle monta l'escalier avec lassitude, et les marches craquaient sous ses pieds.

Le soleil entrait à flots dans sa chambre ; l'air y était chaud et confiné. Elle ouvrit en grand la fenêtre et retira ses vêtements, les abandonnant sur le sol là où ils étaient tombés. Puis elle prit une longue douche, se lava les cheveux, s'aspergea de lotion et s'enduisit de crème. Tout comme à l'accoutumée. *Pourquoi, alors, l'endroit lui semblait-il si différent ?* Elle soupira, tandis qu'elle enfilait son uniforme de travail : jean et tee-shirt. Tout *était* différent. Elle se retrouvait seule au monde à présent. Mais il existait un antidote au chagrin : le travail, et elle en avait une immense réserve devant elle.

Elle passa un peigne dans ses cheveux mouillés, jeta son sac noir sur l'épaule, ramassa les clés de la voiture et se mit en route.

Dans Main Street, l'approche de l'été se devinait. Les écoles n'avaient pas encore fermé leurs portes, mais on sentait la liberté poindre à l'horizon ; le soleil était chaud et l'océan étincelait, d'azur et d'argent, à l'extrémité des rues ; une odeur de pain grillé et de café fraîchement torréfié flottait dans l'air ; les filles portaient des robes d'été aux tons clairs et d'élégantes sandales ; les vitrines des boutiques regorgeaient de nouveautés ; les galeries d'art exposaient les toiles, vivement colorées, des peintres locaux. C'était sa vie, son monde à elle. Et c'était loin du Running Horse Ranch.

Comme le restaurant paraissait triste et abandonné, avec ses chaises empilées sur les tables, la tête en bas, pas de fleurs ni d'odeurs de cuisine, pas de cloche qui tintait, ni de musique, ni de conversations. Il était vraiment temps qu'elle se remette au travail.

Elle appela Chan, lui dit qu'ils rouvriraient le lendemain et discuta du menu avec lui. C'était le moment de renouveler la carte, lui dit-elle. Une carte d'été. Des plats comme des fleurs de courgette farcies et de la brandade de morue provençale, mélange suave et crémeux de morue salée, d'huile d'olive et d'assaisonnement. Du mulet rouge frais et du bar de Santa Barbara, le meilleur qui soit. Des raviolis de homard et de l'agneau frais de Sonoma. Et si elle faisait une crème brûlée pour le dessert ? Inspirée par l'ambiance estivale, les idées fusaient dans son esprit.

— Nous allons en faire une fête, Chan ! dit-elle, et,

d'excitation, elle en rejeta ses cheveux en arrière. Pour célébrer l'occasion !

— Bien sûr, approuva Chan à l'autre bout du fil – bien qu'il ne sût pas au juste quelle occasion ils allaient célébrer.

Mais Ellie le savait : elle était de nouveau vivante, débordante d'énergie, impatiente de s'y remettre. Elle brûlait de replonger ses mains dans la farine et de fabriquer une fournée de bon pain ; elle pouvait à peine attendre six heures du matin pour retrouver le marché, avec ses légumes verts et ses odeurs d'épices ; elle se languissait d'accueillir à nouveau des clients. Elle s'assit pour dresser une liste d'achats et elle souriait : c'était pour cela que sa vie était faite.

Le téléphone sonna.

— *Chez Ellie*, j'écoute...

— Hey ! Ça a l'air d'aller mieux...

C'était Maya.

— Je suis contente d'être revenue. Contente d'être sortie de toute cette ambiance...

— Je t'avais dit que ça s'arrangerait après l'enterrement.

Maya se souvenait de la mort de sa mère, dix ans plus tôt ; l'épreuve n'avait pas été facile à surmonter, mais la vie continuait.

— Tu ne veux pas que je m'installe avec toi, tu es sûre ? Jusqu'à ce que tu te sentes parfaitement bien ?

— Je me sens bien. D'avoir retrouvé ma maison, repris le travail... Au fait, nous rouvrons demain.

— Si vite ? demanda Maya, étonnée.

— Que veux-tu que je fasse d'autre ?

— Tu as raison. Okay, je te rappelle plus tard.

Ellie nota ses idées de nouveaux menus, puis elle mit son tablier sur ses hanches, ouvrit la grande boîte de farine, versa un peu de levure fraîche dans de l'eau chaude et la posa sur le feu pour qu'elle lève. Bientôt, elle était dans la pâte jusqu'aux coudes, pétrissant et malaxant en prévision du lendemain.

Quand elle quitta le restaurant, aux alentours de six

heures, les tables étaient mises ; la pâte, couverte d'un linge humide et propre, avait été déposée dans un endroit chaud où elle lèverait. La carte était rédigée, la liste faite pour le marché du matin, les commandes passées aux fournisseurs. Elle avait organisé le travail de Chan, de Jake et du petit, s'était occupée de plusieurs factures en attente, avait arrosé les plantes et passé une douzaine de coups de téléphone. Elle était de retour aux affaires.

Lorsqu'elle traversa la rue, afin d'acheter un sandwich pour son dîner, un petit sourire flottait sur ses lèvres ; elle n'avait guère l'habitude de disposer d'une soirée pour elle toute seule. Elle allait pouvoir faire quelque chose d'idiot, comme regarder la télévision au lit ou s'endormir de bonne heure. Cela s'annonçait bien un peu solitaire ; et elle se prenait à regretter, mélancoliquement, de ne pas avoir accepté l'offre que lui avait faite Maya de rester auprès d'elle.

Elle commanda un sandwich au poulet grillé sur de la focaccia[1], avec des tomates fraîches, des poivrons rouges grillés eux aussi, de la roquette et un soupçon de vinaigrette légère.

Assis seul à une table proche de la fenêtre, Buck la regarda qui attendait, les bras croisés sur sa poitrine. Il ne pouvait en croire sa chance. Pareille à la mouche dans la toile d'araignée, elle s'était jetée d'elle-même dans le piège.

Comme d'habitude, il s'était garé sur la colline près de chez elle, pour attendre et guetter. D'abord, il n'avait pas reconnu la nouvelle Cherokee verte ; mais quand il avait vu Ellie descendre et porter ses sacs à l'intérieur, son cœur s'était mis à palpiter comme celui d'un adolescent.

Bien sûr, il l'avait suivie le long de Main Street, et vu qu'elle retournait au restaurant. Il avait tourné quelque temps, jusqu'à ce qu'une place de stationnement se

1. Grand pain italien, rond et plat, frotté avant cuisson d'huile d'olive, de sel et d'herbes aromatiques. *(N.d.T.)*

libère en face, puis était resté là, à l'espionner. Il avait vu les lumières s'allumer dans le restaurant, et Ellie qui s'affairait, qui préparait les tables. Elle n'aurait plus à le faire très longtemps, songea-t-il. Plus, en tout cas, quand elle serait avec lui. Une demi-heure plus tôt, il était entré dans la boutique de sandwichs et avait commandé un café et un muffin, pour attendre son heure.

Il se leva et marcha vers elle.

— Ellie... Je ne m'attendais pas à vous voir ici.

Son visage était empreint de tout le sérieux requis : pas de sourire, juste une pointe d'inquiétude dans la voix.

— Oh ! hello, monsieur Jensen.

Elle était surprise, ne s'attendant pas, elle non plus, à le rencontrer ici. Ce gars devait passer son temps à se déplacer dans les parages ; il surgissait de partout.

— J'étais dans le coin, à visiter quelques propriétés. Il paraît que c'est un bon investissement, que le marché devrait bientôt monter. Mais, parlez-moi de vous, plutôt...

Il s'enhardit jusqu'à poser la main sur le bras d'Ellie. La douce chaleur qui émanait d'elle irradia en lui, lui nouant l'estomac, mais il sut garder le contrôle de lui-même.

— Je suis navré, vous savez. Les mots sont trop faibles pour exprimer... J'imagine que rien ne peut effacer ce que vous avez dû traverser.

— Merci, monsieur Jensen. J'y suis sensible. J'essaie de reprendre le travail, de recommencer à vivre...

Elle ne termina pas sa phrase, en se souvenant de leur dernière rencontre, quand il avait suggéré d'acheter la maison une fois que Miss Lottie l'aurait quittée. Pourvu qu'il n'ait pas le mauvais goût d'en reparler aujourd'hui... Mais il était trop intelligent pour cela.

— Je suis content que vous ayez décidé de rouvrir le restaurant dès maintenant. J'ai toujours pensé que le travail était le meilleur antidote possible. Si je passe dans le coin, je m'arrêterai pour y dîner.

— Bonne idée, répondit Ellie.

Son sandwich était prêt ; elle prit la boîte et salua Buck en souriant.

Quand elle se retourna, une fois à la porte, elle vit qu'il la suivait des yeux, et elle se hâta de retraverser la rue jusqu'à sa voiture. Certes, il n'avait pas prononcé un seul mot déplacé, pourtant il y avait quelque chose en lui... Peut-être Maya avait-elle raison, c'était vraiment un pauvre type.

Une fois chez elle, elle s'installa dans sa cuisine et mastiqua lentement son sandwich. Il était très bon, mais Ellie avait l'esprit ailleurs. Elle se serait mieux vue assise sur la véranda du ranch, sirotant un verre de vin en admirant le coucher du soleil, dans l'odeur des jasmins nocturnes et des roses, l'air frais de la campagne...

Avec un soupir, elle repoussa le sandwich, seulement à demi mangé, et se prépara une tasse de thé aux baies sauvages qu'elle monta dans sa chambre. Là, elle allait se préparer pour la nuit, enfiler sa bonne vieille robe de chambre et allumer la télévision. Et attendre que Dan l'appelle.

De là où il était, de l'autre côté de la rue, Buck vit la lumière s'allumer à l'étage, Ellie ouvrir la fenêtre et regarder quelques instants au-dehors. Puis elle tira les rideaux et disparut de sa vue. Pour l'instant, il était satisfait. La phase quatre était sur le point de se réaliser, tout était prêt ; il ne lui restait plus qu'à attendre une bonne occasion.

56

Dan montait la jument fringante, Honey ; Piatowsky était sur Paradise, Ortega sur le palomino.

— Détends-toi, c'est tout, dit Dan à Pete, en lui jetant un regard en coin. Tu as une selle western. Tout ce que tu dois faire, c'est rester assis, serrer les cuisses et laisser le cheval se débrouiller.

— Et comment tu fais, bon Dieu, pour ne pas dégringoler de là-haut ?

Piatowsky se sentait terriblement mal à l'aise, à glisser en avant dans la selle, tandis que le cheval descendait la colline. Il n'appréciait guère cette séance d'équitation, qui consistait à être ballotté sur le dos d'une créature têtue, bien plus grande et plus forte que lui.

— J'aurais mille fois préféré aller à la pêche, grommela-t-il, et il entendit Dan qui riait devant lui.

— La prochaine fois, Piatowsky ! cria celui-ci pardessus son épaule.

— Ouais, sûr. Pourvu que tu n'aies pas un autre double meurtre sur le dos. Veinard comme je suis...

— Le señor a eu de la chance que vous soyez là, commenta gravement Carlos. Sans quoi, il serait peut-être en prison, et je devrais m'occuper tout seul du vignoble.

— Merci de ta confiance, mon ami, dit Dan. Tu trouves vraiment que j'ai l'air d'un assassin, franchement ?

— Ellie posait la même question. Et, à mon avis, Johannsen pense toujours que, oui, elle en a l'air.

Piatowsky donna une petite tape à sa monture qui avait brusquement bifurqué en direction d'un carré d'herbe fraîche. La jument hennit, secoua vigoureusement la tête, et les yeux de Piatowsky s'agrandirent d'inquiétude.

— Ça ne vaut pas une bonne voiture avec un bon moteur ! dit-il, trempé de sueur. Là, au moins, on sait qui dirige !

— Du calme, señor Piatowsky. Cette jument est encore toute jeune.

Ortega chevauchait à côté de lui, l'œil aux aguets. Il le savait, la jument sentait qu'elle avait un cavalier inexpérimenté sur le dos ; tout pouvait arriver.

— Les gars du labo, à New York, ont déterminé que le couteau était un cran d'arrêt, dit Piatowsky. Un modèle courant mais dont la lame avait été aiguisée, mince comme une feuille de papier à cigarettes. Et tranchante comme une dent de requin, d'après eux. Faite pour rentrer dans la chair comme une lame chauffée dans du beurre. Los Angeles a déjà confirmé que leur assassin à eux avait utilisé la même arme. Si elle a aussi servi pour Miss Lottie, alors la théorie de Johannsen part en fumée. Et nous saurons que notre meurtrier est le même homme.

Dan croisait les doigts. Il raccompagnait Piatowsky à l'aéroport, cet après-midi-là, et avait prévu de passer voir Ellie. Peut-être pourraient-ils dîner ensemble, ou au moins, si elle était trop occupée, prendre une tasse de café. Il aurait bien aimé lui apporter la bonne nouvelle que le tueur était le même que celui de New York et de Los Angeles, qu'elle était donc définitivement hors de cause. Johannsen avait déjà confirmé que les empreintes, sur la gorge de Miss Lottie, avaient été faites par un homme ayant des mains très grandes et puissantes – ce qui n'était pas le cas de celles de Dan.

Piatowsky estimait que la descente de la colline était sans cesse plus cahoteuse. Soudain, sans avertissement, sa selle glissa sur le côté ; il se retrouva suspendu à l'envers, regardant les pieds du cheval et s'accrochant désespérément à la vie. Il entendit Carlos crier au cheval : « Ho ! ho ! », et Dan éclater de rire.

— Tu ne l'as pas sanglée correctement, lui dit celui-ci en venant à son secours. C'est pour cela que la selle a tourné. En principe, ce genre de choses n'arrive jamais...

— D'accord, d'accord... Je sais quoi faire sur la route quand la courroie du ventilateur lâche, mais, avec un cheval, je suis complètement novice.

Piatowsky lissait sa maigre chevelure sur le sommet de son crâne, et il repensait avec inquiétude à la taille des pieds de son cheval, à leur clip-clop régulier à deux doigts de son visage.

Dan ramena les deux chevaux à l'écurie, avec Pete qui traînait la jambe derrière lui.

— Quand même, un type pourrait se blesser comme ça, grommela celui-ci.

— Tu feras mieux la prochaine fois, lui promit Dan.

— Oh ! sûrement.

Piatowsky se sentait bien plus en sécurité à esquiver des balles perdues dans les bas quartiers de New York, et songea qu'il était temps pour lui de rentrer.

De l'aéroport, Pete appela Johannsen afin d'avoir les résultats de l'analyse concernant l'arme du crime. Tout en écoutant l'inspecteur lui répondre, il fit signe à Dan que tout allait bien. Il remercia Johannsen, lui annonça qu'il repartait pour New York, lui souhaita bonne chance dans son enquête, et lui dit qu'il le rappellerait plus tard pour faire le point.

— C'est bien le même couteau. Ellie est totalement blanchie. Johannsen s'est même excusé de l'avoir suspectée, et m'a dit qu'il était obligé d'envisager aussi cette piste-là. Peut-être a-t-il raison.

Dan n'avait pas senti à quel point l'anxiété lui étreignait le cœur, jusqu'à ce que celui-ci se remette à battre normalement dans sa poitrine. Il donna une claque sur l'épaule de Piatowsky, puis le serra dans ses bras.

— Merci, mon pote, dit-il.

— De rien.

— À bientôt ! cria Dan dans son dos, comme il se dirigeait vers la porte d'embarquement.

— La prochaine fois j'amènerai les enfants ! cria-t-il en retour. Ils vont adorer les chevaux, ajouta-t-il en riant.

Le restaurant était bondé et Ellie exténuée. Sans doute devait-elle se féliciter d'avoir autant de travail, mais elle ne pouvait s'empêcher de se demander si le battage fait récemment autour de son nom n'y était pas pour quelque chose. Elle espérait, tristement, que non.

La veille au soir, elle avait eu du mal à s'endormir après l'appel de Dan. Elle aurait voulu le rappeler, lui dire qu'elle avait peur de fermer les yeux à cause de ce qu'elle pourrait voir ; mais non, elle savait qu'elle ne devait pas le faire. Elle avait choisi de parcourir ce chemin seule, et il fallait qu'elle s'en tienne à la promesse qu'elle s'était faite. Pourtant, elle tournait fréquemment les yeux vers la porte, dans l'espoir de le voir arriver ; et, quand il apparut enfin, ce fut un véritable soulagement.

Ses yeux bleus et profonds l'examinèrent avec inquiétude, quand il l'embrassa sur la joue, et elle sentit à nouveau l'ancienne nostalgie la gagner. La repoussant résolument, elle amena Dan dans la cuisine et le présenta à son équipe. Maya était absente ce soir-là, et Jake était venu, pour dépanner.

Ellie les regarda observer Dan, de haut en bas, puis de bas en haut, et elle guettait un signe d'approbation sur leurs visages. Ils étaient désormais sa famille, songea-t-elle ; ils étaient tout ce qui lui restait.

— Heureux de vous rencontrer, Dan.

Chan fit passer le couperet dans sa main gauche et tendit la droite à Cassidy.

— Vous gardez un œil sur elle ? Vous vous assurez qu'elle va bien, n'est-ce pas ?

— Absolument.

Dan le voyait, derrière son caractère maussade, Chan se faisait du souci pour Ellie. Il serra la main de Terry, du petit et de Jake.

— Vous n'avez jamais pensé à faire de la télé ? lui demanda Jake en le dévisageant d'un œil curieux. Vous seriez géant dans un rôle de flic, pour une de leurs séries.

— Merci, mais non. La réalité m'a suffi.

— Je vous conseille les crevettes, ce soir, cria Chan, tandis qu'ils l'abandonnaient à son étroite cuisine. Les crevettes à la Chan, avec une sauce à l'oseille.

Il n'y avait pas une table de libre, et Ellie installa Dan au comptoir ; ainsi, elle pourrait lui parler en passant. Il comprit vite qu'elle était trop occupée pour lui consacrer du temps, et décida de prendre seulement une tasse de café avant de rentrer. Il la rappellerait plus tard et ils conviendraient d'un rendez-vous.

— J'ai de bonnes nouvelles, annonça-t-il à Ellie quand elle lui apporta son café.

Elle le regarda, attendant la suite.

— C'était le même couteau que celui utilisé pour les meurtres de New York et de Los Angeles. Vous n'êtes plus suspecte.

De soulagement, elle se laissa aller contre lui.

— Merci, mon Dieu, murmura-t-elle.

Puis elle demanda, à nouveau inquiète :

— Mais, et vous ?

— Moi non plus.

Elle hocha la tête et tâcha de récapituler la situation, maintenant qu'elle était une femme libre, sans la menace au-dessus de sa tête d'un procès pour meurtre et peut-être d'années de prison. Elle aurait dû sauter de joie, mais ne ressentait que de l'épuisement.

Jake arriva en trombe avec une commande, et elle promena un regard désespéré sur la salle.

— Il faut que j'y aille. Merci, Dan.

Il déposa un baiser sur sa joue.

— Je vous rappellerai plus tard, d'accord ?

Tandis qu'elle retournait rapidement en cuisine, elle lui lança un sourire par-dessus son épaule. Elle venait de vivre les meilleurs moments de sa journée – et de sa nuit, surtout. Parce que les nuits étaient les plus pénibles.

57

Elle était plongée dans une obscurité profonde, impénétrable ; il n'y avait de lumière nulle part. Puis une mince traînée rouge se dessina au sol, glissa lentement vers elle en ondulant, en s'élargissant, en s'étalant, jusqu'à venir la toucher. Elle avait une odeur âcre et comme métallique. Maintenant elle montait, l'engloutissait dans sa tiédeur rougeâtre et poisseuse...

Elle rejeta les couvertures et se redressa d'un bond ; son cœur battait la chamade, elle était trempée de sueur. À la faible lueur tombant du rectangle de sa fenêtre, elle retrouvait sa chambre familière, les formes rassurantes de la commode, de la cheminée, de la table de nuit. Elle était chez elle, en sécurité.

En frissonnant, elle entoura ses genoux de ses bras et posa la tête dessus ; les larmes lui piquaient les yeux.

— Oh, grand-mère, murmura-t-elle, brisée. Oh, grand-mère, je suis si triste...

Au bout de quelques minutes, elle repoussa ses draps froissés, enfila sa robe de chambre et des chaussettes de coton blanches, puis descendit à la cuisine, la gorge nouée.

Deux semaines avaient passé depuis son retour chez elle, et le scénario était toujours le même. Elle se tuait chaque jour au travail, espérant être suffisamment épuisée pour s'endormir instantanément, une fois parvenue jusqu'à son lit. Mais le sommeil profond ne durait que deux heures ; avec une régularité d'horloge, elle se réveillait à trois heures du matin, en proie au même cauchemar. Elle baignait dans le sang.

Chaque nuit, elle descendait et se préparait une tasse de thé, les mains tremblantes, en se répétant que si seulement elle était arrivée plus tôt à Journey's End ; si seulement elle avait fait plus attention et su qu'elles ne branchaient plus le système d'alarme ; si seulement elle avait continué à habiter là-bas, au lieu de laisser deux vieilles dames y vivre seules... *Si seulement... si seulement...*

Le sentiment de culpabilité la submergeait, et elle sanglotait dans sa tasse de thé, la serrant contre sa poitrine pour y puiser un peu de chaleur, un peu de réconfort. Mais il était trop tard et, malgré tous ses efforts, elle ne pouvait se sortir de l'esprit l'image du corps mutilé de sa grand-mère.

Un long moment plus tard, elle remonta dans sa chambre et resta quelque temps devant sa fenêtre, ouverte sur le profond silence de la nuit, à écouter le lointain murmure des vagues battant le rivage. L'aube se levait déjà quand elle regagna son lit et se rendormit, toujours bouleversée.

Combien de fois n'était-elle pas tentée, au cours de ses interminables nuits solitaires, de décrocher le téléphone et d'appeler Dan... Pourtant, elle résistait obstinément. Mais Maya voyait bien ses yeux cernés, son air épuisé, la feinte énergie avec laquelle elle attaquait sa journée de travail.

— Tu es comme une tornade, en perpétuel mouvement, lui dit-elle. Tu es ici à six heures du matin et tu repars après minuit. Ça t'arrive de dormir, de temps en temps ?

— Pas beaucoup, non. Mais je tiens le coup.

Au mouvement déterminé de la mâchoire d'Ellie, Maya le comprenait : rien de ce qu'elle pourrait dire n'y changerait quoi que ce soit. Ellie n'était pas disposée à s'épancher, c'était tout – et c'était bien dommage, car rarement femme avait eu autant besoin d'une épaule sur laquelle pleurer.

Même si elle ne voulait pas se l'avouer, le grand moment de sa journée, c'était quand elle était chez elle, au lit, attendant l'appel de Dan.

— Ma ronde quotidienne, disait-il.

Et elle percevait dans sa voix un petit ton moqueur.

— Tout va bien, répondait-elle, résistant à l'envie d'ajouter : maintenant que j'entends votre voix.

Dan était occupé, avec ses greffons de chardonnay et son découvert à la banque qui ne cessait de grandir. Mais il en parlait jovialement, comme si la situation le réjouissait beaucoup, et Ellie aurait aimé vivre sa passion à ses côtés, partager son enthousiasme. Hélas, un fossé les séparait. Elle était la ville, lui la campagne. Elle avait des plans de carrière à long terme – et lui aussi. C'est pourquoi elle ne pouvait se permettre de tomber amoureuse de lui. Ils étaient bons amis et le resteraient. Toujours, espérait-elle.

Buck avait décidé de ne pas retourner au restaurant ; désormais, il resterait en dehors du champ. Il se transformerait en M. Anonyme. Mais il continuait à surveiller Ellie et la suivait tous les soirs jusque chez elle – à distance, de sorte qu'elle ne l'avait jamais remarqué. Ses plans touchaient à leur réalisation ; la phase quatre avait débuté. Au comble de l'excitation, il ne tenait pas en place, arpentant sans fin sa chambre, s'imbibant de bourbon, rôdant dans Sunset Boulevard à regarder sous le nez les femmes qui passaient. Il attendait qu'Ellie ait enfin terminé sa journée au restaurant. C'était alors l'heure de son rendez-vous avec elle. Assis dans sa voiture, il contemplait la fenêtre de sa chambre jusqu'à ce que la lumière fût éteinte.

Dan enfonça les mains dans les poches de son jean poussiéreux, examinant le flanc nord de la colline de Running Horse. Elle avait enfin été mise en culture ; un treillage de fil de fer permettait aux plants de chardonnay de monter plus haut, afin que les raisins recueillent davantage de ces précieux rayons du soleil qui les feraient mûrir. Dan songea avec satisfaction que, dans un an, son vignoble commencerait à ressembler à ceux qui l'entouraient : couvert de feuilles, avec des grappes vertes et cuivrées, promesse d'un vin vif, d'un vin doré. *Florissant,* pensa-t-il, et il sourit en se rappelant la première visite qu'Ellie avait rendue au domaine.

Il ne l'avait pas vue depuis une semaine, même s'il lui parlait chaque soir au téléphone. Le moment était venu de faire une pause, se dit-il, avant d'aller à Napa avec Ortega, à la recherche de greffons de cabernet. Les plants de l'université de Californie à Davis n'avaient pas satisfait aux exigences de Carlos, et ils étaient toujours en quête du cépage parfait.

Il consulta sa montre : presque sept heures. Le temps de prendre une douche, de se changer et d'aller faire le plein d'essence, il pouvait être chez Ellie avant neuf heures. Il sortit son portable de sa poche et commença à composer le numéro, puis se ravisa ; il aimait surprendre la jeune femme, pour le plaisir de voir son visage s'éclairer en l'apercevant. Cela lui donnait une lueur d'espoir quant à l'avenir.

La journée avait été chaude, mais la température baissa à l'approche de la nuit, et la brume se leva, rampant sur l'océan pâle et muet, drapant les réverbères d'un halo cotonneux, parcourant les boulevards de ses doigts de fantôme. Par sa faute, Dan mit plus de temps entre Running Horse et Santa Monica. Il était neuf heures et demie quand il se gara enfin en face du restaurant, derrière une BMW noire décapotable.

La rue était plus calme que d'habitude, mais les lumières de *Chez Ellie* brillaient, toujours accueillantes. Il mit des pièces dans le parcmètre, traversa la rue et poussa la porte du restaurant.

La clochette tinta mélodieusement, lui rappelant la boutique de bonbons où, à cinq ans, il dépensait tous les samedis matin une bonne partie de ses cinquante *cents* d'argent de poche. Deux tables seulement étaient occupées, et il ne vit nulle trace d'Ellie ni de Maya.

Il traversa la salle, poussa la porte de la cuisine et passa la tête à l'intérieur. Il trouva Ellie occupée à nettoyer les grands fourneaux et aperçut Jake, au-dehors, qui fumait une rapide cigarette. Il ne vit ni Chan ni Terry, et supposa qu'ils étaient déjà partis.

Ellie ne l'avait pas entendu arriver et il la contempla quelques instants. Une expression triste se lisait sur son visage, la fatigue voûtait ses épaules : tout cela disait assez ce qu'elle ressentait véritablement, en dépit de ses mots braves au téléphone. Il prononça son nom, le cœur serré.

Rien n'y manqua, le tressaillement, le regard étonné, le chaud sourire qui illumina son visage. Quand Ellie souriait, tout son corps participait, diffusant autour d'elle de petites vibrations de bonheur. Cette image-là valait bien deux heures de route en plein brouillard.

— Hello ! dit-elle. Quelle surprise !

— J'espérais que vous alliez me dire : « Quel plaisir inespéré ! »

Il déposa un baiser sur sa bouche qui souriait.

— Il y a aussi de cela, reconnut-elle.

Le nouveau « petit », les cheveux blonds décolorés et des airs de rock star en herbe, les contemplait avec curiosité depuis l'évier où il rinçait la vaisselle. Ils allaient bien ensemble, pensa-t-il. Ils étaient de la même race.

— Vous devez avoir faim, reprit Ellie en sortant déjà des casseroles. Ce soir, je suis aux fourneaux. Dites-moi un peu ce qui vous ferait plaisir.

Elle appréciait d'avoir Dan sur son terrain à elle, de pouvoir lui montrer ce qu'elle savait faire.

— Des œufs brouillés et un bagel[1] grillé, ce serait parfait.

Elle lui sourit, en se rappelant le premier jour où il était entré dans le restaurant. Sa vie avait tant changé

1. Sorte de petit pain rond. *(N.d.T.)*

depuis ; cela semblait remonter à des années-lumière. Elle remercia le Ciel qu'il fût entré chez elle plutôt que dans un autre restaurant, parmi les dizaines d'autres que comptait Main Street. Le hasard faisait parfois bien les choses.

— Je ne peux pas vous faire le bagel, mais je vous promets un excellent pain au romarin. C'est tout ce que vous voulez, vous êtes sûr ?

Il ne pouvait rien imaginer au monde de meilleur que des œufs préparés par Ellie.

— Non, ce n'est pas tout.

Il lui prit la main.

— Je voudrais que vous dîniez avec moi.

— Ça devrait pouvoir s'arranger, dit-elle d'un ton léger.

Comme elle lâchait sa main pour prendre dans le réfrigérateur des œufs de ferme tout frais, elle trébucha et perdit sa chaussure.

— Cendrillon ?

Il mit un genou en terre, en riant de la voir en équilibre sur un pied.

— Cendrillon n'était pas aussi maladroite que ça..., soupira-t-elle, en serrant fort la boîte d'œufs contre sa poitrine.

Depuis l'évier, le petit trouvait que c'était encore mieux qu'au cinéma. Même Jake s'était adossé à la porte et les regardait. Dan voyait presque son œil les cadrer pour l'objectif de la caméra, déjà prêt à passer à la scène suivante.

— Voulez-vous un verre de vin ?

Elle était occupée à battre les œufs et il secoua la tête. La précision de ses gestes le fascinait. Même préparer des œufs brouillés n'était pas pour elle une opération anodine, du genre je-jette-tout-dans-la-casserole. Professionnelle jusqu'au bout des ongles, elle savait exactement quelle quantité d'œufs, de beurre et de lait utiliser. Une préparation, quelle qu'elle fût, suivait pour elle un cours immuable, et elle excellait aussi bien dans les grandes occasions que pour les petits repas sur le coin de la table.

Elle n'avait pas dîné et prépara des œufs pour deux. Elle donna à Dan le panier de pain à porter, puis le suivit dans la salle avec les assiettes qui fumaient.

— *Bon appétit, m'sieur*[1], murmura-t-elle, et elle piqua dans ses œufs, soudain affamée.

— Mmmm..., marmonna Dan, la bouche pleine. Vraiment extraordinaires.

Elle le remercia d'un sourire par-dessus la table.

— Mais, dites-moi, Ellie... Comment allez-vous *vraiment* ?

Elle haussa les épaules avec lassitude.

— Le plus difficile, c'est de dormir. Vous savez, la vieille crise de culpabilité à trois heures du matin, du genre « si seulement... ».

— Quoi que vous puissiez imaginer, ce n'était pas votre faute.

— Je suppose que non, en effet.

Mais elle n'en avait pas l'air très sûre, tandis qu'elle faisait tourner les œufs dans son assiette du bout de sa fourchette. Elle contempla le brouillard qui s'amassait derrière la vitrine du restaurant, et le fantôme des nuits de solitude revint l'écraser, comme un poids sur sa poitrine.

— Vous voulez venir jusqu'à la maison et prendre le café avec moi ?

— Bien sûr...

Jake s'occupait des autres tables où les convives, sur le point de partir, payaient leurs additions.

— Je fermerai à votre place, Ellie, lui cria-t-il depuis le comptoir. Profitez-en, pour une fois, rentrez chez vous.

Il voyait bien à quel point elle était tendue et se félicita que ce soir, au moins, elle eût de la compagnie. De son point de vue, la solitude n'avait jamais rien arrangé. Les problèmes partagés étaient des problèmes résolus ;

1. En français dans le texte. *(N.d.T.)*

n'importe quel bon psychiatre de Los Angeles pouvait vous l'expliquer, en échange d'une petite fortune en honoraires. Il en avait fait l'expérience.

Ellie le remercia, radieuse, tout en rapportant les deux assiettes dans la cuisine.

— Tu pourrais rester et aider Jake ? demanda-t-elle au petit, qui était en train de charger l'un des grands lave-vaisselle.

— Bien sûr, Ellie.

Il avait rendez-vous au Victor's Club, sur Abbot Kinney ; mais, pour une future rock star comme lui, il savait que la fille attendrait.

Dès que Dan et Ellie eurent mis le pied dehors, l'épais brouillard leur tomba sur les épaules ; on n'y voyait pas à dix mètres. Ce n'était vraiment pas une nuit à prendre le volant.

Ellie avait sorti sa voiture du parking un peu plus tôt ; elle était garée à quelques immeubles du restaurant.

— Vous devriez me suivre, lui cria Dan en traversant la rue. Ce serait plus prudent comme cela.

La BMW était toujours stationnée devant lui, et il aperçut l'homme assis à l'intérieur, dans l'obscurité. L'espace d'une seconde, il se demanda ce qu'il faisait là ; puis il manœuvra rapidement pour sortir de la file de voitures en stationnement, attendit qu'Ellie le rattrape, et s'engagea à allure réduite sur la route où la brume étouffait les sons.

À la lueur des lampes, la douillette petite maison d'Ellie apparaissait comme un îlot exotique au milieu du brouillard. Sur le manteau de la cheminée tremblotaient les flammes de bougies parfumées à la vanille ; une musique douce d'instruments à cordes jouait en sourdine, l'orchestre de Henry Mancini avec la voix chaude de Johnny Mathis. Ellie remplit une tasse d'un café brûlant, à l'odeur suave, et la posa sur la table basse devant Dan.

Assis près d'elle sur le canapé, il écoutait la musique, la tête rejetée en arrière. Elle étudia les lignes vigoureuses de son visage, l'ombre légère de barbe bleuâtre, sur son menton rasé de frais, ses cheveux plantés dru sur son front. Son corps musclé semblait détendu ; une épaisse toison noire s'échappait du col ouvert de sa chemise. Ses mains étaient belles et larges, avec de longs doigts et des ongles parfaitement nets. Elle sourit en imaginant le temps qu'il avait dû mettre à les brosser, après avoir travaillé toute la semaine dans les champs aux côtés d'Ortega et de l'équipe d'ouvriers mexicains. Une grande impression de force physique émanait de lui, et Ellie aimait cela. Mais même un homme solide pouvait paraître vulnérable, quand il fermait les yeux et s'abandonnait.

Heureuse qu'il se montrât détendu et naturel avec elle, elle lui dit :

— Noir, sans sucre.

— Enfin, je crois que vous me connaissez.

Il n'avait pas rouvert les yeux.

— Enfin, je crois que oui.

Il y avait quelque chose dans la voix d'Ellie, une douceur, qu'il n'avait jamais entendue auparavant. Il ouvrit les yeux et la regarda.

Elle tendit la main et la passa lentement dans les cheveux de Dan. Maintenant qu'il était ici, elle ne pouvait supporter l'idée de le voir repartir.

— Je me disais, commença-t-elle, choisissant les mots avec soin pour qu'il ne se méprenne pas, que vous ne pourrez sans doute pas rentrer chez vous par ce brouillard. C'est beaucoup trop dangereux.

— C'est vrai, acquiesça-t-il, sans la quitter des yeux.

— Alors, à mon tour de vous offrir l'hospitalité. J'ai des oreillers et des couvertures. Vous serez très bien ici, sur le canapé.

— C'est vrai, répéta-t-il sur le même ton.

Elle se noyait dans le bleu profond de ses yeux, attirée par sa bouche... Elle se ressaisit et se leva.

— Je vais chercher les couvertures.

Mais il l'attrapa par le bras et la fit retomber sur le canapé.

— Cessez de me fuir, Ellie.

Elle sentait la chaleur de ses mains sur ses épaules, à l'endroit où il la tenait ; sa bouche s'approcha et elle ferma instinctivement les yeux. Les lèvres de Dan étaient à la fois fermes et douces, un baiser d'aile de papillon... rien qui pût la déstabiliser... rien qui pût l'inquiéter... Elle se laissa aller dans ses bras.

Dan couvrit de petits baisers la courbe de sa pommette, ses paupières, vierges de tout maquillage et délicates comme les narcisses blancs qu'il lui avait envoyés, le bout de son nez, où les taches de rousseur étaient si serrées qu'on aurait dit le nez d'un petit chat siamois. Le désir montait dans ses reins, il avait violemment envie d'elle ; mais elle n'attendait de lui que du réconfort, il le savait, elle se méfiait de l'amour. De sa langue, il explora le coin de sa bouche, lécha, goûta...

— Délicieux, lui murmura-t-il à l'oreille. Meilleur que la tarte tatin.

Le plaisir s'était mis à vaciller, comme une flamme, dans son ventre à elle aussi. Sa bouche s'ouvrait sous celle de Dan et elle passa les mains autour de son cou, l'attirant plus près ; l'épaisse chevelure noire était soyeuse entre les doigts d'Ellie. Le baiser se prolongeait comme s'il allait l'aspirer de l'intérieur, la laissant molle et sans défense.

— Nous ne devrions pas, non..., chuchota-t-elle entre deux baisers, sentant le cœur de Dan battre contre le sien.

— Donnez-moi une seule bonne raison contre.

Il lui mordilla le lobe de l'oreille, puis sa bouche descendit sur sa gorge ; il sentit battre son pouls, s'attarda un moment, puis continua pour aller explorer le creux de peau lisse près de sa clavicule.

Ellie en frissonnait de plaisir. Après tout, qu'y avait-il de mal à avoir un amoureux ? songeait-elle. Ils étaient tous les deux adultes, tous les deux dévoués à leur travail. Ils ne prenaient aucun engagement l'un vis-à-vis de l'autre, et rien ne les empêchait de rester amis... Elle se sentait si attirée vers lui, elle avait tant envie de lui...

Elle rouvrit les yeux et les plongea dans les siens.

— Après tout, souffla-t-elle d'une voix mal assurée, cela ne nous engage à rien...

— Mmmm... à rien du tout, non.

Elle lut la question dans ses yeux et il lut la réponse dans les siens : chaleur et désir. La prenant par la main, il la guida dans l'escalier qui craquait sous leurs pas.

Les jambes d'Ellie refusaient de la porter et elle s'effondra sur le lit. Non seulement elle n'avait pas fait l'amour depuis bien longtemps, mais, surtout, elle n'avait encore jamais éprouvé une telle sensation. De tendresse et d'affection, mêlées à la chaleur que les yeux et les mains de Dan provoquaient en elle partout où ils s'attardaient, partout où ils la touchaient.

Il lui retira son tee-shirt, dégrafa le soutien-gorge de fine dentelle blanche, s'arrêta un instant pour savourer la perfection de ses admirables seins ronds. Doucement, il passa la langue autour des mamelons, la sentit se cambrer de plaisir et l'entendit soupirer. Ses mains lissaient la peau délicate de son dos, étreignaient la courbe merveilleuse de son buste, entouraient ses seins, alors même qu'il continuait à les embrasser à pleine bouche. Elle était si douce, si docile sous ses caresses... Il brûlait de désir mais prenait son temps, veillait à ne rien précipiter...

Elle retira son jean, et le cœur de Dan remonta dans sa gorge quand il lui fut donné de la contempler, si mince et ferme à la fois, si belle dans la petite culotte de dentelle blanche qui recouvrait sa nudité. Ses cheveux flamboyants ruisselèrent sur ses seins lorsqu'elle se souleva sur un coude et le regarda se déshabiller.

Il s'allongea près d'elle et fit courir sa main tout le long de son corps. Ses paumes étaient dures, rêches : les mains d'un homme qui travaillait dans les champs avec ses ouvriers, pour bâtir avec eux ses rêves, ses espoirs, son avenir... un avenir où il n'y avait pas de place pour elle. Ellie repoussa cette pensée aussi vite qu'elle était venue. Pour l'instant, rien n'avait d'importance que la bouche de Dan explorant chaque courbe de son corps, les mains de Dan qui l'étreignaient et la soulevaient vers lui, la langue de Dan en quête de ses zones enchantées. Elle flottait en dehors d'elle-même ; la coupe de plaisir était trop pleine... En tremblant, elle cria son nom...

De toute la force de ses yeux, elle réclama son regard, tandis qu'il se glissait lentement en elle. Elle remua pour s'adapter exactement à lui, comme s'ils avaient été faits depuis toujours pour vivre ce moment ensemble ; elle bougeait à son rythme et criait de plaisir.

Ses mains effleurèrent la peau moite de Dan et elle l'entoura de ses jambes, l'attirant plus profondément en elle ; puis elle s'abîma dans un gouffre sans fond et s'entendit gémir, le réclamer avidement, toute pudeur balayée par la violence de son désir. Enfin, ils tombèrent ensemble dans l'espace étoilé où la passion les laissait pantelants, pour un bref moment d'éternité où leurs deux corps n'en faisaient plus qu'un seul.

Ellie, pressée au creux du lit par le poids de Dan, sentant son cœur qui battait tout contre elle, aurait voulu ne plus bouger, et que ce moment dure toujours ; car, sûrement, rien ne l'égalerait jamais...

Il se souleva sur les mains et lui sourit. Ses cheveux s'étalaient sur les oreillers en vagues couleur de cuivre, ses yeux d'opale demeuraient voilés sous l'effet de la passion, sa peau avait la douceur du satin. Abaissant sa bouche vers la sienne, Dan l'embrassa longuement. Il aurait voulu lui dire qu'il l'aimait mais il se souvenait de ses yeux méfiants ; cela ne pourrait que l'effrayer. À la place, il lui dit :

— Tu es belle...

— Toi aussi, tu es beau.

Elle sourit, tout en caressant les poils noirs et bouclés de sa poitrine.

— Est-ce que c'était meilleur ?

Il la regarda sans comprendre.

— Meilleur que quoi ?

— Que la tarte tatin...

Avec un grand éclat de rire, il se laissa rouler sur le côté et se mit debout.

— Pas de comparaison, chef. Mais je sais maintenant que tu as plus d'une corde à ton arc.

— Toi aussi, dit-elle avec un sourire mutin.

Balançant ses jambes par-dessus le bord du lit, elle se leva à son tour et marcha jusqu'à lui ; son corps mince et lisse se plaqua contre le sien, tandis qu'elle passait les deux bras autour de son cou et l'embrassait.

— Merci, lui souffla-t-elle à l'oreille.

Puis elle saisit la robe de chambre rose sur la chaise et s'en couvrit.

Dan la regarda avec étonnement. La robe de chambre avait un âge certain et le rose jurait affreusement avec ses cheveux, couleur de poney rouan. En un instant, elle était passée de l'état de femme passionnée à celui de petite fille fragile, qui ne se sentait bien que dans ses vieilles hardes d'écolière.

— Pas très sexy, admit-elle, avec le surprenant sourire qui lui fendait le visage d'une oreille à l'autre, les yeux pétillant de gaieté. Je dois l'avoir depuis l'âge de dix-sept ans, et je ne peux pas supporter l'idée de m'en débarrasser.

Il haussa les épaules, toujours nu et riant d'elle.

— Certains enfants ont leur couverture, toi tu as ta robe de chambre. Il en faut pour tous les goûts.

Du bout du doigt, elle le repoussa dans le lit.

— Attends voir ici, Dan Cassidy, propriétaire du célèbre vignoble *florissant*, lui dit-elle.

Dan se laissa tomber sur les oreillers, les bras derrière la tête, en songeant aux nombreux visages que pouvait prendre l'amour. Celui-ci s'était approché subrepticement de lui et l'avait pris au piège contre toute logique, presque contre sa volonté. Pourtant, il ne pouvait pas dire à cette femme qu'il l'aimait. C'était un dilemme qu'il ne s'était pas attendu à rencontrer un jour, et il se demandait comment il allait bien pouvoir le résoudre.

Les haut-parleurs encastrés dans le mur diffusèrent à nouveau de la musique, douce et lyrique ; Antonio Carlos Jobim et son orchestre à cordes. Puis Ellie apparut à la porte, avec une bouteille de vin Santo ainsi que deux petits verres et une boîte de biscuits aux amandes.

Elle grimpa à nouveau sur le lit près de lui.

— Ça doit être la femme au foyer qui sommeille en moi, dit-elle, ou peut-être la patronne de restaurant, mais je me sens obligée de nourrir un homme.

— Ça me convient.

Il s'assit, prit la bouteille, l'ouvrit et servit le vin liquoreux ; puis, après avoir levé son verre dans sa direction, il but à petites gorgées.

— Du coup, je me sens important.

Le cœur d'Ellie ne pesait plus rien dans sa poitrine ; il en chantait littéralement de bonheur. La chambre, la maison tout entière étaient transformées par la présence de Dan. Sa force virile chassait les fantômes de la nuit, son corps offrait à Ellie le plaisir – et l'amour. Même si elle n'en voulait pas, pas encore.

Elle dit en souriant :

— Ouvre la bouche et ferme les yeux. Ellie va te donner quelque chose.

Il obéit, et elle glissa un petit cookie aux amandes entre ses lèvres.

— Délicieux, murmura-t-il.

Leurs yeux se croisant à nouveau, ils se remémorèrent les instants qu'ils venaient de vivre. Il la regarda siroter son verre, puis, n'y tenant plus, il se pencha vers elle et passa le bout de la langue sur ses lèvres, comme pour la goûter. Elle était trop appétissante, trop... Il retira le verre de ses doigts, soudain devenus inertes, le posa sur la table de nuit. Puis il la repoussa doucement contre les oreillers.

Elle se laissa aller, ses bras minces levés au-dessus de sa tête, ses beaux yeux alanguis, tandis qu'il défaisait lentement la ceinture de sa robe de chambre rose. Alors elle fut nue devant lui, et tout recommença.

Assis dans sa voiture, Buck regardait les fenêtres allumées à l'étage et les larmes ruisselaient sur son visage ; il ignorait qu'un cœur pût éprouver une telle douleur. Il lui faudrait tuer Ellie, désormais. Il fit démarrer sa voiture et conduisit comme un dément à travers le brouillard, jusqu'à Sunset Boulevard et à son studio. Après avoir verrouillé la porte, il se rua à travers la pièce, cognant des poings contre le mur, hurlant son désespoir.

Son voisin du dessus, un jeune homme qui regardait une bruyante vidéo musicale, baissa le son quelques instants pour écouter ; puis il haussa les épaules, en se demandant sur quelle chaîne passait le film d'horreur, avant de remonter le niveau.

58

Ils s'éveillèrent en même temps, pour voir les biscuits et le reste du vin répandus sur le sol. La lumière du soleil entrait à flots par la fenêtre, projetant une lueur dorée sur leurs corps enlacés.

Encore étourdie du plaisir d'avoir fait l'amour, Ellie tourna son regard vers Dan ; leurs yeux se rencontrèrent et elle sourit.

— Bonjour, cher ami.

Sa voix indolente baigna de sucre et de miel le cœur de Dan.

— Bonjour, madame le chef.

Il passa tendrement le doigt sur la courbe de sa joue.

— Thé ou café ?

— Je m'en occupe.

Elle voulut s'éloigner, mais il la rattrapa et la repoussa contre les oreillers.

— Oh ! non. Cette fois, c'est moi qui joue au chef. Dis-moi seulement ce que tu veux pour ton petit déjeuner. Je suis un de ces types capables de s'y retrouver dans n'importe quel réfrigérateur.

Elle pouffa, tout en se débattant pour se relever.

— Tout ce que tu trouveras dans le mien, ce sont deux citrons et une bouteille de champagne.

— Comment ? Pas de muffins ? Pas de petits pains maison ? Pas d'œufs ni de pancakes aux myrtilles ?

Son regard étonné la fit rire.

— Oui, je sais... Tu te demandes quel genre de chef

je fais, n'est-ce pas ? La vérité, c'est que je prends toujours une tasse de café sur le chemin du marché.

Elle se redressa d'un trait.

— Mon Dieu ! ajouta-t-elle, en le repoussant et en sautant du lit. Je devrais déjà être là-bas, en train d'acheter des fruits et des légumes pour ce soir !

Dan soupira profondément, quand elle se rua dans la salle de bains et ouvrit la douche. C'était le retour vers le travail, vers le restaurant. Vers sa vie, son monde.

— Tu veux dire que tu vas me jeter dehors, sans un café, dans le froid glacial du matin ? lui cria-t-il.

Il s'appuyait, nu, contre la porte de la salle de bains.

— J'en ai peur ! s'écria-t-elle en retour.

Elle passa la tête hors de la douche, émit un sifflement admiratif à sa vue.

— C'est la vie, comme on dit, monsieur Cassidy...

Pendant un instant, il caressa l'idée de la rejoindre dans la douche ; mais elle avait changé d'humeur, il la sentait déjà toute à sa journée. Il lui lança une serviette quand elle ressortit ; elle se drapa dedans et passa comme une flèche devant lui.

— C'est libre ! lui cria-t-elle, comme s'il était un camarade d'internat partageant l'unique salle de bains du palier.

Mais Dan vit le rire qui pointait dans son regard ; il l'attrapa par le bras, la ramena vers lui et l'embrassa avec fougue.

— C'est à quel sujet ?

Elle riait en s'éloignant de lui. Il pensa que ça valait le coup, même en étant jeté dehors au petit matin sans café, juste pour l'entendre rire encore.

Dix minutes plus tard, ils étaient tous les deux douchés, habillés et dans la rue.

— Attention aux voisins ! le prévint-elle en souriant, comme il l'embrassait à nouveau. Je t'appelle plus tard.

Quand elle sortit la Cherokee du garage en marche arrière, Dan fronça les sourcils ; quand elle vira sèchement à gauche, presque jusqu'à toucher l'Explorer, il serra les dents. Elle se pencha à la fenêtre en se moquant de lui.

— Des nerfs d'acier, Cassidy, c'est ce que tu y as gagné.

Puis, avec un signe désinvolte de la main, elle démarra en trombe vers le bas de la colline.

Il roula le long de Main Street, le sourire aux lèvres, cherchant le Starbucks du regard. Du café chaud et une femme corsée, voilà tout ce dont un homme avait besoin, songea-t-il. Ou bien était-ce l'inverse ? Dans les deux cas, il était gagnant.

Le rêve n'avait pas disparu. Il revint cette nuit-là, quand elle fut à nouveau seule, et la nuit d'après, ainsi que la suivante. Mais elle s'en accommodait mieux qu'avant. Désormais, quand elle s'éveillait en frissonnant et en transpirant, elle imaginait que Dan était là, elle sentait sa présence forte et virile dans l'obscurité de la chambre. Elle savait qu'il lui suffisait de décrocher le téléphone et de composer son numéro ; mais il l'appelait tous les soirs depuis qu'ils avaient fait l'amour, et elle détestait l'idée de le réveiller en pleine nuit avec ses angoisses.

Le manque de sommeil se faisait sentir, néanmoins, et elle ne savait pas comment réagir, sinon en se plongeant toujours plus profondément dans sa tâche. Travailler et encore travailler, c'était tout ce qui comptait pour elle. Et savoir qu'elle reverrait bientôt Dan.

59

Le restaurant était bondé, ce soir-là, et cela convenait parfaitement à Ellie. Plus elle avait de travail à accomplir, moins elle avait de temps pour penser ; et peut-être qu'enfin cette nuit elle dormirait.

La clochette de la porte retentissant, elle ramassa des menus pour aller accueillir les nouveaux arrivants. C'étaient des clients réguliers, la routine. Elle leur apporta du vin rouge ainsi qu'une corbeille de son pain chaud et croustillant, puis leur suggéra les spécialités du jour : des rouleaux de printemps au crabe, avec du gingembre et du chutney aux mangues fraîches, ainsi qu'un carré d'agneau de Sonoma.

Maya, qui la regardait, estima qu'elle allait bien, même si elle évitait de lui poser la question. De toute façon, qu'est-ce qu'Ellie lui aurait répondu, sinon « Évidemment, je vais bien » ?

Elle frotta avec inquiétude sa mâchoire douloureuse. Sa dent de sagesse recommençait à la titiller, et c'était sûrement une dent incluse ; elle lui faisait de plus en plus mal.

— Si tu ne veux pas avoir la tête comme une citrouille, tu ferais mieux d'aller dès demain chez le dentiste, lui conseilla Ellie en passant devant elle.

— J'ai peur du dentiste ! Toutes ces machines qui sifflent et qui bourdonnent, ces fraises en acier qu'ils vous enfoncent dans les molaires en vous demandant : « Est-ce que je vous fais mal ? » Et vous de répondre :

« Oh ! non, monsieur le dentiste... Mais ça ne vous ennuie pas si je hurle un peu ? » Oui, je suis trouillarde et je le reconnais, ajouta-t-elle en suivant Ellie dans la cuisine.

— Okay. Sois trouillarde, et défigurée.

Maya savait qu'elle avait raison.

— J'irai demain matin, à la première heure, finit-elle par admettre.

— Prends ta journée, tu en auras besoin. Prends deux jours, même, je demanderai à Jake de te remplacer. Appelle-moi quand ce sera fini – si tu es encore en état de parler...

— Sadique.

— Ne t'inquiète pas. Je passerai te voir plus tard, avec du champagne et du potage au poulet. Évidemment, tu devras les boire à la paille...

Ellie promena le regard sur son domaine. La cuisine sentait divinement bon, ce soir. Chan sortait deux carrés d'agneau du four, avec leur garniture de pommes de terre sautées au romarin et de petites lentilles vertes du Puy, cuites dans le jus de viande et le bouillon. Deux tartes tatin d'Ellie, aux poires, étaient en attente sur la planche à découper, et Terry remuait une casserole de crème anglaise à la vanille.

Tout fonctionnait parfaitement et elle poussa un soupir de soulagement. Quand la salle était pleine, mieux valait éviter les problèmes en cuisine.

Il était près de minuit quand le dernier couple de dîneurs s'en alla et qu'elle put enfin mettre le loquet à la porte, puis retourner la pancarte sur *Fermé*. Elle contempla Maya, affalée sur une chaise et qui tenait son visage douloureux entre ses mains.

— Rentre chez toi, lui dit-elle. Tu fais peur à voir.

— Merci. J'apprécie ta remarque.

Maya semblait au comble de la déprime.

— Mais je vais peut-être y aller, si tu penses vraiment pouvoir te débrouiller sans moi.

Ellie lui tendit sa veste et son sac.

— Tu seras si heureuse de voir ce dentiste demain... Tu ne le croiras pas toi-même.

Le téléphone sonnait. Elle poussa Maya dehors avant de décrocher.

— *Chez Ellie*, j'écoute.

— Je voulais juste savoir si tu travaillais toujours comme un forçat.

En entendant la voix de Dan, son cœur fit un bond dans sa poitrine.

— Je travaille toujours comme un forçat. Et toi ?

— Je pars demain matin aux aurores pour Napa. On va étudier quelques vignobles avec Carlos, voir ce qu'on peut en retirer, peut-être acheter des ceps pour les versants nord. Je serai de retour dans deux ou trois jours, pas plus. Je me disais que je pourrais passer te voir ensuite ?

Ellie ferma les yeux et l'imagina dans sa petite maison : finies l'atmosphère sinistre, les nuits interminables, la grisaille de l'aube, la culpabilité.

— J'adorerais.

— Parfait. Tu rentres chez toi ?

— Bientôt, oui.

Elle jeta un coup d'œil à sa montre.

— Ne t'inquiète pas. Je vais bien.

— Tu me le promets ?

— Je te le promets.

— Je t'appellerai de Napa.

— D'accord.

— Prends bien soin de toi, Ellie.

— Toi aussi, Dan.

Elle fut sur le point de dire *Je t'aime*, au moment de raccrocher, mais se rattrapa juste à temps.

Revigorée par l'appel de Dan, elle s'acquitta des corvées quotidiennes, mit la recette du jour dans le coffre, retira les nappes des tables, rangea le comptoir et nettoya la machine à café. Il était près de deux heures quand elle partit enfin. Le brouillard recommençait à tomber.

Une seule voiture passa dans la rue brumeuse, tandis qu'Ellie se hâtait vers le parking. Il était sombre, silencieux, et elle se prit à regretter de n'avoir pas ramené plus tôt sa voiture vers un parcmètre proche du restaurant.

Ses pas résonnaient dans le bâtiment vide, comme elle courait vers l'ascenseur. Elle appuya sur le bouton du troisième étage, les yeux fixés au sol pour éviter de lire les graffitis. La cabine s'arrêta dans une secousse et elle fit un pas en avant, attendant que les portes s'ouvrent ; mais il ne se passa rien. Elle regarda le voyant lumineux : la machinerie était bloquée quelque part, entre le deuxième et le troisième étage.

Elle s'acharna sur le bouton, paniquée à l'idée de rester coincée, seule, la nuit ; mais l'ascenseur ne bougeait toujours pas. Affolée, elle appuya sur tous les boutons, puis soupira de soulagement quand, dans une nouvelle secousse, l'ascenseur repartit lentement vers le haut. Mais, cette fois, il dépassa le troisième étage.

— Quelle machine stupide..., murmura-t-elle avec inquiétude.

Quand il se fut arrêté au quatrième, elle se rua hors de la cabine et courut vers la lourde porte en acier menant aux escaliers. Elle n'avait nullement l'intention de retenter sa chance dans l'ascenseur.

Soudain, elle entendit un bruit derrière elle ; elle hésita, la main sur la poignée de la porte. Puis, de nouveau ce bruit, qui ressemblait maintenant à des pas. Une vague de frayeur courut le long de la colonne vertébrale d'Ellie ; elle ouvrit la porte et dévala les marches, émergea hors d'haleine au troisième étage, terrorisée, cherchant frénétiquement ses clés de voiture au fond de son sac. *Où étaient-elles ? Sa voiture était tout au fond du parking. Elle n'aurait pas le temps d'y arriver, de trouver sa clé, de démarrer et de sortir.* L'ascenseur était là : elle s'y engouffra et appuya sur le bouton du rez-de-chaussée.

Soulagée, mais le cœur battant encore à tout rompre, elle sentit que la cabine commençait à descendre. Elle devait sortir de ce parking et courir jusqu'à Main Street pour trouver de l'aide ; là-bas, elle serait en sécurité...

À nouveau, l'ascenseur s'arrêta, au deuxième étage.

— Oh ! mon Dieu, mon Dieu ! Ça n'est pas possible !

Elle écrasa le bouton de son poing, mais l'ascenseur ne bougea pas.

Plaquée contre la paroi d'acier couverte de dessins et de graffitis, les battements de son cœur lui martelant les oreilles, elle tâchait de se souvenir des leçons apprises sur la façon de se protéger d'une agression. « Pas de panique, se dit-elle en prenant une longue inspiration. Paniquer est la dernière des choses à faire. »

L'ascenseur recommença à descendre. Elle poussa un soupir de soulagement, mal assuré, puis fit nerveusement un pas en avant tandis que les portes s'ouvraient.

Il l'attendait, masqué, les bras écartés, bloquant les portes. Le couteau luisait dans sa main, glacial, sous le tube au néon.

Le souffle coupé, elle croisa son regard, puis jeta son sac à ses pieds.

— Prenez-le, je vous en prie ! Prenez tout ! Je ne sais pas qui vous êtes et je ne dirai rien, mais laissez-moi partir !

Sa voix, d'habitude douce et profonde, était méconnaissable sous l'effet de la peur, et Buck lui sourit.

— Ce n'est pas votre argent que je veux, Ellie, murmura-t-il.

Puis il se saisit d'elle.

Elle sentait son odeur de transpiration, recevait son haleine en plein visage ; ses bras puissants la serraient de près.

— *Salaud !*

La colère et l'adrénaline décuplaient ses forces ; elle se retourna et lui envoya son coude dans la poitrine. Il relâcha sa prise et elle pivota à nouveau sur elle-même, lui donna des coups de pied en visant les genoux et les testicules. Comme il se penchait vers elle, elle lui griffa le visage à travers sa cagoule. Folle de fureur, elle crachait, déchirait, mordait.

Buck transpirait sous l'effort. Saisissant d'une main la queue de cheval d'Ellie, il tira violemment la jeune femme en arrière ; elle cria de douleur tandis qu'il la faisait tomber au sol.

Il était maintenant à genoux au-dessus d'elle, lui immobilisant les bras. Glacée de terreur, elle leva les yeux, pour voir son poing serré fuser vers elle ; puis elle ressentit une terrible douleur. Ses yeux se révulsèrent et elle perdit connaissance.

Essoufflé, Buck la prit dans ses bras et ramassa son sac. Ensuite, il poussa sur le bouton de l'ascenseur, et sortit au quatrième étage. La BMW était la seule voiture garée là-haut. Il jeta Ellie dans le coffre, plaça un oreiller sous sa tête, disposa avec soin ses bras et ses jambes, puis la recouvrit d'une couverture ; enfin, il referma la malle.

Une fois assis au volant, il retira sa cagoule, essuya la sueur qui coulait sur son front et se recoiffa. Puis, respirant toujours avec peine, il descendit la rampe et sortit du garage, non gardé, pour s'engager dans la rue déserte.

La phase quatre était terminée. Il avait gagné, et Ellie lui appartenait. Seule la mort les séparerait.

60

Le lendemain matin, une lourde brume de mer, aussi épaisse que les toiles d'araignée de Halloween, flottait sur les vallées de Napa et de Sonoma. Dan, traversant au volant de la Chevrolet de location des kilomètres de vignobles impeccablement tenus et noyés dans le brouillard, songea qu'ils auraient pu se trouver dans le Bordelais. Ou même, comme ils passaient devant le somptueux château du Domaine Carneros, réplique du château de la Marquetterie, du XVIIIe siècle, appartenant à la famille Taittinger, en Champagne. Et partout des rangées de jeunes grappes, dorlotées, nourries, arrosées, cajolées.

— Tout ça pour une bouteille de vin, dit-il à Carlos, impressionné.

— Oui, mais quelle bouteille, señor !

Entouré de vignes, Carlos était heureux ; et il l'était davantage encore au moment des vendanges, quand une lourde odeur de raisins mûrs, frais cueillis, flottait sur la campagne comme une vapeur de vin.

— N'oubliez pas, señor, que faire du vin a toujours été une affaire de paysans. Pendant des siècles, les petits fermiers ont produit leur propre vin et l'ont bu tous les jours.

En tortillant pensivement sa moustache, il ajouta :

— Et, bien sûr, avec mon aide, vous aurez le meilleur vin du comté de Santa Barbara.

— Le petit fermier y compte bien, sourit Dan, tandis

que Carlos continuait à dévider ses commentaires sur les vignobles devant lesquels ils passaient.

Celui-ci était bon, mais pas extraordinaire ; celui-là venait de faire une mauvaise année, un mauvais millésime ; cet autre avait amélioré sa qualité ; ce dernier expérimentait un nouveau cépage, du sangiovese, pour produire un vin dans le style italien.

Ils franchirent les portes d'un domaine réputé pour ses cabernets, et Dan jeta bientôt un regard envieux sur les rangs de vignes qui s'étendaient à perte de vue, tirés au cordeau ; sur les jardins soignés et le parc avec ses sculptures de maître ; sur la galerie d'art, et les salles de dégustation lambrissées de bois de séquoia.

Un jour, se dit-il, en goûtant le vin au riche arôme de chêne, Running Horse ressemblera à ça. Il l'imaginait fort bien : les vignes florissantes, les jardins, la salle de dégustation. Il y aurait même un restaurant. Rien de prétentieux – un simple petit restaurant français, avec une jeune femme grande et rousse aux fourneaux, préparant sa fameuse tarte tatin.

Il regretta de ne pas avoir demandé à Ellie de l'accompagner : cela lui aurait permis de faire une pause, et ils auraient ainsi passé quelque temps ensemble. Il aurait dû le lui suggérer la veille au soir ; elle semblait si fatiguée, si loin de l'allégresse qu'il lui avait connue quelques jours plus tôt. Mais il n'était pas trop tard. Dès son retour à l'hôtel, il l'appellerait et lui demanderait de le rejoindre. Ils pourraient rester un jour ou deux de plus, tandis que Carlos rentrerait pour veiller sur le domaine.

Il sourit, en s'imaginant visiter avec elle les grands vignobles et les bons restaurants de Californie. Buvant à petites gorgées un verre de cabernet Mondavi, il souhaitait qu'elle fût déjà là.

61

Maya était sur son lit, cet après-midi-là, le dos soutenu par des oreillers : allongée, elle avait l'impression d'avoir reçu un dix tonnes en plein visage, tandis qu'assise ce n'était plus qu'un cinq tonnes. Dans l'espoir de soulager un peu la douleur lancinante, elle entoura sa mâchoire d'un bandana rouge, qu'elle noua sur le dessus de sa tête ; puis elle se regarda dans le miroir en face d'elle et gémit.

— Merci de m'avoir envoyée chez le dentiste, Ellie Parrish Duveen, marmonna-t-elle à travers ses lèvres enflées.

C'est bien *maintenant* qu'elle avait la tête comme une citrouille, et la douleur était encore pire qu'avant. Et elle ne pouvait même pas appeler Ellie au téléphone pour se plaindre, parce qu'elle ne pouvait pas parler.

Au fait, pourquoi Ellie ne l'avait-elle pas appelée ? Tu parles d'une amie ! Elle glissa deux analgésiques entre ses lèvres engourdies, puis s'allongea, priant pour qu'ils la fassent dormir et qu'elle ne sente plus la douleur. Ellie l'appellerait sans doute plus tard.

62

À cinq heures et demie, ce soir-là, Chan était dans la cuisine, perdu au milieu des casseroles et se plaignant à Terry.

— Où est-ce qu'elles sont passées ? Ellie n'est pas là et Maya non plus ? Comment est-ce que je pourrais faire tourner cette boîte tout seul ?

Il donna un coup de couperet rageur dans un manche de gigot d'agneau qu'il préparait pour le braiser.

— Où est-ce qu'elles sont, bon Dieu ?

Terry était habitué à ses accès de fureur.

— Maya s'est fait arracher une dent de sagesse aujourd'hui. Je suppose qu'Ellie est avec elle. Elle a dit quelque chose à propos de champagne et de potage au poulet.

— Elles sont en train de boire du champagne pendant que je m'occupe de tout à leur place ? s'exclama Chan. Et qui va servir en salle ? J'aimerais bien le savoir !

Terry retira les pommes de terre du four ; il les ouvrit en deux, en grimaçant à cause de la chaleur, puis entreprit de les vider de leur chair farineuse dans un grand récipient de métal, pour l'y écraser avec une sauce au pistou.

— Jake va venir pour remplacer Maya, dit-il.

— Et qui va venir pour remplacer Ellie ?

— Elle arrivera un peu plus tard, je suppose, répondit-il, concentré sur sa tâche.

Chan, qui découpait brutalement ses pièces d'agneau, essuya tout à coup une larme furtive sur sa joue.

— Pauvre Ellie, murmura-t-il. Quelle terrible tragédie... Allez, je peux bien m'occuper du restaurant pour un soir...

Jake apparut, plein d'entrain, à la porte de la cuisine.

— 'Soir, les gars.

Il accrocha sa veste dans la penderie et passa son tablier blanc.

— Où en est-on ?

— Ellie n'est pas là.

Chan avait pris la direction des opérations. Il disposa les manches de gigot dans un plat à rôtir, les saupoudra d'ail haché menu, de romarin frais et de thym, puis les mit dix minutes à four chaud pour dorer les os à moelle.

— T'as pas un copain qui pourrait venir nous aider ?

Jake le regarda, surpris : Ellie était toujours là, qu'il vente ou qu'il neige.

— Bien sûr. Mais qu'est-ce qui ne va pas, elle est malade ?

— C'est à cause de sa grand-mère, j'imagine, dit Chan en haussant les épaules. Ça risque de lui arriver parfois. Quand elle ne pourra plus assumer.

Jake acquiesça, déjà au téléphone pour appeler son ami ; lui aussi avait vu Ellie fléchir sous le poids du chagrin.

— Elle nous appellera peut-être, hasarda Chan, jetant des tomates coupées en rondelles dans une casserole chaude et les regardant grésiller. Plus tard.

63

Une lampe, chauffée à blanc, brûlait dans la tête d'Ellie ; elle gémissait et se retournait d'un côté et de l'autre pour tenter d'y échapper, aspirant à la pénombre et à l'oubli. La douleur vrillait l'arrière de ses yeux, se déchaînait à l'intérieur de ses oreilles, grignotait son cerveau avec des dents acérées de petit rat. Lentement, la lueur s'atténua, jusqu'à un gris blême et maladif, tandis qu'Ellie retrouvait sa lucidité.

Allongée sur le dos, dans un lit confortable, elle contempla le plafond à lambris qui la dominait. L'oreiller sous sa tête était de satin blanc et le couvre-lit de dentelle blanche, semée de rubans roses. D'épais tapis blancs recouvraient le sol ; une coiffeuse était juponnée de volants de dentelle et d'un nouveau flot de rubans roses. Au pied du lit, une paire de mules de satin blanc passementées d'organsin attendait qu'elle y glisse ses pieds.

Elle se demanda si elle était morte, et s'il s'agissait d'un motel en enfer. Puis elle aperçut dans le miroir de la coiffeuse son visage gonflé, ses yeux tuméfiés, et se souvint.

En tremblant, elle sortit du lit et se leva. Elle était toujours vêtue de son jean noir et de son tee-shirt blanc *Chez Ellie*, mais ses bottes ainsi que sa veste avaient disparu. En jetant un regard autour d'elle, elle vit que la pièce était entièrement lambrissée de bois sombre, étouffante comme un cercueil. Elle chercha la fenêtre, *mais elle était obstruée par des planches* ; elle se jeta sur la porte, *mais il n'y avait pas de poignée.* Alors, elle courut, tel un lapin affolé, dans la petite salle de bains contiguë : *il n'y avait pas de fenêtre, ni d'issue.* De retour dans la chambre, elle cogna en vain sur les planches qui bouchaient la fenêtre, solidement clouées. Elle voulut regarder par une fissure, mais ne vit rien.

Sa respiration se fit haletante. Elle ne savait pas si c'était le jour ou la nuit, ni à quel endroit elle se trouvait, ni qui la retenait prisonnière.

Paniquée, elle observa la pièce plus en détail. Il n'y avait ni télévision, ni radio, ni téléphone ; les derniers magazines s'alignaient sur la table de nuit, mais aucun quotidien. Il y avait encore une bouteille d'Évian, un verre en plastique, une barre de vitamines, un bol bleu qui contenait des pommes.

Ouvrant la penderie, elle jeta un coup d'œil à la garde-robe qui s'y trouvait. Robes, pull-overs, jeans, chemises de nuit en dentelle, chaussures. Elle regarda les étiquettes : *tout était à sa taille.* Puis elle courut à la commode, ouvrit violemment le tiroir, contempla avec horreur les sous-vêtements sexy. Sur la coiffeuse, elle vit une bouteille d'« Eau d'Issey », *son parfum*, du rouge à lèvres Bobbi Brown couleur chair, *sa couleur.* Sur l'étagère de la salle de bains, son huile de bain préférée, sa lotion, sa poudre...

Il connaissait les détails les plus intimes qui la concernaient. Il avait dû la suivre à la trace, entrer chez elle, fouiller dans ses placards, dans ses tiroirs, dans ses affaires personnelles. Il avait souillé sa vie de ses mains répugnantes. Et il avait imaginé, pour elle, cet écœurant simulacre de nid d'amour.

Ses genoux se dérobèrent ; elle s'effondra sur la chaise de boudoir, en velours rose, contemplant son visage terrifié dans le miroir.

— Oh ! mon Dieu, murmura-t-elle, accablée par cette découverte. Oh ! mon Dieu, sortez-moi d'ici, je vous en supplie...

64

Dan et Carlos étaient descendus dans un petit hôtel, entièrement décoré de grappes de raisin. Il y en avait des peintes au pochoir sur les meubles, d'autres sur le tissu des canapés, comme sur les carrelages des salles de bains. De quoi se soûler rien qu'en les regardant.

Il était déjà sept heures quand Dan eut la possibilité d'appeler Ellie au restaurant. Il savait que c'était son heure la plus affairée, mais il voulait juste entendre le son de sa voix, lui dire qu'elle lui manquait et qu'il la rappellerait plus tard.

— *Chez Ellie*, j'écoute.

En entendant une voix d'homme lui répondre, il haussa les sourcils d'étonnement.

— Ellie n'est pas là ?

— Elle n'est pas encore arrivée. Jake à l'appareil. Je peux faire quelque chose pour vous ?

— Hello, Jake, c'est Dan. Savez-vous où elle est ?

— Avec Maya, je suppose. On lui a arraché une dent de sagesse aujourd'hui. Ellie est sans doute allée lui remonter le moral...

Dan sourit.

— Okay, merci. Je rappellerai plus tard.

Il souriait encore en pensant à elle, tandis que Carlos et lui ressortaient de l'hôtel pour aller dîner au Terra. Un dîner qu'elle aurait sûrement apprécié.

Il rappela à dix heures, mais Ellie n'était toujours pas

là, et n'avait pas davantage appelé pour dire où elle se trouvait. Il leur demanda le numéro de Maya, puis le composa ; ses doigts tambourinaient sur la table, pendant qu'il attendait qu'elle décroche.

« Salut, c'est bien moi, mais je ne peux pas vous parler pour l'instant, disait la voix de Maya dans le répondeur. Laissez-moi un message... » Quelques notes de heavy metal s'ensuivaient, puis le bip.

Contrarié, il raccrocha, pour composer le numéro personnel d'Ellie – qui ne répondit pas. Il haussa les épaules ; elle était sans doute encore chez Maya, et Maya ne répondait pas parce qu'elle ne pouvait pas parler. Plus tard, il réessaierait chez elle. Il alluma la télévision et zappa d'une chaîne à l'autre.

À onze heures, il refit son numéro, puis encore à minuit : toujours pas de réponse. Mains dans les poches, il faisait les cent pas dans sa chambre, en comptant les raisins sur les motifs du tapis. Où diable était-elle ?

Il rappela encore à une heure. Puis à deux.

Cette nuit-là, il ne ferma pas l'œil.

65

Ellie avait l'impression de se trouver depuis plusieurs heures dans cette antichambre de l'enfer, sous cette lumière rosâtre, dans ce silence lugubre. Sa tête l'élançait, ses yeux la brûlaient, ses oreilles bourdonnaient de ses efforts pour tenter de capter le moindre bruit à la ronde.

Quand la clé tourna dans la serrure, elle eut l'impression que son cœur se recroquevillait sur lui-même, puis cessait de battre. La porte s'ouvrit lentement, en grinçant.

Glacée, elle regarda l'image de son ravisseur se refléter dans le miroir. Il portait toujours sa cagoule de ski. Marchant vers elle, il tendit la main et lui toucha le bras : elle se tassa sur elle-même, la peau couverte de chair de poule, les yeux agrandis d'horreur.

Buck fit courir doucement ses doigts sur la peau veloutée qu'il avait si souvent rêvé de toucher.

— Je suis content de voir que vous allez mieux, Ellie, murmura-t-il d'une voix rauque et basse. Pardonnez-moi de vous avoir frappée, mais vous ne m'avez pas laissé le choix. Croyez-moi, j'aurais préféré que vous me suiviez tranquillement jusqu'ici.

Sa voix chuchotante éveillait un souvenir quelque part chez Ellie, dans un recoin de son esprit affolé, mais elle ne parvenait pas à mettre un nom dessus.

— Ma chère Ellie, continua-t-il, doucereux, je vous ai amenée dans ce merveilleux endroit parce que je veux que vous soyez heureuse. Vous voyez comme je l'ai joliment arrangé pour vous...

Il ne voulait pas l'effrayer avec sa passion ; il savait qu'il lui faudrait quelques jours pour s'adapter, pour s'habituer à lui. Gagnant la penderie, il en ouvrit la porte en grand.

— Regardez ces jolies robes ! Toutes à votre taille, et aussi à votre goût, je l'espère. Comme vous le voyez, j'ai pensé à tout. Mais si vous avez besoin d'autre chose, vous n'avez qu'à me le dire et vous l'aurez.

Elle lui jeta un regard ahuri et il ajouta doucement :

— J'ai entièrement planifié notre vie ensemble, Ellie. Vous ne manquerez de rien. Vous vivrez comme une princesse.

Sa main tremblait de désir quand il la reposa sur son bras, mais il se maîtrisa et repartit à grands pas vers la porte. Arrivé là, il se retourna et la regarda.

— Tout ce que je veux, c'est que vous soyez heureuse, murmura-t-il. *Ici, avec moi.*

En réalité, ce n'était pas tout ce qu'il voulait, et il songea avec plaisir au jour où elle devrait mourir. Quand il se serait rassasié d'elle, alors il faudrait en passer par là. Parce que sa vengeance devait être totale, et qu'il attendait son gros lot. Journey's End, et tout ce que cela représentait pour lui.

Ellie courut derrière lui dès qu'il fut ressorti et glissa les doigts dans l'encadrement de la porte, pour tenter de la rouvrir, mais elle était déjà verrouillée. Paniquée, elle se retourna, les paumes plaquées contre le bois.

Il était fou. Elle avait lu quelque chose sur les gens comme lui, des obsédés qui traquaient leurs proies humaines comme si c'étaient des animaux. Ils pensaient qu'elles leur appartenaient, que leurs propres destins de malades étaient liés à ceux de leurs victimes.

En fermant les paupières elle fit apparaître le solide visage de Dan : ses yeux bleus la regardaient en souriant, avec cette moue moqueuse qu'il arborait toujours quand elle faisait quelque chose d'incongru. *Oui, voilà !*

Dan était flic et il saurait quoi faire ! Dan la retrouverait...

Elle se laissa tomber sur la chaise rose, gardant l'image de Dan auprès d'elle. Les minutes s'écoulèrent. Puis, à nouveau, la clé tourna dans la serrure, et elle rouvrit les yeux.

Buck entra dans la pièce en poussant devant lui une table roulante portant un repas complet, avec nappe en lin blanc et rose blanche dans un vase d'argent à long col. Il en approcha une chaise pour Ellie.

— Soupe à la tortilla, dit-il en soulevant le dôme d'argent qui recouvrait l'un des plats. Pain aux olives, celui que vous aimez. Poulet froid rôti avec de la salade verte. Et une bouteille de votre vin préféré.

Il prit un tire-bouchon, ouvrit la bouteille, puis versa un peu de vin dans le verre pour qu'elle y goûte.

— Madame ?

Il fit un pas en arrière et un petit salut courtois ; mais elle ne dit rien et il soupira, en retournant vers la porte.

— Bon appétit, Ellie, dit-il de sa voix rauque. Croyez-moi, je ne vous veux aucun mal. Tout ce que je désire, c'est que nous soyons ensemble.

Elle le regardait d'un air froid et il serra les dents, furieux, mais se répétant qu'il fallait être patient. D'ici quelques jours, elle aurait changé d'avis. Ne disait-on pas que les femmes tombaient toujours amoureuses de leurs ravisseurs ? Il ferma la porte à double tour derrière lui.

Le bruit de la clé tournant dans la serrure glaça le sang d'Ellie. Elle était sa prisonnière et il avait l'intention de la conserver ainsi. Pour toujours, c'est ce qu'il avait dit. Lui et elle, ensemble.

Il fallait qu'elle sorte d'ici.

Elle courut à la table, ramassa le couteau : il était en argent, de chez Christofle. Le verre à vin était en cristal de Baccarat, les assiettes en porcelaine de Limoges. Les plats étaient tous parmi ses favoris, et le vin un château-beychevelle, son préféré.

Soudain, elle sentit la faim la tenailler affreusement.

Elle n'avait nulle idée du temps qui s'était écoulé depuis son enlèvement, ni de quand datait son dernier repas, mais elle était tout à coup affamée.

Elle prit un morceau de pain et le porta à sa bouche. *C'était peut-être un empoisonneur ? Ou bien les plats étaient drogués, pour qu'il puisse la violer plus facilement !* Elle laissa tomber le pain et se recula ; ses genoux fléchirent et elle s'effondra à nouveau sur la chaise rose. Lorsqu'elle prit sa tête dans ses mains, les larmes coulèrent entre ses doigts.

— *Oh, Dan*, murmura-t-elle, *s'il te plaît... Je t'en prie, aide-moi. S'il te plaît, retrouve-moi...*

Puis elle se souvint que Dan appartenait à la brigade des homicides ; tout ce qu'il retrouvait, c'étaient des cadavres.

66

Le temps passait lentement ; chaque minute semblait durer une heure, chaque seconde une éternité, pour Ellie qui attendait son retour. Elle s'était lavé le visage et avait jeté un regard d'envie sur la douche, mais n'avait pas osé enlever ses vêtements, pour le cas où il reviendrait. Nue, elle aurait été plus vulnérable encore. De plus, il l'espionnait peut-être ; cette idée la fit frissonner et elle regarda le plafond avec inquiétude, y cherchant des caméras cachées.

Toujours assise sur la chaise rose, elle se demanda si Maya s'était aperçue de sa disparition. Puis elle se rappela que Maya était allée chez le dentiste ; elle n'irait pas travailler pendant deux jours. Et Dan était à Napa avec Carlos. Mais Chan essaierait sûrement de l'appeler chez elle, en disant : « Hé, vous êtes où ? Qu'est-ce qui se passe ? » Mais non, elle secoua la tête : Chan la savait épuisée, il changerait ses habitudes pour ne pas la déranger. Des larmes lui montèrent aux yeux.

Elle ne manquait encore à personne. Personne ne la recherchait. Elle était seule, totalement seule.

Elle avait dû s'assoupir, car le bruit de la clé tournant dans la serrure la réveilla. Ses yeux gonflés s'ouvrirent très vite et elle se redressa d'un bond sur la chaise rose, en dardant un regard prudent. Il se tenait à la porte. Juste derrière lui, elle aperçut une petite entrée, avec une ampoule nue qui se balançait au-dessus de sa tête. Elle se demanda si c'était la nuit.

La bouche de Buck se crispa de colère sous la cagoule ; elle n'avait même pas goûté le vin qu'il avait acheté exprès pour elle. Sans un mot, il tira la table roulante jusqu'à la porte, qu'il referma derrière lui.

Il fallait absolument qu'elle sorte d'ici. Affolée, elle se précipita sur la porte et s'efforça de regarder à travers la serrure, mais elle ne put rien voir ; elle se coucha sur le sol, le visage dans l'épais tapis, afin de jeter un coup d'œil en dessous, mais n'aperçut qu'un mince filet de lumière.

Se jetant sur le moelleux couvre-lit de dentelle et de satin, elle fixa le plafond d'un air impuissant, en se souvenant combien il était fort. Il était grand, puissant, vicieux – et elle, pas de taille à lutter contre lui. Son cœur sombra comme une pierre dans sa poitrine. La situation était sans issue.

67

Dès six heures le lendemain matin, Dan téléphonait à Ellie, pour recommencer à sept heures.

— Quelque chose ne va pas, dit-il à Carlos. Il faut que je rentre.

Carlos savait reconnaître un homme inquiet quand il en voyait un – et aussi un homme amoureux.

— Ne vous en faites pas, señor, lui répondit-il, tandis qu'ils repartaient à toute allure vers San Francisco et l'aéroport. Tout va s'arranger, croyez-moi.

Dan aurait aimé qu'il suffise de croire Carlos pour que tout s'arrange ; mais un sombre pressentiment s'était emparé de lui, comme si de terribles menaces planaient à l'horizon.

Trois heures plus tard, ils étaient de retour au Running Horse Ranch. La lumière rouge clignotait sur le répondeur ; priant pour que ce fût elle, Dan enclencha le bouton de lecture.

— Ici Chan, de *Chez Ellie*. Est-ce que vous savez où est Ellie ? Je ne peux pas ouvrir de nouveau le restaurant tout seul ce soir. Il faut que je lui parle. Rappelez-moi, s'il vous plaît...

— Où peut-elle bien être allée, bon sang ?

Le front de Carlos se creusait de rides, sous l'effort de la réflexion.

— Elle aimait sa grand-mère. Elle est perturbée, malheureuse, triste. Peut-être est-elle retournée à Journey's End ?

— Oui ! Pourquoi n'y ai-je pas pensé ?

Dan cherchait déjà dans le tiroir la clé qu'Ellie y avait laissée.

Les grilles de fer forgé étaient fermées, mais Dan dit à Carlos que cela ne signifiait rien ; Ellie pouvait fort bien les avoir refermées derrière elle par prudence.

Des mauvaises herbes poussaient déjà dans le gravier de l'allée, les pelouses étaient trop hautes et la magnifique fontaine aux dauphins silencieuse. Les fenêtres reflétaient faiblement le pâle soleil du jour et des feuilles jonchaient les marches du perron. Journey's End semblait froide, vide, menaçante. Et la Cherokee d'Ellie n'était pas là.

Dan monta les marches en courant et appuya sur la sonnette ; il l'entendit tinter bruyamment à l'intérieur, tout en sachant déjà que personne ne viendrait ouvrir. Contournant rapidement la façade, il gagna la porte de la cuisine et entra avec sa clé. Tout était rangé : il n'y avait pas de vaisselle dans l'évier ni de tasse de thé à moitié pleine sur la table.

Dans le hall, leurs pas résonnèrent sur les dalles de pierre. Tout semblait pareil qu'avant, et pourtant ça ne l'était pas. La maison était aussi morte qu'un musée fermé depuis longtemps.

— Ellie ?

La voix de Dan ne rencontrait que le silence.

— Ellie ? Tu es là ?

Grimpant les marches deux par deux, il ouvrit la porte de la chambre de Miss Lottie. La violence paraissait toujours planer dans l'air, comme une présence sinistre. La pièce avait été nettoyée, mais des taches de sang brunâtres se devinaient encore sur le tapis d'Aubusson vert pâle. En bas, il entendait Carlos ouvrir et fermer les portes en appelant la jeune femme. Il secoua la tête, comprenant soudain que c'était inutile. Ellie ne serait pas venue ici, non.

Il ne restait qu'un autre endroit où il pouvait la trouver : chez elle.

Sur l'autoroute, le trafic était fluide. Une heure plus tard, après avoir déposé Carlos au ranch, il sortait à Las Virgines, et tournait à droite dans Malibu Canyon. Par chance, la route était pratiquement vide ; peu de temps après, il roulait sur la Pacific Coast Highway en direction de Santa Monica. Il appela Chan de la voiture, à tout hasard.

— Non, elle n'est pas là, répondit celui-ci d'un ton désespéré. Ce soir, on se débrouillera, mais pas demain. Peut-être que demain j'abandonnerai.

— N'abandonnez pas, protesta Dan d'une voix ferme, alors qu'il tournait dans la rue d'Ellie. Elle sera là.

Deux petits garçons tapaient dans un ballon rouge, dans le jardin de la maison voisine ; la rue semblait aussi tranquille et normale qu'à l'accoutumée. Dan se précipita sur la sonnette, puis martela la porte de son poing, mais seul le silence lui répondit, lourd de menaces. Il fit un pas en arrière et leva les yeux vers la fenêtre de la chambre.

— Ellie ! cria-t-il.

Les enfants d'à côté s'arrêtèrent de jouer et s'approchèrent de la barrière.

— Il y a personne, dit le petit blondinet.

— Vous avez vu Ellie, aujourd'hui ?

— Non, monsieur. Ça fait un moment qu'on l'a pas vue. En général, elle nous donne des cookies. Maman dit qu'elle devrait pas, mais elle dit qu'elle peut pas s'en empêcher.

Dan sourit ; c'était tout à fait Ellie. Puis la réalité reprit le dessus.

— Merci, les gars, leur dit-il, retournant déjà à sa voiture.

Le téléphone sonnait. Appuyant sur la touche silence de sa télécommande, Maya le rechercha sous le tas de Kleenex et de magazines, sans quitter des yeux Fred et

Ginger, qui dansaient le fox-trot en cravate blanche-queue-de-pie et mousseline de soie verte dans *Roberta*.

— J'ai mal, dit-elle en décrochant. Qui est-ce ?

— Maya, c'est Dan Cassidy.

Elle sourit, étonnée.

— Le rancher qui a réussi à faire sortir Ellie du droit, *très* droit chemin ? Tiens, tiens... Je suppose qu'elle est à côté de vous et qu'elle attend pour s'excuser ? Elle était censée venir me voir, avec du potage au poulet et du champagne. Quelle bonne amie, pas vrai ? M'abandonner aux heures les plus noires...

— Personne n'a vu Ellie depuis deux jours, Maya. J'espérais qu'elle était avec vous.

Maya arrêta la télévision ; une boule d'angoisse se forma dans son estomac.

— Vous... vous plaisantez ?

— J'aimerais bien, oui.

— Je n'ai pas vu Ellie depuis avant-hier soir, quand je l'ai quittée au restaurant.

Maya la revoyait, lui tendant sa veste et la poussant vers la porte, puis se retournant pour décrocher le téléphone. D'une voix entrecoupée, elle demanda :

— Oh, Dan, où peut-elle être ?

Il aurait bien aimé le savoir.

— Tranquillisez-vous, lui dit-il. Elle va bien, j'en suis sûr, et nous allons la retrouver. Je vais à la police.

— Rappelez-moi, l'implora-t-elle, en plein désarroi, et dites-moi ce qui se passe...

— Promis.

Quand il eut raccroché, Maya fixa l'écran de télévision vide et noir. Ellie et elle étaient comme deux sœurs jumelles ; elle lisait dans les pensées d'Ellie avant même que celle-ci les ait eues, ou presque. Dans son cœur, elle sut que sa sœur avait des ennuis.

68

L'inspecteur Mike Farrell, du commissariat de Santa Monica, était un homme méthodique et dépourvu d'humour ; il pensait que chaque question possédait sa réponse, logique, pourvu qu'on soit assez habile pour la découvrir. Il avait des cheveux bruns et clairsemés, un teint cireux, trahissant trop de sucreries et pas assez de sommeil.

— Des gens disparaissent tous les jours en Californie, disait-il, en faisant tourner sans fin son stylo à bille entre ses doigts boudinés.

Dan acquiesça, puis insista :

— Mais combien d'entre eux ont eu leur grand-mère assassinée quelques semaines plus tôt ?

Farrell se redressa sur sa chaise, son stylo à bille posé en équilibre sur sa feuille de papier.

— Vous sortez avec elle ?

— Nous nous voyons. Mais Ellie travaille dur, elle passe six soirées par semaine au restaurant.

— Et vous la voyez le septième jour, celui où tous les hommes doivent se reposer, a dit Dieu.

Dan fit un effort pour garder son calme.

— Je la vois le lundi.

Farrell griffonna l'information sur sa feuille.

— Elle sort avec un autre ? Vous n'en savez rien, peut-être ?

— Non, avec personne.

— C'est ce qu'ils disent tous, répliqua Farrell en souriant.

— Bon Dieu, mon vieux !

Dan tapa violemment du poing sur la table.

— Une femme a disparu, une femme dont la grand-mère a été assassinée il y a trois semaines ! Ce n'est pas une disparition ordinaire !

Farrell recula sa chaise et le regarda dans les yeux.

— Vous n'avez jamais pensé à ce scénario ? lui demanda-t-il avec son accent traînant du Sud. Peut-être la mort de la grand-mère, plus un travail rude et des responsabilités ont été trop pour elle ? Peut-être qu'elle a juste craqué, qu'elle est partie loin de tout ça ? Ce sont des choses qui arrivent.

Dan songea à cette confiance en elle-même qui, comme un foyer intérieur, alimentait les ambitions d'Ellie ; à la résistance dont elle avait fait preuve tout au long de ces dures journées ; au courage qu'elle avait manifesté en recommençant à vivre et en reprenant son travail, au lieu de se languir à Running Horse.

— Elle n'est pas du genre à baisser les bras.

Farrell hocha la tête, satisfait.

— Alors, nous ferions mieux d'y aller et de la rechercher.

69

Avec Dan à son côté, l'inspecteur Farrell glissa sa Ford noire banalisée au sein de l'intense trafic de Santa Monica, puis bifurqua vers la colline et la maison d'Ellie. Nul enfant ne jouait dehors, cette fois, et la rue était silencieuse. Une voiture de patrouille s'arrêta derrière les deux hommes, qui avançaient déjà sur le petit chemin de briques. Farrell appuya sur la sonnette. Son bruit résonna vainement à l'intérieur, comme à Journey's End.

Farrell, un mandat de perquisition dans la poche, fit signe à l'agent qui attendait derrière lui de forcer la serrure. Ils visitèrent les pièces du rez-de-chaussée pendant que Dan se ruait dans l'escalier, qui gémit sous ses pas.

La chambre d'Ellie était en ordre : le lit était fait et sa chère vieille robe de chambre en chenille rose – celle qu'elle avait mise après qu'ils eurent fait l'amour, et qui jurait avec la couleur de ses cheveux – jetée sur la chaise près de la fenêtre. Dans la salle de bains, le tee-shirt avec lequel elle avait dormi se trouvait dans le panier à linge. Les serviettes suspendues à la barre étaient sèches, sa brosse à dents aussi ; pas de gouttelettes d'eau dans le lavabo, et le savon n'avait pas été utilisé. Ellie n'était pas venue chez elle récemment.

La pancarte de *Chez Ellie* indiquait *Fermé* et la voiture de patrouille stationnait dehors, gyrophare tournant.

Chan, Terry, Jake et le petit avaient pris place autour d'une table avec Farrell, tandis que deux agents attendaient à l'écart. Une lampe brillait sur la nappe à carreaux verts. Dan, adossé au mur dans la pénombre, les bras croisés, écoutait chacun dire ce qu'il savait. C'est-à-dire pas grand-chose.

— Je l'ai vue vendredi soir, répéta Chan une fois de plus. Ici, au restaurant. Il y avait beaucoup de clients, et ils sont restés tard. J'ai préparé le dernier plat à onze heures, puis je suis parti.

— Moi, disait Terry, j'ai fini une demi-heure plus tard, puis j'ai dîné à la cuisine. Je suis parti après minuit, quand le dernier couple est enfin rentré chez lui.

Jake semblait presque prendre plaisir à la scène, en connaisseur : elle aurait pu figurer dans le téléfilm de la semaine. Même l'éclairage était bon.

— Je n'étais pas là vendredi, dit-il à son tour. Je viens juste aider à l'occasion, quand ils ont besoin de moi.

Le petit, quant à lui, passait nerveusement les mains dans sa crinière blonde hirsute, en pensant au joint qu'il avait dans la poche. Il ne s'était pas attendu à voir débarquer les flics.

— Je suis parti après avoir fini de tout nettoyer, dit-il. En même temps que Maya.

— Maya ?

Farrell tourna un regard interrogateur vers Dan.

— Une amie d'Ellie. Elle travaille ici comme serveuse.

— Elle avait une rage de dents ce soir-là, expliqua Terry. D'habitude, elle reste pour aider Ellie à tout ranger.

— C'est vrai, se rappela le petit. J'ai entendu Ellie lui dire de rentrer chez elle, puis la clochette quand elle est partie. J'étais juste en train de passer la porte de la cuisine pour m'en aller.

Farrell fixa le petit de son œil morne.

— Donc, vous êtes la dernière personne à avoir vu Ellie ce soir-là...

Le petit avala sa salive avec difficulté, rouge d'inquiétude.

— Je... j'avais pas pensé à ça, bredouilla-t-il. J'en sais rien, peut-être quelqu'un d'autre est venu...

— Où êtes-vous allé, après avoir quitté le restaurant ?

— Au Victor. Un club sur Abbot Kinney.

— Ils vous connaissent ?

— Oh ! bien sûr. J'y vais tout le temps...

Il transpirait à présent.

— Alors, quelqu'un vous aura vu là-bas, et pourra peut-être nous dire à quelle heure exactement vous y étiez ?

— Bien sûr, oh ! oui...

En tout cas, il l'espérait vivement.

Quelqu'un frappa à la porte ; Farrell se retourna, pour voir une femme les regarder à travers la vitrine.

— C'est Maya, dit Terry en se levant pour aller lui ouvrir.

Elle tomba presque à l'intérieur de la salle, tant elle était pressée d'entrer. Son visage était toujours gonflé, et ses yeux rouges d'avoir pleuré ; elle était sans maquillage, habillée à la hâte, avec des collants noirs, des bottes, un pull-over brun trop grand. Ses cheveux courts et mal peignés se dressaient sur sa tête, comme des plumes d'oiseau ébouriffées.

Elle saisit aussitôt l'inspecteur Farrell par l'épaule.

— Vous l'avez retrouvée ?

— Non, mademoiselle, pas encore.

Il la regarda de haut en bas, comme pour la jauger.

— Vous êtes Maya Morris ?

— Et vous, vous êtes qui ?

Maya était impatiente, autoritaire, effrayée. Dan la prit par le bras.

— Maya, laissez-moi vous présenter l'inspecteur Farrell. Il va nous aider à retrouver Ellie.

Elle le contempla, puis soudain son visage s'affaissa et elle s'effondra sur une chaise, la tête dans les mains.

— Oh ! mon Dieu, où est-elle ? Je n'aurais pas dû la laisser seule ! Il était tard, j'aurais dû rester avec elle...

Dan posa une main apaisante sur ses cheveux blonds et soyeux.

— Savez-vous où elle gare généralement sa voiture ?

Elle releva la tête, les yeux noyés de larmes.

— Au parking à étages, à deux blocs d'ici. Je lui ai dit qu'elle ne devrait pas, parce que c'est trop isolé la nuit. Mais il n'y a que deux places derrière le restaurant, elle veut les laisser au chef et à son assistant. D'habitude, quand on finit tard, elle va chercher sa voiture et la met au parcmètre juste devant, dans la rue. Mais elle ne l'a pas fait ce soir-là...

70

Quand il pénétra dans le parking, assis dans la Ford de l'inspecteur, Dan se sentit revenu dans la peau d'un flic débutant. Il était tôt, huit heures seulement, et le garage était encore quasiment plein. Les gens tournèrent la tête lorsque les deux voitures de patrouille pilèrent au stop et que les flics en jaillirent.

— On cherche une Cherokee verte, modèle récent, immatriculée 3CVB28, dit Farrell à ses hommes. Vous ne pouvez pas la manquer.

Ils ne la manquèrent pas. Elle était au troisième étage, fermée, vide, exactement telle qu'Ellie l'avait laissée le vendredi. Dan sut que la situation était grave.

Il fallait bien le reconnaître : à compter de ce moment-là, Farrell fonça. En l'espace de quelques minutes, il y eut des flics partout, interceptant les automobilistes qui récupéraient leurs voitures, relevant leur identité, leur demandant s'ils utilisaient régulièrement le parking et s'ils y étaient venus le vendredi soir précédent. Dan savait l'importance de l'énorme travail de routine qu'abattait un inspecteur de police. Découragé, il les quitta, pour descendre à l'hôtel Loews à Santa Monica.

Au bar, il commanda un whisky pur malt, puis s'assit et le but à petites gorgées en regardant la télévision, sans prêter attention aux autres consommateurs. Les Lakers jouaient, mais il ne parvenait pas à leur accorder le moindre intérêt. Son esprit comme son cœur restaient fixés sur Ellie, et il retournait le scénario dans sa tête, encore et toujours.

L'excellent whisky lui réchauffa l'estomac mais il se sentait impuissant, ne sachant par quoi commencer. Quand le match des Lakers eut pris fin, ce furent les nouvelles de dix heures.

« Nous venons d'apprendre, dit le présentateur, la disparition de la propriétaire d'un restaurant bien connu de Santa Monica. Personne n'a revu depuis plus de deux jours Ellie Parrish Duveen, dont la grand-mère a été sauvagement assassinée dans sa maison de Montecito, il y a quelques semaines à peine. La police la recherche, et l'éventualité d'un meurtre n'est pas écartée. »

L'estomac de Dan se serra lorsque le visage souriant d'Ellie apparut sur l'écran. Le présentateur la décrivit, puis annonça que la police réclamait la coopération du public. Quiconque l'avait vue, ou bien savait où elle se trouvait, devait contacter le commissariat de Santa Monica, au numéro qu'il communiqua.

Dan vida son verre et régla l'addition ; puis il se rendit dans sa chambre, d'où il téléphona à Piatowsky.

— Alors ? Quoi de neuf ?

Pete s'ennuyait ; la nuit était calme au poste de Manhattan Centre-Sud.

— Ellie a disparu. Je crois qu'elle a été enlevée.

Dan lui donna rapidement les détails. Piatowsky ne lui avait jamais entendu une telle voix : amère, désespérée. Il songea à Ellie, imagina ce qu'il ressentirait s'il s'agissait d'Angie ou de l'un de ses enfants.

— Tu crois que c'est le même type ?

— C'est possible.

— Je vais prendre le vol de cette nuit, je serai chez toi demain de bonne heure. (Il hésita.) Dan...

— Oui ?

— Ça n'annonce rien de bon...

Les derniers espoirs de Dan s'effondrèrent. Il savait reconnaître la vérité quand il l'entendait dans la bouche d'un autre.

— Allez, tiens le coup, Cassidy.

Dan raccrocha le téléphone. Oui, il tiendrait, parce qu'il le fallait. Il devait retrouver Ellie.

71

Ce devait être le matin quand il revint la voir, parce qu'il apporta le petit déjeuner, cette fois. Il lissa de la main la nappe blanche et lui approcha la chaise.

— Il y a du jus de fruits, du müesli, du lait écrémé, des toasts de pain complet, du beurre et de la confiture de myrtilles. Et du café dans la Thermos, que je viens de faire. (Il la regarda.) Bon appétit, Ellie, dit-il doucement, avant de la laisser seule à nouveau.

L'odeur du café et du pain grillé la tenta ; elle en avait si envie qu'elle pouvait presque en sentir le goût sur sa langue. Elle se leva, ouvrit la bouteille d'Évian et en but une longue gorgée, puis mangea la barre de vitamines en trois bouchées, comme un enfant qui engloutit des bonbons qu'il a volés.

Un peu revigorée, elle fit quelques mouvements de yoga, puis s'assit sur la chaise rose et attendit.

Il revint un moment plus tard pour reprendre la table roulante, avec la nourriture intacte. Ellie l'épia, sous ses paupières baissées, cependant, cette fois, il ne la regarda pas ni ne dit rien.

Elle s'allongea sur le lit, comptant les minutes et tâchant de réfléchir. Que faire ? Sa tête était toujours douloureuse. Elle se leva et alla se regarder dans le miroir de la salle de bains : ses cheveux étaient emmêlés, ses yeux cernés de noir, sa mâchoire une masse tuméfiée d'hématomes jaunes et violets. Elle se lava la figure, trouva dans l'armoire de toilette la crème hydratante Clinique qu'elle utilisait toujours et s'en étala sur la peau ; puis elle se brossa les dents, se rinça la bouche et se passa un peigne dans les cheveux. La douche lui manquait ainsi que des vêtements frais, mais l'idée de porter les sous-vêtements sexy en dentelle qu'il avait achetés pour elle lui répugnait.

Elle était assise sur la chaise rose, comme d'habitude, quand il revint avec la table roulante et le déjeuner. Maintenant, au moins, elle savait approximativement quelle heure il était.

Il souleva le couvercle d'argent, puis tourna vers elle son visage masqué.

— Du potage au poulet, Ellie, dit-il de sa voix rauque. J'ai pensé que cela vous détendrait. Du pain français, une salade verte, un peu de vin.

Il fit un geste de la main vers la table et ces mets de choix, vers la rose fraîche dans le vase d'argent, la nappe de lin, le cristal, la porcelaine et les magnifiques couverts.

— Bon appétit, Ellie, dit-il une fois encore, et son ton paraissait sincère.

Ellie lui trouva la voix d'un homme instruit, cultivé. Elle n'oubliait jamais les règles d'or que lui avait inculquées sa grand-mère : respecter les bonnes manières, faire preuve d'altruisme et de considération envers les autres. Elle ne pouvait pas se battre avec lui, mais peut-être pourrait-elle essayer de la psychologie ? Se montrer aimable, tenter de l'amadouer par des paroles pour qu'il la libère ?

— Merci, lui dit-elle calmement. Vous êtes plein d'attentions. Et le potage a l'air bon.

Buck fronça les sourcils, puis sourit. Il s'était montré plus malin que les psychiatres pendant deux décennies : lire dans le jeu d'Ellie lui était facile.

— Si j'étais vous, je mangerais, déclara-t-il. Vous avez besoin de prendre des forces.

Il sortit le tire-bouchon et commença à ouvrir le vin.

— Pourquoi me traitez-vous aussi bien ?

Il releva les yeux.

— À votre avis, pourquoi ?

Elle préféra ne pas penser à la réponse à cette question.

— Mais vous m'avez frappée, pourtant. Vous m'avez fait mal...

— Je vous l'ai dit, je n'avais pas le choix. Vous n'aviez pas voulu me suivre de vous-même.

— Comment pouviez-vous imaginer que je le ferais ?

Elle luttait pour que sa voix ne tremble pas.

— Je ne vous connais pas, je ne peux même pas voir votre visage !

— Vous le verrez, quand le moment sera venu. Pour l'instant, je vous suggère de manger.

Elle le suivit des yeux jusqu'à la porte, où il ne se retourna pas.

— Qui êtes-vous ? lui cria-t-elle.

Elle était désespérée, affolée ; *il fallait qu'elle sache.* Il se retourna enfin, lui sourit derrière sa cagoule.

— Je suis votre ami, Ellie, répondit-il.

Puis il referma la porte.

Elle ne pouvait plus y tenir, plus y tenir... Elle bondit sur ses pieds et cogna des deux poings contre la porte, hurlant de rage et de peur.

En l'écoutant, Buck poussa un soupir de satisfaction ; ce n'était qu'une petite revanche, mais il la savourait. Il avait enfermé Ellie dans une cage, exactement comme lui-même avait été enfermé par sa grand-mère. À son tour maintenant de taper contre les murs, à son tour de hurler... Cette fois, c'était *lui* le geôlier.

Épuisée, Ellie s'effondra à nouveau sur la chaise et regarda la nourriture, appétissante, qui lui faisait face. Faible et affamée comme elle l'était, peu lui importait qu'elle fût empoisonnée ou non. Sa main tremblait quand elle leva le verre et prit une gorgée de vin, suivie d'un morceau de pain ; il se coinça dans sa gorge sèche et elle s'étouffa. Elle but une autre gorgée de vin et se força à avaler un peu de potage au poulet, puis un autre morceau de pain. Ensuite, elle s'étendit sur le lit, attendant de voir si elle allait mourir ou non.

Une nouvelle heure passa, interminable. Ellie arpentait nerveusement la pièce. Il aurait déjà dû être revenu, pour la surveiller. Était-elle ici depuis deux jours, trois ? Maintenant, Maya s'était sûrement aperçue de sa disparition ; Dan devait être de retour et l'avait sans doute appelée ; quant à Chan, qui ne pouvait faire marcher le restaurant tout seul, il avait dû s'inquiéter, essayer de la joindre...

Rendue furieuse par sa propre impuissance, elle empoigna le verre en cristal de Baccarat et le projeta contre le mur : il se fracassa bruyamment en mille morceaux. Après quoi, elle jeta les assiettes en Limoges, puis courut jusqu'à la penderie, s'empara des vêtements et les lança sur le sol ; elle sortit de la commode une brassée de lingerie sexy, la jeta par-dessus les vêtements et piétina le tout. Puis, sous l'effet de la rage, elle s'empara de la bouteille de vin rouge et la vida sur le lit de dentelle et de satin blanc.

D'un œil fou, elle regarda s'étaler la tache rouge. *Son rêve qui devenait réalité, le sang qui se répandait dans le lit pour l'engloutir...* Elle se mit à hurler, des cris suraigus de peur, d'angoisse et d'impuissance mêlées.

Buck arriva en courant ; il regarda la vaisselle cassée, le vin renversé, le lit saccagé, toutes ces jolies choses qu'il avait achetées pour lui faire plaisir... Les gardiens de l'Hudson auraient reconnu l'expression glaciale qui passa dans ses yeux, le frisson de mort dans sa voix, les contractions involontaires de ses robustes doigts...

Il contourna le lit dans sa direction ; elle fit rapidement un pas en arrière, les yeux fixés sur lui, aux aguets. Il se rapprocha ; un autre pas et elle était contre le mur. Il n'y avait aucune échappatoire possible. Buck était si près d'elle qu'elle sentait son haleine mentholée.

Il posa les mains sur ses seins, s'appuya de tout son corps contre elle. Elle le sentait trembler, elle sentait son excitation...

— Non...

Coincée contre le mur, elle tâcha d'éloigner son visage de lui.

— Non ! Non, non !

Par-derrière lui, elle aperçut un rai de lumière ; il avait laissé la porte ouverte. Entrevoir la liberté décupla ses forces ; elle glissa entre ses bras, saisit ses jambes et tira violemment dessus. Il tomba au sol à côté d'elle. Sautant sur ses pieds, elle se précipita vers la porte, mais il l'attrapa par le bras et la tira en arrière.

La magnifique fourchette en argent de chez Christofle brillait à la lueur de la lampe ; en un éclair, elle fut dans la main d'Ellie. Quand elle pénétra dans la chair de Buck, la jeune femme sentit le contact mou, élastique, accompagné d'un rugissement de douleur ; Buck tituba en arrière, le sang dégoulinant de son orbite, et elle se mit à courir.

— Sale garce..., rugit-il d'une voix démente.

Mais, même blessé, il était encore rapide. Il la saisit et la gifla à toute volée ; sa tête alla cogner contre le mur, mais cette fois elle ne cria pas. Elle resta immobile, à le fixer.

Elle le regardait exactement comme sa grand-mère l'avait fait. Avec horreur et mépris. Comme s'il n'était rien.

Il chercha des yeux quelque chose pour l'attacher. Arrachant d'un coup sec la lampe de la prise murale, il lui lia les poignets derrière le dos avec le fil électrique ; puis il la contempla pendant une minute, et enfin sortit le cran d'arrêt de sa poche.

Le temps s'arrêta tandis qu'Ellie regardait l'acier froid qui allait l'anéantir. Mais non, à la place, Buck coupa le fil de la lampe. Puis, la respiration oppressée, il retira lentement la cagoule de son visage ensanglanté.

Pendant de longues secondes, elle le regarda, horrifiée.

— Ed Jensen, murmura-t-elle finalement, incrédule. Mais *pourquoi* ?

Sans répondre, il se retourna et quitta la pièce.

Il avait laissé la porte ouverte, et elle regardait d'un air interdit le rectangle de mur, de plâtre blanc, qui menait à la liberté. *Pourquoi lui ? Pourquoi ? Qui était-il ?*

Au bout de quelques secondes, il fut de retour, avec

un morceau de corde : il attacha ses chevilles, puis coupa le fil électrique et réattacha ses poignets derrière son dos avec la corde. Puis il la contempla, ligotée comme un poulet, sans défense.

— Oh ! Ellie, Ellie, quelle... insensée vous êtes, soupira-t-il. Vous ne voyez pas que vous ne *pouvez* pas gagner ?

Puis il la prit dans ses bras et la porta le long du couloir jusque dans une autre pièce, où il la jeta sur le canapé. Son visage était aplati contre les coussins, mais elle l'entendait encore tout près d'elle, soufflant sous l'effort. Enfin, ses pas s'éloignèrent.

Avec précaution, elle tourna son visage vers la lumière.

Elle était dans une cabane en rondins ; à travers la fenêtre d'en face, elle apercevait une chaîne de montagnes, un ciel gris brumeux. Pas d'autres maisons, pas de voisins, pas de cris d'enfants ni d'aboiements de chiens ; rien que les arbres et le silence. Elle était quelque part dans les montagnes, quelque part où personne ne la retrouverait jamais. Ils ne retrouveraient même pas son corps – parce que, elle en était sûre désormais, Ed Jensen allait la tuer.

Il revint, traînant quelque chose derrière lui, qu'il acheva de tirer dans la pièce en haletant. Elle risqua un œil : c'était une grande caisse en bois, du genre de celles qu'utilisaient les déménageurs. Ensuite, il s'approcha d'Ellie, la prit dans ses bras, la porta à travers la pièce et la laissa tomber à l'intérieur de la caisse.

Incapable de lui résister, elle se replia au fond comme une poupée désarticulée, les genoux pliés, les bras tordus derrière le dos. En relevant la tête, elle observa son visage taché de sang, et leurs yeux se rencontrèrent ; puis il ferma le couvercle.

Ellie entendit le marteau qui frappait sur les clous, Buck marchant sur le sol, la lourde porte qui claquait et le bruit de la clé dans la serrure. Enfin, il n'y eut plus que l'obscurité.

72

Dan était impatient de voir Piatowsky ; il se rendit tôt à l'aéroport.

— Content que tu sois là, dit-il en saisissant son sac.

Pete trouva qu'il avait l'air d'un homme qui n'a pas dormi depuis deux jours : le visage chiffonné, le menton bleui par la barbe, les cheveux qui se dressaient sur la tête, à force de se passer désespérément la main dedans.

— Où en est-on ?

— Nulle part.

— Raconte-moi encore toute l'histoire, dit-il à Dan, tandis qu'ils traversaient l'aéroport bondé en direction du parking.

— Il n'y a pas grand-chose à raconter, hélas. Elle a été vue pour la dernière fois au restaurant vendredi soir, aux alentours de une heure moins le quart. Elle y est restée seule. L'établissement n'a pas été cambriolé : il était fermé et parfaitement en ordre. Sa maison non plus n'a pas été forcée. Rien n'y a été dérangé.

La voix de Dan se brisa tandis qu'il se rappelait la chambre, et la robe de chambre rose qui jurait avec ses cheveux roux. Il engagea l'Explorer dans le flot de la circulation.

— Sa voiture était dans le parking à quatre étages, exactement là où elle l'avait laissée. Fermée elle aussi. Elle s'est volatilisée quelque part entre le restaurant et le parking.

Il regarda Piatowsky d'un œil sombre.

— Je parie que ce salaud connaissait l'endroit où elle travaillait, ses horaires, où elle garait sa voiture. Il la guettait. J'en suis sûr.

— Il doit bien y avoir une raison... Qu'est-ce que tu penses d'un amoureux éconduit ? D'un amour non partagé ? Est-ce qu'elle avait d'anciens petits amis dans son entourage ? Un qu'elle aurait envoyé promener et qui l'aurait mal pris ?

— Elle ne m'a jamais parlé d'un gars fou d'amour... Elle disait qu'elle n'avait pas de temps à consacrer à l'amour – même pas pour moi.

Malgré les circonstances, Piatowsky sourit.

— Okay. Et un maniaque ?

Dan, qui se faufilait entre les voitures sur Century Boulevard, klaxonna impatiemment après un conducteur qui lui avait coupé la route.

— Possible, mais elle passe son temps à travailler. Qui aurait pu lui tourner suffisamment autour pour en être obsédé ?

— Alors, voyons du côté de la vengeance...

Piatowsky alluma une Marlboro Light, mais Dan lui jeta un regard en coin et il l'écrasa.

— Désolé, je ne savais pas que j'étais en zone non-fumeurs.

— Tu veux dire que quelqu'un lui en veut, peut-être ?

— Ouais... Par exemple quelqu'un qui travaille au restaurant ?

— Elle se disputait tout le temps avec le chef, mais c'était de notoriété publique. Les autres l'aimaient bien et ils étaient contents de travailler là.

Piatowsky gardait la cigarette éteinte entre les lèvres et Dan ajouta, sans conviction :

— Si tu n'arrêtes pas, tu mourras à quarante ans.

— J'en ai déjà quarante-deux. Alors, à qui profiterait la mort d'Ellie ?

Le mot « mort » envoya une décharge le long de la colonne vertébrale de Dan.

— Elle ne possède rien de valeur, sauf le rang de

perles qu'elle porte toujours autour du cou – et je parie que personne ne sait que ce sont des vraies. Sinon, il n'y a que la maison et les meubles anciens.

— *Et* dix hectares de première qualité, dans l'un des coins les plus rupins de Californie. Ça doit valoir un paquet de millions.

Dan se rappela combien Ellie répugnait à l'idée de vendre la maison. « J'ai l'impression que ma grand-mère et Maria sont encore là, disait-elle, attendant que je vienne les aider. Il faut d'abord retrouver leur assassin. » Comme il aurait voulu aujourd'hui qu'elle l'ait mise dès le début sur le marché, qu'elle ait tiré un trait sur ses souvenirs, bons ou mauvais, et poursuivi sa propre existence... Parce qu'il savait, au fond de lui-même, que Piatowsky avait raison, que Journey's End avait quelque chose à voir avec la disparition d'Ellie.

— C'est le troisième jour, dit-il. Quelles sont ses chances ?

Piatowsky connaissait les statistiques ; aussi fut-ce par compassion qu'il répondit :

— Cinquante-cinquante. Mais il y a toujours de l'espoir.

Ils se rendirent directement au commissariat de Santa Monica, où ils retrouvèrent l'inspecteur Farrell. Piatowsky lui expliqua son intérêt pour l'affaire, via le meurtre à signature de Manhattan. Il eut le sentiment que Farrell n'en était pas ravi et pensa – à juste titre – que son collègue n'avait guère envie de le voir s'immiscer dans son enquête, et faire entrer le FBI dans la ronde.

— Jusqu'ici, ça reste un problème local, dit Farrell, assis derrière son bureau et qui faisait tourner son stylo à bille entre ses doigts. Les agents sont dans les rues, ils montrent un peu partout la photo d'Ellie et demandent si quelqu'un l'a vue. Son visage est dans tous les bulletins d'informations à la télévision. Des hélicoptères fouillent les canyons, et la police de Montecito passe une fois de plus la maison et le domaine au peigne fin. Nous ne pouvons pas tenter grand-chose de plus pour l'instant.

Il haussa les épaules, en continuant à faire tourner son stylo.

— Il devrait être à la circulation, ce gars-là, grommela Piatowsky à Dan un peu plus tard, au bar de l'hôtel. Il n'a même pas pensé à s'intéresser au mobile...

— Il est persuadé qu'il a affaire à un crime de rôdeur, de psychopathe.

— Et toi, tu n'y crois pas ?

Dan secoua la tête.

— Il y a un plan derrière tout ça, Pete. Je le sens.

— Et un bon flic fait toujours confiance à ses intuitions.

Dan buvait sa bière à petites gorgées, morose.

— Ellie m'a dit qu'elle n'avait pas d'autre famille. Pas de cousin au deuxième degré, ni d'oncles ou de tantes dans des pays lointains. Qui donc pourrait tirer bénéfice de sa mort ?

— Les hommes de loi des Parrish doivent le savoir.

— Tu te souviens de Majors ? Majors, Fleming et Untermann, à Santa Barbara.

— Je vais les appeler. Ils ne révéleront sans doute pas les secrets de la famille à un rancher, mais à un flic ils le feront.

Il partit donner son coup de téléphone et Dan regarda sa montre. Le temps passait vite. Lui aussi connaissait les statistiques en matière d'enlèvement.

Piatowsky revint dix minutes plus tard ; il se rassit et finit sa bière d'une seule et longue gorgée.

— Ellie avait raison. Il n'y a pas d'autres Parrish pour hériter de Miss Lottie.

— Viens.

Dan traversait déjà la pièce à grandes enjambées.

— Où on va ? demanda Pete en se précipitant derrière lui.

— Chez Makepeace et Thackray, les experts-comptables de Miss Lottie. Pour voir exactement qui elle aidait financièrement, avant qu'ils lui fassent couper tous les crédits.

73

Les somptueux locaux de Makepeace et Thackray se trouvaient dans un gratte-ciel de Century City. Les sièges de cuir étaient couleur lie de vin, le tapis gris pâle, les bureaux imposants et de prix. Rien que regarder la jeune réceptionniste aux allures de starlette traverser la pièce, songea Piatowsky, devait vous être facturé au prix fort.

— Si ces types-là étaient mes comptables, murmura-t-il à l'oreille de Dan, je voudrais savoir par quel tour de passe-passe ils vivent mieux que moi.

L'élégante réceptionniste n'était visiblement guère habituée à voir des inspecteurs de police en ces lieux, et M. Harrison Thackray non plus. La cinquantaine, grand et bronzé, il arborait un visage froid sous son impeccable crinière argentée.

Il leur serra la main et les invita à s'asseoir. Son bureau, derrière lequel deux personnes auraient aisément pris place, montrait assez qui était le patron ici. Dan laissa Pete mener l'entretien.

— Inspecteur Piatowsky, police de New York, dit celui-ci en exhibant sa carte. Je participe à l'enquête sur la disparition d'Ellie Parrish Duveen.

— Épouvantable, murmura Thackray en secouant la tête. Après ce qui est arrivé à Miss Lottie, quelle chose terrible...

— Monsieur Thackray... Savez-vous si quelqu'un pourrait tirer profit de la mort d'Ellie ?

L'homme parut surpris.

— Non, je ne vois pas.

— Ellie disait que sa grand-mère soutenait plusieurs œuvres charitables et qu'elle avait dû y renoncer récemment. Avez-vous une liste de ces œuvres ?

— Oui, en effet.

— Nous aimerions y jeter un coup d'œil, si vous le permettez.

Thackray hésita et Piatowsky lui décocha son sourire juvénile et désarmant.

— Juste une vérification...

Thackray comprit qu'il n'avait guère le choix. Il appuya sur l'Interphone et demanda à sa secrétaire d'apporter le dossier Parrish ; puis il jeta un coup d'œil à sa montre Cartier et dit :

— J'ai un rendez-vous dans cinq minutes, messieurs. Si cela ne vous contrarie pas de vous installer dans la salle de réunion pour consulter le dossier...

Avec ses riches boiseries au mur, ses fauteuils pivotants de cuir rouge, ses gravures de chasse et sa table de conférence d'époque, en noyer, la pièce avait des allures de club anglais.

— Cela ne nous contrarie pas, non, le pasticha Piatowsky en faisant tournoyer son fauteuil comme un gamin, quand Dan et lui se retrouvèrent seuls.

Il tendit la liste à Dan.

— À toi, mon vieux. Tu en sais plus que moi là-dessus. Je ne suis venu que pour qu'ils t'ouvrent la porte.

La liste était longue. Pour la plupart, c'étaient des noms de femmes, sans doute de vieilles amies qu'avait aidées Miss Lottie. Il y avait aussi le pavillon des enfants de l'hôpital local, le refuge pour animaux et divers autres établissements du voisinage, ainsi qu'une somme, importante, qu'elle répartissait chaque année entre les causes qui lui paraissaient en avoir le plus besoin. Caché en bas de la troisième page, un nom éveilla un souvenir dans l'esprit de Dan. Il releva les yeux.

— Tu as entendu parler de la maison de santé de l'Hudson, à Rollins ?

— La boîte de haute sécurité pour les psychopathes ? Ouais. J'y suis allé une fois, interroger un dingue à propos d'un meurtre. Il y a des gars plutôt atteints, là-bas. Du genre que tu n'as pas envie de chatouiller de trop près. Quel rapport entre Miss Lottie et un endroit pareil ?

— C'est ce que j'aimerais bien savoir.

Dan feuilleta le dossier jusqu'à ce qu'il ait trouvé le bon document.

— Elle a payé la facture pendant des années pour un pensionnaire de la maison. Plus de vingt ans, si j'en crois ce qui est écrit ici.

Il lut les papiers qu'il avait en main, puis regarda Piatowsky.

— Rappelle-toi, quand on a vu la pute assassinée... Je t'ai dit de vérifier s'ils avaient laissé sortir un dingue de prison récemment ? Eh bien ! il ne sortait pas de prison, mais de l'Hudson, parce que ses frais n'étaient plus payés ! Et il s'appelle Patrick Buckland Duveen !

Leurs regards se croisèrent au souvenir du nom, *DUVEEEEEEE...*, sur l'ordinateur de Miss Lottie.

— On y est ! s'exclama Piatowsky.

74

Un panonceau au néon qui clignotait sur le bord de l'autoroute 101 attira le regard de Buck : *Avalon Motel*, en lettres rouges et vertes, avec le *o* de *Motel* porté manquant. Il prit la sortie suivante et rebroussa chemin jusqu'à ce qu'il le retrouve.

C'était un mauvais bâtiment de bois, peu élevé, avec un toit de bardeaux. Une ampoule qui ne devait pas excéder vingt-cinq watts brillait au-dessus de chaque porte, projetant davantage d'ombre que de lumière, et une unique voiture stationnait devant l'établissement. Exactement ce que recherchait Buck.

Il se regarda dans le rétroviseur : son œil droit était presque clos et du sang maculait son sweat-shirt. Il le fit passer au-dessus de sa tête, pour se retrouver en tee-shirt noir ; puis il essuya le sang séché sur son visage, lissa ses cheveux et mit ses lunettes noires. Quand il pénétra dans le minuscule bureau, il avait glissé le cran d'arrêt dans sa paume, à tout hasard.

— 'Soir.

Le vieil homme derrière le comptoir s'arracha à regret à sa télévision. Il jeta un regard rapide vers Buck et lui lança :

— Vingt-neuf dollars la chambre. Faut la libérer à onze heures, et il y a de quoi faire du café.

— Parfait.

Buck lui tendit l'argent ; il le déposa dans un tiroir, puis il retira une clé du tableau derrière lui.

— Une facture ?
— Pas la peine.
— Chambre vingt-trois, sur votre gauche.

Buck se gara sur l'emplacement réservé à la chambre vingt-trois. Il déverrouilla la porte, si légère qu'il aurait pu l'enfoncer sans peine d'un coup de pied, et alluma le plafonnier. La moquette élimée était sale, le couvre-lit en chenille orange avait fait son temps, la pièce sentait l'usure et le désinfectant de motel. On était loin du Biltmore.

Balançant ses clés sur le lit, il enleva ses vêtements, puis s'installa sous la douche.

L'eau chaude dégringolait comme autant d'aiguilles sur son œil blessé, mais il s'en rendait à peine compte. Il pensait à Ellie, enfermée dans la caisse, et son pouls s'affolait de nouveau sous l'effet de la rage : il aurait dû tuer cette garce tout de suite. Mais il n'avait pas pu ; il avait besoin de la torturer, de prendre sa revanche. Il gémit, angoissé soudain. *En plus, il l'aimait.*

Au bout d'un moment, il sortit de la douche, s'essuya à la maigre serviette, puis se rhabilla et alla se mettre en quête d'un magasin d'alcools. Une demi-heure plus tard, il était allongé sur son lit, buvant le Jim Beam à la bouteille. Le minuscule téléviseur noir et blanc scintillait en face de lui, mais il ne le regardait même pas. Il jeta un coup d'œil à sa montre : presque cinq heures qu'Ellie était enfermée dans sa caisse. Il but une autre gorgée de bourbon, espérant qu'elle en avait bien profité.

Il n'y avait pas de lumière, là où elle était, pas de bruit, ni d'air, ni de place pour bouger. Le temps avait perdu toute signification. Les larmes, chaudes et salées, avaient séché depuis longtemps sur ses joues ; elle ne pouvait même plus pleurer. Elle n'était plus qu'une petite créature terrifiée, enfermée dans une boîte, abandonnée et promise à la mort. La claustrophobie lui écrasait la poitrine, l'angoisse lui serrait la gorge, la sueur trempait ses cheveux.

Quand elle voulut bouger de quelques millimètres, la corde lui cisailla les chevilles. Elle était dans une position fœtale, les genoux sous le menton, la tête baissée, les bras tordus derrière son dos. La douleur dans ses épaules était atroce, mais au moins elle l'empêchait de perdre connaissance. Il fallait qu'elle reste éveillée, qu'elle reste vigilante. *Si elle voulait survivre...*

Une crampe dans le mollet lui arracha un gémissement. Elle avait cru qu'elle ne pourrait endurer davantage de douleur, mais c'était maintenant devenu une partie d'elle-même. C'était une souffrance de plus à supporter, voilà tout. *Si elle voulait survivre.*

L'apathie s'abattit sur elle comme un nuage lourd et gris ; elle n'était même plus sûre de vouloir survivre. Le simple fait de respirer était si difficile, si douloureux...

L'image de Dan flottait devant ses yeux, toujours aussi présente. Il était si près qu'elle voyait la légère trace de barbe ornant sa mâchoire, les mouchetures plus sombres dans le bleu de ses yeux, le pli résolu de sa bouche. Cette bouche qui l'avait si tendrement embrassée... c'était il y avait combien de temps ? D'avoir envie de sa présence la rendit faible ; elle sentait son âpre odeur d'homme après qu'ils avaient fait l'amour, son dos moite et tiède quand elle le caressait ; elle éprouvait presque la saveur de sa peau sur sa langue, tant elle le désirait. Sa chaleur, la protection de ses bras, la certitude qu'il pensait à elle, qu'il se souciait d'elle. Elle se répéta une fois de plus qu'à l'heure présente il devait certainement la rechercher. Il était intelligent, ex-flic de surcroît – il saurait quoi faire.

Mais comment pourrait-il jamais la retrouver dans cet endroit perdu ? Personne ne la retrouverait jamais. Elle aurait tout aussi bien pu être morte, cela n'aurait fait aucune différence.

Un peu d'air froid passait, chichement, par les petits trous sur le flanc de la caisse ; elle tourna son visage de ce côté-là, en quête d'oxygène.

Une fois, déjà, elle avait failli mourir, et elle s'en souvenait parfaitement aujourd'hui. Le sourire de son père, la façon dont le regard de sa mère s'était abîmé dans le sien quand la voiture avait entamé son ultime dérapage. Elle comprenait maintenant : son père savait qu'il allait mourir, mais il avait bravement continué à chanter. Elle l'entendait comme s'il était là, tout à côté d'elle... *« Marchez, soldats du Chri-i-i-ist, Allez au combat... »*

Sa voix tremblait quand elle reprit d'un ton rauque, étouffé : *« ... Que la croix de Jésus Vous montre le chemin... »*

75

À l'Hudson, Hal Morrow ne fut pas étonné de recevoir un appel concernant Buck Duveen ; il s'y attendait même plus ou moins, depuis qu'il l'avait vu franchir la porte en homme libre. Néanmoins, il fut choqué par ce qu'il entendit.

— Je n'étais pas au courant de la mort de Charlotte Parrish, dit-il à Dan. Mais, pas de doute, c'est sûrement lui.

— Quel est son lien de parenté avec les Parrish ?

— Une minute... Tout cela remonte à il y a plus de vingt ans. Il faut que je me rafraîchisse un peu la mémoire.

Morrow feuilleta le dossier de Buck, qu'il avait ressorti.

— Voilà... Il est le fils de Rory Duveen, d'un premier lit. Par la suite, Rory a épousé la fille de Charlotte Parrish, Romany.

Dan et Pete se regardèrent.

— Donc, Buck est le demi-frère d'Ellie, dit Cassidy.

— Exact. J'ai toute l'histoire sous les yeux. Apparemment, il est allé un jour à Journey's End, pour essayer de réclamer l'héritage de son père, mais son père n'avait pas un sou. L'argent appartenait à Romany, et elle l'avait dépensé. Il ne restait rien. De toute façon, s'il était resté quelque chose, leur fille Ellie en aurait hérité.

« Il est devenu fou et il a tenté de tuer Charlotte Parrish, mais la fillette était dans la pièce, et ses cris ont ameuté les domestiques. Pourtant, Mme Parrish a refusé d'engager des poursuites contre lui. Buck avait le même père et le même nom que sa petite-fille, et elle ne voulait pas salir la réputation d'Ellie. Au lieu de cela, elle l'a fait interner. Cliniquement, c'est un psychopathe. Il est violent, déséquilibré, et tout à fait capable des crimes que vous décrivez.

— Alors, pourquoi diable l'avez-vous laissé sortir ?

Dan ne parvenait pas à dissimuler sa colère, et Morrow soupira.

— Croyez-moi, je regrette de l'avoir fait. Mais l'Hudson est un établissement privé ; quand l'argent ne rentre pas, je n'ai pas le choix. Je n'avais pas non plus de preuve qu'il ait commis un crime. Les hôpitaux publics n'en voulaient pas, ils sont déjà surpeuplés et on a réduit leurs subventions...

— Donc, il est passé à travers les mailles du filet.

Morrow hocha la tête.

— Exactement. J'ai une photographie récente de lui, si vous la voulez. Il est du genre costaud, je vous le signale. Un mètre quatre-vingt-dix, près de cent kilos et tout en muscles. Il a le teint pâle, des cheveux ondulés et cuivrés, des yeux qui ont l'air presque noirs. Et il est extrêmement fort.

Dan raccrocha le téléphone et regarda Farrell.

— Voilà votre mobile, déclara celui-ci d'un air sombre, en jouant avec son stylo à bille.

Piatowsky détourna les yeux avec irritation. Si Farrell ne rangeait pas son fichu stylo, il était capable de le lui faire avaler.

— Avec Miss Lottie et Ellie... hors du circuit, dit Pete, tâchant de trouver une formule délicate, Buck peut prétendre à la succession, en tant que dernier des Parrish et des Duveen. Après tout, il était, il *est*, le demi-frère d'Ellie.

Personne ne le dit, mais tous y pensaient : il fallait qu'Ellie soit morte pour qu'il puisse prétendre à l'héritage. Sans cadavre, le cas pouvait rester en suspens pendant des années devant le juge des successions.

— Alors, pourquoi ne l'a-t-il pas simplement tuée au restaurant ? Ou dans le parking ?

Piatowsky réfléchissait tout haut, en faisant les cent pas dans la pièce.

— S'il a besoin d'un corps, pourquoi a-t-elle disparu ?

Dan repensa à la photo d'Ellie, volée dans la chambre de sa grand-mère.

— Parce qu'il l'aime, dit-il doucement. Elle l'obsède. Il a dû la guetter, l'espionner, la suivre partout. Buck Duveen réunit *tous* les mobiles. L'argent, la vengeance, la passion, l'obsession. Tout ce que nous pouvons espérer, c'est qu'il ne l'ait pas tuée. Pas encore.

76

Chez Ellie était fermé – non que Chan eût démissionné, mais avec la disparition d'Ellie personne n'avait plus le cœur de venir travailler.

Farrell y avait rassemblé tous les membres de l'équipe, une fois de plus ; ils étaient assis autour d'une table, devant des tasses de café auxquelles ils n'avaient pas touché. Il fit passer une copie de la photo de Buck Duveen envoyée par Hal Morrow, en leur demandant de rechercher dans leur mémoire s'ils l'avaient déjà vu.

Chan, Terry et le petit firent signe que non, mais ils voyaient rarement les clients ; quant à Jake, il jura qu'il s'en serait souvenu.

— Je remarque toujours les visages, commenta-t-il.

Maya étudia attentivement la photographie, souhaitant de tout son cœur pouvoir dire : « Oui, je le connais » ; mais elle ne le pouvait pas.

— Un type est venu une fois ou deux, qui tournait un peu autour d'Ellie. Mais il ne ressemblait pas à ça.

Dan dressa l'oreille.

— À quoi ressemblait-il, alors ?

Maya fronça les sourcils, voulant être précise.

— Très grand... Bel homme, je suppose, dans son genre... La peau claire, des cheveux noirs avec une moustache. Il portait toujours des lunettes noires à monture légère, en acier. Je ne l'aimais pas et j'ai dit à Ellie qu'à mon avis c'était un pauvre type.

— Elle le connaissait ?

— Oui, elle l'avait rencontré au Biltmore. Elle riait en disant qu'il était seul dans la vie, c'est tout. Mais je trouvais qu'il y avait quelque chose de bizarre chez lui. Il était... trop suffisant pour un type solitaire, avec une démarche prétentieuse...

Dan lui poussa la photo sous le nez.

— Mettez une moustache sur ce visage, Maya. Des lunettes noires, des cheveux sombres. Et dites-moi si on s'approche...

Maya regarda à nouveau la photo, puis elle fit un signe de tête affirmatif.

— Il s'appelle Ed Jensen.

Dan ferma les yeux et rejeta la tête en arrière. *Le jeune don juan.*

— C'est notre homme, dit-il d'une voix dure. Je jouerais ma vie là-dessus.

Le directeur du très sélect Biltmore n'était pas habitué à être interrogé au bout du fil par des inspecteurs de police ; mais quand il sut qu'il s'agissait de Miss Lottie et d'Ellie, il se radoucit. Quelques minutes plus tard, Farrell avait l'adresse de Miami et le numéro de téléphone.

— Il a payé l'hôtel en liquide, dit-il en raccrochant. Pas de carte de crédit.

Maya confirma d'un hochement de tête, tout en se tamponnant les yeux avec un Kleenex.

— Au restaurant c'était pareil, il payait en liquide. Et laissait un gros pourboire. (Elle frissonna.) Il avait des yeux... glacés.

En pensant qu'Ellie était en son pouvoir, elle se remit à sangloter. Terry lui resservit du café chaud.

— Allez, ma chérie, bois, murmura-t-il d'un ton encourageant. Et souviens-toi... Rien n'est perdu tant que les douze coups n'ont pas sonné.

Au téléphone, les gens de Miami donnaient du fil à retordre à Farrell, en refusant de lui communiquer la moindre information.

— Comment saurais-je qui vous êtes ? demandait la jeune femme qu'il avait en ligne.

Le visage empourpré, il répliqua :

— Vous le saurez bientôt, mon petit, quand la voiture de patrouille arrivera et que mes collègues débarqueront chez vous en uniforme ! Peut-être que vous leur donnerez le renseignement, à eux !

Il raccrocha violemment le téléphone, prit dans la boîte un des beignets à la confiture qu'il avait achetés en passant devant chez Winchell, puis fit les cent pas dans la pièce en mastiquant rageusement.

— Okay, les gars, dit-il, la bouche pleine. Merci de votre aide. Vous pouvez rentrer chez vous.

Puis il regarda Maya avec sympathie.

— Merci, chère amie, ajouta-t-il.

C'était un brave type, dans le fond.

— J'aurais dû penser à lui plus tôt, dit Maya, bouleversée. J'aurais dû me douter...

Mais Dan haussa les épaules.

— Je l'avais vu, moi aussi, et je n'ai pas fait le rapprochement. Il était convenable, bien habillé, aimable...

— Un bon acteur, ajouta Jake.

— Un psychopathe, corrigea Piatowsky.

Ils ramassèrent leurs affaires et ressortirent en silence de l'établissement. Dan prit le bras de Maya.

— Je vous appelle dès que je sais quelque chose.

Elle le regarda, les yeux noyés. Toute sa beauté s'était envolée ; elle ne ressemblait plus qu'à un enfant barbouillé de larmes. Elle le remercia d'un hochement de tête.

— Je serai chez moi et j'attendrai.

Piatowsky détestait l'idée de rester en arrière et de laisser Farrell faire le travail, mais il était ici sur le territoire de son collègue. Dan et lui buvaient un café insipide, dans une tasse en plastique offerte par la police, en attendant que Miami les rappelle.

L'information s'afficha sur l'écran de l'ordinateur : la Jensen Property Development Company n'existait pas ;

l'adresse professionnelle n'était qu'une boîte aux lettres, et le chèque reçu en paiement émanait bien d'Ed Jensen. Sa banque était l'agence de Santa Monica de la First National.

Quelques minutes plus tard, après une rapide intervention du FBI, la banque leur apprenait que les fonds déposés sur le compte d'Ed Jensen avaient été transférés depuis celui de Buck Duveen à la Bank of America, agence de Madison Avenue. Ils obtinrent également le numéro de Sécurité sociale de Jensen. Farrell vérifia : il était faux.

Il se rassit sur sa chaise, tripotant toujours son stylo à bille.

— Il ne nous reste donc plus qu'une chose à faire : le retrouver, dit-il en souriant.

77

— Il faut que tu manges et que tu dormes un peu...

Piatowsky était assis en face de Dan, au bar de l'hôtel ; ils buvaient un Glenfiddich, tandis que les rugissements d'un match de basket-ball provenaient de la télévision. Le menton mal rasé de Dan tournait à la vraie barbe, et ses cheveux semblaient avoir été ébouriffés une fois de trop.

— Au moins, prends une douche, soupira-t-il. Et achète-toi une chemise propre.

Dan se passa à nouveau la main dans les cheveux et se rencogna dans son siège d'un air las.

Le match des Lakers était fini, laissant place aux informations. Sur l'écran apparut le visage de Buck Duveen.

« ... suspect dans l'affaire de l'héritière disparue, Ellie Parrish Duveen », disait le présentateur, d'une voix pénétrée par la gravité de la situation.

Comme Ellie aurait détesté ce genre de publicité, pensa Dan – réagissant comme si elle était déjà morte. Puis il se rappela les mots de Terry à Maya : *« Rien n'est perdu tant que les douze coups n'ont pas sonné. »* Ils n'avaient pas sonné, pas encore. Il restait donc de l'espoir. Il fallait qu'il en reste.

— T'es K-O.

Piatowsky termina son verre, se leva et remonta son pantalon.

— Viens.

— Où on va ?

— Chercher un hamburger, et réfléchir à notre plan d'action.

Cela sonnait bien – sauf que Piatowsky n'avait pas le moindre plan d'action en tête.

Dan mâchait distraitement son hamburger, le regard vide, fixé sur son assiette. Il but son Coca, puis se tourna vers Piatowsky.

— Merci.

— De rien. Alors, où tu crois qu'il a pu l'emmener ?

Dan fronça les sourcils.

— Il doit y avoir un endroit particulier, qui signifie quelque chose pour lui...

Son portable sonna et il s'empressa de répondre. C'était Farrell.

— Je voulais juste vous mettre au courant. On a retrouvé la trace de la mère de Duveen. Elle a été assassinée quand il était encore au collège. Étranglée, et il y avait une croix gravée sur son front. Il a hérité de tous ses biens, et ça faisait une jolie somme. Après la vente de la maison, autour de cent mille dollars. Il n'a pas été soupçonné, et l'affaire jamais élucidée.

78

Lorsque Buck s'éveilla d'un profond sommeil d'alcoolique, sa tête était farcie de plomb. Le bruit de la télévision faisait passer une lime d'acier sur ses nerfs à vif. Lentement, la voix du présentateur perça le brouillard qui régnait à l'intérieur de son crâne.

« Voici le visage de l'homme soupçonné de l'enlèvement d'Ellie Parrish Duveen. Il mesure un mètre quatre-vingt-dix, il a la peau claire et des cheveux roux, peut-être teints en plus foncé. Il a des yeux brun foncé et pourrait porter aussi une moustache. La photo que vous voyez le montre au naturel, lorsqu'il n'a pas déguisé son visage. Et voici un dessin reconstituant l'aspect qu'il doit avoir en ce moment, d'après les plus récents témoignages. »

Buck se releva d'un bond : il regarda l'écran et se retrouva face à lui-même.

« Le suspect s'appelle Patrick Buckland Duveen, alias Ed Jensen. Il est également impliqué dans la mort de Charlotte Parrish, grand-mère de la disparue, et de sa gouvernante Maria Novales. Ainsi que dans la mort par strangulation et la mutilation de trois prostituées. Cet homme a récemment été libéré d'un établissement psychiatrique de haute sécurité ; il est considéré comme un criminel gravement déséquilibré. La police tient à informer le public qu'il est armé, dangereux, et qu'il ne faut pas l'approcher. Si vous avez vu cet homme, ou si vous savez où il se trouve, vous êtes prié d'appeler immédiatement le numéro suivant. »

Buck sauta sur ses pieds et martela violemment le mur du poing. *Il croyait qu'il les avait tous battus. Il croyait qu'il avait gagné, que le gros lot était pour lui...*

Il enfila rapidement ses vêtements et se précipita à la porte ; mais la douleur dans sa poitrine le bloqua en pleine course et il dut s'appuyer contre le mur en haletant. Le sang battait dans ses oreilles ; il avait l'impression que son cœur allait éclater. Quand il parvint à se ressaisir, il sortit de la pièce en trébuchant, gagna sa voiture et repartit en direction de la montagne.

Ellie était à bout de forces mais continuait à lutter contre le sommeil, parce qu'elle avait peur de ne plus jamais se réveiller. De ne plus jamais revoir le ciel bleu, sentir la chaleur du soleil, goûter un bon vin, embrasser Dan Cassidy...

« Marchez, soldats du Chri-i-i-ist, Allez au combat, Que la croix de Jésus Vous montre le chemin... »

Buck se tenait dans l'entrebâillement de la porte. *Elle chantait, d'une voix rauque et basse, fêlée. C'était le cantique préféré de leur père, celui qu'ils avaient joué lors des obsèques, quand on l'avait enterré.* Eh bien ! ils pourraient le chanter bientôt pour ses funérailles *à elle*.

Saisissant le marteau, il traversa la pièce à grands pas.

Ellie cessa de chanter et releva les yeux. Tandis qu'il arrachait les clous, elle entendait le bois éclater.

— *Oh ! papa*, murmura-t-elle, *je sais que tu m'aimes. Si tu m'entends, je t'en prie, aide-moi. Je t'en prie, papa, aide-moi...*

Le couvercle fut violemment soulevé, et la lumière pénétra à flots à l'intérieur, aveuglant Ellie. Elle entendit Buck qui soufflait, puis il la sortit de la caisse. Tétanisés par les crampes, ses muscles refusèrent de fonctionner et elle tomba sur les genoux ; elle ne pouvait ni bouger ni rien voir. Désarmée, elle attendait le coup qui allait l'achever.

« Le Seigneur est mon berger ; je ne manque de rien. Sur de frais herbages il me fait coucher... » Son esprit vacillait à la frontière de la folie. Elle était de nouveau une enfant, bien en sécurité dans son lit ; elle venait de réciter ses prières et Miss Lottie lui lisait le psaume magnifique...

Buck la regarda, agenouillée sur le sol : ses longs cheveux roux emmêlés, son corps qui avait été si gracieux, ses membres ensanglantés là où la corde lui avait entaillé la peau. La fille chérie de leur père, sale, blessée, vaincue. Le moment était on ne peut mieux choisi.

Se laissant tomber lui-même sur les genoux, il la força à s'allonger, l'enjamba et se laissa aller de tout son poids sur elle. Ses doigts robustes se refermèrent autour de sa gorge et commencèrent à serrer. Haletant de désir, il attendait qu'elle crie, qu'elle décuple sa passion en le suppliant, qu'elle lutte pour le repousser – comme elle avait crié dans ses rêves de vengeance, pendant toutes ces longues années où il était enfermé à l'Hudson.

Ellie attendait la mort. Elle n'espérait qu'une chose : mourir avant qu'il la viole. Ses pensées flottaient entre *Soldats du Christ* et le psaume 23, entre Dieu, son père et sa grand-mère. Et Dan, qui représentait la vie et l'amour...

Les mains de Buck tremblaient. *Elle n'était pas assez effrayée. Elle ne criait pas, ne mendiait pas pour sa vie. Ça n'allait pas. Il n'y arrivait pas...*

L'âcre odeur de sa sueur séchée imprégnait les narines d'Ellie, tandis qu'il la ramassait et la transportait à travers la pièce ; puis ils se retrouvèrent en plein air et l'air frais envahit ses poumons. Il la jeta sur le siège de cuir, à l'arrière de la décapotable, et elle se demanda pourquoi il ne l'avait pas encore tuée.

L'air du dehors la fit un peu revenir à elle. Son sang s'était remis à circuler et les fourmillements dans ses membres la torturaient, *mais elle était en vie.*

La décapotable tanguait d'un côté à l'autre de la chaussée, alors qu'ils descendaient une route de montagne escarpée. Buck conduisait dangereusement vite. Soudain, il donna un grand coup de volant à droite et la voiture partit en tête-à-queue, tous pneus hurlant.

Ellie cria, la tête violemment ballottée ; et, pour la deuxième fois de sa vie, elle se vit éjectée d'une voiture, partant dans les airs comme une flèche pour retomber au flanc de la montagne.

Mais la BMW s'immobilisa, les roues bloquées, au bord du ravin. Buck se retourna pour la dévisager, ses yeux bruns brillant de méchanceté.

— Vous reconnaissez cet endroit ?

Et, soudain, le souvenir qui était resté enfoui pendant plus de vingt ans dans la mémoire d'Ellie remonta à la surface de sa conscience.

79

La dernière fois qu'elle avait regardé ces yeux-là en face, elle avait cinq ans. Buck était penché sur le capot de la Bentley blanche de son père, garée à l'ombre des grands poivriers. Il avait quelque chose, un outil, dans les mains. Curieuse, elle lui avait demandé ce qu'il faisait. Il avait sursauté, refermé bruyamment le capot, puis posé un doigt sur ses lèvres en souriant.

— Chut, c'est un secret, avait-il murmuré, tout en vérifiant avec soin aux alentours s'il venait quelqu'un.

Il l'avait prise par la main et ils s'étaient rapidement éloignés du parking.

— C'est une surprise pour ta mère. Tu ne vas pas lui parler de moi et tout gâcher, n'est-ce pas ?

Il lui avait lancé un regard menaçant ; apeurée, elle s'était détournée, en s'agitant pour repartir.

— Oh ! non...

— Tu sais garder un secret, n'est-ce pas ?

— Bien sûr, avait-elle répondu, vexée. Je parle jamais des cadeaux de Noël que j'ai faits, même si j'ai très envie d'en parler.

— Eh bien, c'est la même chose. Sauf que, maintenant, nous devons garder tous les deux le secret. D'accord ?

— D'accord.

Elle luttait pour se dégager de son étreinte moite et serrée.

— Promis ?

— Promis, dit-elle à contrecœur.

— Répète : croix de bois, croix de fer, si je mens, je vais en enfer.

Elle bredouilla, ne se souvint que de la fin, « je vais en enfer », et il éclata de rire pour une raison qu'elle ne comprit pas.

— Au revoir, Ellie.

Il relâcha sa main ; elle se retourna et courut sur le sable chaud, loin des poivriers, pour aller retrouver sa mère.

Tous les souvenirs remontaient maintenant à sa mémoire, avec une netteté parfaite. Son père levait son verre pour porter un toast : elle voyait les rayons du soleil briller à travers la bière couleur d'ambre, dont le scintillement l'éblouissait. Son père chantait, bien entendu, Reviens à Sorrente, *l'un de ses airs italiens préférés. Elle suivait le regard qu'il dirigeait vers sa mère et voyait l'amour briller dans leurs yeux, unis dans un même sourire. Ils étaient si heureux... Il n'y avait qu'eux au monde, et Ellie se sentait soudain exclue de ce monde enchanté.*

S'accroupissant sous la table, elle marcha à quatre pattes entre les rangées de pieds, jusqu'aux luxueuses bottines de cow-boy blanches en peau de lézard ; là, entourant de ses bras les jambes de sa mère, elle se hissa sur ses genoux en se tortillant comme un ver.

Romany souleva la nappe à carreaux rouges et baissa les yeux.

— Ah ! tu es là, dit-elle en souriant. Tu me manquais.

Alors, tout fut à nouveau parfait dans le monde d'Ellie.

Jusqu'au moment, une heure plus tard, où tout bascula.

80

— Vous les avez tués ! dit Ellie. Vous avez trafiqué les freins de leur voiture !

Buck acquiesça, avec un sourire négligent. Il la tenait, cette fois.

— Qui êtes-vous ?

— Vous ne le savez pas ? Alors, je me présente : Buck Duveen, votre demi-frère.

Ellie en resta figée de stupeur. Elle savait que Rory avait été marié une première fois, mais pas qu'il avait un fils ; elle ignorait totalement son existence.

— Rory était aussi *mon* père. Il avait tout et moi rien, dit Buck en haussant les épaules. Eux hors du circuit, j'étais sur les rangs pour hériter de leur fortune ; et vous hors du circuit, je restais le seul héritier. Hélas, j'ai dû attendre plus de vingt ans pour achever le travail.

Ellie ferma les yeux, incapable de supporter le mal, glacial, qu'elle lisait dans ceux de Buck. Il lui avait souri exactement de cette façon-là, dans la bibliothèque, quand elle l'avait vu essayer de tuer sa grand-mère. Écœurée, elle sut qu'il avait enfin « achevé le travail ».

Mais l'expression de Buck changea et le désir passa dans son regard.

— Il n'est pas nécessaire que vous mouriez, Ellie. Je vous aime, vous le savez. Je veillerai sur vous, je ferai de vous une princesse. Ma princesse. Nous pourrions mener une vie si merveilleuse ensemble... Il vous suffit de dire un seul mot.

Elle releva les yeux.
— Et quel est ce mot, Buck ?
— *Oui*, dit-il doucement.
— *Assassin !* lui cracha-t-elle à la figure.
Ses yeux étincelèrent de colère, puis il se détourna et fixa l'autre versant du ravin, les poings serrés, le visage comme revêtu d'un masque ; Ellie sut qu'elle avait signé son arrêt de mort.

Oh ! papa, pria-t-elle, *j'espère que tu m'attends là-bas. J'espère que tu pourras envoyer Dieu punir ton mauvais fils.*

Elle pensa avec désespoir à Dan, qu'elle ne reverrait plus. *Dan,* dit-elle dans son cœur, *je sais que je ne te l'ai jamais dit, mais j'espère que tu comprendras pourquoi. Je t'aime. J'étais seulement trop occupée, trop décidée à réussir, trop prisonnière de mon ambition pour laisser l'amour entrer dans ma vie. Oh ! j'espère que tu sauras, j'espère que tu penseras : « Oui, elle m'aimait vraiment. » Oh ! Dan, Dan, mon ami...*

Buck mit le contact et Ellie ouvrit les yeux sur son dernier carré de ciel bleu, son dernier regard sur la vie.

Puis la voiture reprit la route, en sens inverse, et ils redévalèrent la montagne, dérapant dans les courbes et faisant crier les pneus.

Ellie n'était pas morte, parce que Buck Duveen formait un autre plan pour eux.

81

— Marchons un peu, proposa Dan en regardant Piatowsky.

Il faisait frais, la nuit était sans lune, mais Third Street Mall à Santa Monica restait très animée : des jeunes gens dînant au restaurant, faisant du lèche-vitrines ou simplement flânant. Les deux amis scrutaient machinalement la foule, réflexe de flic, mais leurs esprits étaient rivés sur Buck Duveen.

Délaissant Third Street, ils gagnèrent Ocean Avenue et se promenèrent le long du front de mer bordé de palmiers, parmi les sans-abri. Dan ne les voyait même pas et, pour une fois, resta indifférent à leurs souffrances : la sienne était trop grande.

Piatowsky marchait en silence près de lui. Il comprenait ce qu'éprouvait Dan et ne trouvait pas de mots de réconfort. L'horizon était sombre.

Dan récapitulait mentalement tout ce qu'il savait sur Buck Duveen et ses relations avec Ellie. Buck voulait sa revanche, il voulait Journey's End ; et il était suffisamment fou pour la ramener là-bas...

— Allons-y ! s'exclama-t-il soudain.

Piatowsky le regarda prudemment.

— Où, cette fois ?

— À Journey's End.

Dan courait déjà.

— Là où tout a commencé...

82

Quand Buck approcha du bas de la montagne, il stoppa la voiture et en sortit ; puis il tira sans ménagements Ellie du siège arrière, ouvrit le coffre et la jeta dedans.

Elle détourna la tête, refusant de lui livrer en pâture sa crainte et sa douleur. Sans un mot, il claqua la malle.

À nouveau, la claustrophobie la gagna. *Elle était prise au piège. Il faisait chaud, noir, et la place lui manquait. Elle ne pouvait pas respirer*. La sueur imprégnait ses cheveux et son dos. Elle ferma les yeux, dans l'espoir de se rattraper à quelque chose. *Il fallait qu'elle pense*.

Il roulait de nouveau à toute allure et elle était ballottée à chaque virage. Elle ressentit soudain une douleur aiguë et le sang coula le long de son bras ; elle se demanda vaguement si la blessure était grave, puis comprit que cela n'avait plus d'importance. *Puisque de toute façon elle allait mourir*.

La colère monta en elle. *Je ne veux pas mourir, je refuse de mourir*. Elle hurlait à présent. Quelqu'un allait bien l'entendre, s'ils s'arrêtaient à un feu... Mais, au bout de quelques minutes sa voix se cassa, ne fut plus qu'un murmure.

Elle gémit, épuisée. S'être enorgueillie pendant tant d'années d'être une femme solide, indépendante... *Et regardez-moi maintenant*. Réduite à néant. Elle ne pouvait même pas crier.

Mais je ne mourrai pas, je ne mourrai pas... Elle agita furieusement les pieds, les fit tourner sous la corde qui les serrait, jusqu'à mettre sa chair à vif.

Au bout de quelque temps, elle fit une pause, haletante. Le sang suintait toujours le long de son bras, et elle se rappela la présence de l'objet tranchant qui avait provoqué l'entaille. En se contorsionnant, elle le chercha du bout des doigts. Pliée en deux comme elle l'était, la douleur la suffoquait, mais elle devait essayer ; *elle n'allait pas mourir...*

Ses doigts trouvèrent, puis parcoururent l'objet derrière elle : c'était une bêche. *La bêche avec laquelle il comptait l'enterrer.*

En sanglotant, elle fit courir ses mains ligotées sur la lame, en un mouvement de va-et-vient, sans se soucier de ses poignets qu'elle tailladait... Mieux valait mourir ainsi que sentir les mains de Buck qui l'étranglaient, qui la brutalisaient... La douleur dans ses épaules était insoutenable, et pourtant elle appuya plus fort.

Tout à coup, la corde cassa net et elle tomba en avant. Des larmes de soulagement inondèrent son visage, tandis qu'elle massait ses poignets en feu.

Se recroquevillant et gesticulant à nouveau, elle saisit la lame et commença à scier la corde enserrant ses chevilles ; la sueur coulait dans ses yeux et elle n'y voyait rien, progressant à tâtons. La voiture continuait à faire de grandes embardées dans les virages, et il lui fallait chaque fois remettre l'outil en position. Mon Dieu, la corde ne casserait donc jamais... Elle se mit à donner des coups sauvages, de plus en plus fort, jusqu'à ce que le sang coule le long de ses pieds. *Enfin, elle se libéra...*

L'air était à présent lourd, dense et moite ; sa respiration, se faisant saccadée, ne parvenait plus à remplir ses poumons brûlants. Elle savait qu'il lui restait peu de temps.

Elle se contorsionna dans le minuscule espace jusqu'à se retrouver à genoux, serrant le manche de la bêche entre ses deux mains. *Je ne vais pas mourir, je ne vais pas mourir, je ne vais pas mourir...* Elle se répétait inlassablement cette phrase, comme un mantra, en espérant que Buck allait bientôt s'arrêter et que ses forces ne l'auraient pas abandonnée d'ici là.

L'Explorer dévorait les kilomètres, mais chaque minute qui passait mettait Dan au supplice. Il devait la trouver, à tout prix, car elle avait confiance en lui.

Piatowsky gardait le silence, sur le siège du passager, espérant qu'il n'y avait pas de patrouille autoroutière dans les parages. L'Explorer n'était pas un véhicule de police – mais il pourrait toujours prétendre qu'il l'avait réquisitionnée. De toute façon, il ne se voyait pas demandant à Dan de ralentir.

Celui-ci avait appelé Carlos sur son portable et lui exposait la situation.

— Allez dans mon bureau et prenez la clé de Journey's End dans le tiroir de la table. Rejoignez-moi là-bas dans – il vérifia l'heure sur la montre de bord – une demi-heure. Garez-vous dans l'allée, à mi-chemin de la maison. Et, Carlos... les phares éteints, surtout.

Piatowsky lui lança un coup d'œil.

— Tu crois vraiment qu'elle est là-bas ?

— À quel autre endroit pourrait-il l'emmener ? En plus, je sens dans mes tripes qu'il va retourner sur le lieu de son crime. Journey's End, et tout ce que cela représente, voilà ce qu'il veut réellement. Je parie qu'il en a rêvé pendant toutes les années qu'il a passées à l'Hudson.

Il haussa les épaules avec lassitude.

— De toute façon, c'est notre seule chance.

Ellie comptait les minutes ; enfin, la voiture s'arrêta. Elle entendit le moteur tourner au ralenti, sentit l'odeur des gaz d'échappement et supposa qu'ils étaient à un feu rouge. La voiture repartit, roula lentement jusqu'au feu suivant, puis jusqu'à un autre encore. Sans doute traversaient-ils une ville.

Tout en essuyant du dos de la main la sueur qui coulait sur son front, elle guetta le bruit des autres voitures ;

peut-être pourrait-elle cogner sur le coffre avec la bêche pour attirer leur attention ? Mais elle n'en entendit aucune. Puis ils tournèrent sur la gauche et commencèrent à gravir une côte. Elle releva la tête, tous ses sens en éveil.

Elle connaissait chaque courbe de cette route. Maintenant, elle savait où il l'emmenait.

Les pneus crissèrent sur le gravier, puis la voiture s'arrêta. Elle entendit Buck sortir, claquer la porte, et ses pas se rapprocher. Le coffre s'ouvrit lentement.

Avec un grand cri, elle lui écrasa la bêche sur la figure ; il saisit sa tête à deux mains en hurlant de douleur, et son visage n'était qu'un masque de rage et de sang. Elle sauta hors du coffre et se remit rapidement sur ses pieds, tandis qu'il se jetait sur elle, bras en avant.

— Oh ! mon Dieu, mon Dieu, aidez-moi, je Vous en supplie...

Elle lança à nouveau la bêche, qui s'écrasa sur le crâne de Buck avec un bruit écœurant, et cette fois il tomba à terre.

La peur lui donnait des ailes ; c'était pour sa vie qu'elle courait. Mais elle était faible, et ses muscles engourdis par les longues heures passées dans l'espace exigu. Elle ne pourrait conserver longtemps cette allure ; il fallait qu'elle se cache.

— Salope ! hurlait-il derrière elle. Salope comme ta putain de mère... riche et salope comme ta putain de grand-mère... *tu es une femme morte*...

Ellie se jeta hors de l'allée, se frayant un chemin entre les arbres, trébuchant sur les racines saillantes ; son souffle se faisait rauque et court, son cœur battait avec un bruit sourd quelque part dans sa gorge... *Elle n'allait pas mourir*.

Elle s'arrêta et attendit, l'oreille aux aguets. Il faisait très noir. Reprenant sa course, elle s'enfonça plus avant dans le taillis, grimaçant quand une branche morte craqua sous son pied. Elle s'adossa contre un arbre, le cœur battant la chamade, serrant les lèvres pour qu'il n'entende pas son souffle.

Il la saisit à la gorge.

Buck bourdonnait intérieurement de puissance ; même blessé, il était indomptable. Et elle, pitoyable de penser qu'elle pouvait le battre : il était bien plus habile qu'elle. Bien plus habile qu'eux tous.

Ellie sentait son haleine chaude sur sa joue, le couteau froid sur sa gorge, le sang qui coulait, poisseux, le long de son cou.

— *Tu es une femme morte, Ellie Parrish Duveen*, murmura-t-il en pressant plus fort le couteau.

Elle ferma les yeux, attendant...

— En route ! ordonna-t-il.

Ellie marcha devant lui jusqu'à la maison en trébuchant, attendit en frissonnant pendant qu'il ouvrait à tâtons la porte de la cuisine ; puis il la poussa à l'intérieur et referma derrière eux.

Il n'y avait pas de lumière, mais Ellie connaissait si bien la vieille demeure qu'elle aurait pu la traverser les yeux bandés sans se cogner à aucun meuble. Le silence des pièces familières lui paraissait rassurant. Elle était épuisée, blessée, effrayée ; elle n'avait plus envie de se battre. Si je dois mourir, pensa-t-elle avec lassitude, que ce soit ici, où sont mes meilleurs souvenirs, où tout a commencé.

Buck la poussa devant lui dans la bibliothèque ; il alluma une lampe et, quand il la regarda, ses yeux sombres brillèrent d'un éclat glacial.

— À genoux !

Il lui désigna l'endroit, près du bureau ; elle le fixa silencieusement, de ses grands yeux d'opale.

— *À genoux, j'ai dit !*

Il la jeta au sol, enfonça son visage dans la soie rouge du magnifique tapis turc.

Cette fois, il tenait Ellie Parrish Duveen à sa merci ; et il n'avait plus aucune clémence à lui offrir.

83

Le vieux pick-up rouillé grinçait en remontant l'allée. Cecil, le chien brun, et Pancho se balançaient à l'arrière. La nuit était noire comme de l'encre, et Carlos, le nez collé au pare-brise, s'efforçait d'apercevoir l'Explorer. Mais elle n'était pas encore là. Il se gara à mi-chemin, suivant les instructions de Dan, puis fit les cent pas autour de son véhicule.

Quelques minutes plus tard, il entendit le bruit d'une voiture qui franchissait la grille. Accroupi derrière le pick-up, il la regarda prudemment approcher, les nerfs à fleur de peau : c'était l'Explorer.

Pancho sauta du plateau et se mit à danser sur ses pattes de derrière en jappant bruyamment ; Carlos le fit taire, puis il remonta dans l'habitacle et suivit Dan le long de l'allée de gravier.

Une lumière brillait derrière les rideaux de la bibliothèque ; une BMW noire était garée devant la façade.

Piatowsky tendit la main vers son pistolet. Ce soir, on ne faisait pas de prisonniers.

— Tu avais raison, Cassidy, dit-il.

Au bruit des pneus sur le gravier, Buck releva la tête ; une lueur de panique passa dans ses yeux. Il pouvait tuer Ellie maintenant, en finir avec elle ; mais, alors, sa vengeance ne serait pas totale. Ils risquaient de l'attraper – et il avait fait le serment de ne plus jamais être prisonnier.

Ils cognaient déjà à la porte d'entrée, criant le nom d'Ellie. La soulevant dans ses bras, il la monta à l'étage, dans la chambre de sa grand-mère, et la jeta sur le lit, puis retourna fermer la porte. Ils étaient seuls désormais.

Il sortit de ses poches les recharges d'essence pour briquet qu'il avait emportées : il comptait s'en servir afin de brûler la voiture quand tout serait fini. Mais il les vida sur le tapis, les meubles, dans le couloir. Puis il s'étendit sur le lit à côté d'elle. Elle le regarda, les yeux agrandis d'horreur, comme un animal acculé.

— Je vous aime vraiment, Ellie, lui dit-il, puis il l'embrassa.

Avec sa langue, il l'obligea à ouvrir la bouche ; ses mains caressaient ses seins, parcouraient son corps. Elle voulait hurler, vomir, *elle voulait le tuer*. Dans un brusque mouvement de recul, elle tomba du lit, entendit Buck rire tandis qu'elle rampait jusqu'à la porte-fenêtre et tentait désespérément de l'ouvrir ; mais la poignée était dure et, à bout de forces, elle ne parvenait pas à la tourner.

Prise au piège, elle se retourna vers lui, vit la lueur démente dans ses yeux pendant qu'il jetait l'allumette sur le sol. Puis, dans un grand *whouch*, la pièce s'embrasa.

Dan la vit, silhouette sombre se découpant sur la lueur rougeoyante.

— Il met le feu à la maison ! hurla-t-il. Ellie, Ellie ! Casse la fenêtre ! Saute !

Mais Ellie ne pouvait ni le voir ni l'entendre, pas plus qu'elle ne savait qu'il était là.

Comme Carlos courait se mettre en quête d'une échelle, Piatowsky se rua vers le pick-up. Il l'approcha de la façade et le mit en position, juste au-dessous du balcon. Dan sauta sur le plateau, puis grimpa sur le toit de la cabine ; un vieux figuier poussait le long du mur, auquel il pourrait s'agripper, si du moins l'arbre supportait son poids.

Saisissant la branche la plus épaisse, il commença à

monter ; elle craqua de façon inquiétante, mais il fit un bond vers la balustrade du balcon et resta là, suspendu en l'air par une main. La sueur perlait sur son front ; il sentit qu'il glissait...

Buck riait bruyamment, ravi de son habileté : il avait gagné, il avait touché le gros lot...

À travers la fumée, Ellie vit approcher ses yeux fous, que les flammes illuminaient de rouge ; il l'empoigna et la tira en arrière, en direction du lit. La fumée brûlait ses poumons, la faisait suffoquer ; autour d'elle, le monde entier devenait noir. Pour finir, elle allait donc bien mourir.

Soudain, la fenêtre fut pulvérisée à l'intérieur de la pièce : attisé par l'oxygène, le feu transforma celle-ci en brasier. Les pensées d'Ellie s'embrumaient, sa vision se brouillait... L'espace d'une seconde, elle crut voir Dan entrer, avec Piatowsky sur ses talons.

Buck fit un mouvement brusque et rapide, tel un félin, en direction du cœur de Dan, mais le pistolet de Pete prit le couteau de vitesse. L'inspecteur tira une fois, deux fois... Il ajusta à nouveau Buck dans son viseur et fit feu une fois de plus, par sécurité. Sous les impacts, Buck fut projeté vers l'arrière, puis il tomba sur les genoux, comme une marionnette dont on aurait coupé les fils.

Le monde de Buck n'était plus que douleur ; un million de lames de couteau lui perçaient la poitrine. Il contempla Ellie, étendue sur le sol devant lui : les flammes léchaient ses longs cheveux roux, dessinaient un halo autour de son merveilleux visage.

— Ellie, murmura-t-il en souriant. Ellie...

Dan étouffa de ses mains nues les flammèches dans les cheveux de la jeune femme, puis il la souleva et la mit sur son épaule.

— On sort d'ici !

Carlos, d'en bas, tint l'échelle pendant qu'ils descendaient avec précaution, et les aida à coucher Ellie dans l'herbe fraîche. Dan la scrutait, dévoré d'angoisse, ignorant si elle était encore en vie ou non. Piatowsky appelait sur le portable médecins, pompiers et police.

Un terrible hurlement troua la nuit, et ils relevèrent la tête.

Buck apparut à la porte-fenêtre ; la douleur le transperçait, le paralysait. Dans un terrible effort, il agrippa le chambranle de ses bras puissants, pour tenter de sortir sur le balcon, et l'on eût dit un grand oiseau de proie aux ailes déployées. Derrière lui, la pièce n'était plus qu'une fournaise écarlate ; devant lui s'ouvrait un abîme de ténèbres.

Pourtant, la puissance continuait à bourdonner en lui. Il était vivant comme jamais, chaque atome de lui-même palpitant d'une souffrance atroce. C'était presque grandiose. Puis l'épée s'enfonça à nouveau dans sa poitrine ; il rejeta la tête en arrière, hurla comme un loup. Exactement comme à l'Hudson, quand les gardes disaient :

— Encore Buck Duveen... C'est la pleine lune, sans doute.

Sauf que, pour lui, il n'y aurait plus jamais de pleine lune.

Il hurlait toujours quand il retomba en arrière, dans les flammes.

84

Dan resta toute la nuit à l'hôpital, au chevet d'Ellie. Après avoir bandé ses mains brûlées, les médecins l'exhortèrent à rentrer chez lui, car Ellie avait reçu un sédatif très fort et dormirait pendant des heures ; mais il refusa de la quitter. Piatowsky alla prendre un peu de repos, après s'être entretenu avec Farrell et Johannsen, et avoir appelé Maya pour la rassurer.

La mince silhouette sous les draps blancs prouvait à Dan qu'Ellie était toujours avec lui, au royaume des vivants. Son visage contusionné luisait, jaune et violet ; des compresses antiseptiques recouvraient ses bras brûlés, et l'on avait coupé ce qui restait de ses magnifiques cheveux roux. Elle ressemblait à un frêle garçon dormant paisiblement.

Son visage reflétait un tel air d'innocence que l'estomac de Dan se nouait à l'idée des abîmes qu'elle avait côtoyés. Il ne savait toujours pas ce qui était arrivé pendant sa séquestration et il soupirait profondément, espérant que cela ne la marquerait pas à vie. Elle en avait tant enduré, déjà...

Ellie ne se souvenait pas d'avoir jamais connu une telle paix, un tel silence, un oreiller si doux sous sa tête. *Cela sentait une odeur d'hôpital.* Luttant contre les drogues et contre la douleur, elle ouvrit les yeux. Le visage de Dan émergea lentement dans son champ de vision, et elle repoussa les noirs souvenirs au fond de son esprit. Tout allait bien, désormais.

— Salut, ami.

Malgré l'irritation due à la fumée, sa voix demeurait suave comme de la barbe à papa, onctueuse comme du chocolat.

Dan avança les mains vers elle, puis les releva d'un air malheureux.

— J'ai peur de te toucher, et pourtant j'ai si envie de t'embrasser...

Elle avait le même grand sourire qu'avant.

— Vas-y, ami.

Il se pencha vers elle et effleura ses lèvres.

— Mmmm, soupira-t-elle. Doux comme une plume.

— Et ce n'est qu'un acompte.

Ellie leva les sourcils d'un air interrogateur ; cela lui fit affreusement mal, mais c'était à peu près la seule partie de son corps qu'elle pouvait remuer.

— Un acompte sur quoi ?

— Sur les futurs baisers, et... oh ! zut, fini de faire semblant. J'ai besoin de toi !

— Hein ?

Même dans son état, elle ne pouvait résister à l'envie de le taquiner.

— Besoin de moi ? Pour quoi au juste ?

— Laisse-moi réfléchir...

Il passa la main dans ses cheveux ébouriffés, en fronçant les sourcils.

— Pour t'occuper de la salle de dégustation de Running Horse. Peut-être ouvrir un petit restaurant sur place – rien de prétentieux, tu me suis ? Juste un genre de petit bistrot français, avec de la sciure sur le sol, des nappes à carreaux sur les tables et des bonnes choses dans les assiettes...

Ellie poussa un énorme soupir, puis grimaça de douleur.

— Bon sang, Dan Cassidy, n'importe quelle femme peut faire ça... Quel est mon rôle exact, là-dedans ?

— Le premier, dit-il en souriant. Je ne peux pas vivre sans toi, Ellie Parrish Duveen.

Son soupir fut de bonheur, cette fois – mais le sédatif recommençait à faire de l'effet et ses paupières se refermèrent.

— Le premier rôle dans ta vie, murmura-t-elle. Juste celui qui me convient.

Les lèvres de Dan effleurèrent à nouveau les siennes, tandis qu'elle glissait, satisfaite, dans le sommeil.

Dan la veilla d'un œil tendre. Tout ce qui s'était produit, il faudrait l'exhumer, l'analyser, le résoudre. Plus tard. Ce serait long de se remettre d'une épreuve aussi terrible, mais, avec le calme et la paix de Running Horse, ils la surmonteraient. Sa voiture n'était peut-être plus qu'une épave, mais, sa vie, elle, lui paraissait comme neuve. Aucun regret à avoir.

Ils avaient gagné.

Achevé d'imprimer sur les presses de

BUSSIÈRE

GROUPE CPI

à Saint-Amand-Montrond (Cher)
en août 2001

POCKET - 12, avenue d'Italie - 75627 Paris Cedex 13
Tél. : 01-44-16-05-00

— N° d'imp. 14539. —
Dépôt légal : mai 2001.

Imprimé en France